SV

Guy Helminger
Morgen war schon

Roman

Suhrkamp

Der Autor dankt dem Nationalen Kulturfonds Luxemburgs
und der Kunststiftung NRW für die Unterstützung seiner Arbeit
an diesem Roman.

Druck: Memminger MedienCentrum AG
Printed in Germany
Erste Auflage 2007
ISBN 978-3-41918-2

1 2 3 4 5 6 – 12 11 10 09 08 07

Morgen war schon

Für Falk,
Melvin,
Ava und Ilona

1.

Drei Frauen und ein auffällig breitschultriger Mann standen neben dem linken hinteren Kotflügel seines Taxis. Sie lachten, während das Nachmittagslicht die Umrisse der Bäume um den Parkplatz zeichnete, Schattenlinien, die wie ungelenke Aufforstungspläne die Gegend neu ordneten.
Über den Zaun der Pferderennbahn brach ein Schwall aufgeregter Stimmen, der sich zwischen die frühen Märztriebe der Sträucher warf.
Feltzer fixierte wütend seinen Wagen über die Autodächer hinweg, umschloß mit der Linken das Handy in der Hosentasche.
Das war Irrsinn. Er mußte verrückt sein.
In seinen Kniekehlen spürte er bei jedem Schritt ein Kribbeln, als seien ihm die Beine eingeschlafen. Er bog in die Parkreihe ein, in der als letzter sein Wagen stand, und sah, wie der breitschultrige Mann sich umständlich bückte, durch das hintere Türglas ins Wageninnere schaute, ehe er die Hände an seine Schläfen hob, seine Lippen zum Vibrieren brachte und gegen die Scheibe sprudelte. Seine Zeigefinger bewegten und krümmten sich dabei, als wollte er ein kleines Kind, vergessen auf dem Rücksitz, zum Lachen bringen.
Aber es lachte niemand in seinem leeren Taxi, das wußte Feltzer.
Trotzdem gab der Mann nicht auf.
Schließlich drehte er sich seinen Begleiterinnen zu, riß die Augen auf und ahmte ein nicht wiederzuerkennendes Tier nach. Wie zwei Knorpelauswüchse ragten dabei die ge-

streckten Zeigefinger zu beiden Seiten seines Gel-glänzenden Kopfes in den Nachmittag.
An der Scheibe waren feine Spucketröpfchen zurückgeblieben. Feltzer trat hinter den Mann und wischte mit dem Ärmel seiner Regenjacke über das feuchte Fensterglas.
Im selben Augenblick schrumpfte das Gelächter vor ihm auf die Größe der Libellenbrosche zusammen, die eine der drei Frauen außen am Mantel über der linken Brust trug. Der Mann drehte sich um, lächelte Feltzer etwas blödsinnig entgegen.
»Das ist nicht der richtige Augenblick«, sagte Feltzer leise.
»Wir haben Ihre Tiere bewundert«, antwortete der Mann und zeigte auf die fünf Plüschgiraffen, die nach Größe geordnet nebeneinander auf der Rückbank saßen.
Vom Autodach sprang ihm ein gleißender Lichtreflex ins Gesicht.
»So«, sagte Feltzer, drückte auf seinen Schlüssel und öffnete die Zentralverriegelung.
»Wir müssen in die Innenstadt«, sagte der Mann, »den Damen ist kalt«, fügte er hinzu.
Feltzer spürte die Tastatur seines Handys in der linken Handfläche. Das Display war feucht.
»Einen kann ich mitnehmen«, sagte er und öffnete die Fahrertür.
»Wir sind zu viert«, antwortete die Libellenbrosche. In ihren Augen schüttelte der Wind einige Ahornblätter.
»Einen kann ich mitnehmen«, wiederholte Feltzer, jedes einzelne Wort betonend.
Von der Rennbahn wellte Applaus, sprang zwischen die geparkten Wagen. Feltzers Hals fühlte sich geschwollen an. Obwohl er so schnell wie möglich weg von hier wollte, blieb

er stehen, schaute in die Gruppe der vier Gesichter, ohne sich auf ein bestimmtes zu konzentrieren.
»Sie verstehen nicht«, hörte er eine der Frauen sagen, »wir wollen alle gemeinsam fahren.« Sie trug weiße Handschuhe, die dünn und fast durchsichtig waren. Eingeklemmt zwischen ihrem schwarzen Kraushaar und einer dick gefütterten Jacke saß ein farbloses, unebenes Gesicht, das zu den Handschuhen paßte.
»Alle gemeinsam«, wiederholte sie nach einem kurzen stillen Augenblick und nickte.
»Hinten ist besetzt«, sagte Feltzer, »das sieht man doch, oder?« Seine Stimme klang belegt. Jedes seiner Wörter schien von weiteren unausgesprochenen überdeckt.
Er legte den rechten Ellenbogen auf die Oberkante der Fahrertür und drückte seinen Rücken gegen den Metallrahmen.
Obwohl es nicht gerade warm war an diesem Tag, öffnete der Mann nun mit einer scheinbar nebensächlichen Handbewegung den Reißverschluß seiner Jacke. Feltzer las »United Bodybuilders« auf dem T-Shirt darunter. Die Mundwinkel des Mannes schoben sich freundlich bis zu den Wangenknochen hoch.
Ich habe andere Sorgen als dich, dachte Feltzer. Der Türrahmen schnitt unangenehm zwischen seine Wirbel.
»Noch was?« fragte er.
»Das sind Plüschtiere!«, mischte sich die dritte Frau ein. Eine Strähne begrenzte auffällig hell ihr braunes Haar, zog sich über die Stirn bis hinter das linke Ohr.
Feltzer sah, daß sie ihre Augenbrauen wegrasiert und durch schwarz aufgemalte Rundbögen ersetzt hatte. Sein Blick rutschte eine Sekunde darauf herum und landete auf ihrer Nasenwurzel, ehe er: »Ja« sagte.

Dann nahm er das Handy aus der Tasche und stieg in sein Taxi. Der Geruch von verbranntem Papier zitterte über dem Armaturenbrett und den Sitzen, drehte sich in kleinen Wirbeln um Feltzers Oberkörper und entglitt aus der noch offenen Fahrertür.

Ich muß weg, dachte er, ich muß hier dringend weg.

Er steckte den Schlüssel ins Zündschloß und hörte, wie die hintere Wagentür klickte.

Jemand versuchte einzusteigen.

»Nein«, sagte Feltzer noch, dann hatte er einen Druck im Kopf, als pumpe sein Herz zu viel Blut nach oben, als weiteten sich alle Adern. Fast ohne sein Zutun schlug das Handy in seiner Hand mit Wucht gegen das Lenkrad, dann war Feltzer aus dem Wagen.

»Tür zu!« brüllte es aus seinem Mund.

Das schmale Telefon schleuderte im gleichen Moment auf die Pflastersteine, splitterte in mehrere Richtungen, während der Akku dem Mann mit dem Muskel-T-Shirt gegen das Schienbein sprang.

»Wird's bald!« schrie es abermals aus Feltzer. Sein Atem verästelte sich schmerzhaft bis in die Lungenspitzen.

Die Libellenbrosche hielt noch immer den Türgriff in der Hand. Hinter ihr formierten sich die beiden Frauen und der Mann zu einer zögerlichen Abwehr.

»Das ist doch nicht normal«, flüsterte sie.

»Was?!« schrie es aus Feltzer.

»Laß gut sein, Hildegard«, sagte die Frau mit dem hellen, farblosen Gesicht und legte der Libellenbrosche ihre weiß behandschuhten Finger auf die Schulter.

Feltzer schlug die hintere Tür zu.

»Ich könnte, aber ich bin zu intelligent dazu«, teilte der Mann seiner Umgebung mit und schloß die Augen halb.

»Was könntest du?« drohte es aus Feltzer.
Der Mann atmete einmal sichtbar ein, antwortete aber nicht.
Feltzer sah, wie das Licht über das Haar des Bodybuilders rutschte, bevor es parfümiert auf dem Taxidach liegenblieb.
»Siggi, bring den Patienten doch mal auf Station«, sagte die Frau mit der hellen Strähne.
Dann lag eine Stille über dem Asphalt, als sei alles Nötige gesagt, als könne nun nur noch Gewalt, ein Schlag ins Gesicht etwa, die Situation lösen. Und obwohl ein Tief an diesem Sonntag im März sehr kalte, feuchte Luft nach Deutschland gebracht hatte und die Wolkendecke über der Stadt nur zeitweise aufriß, ja im Laufe des späten Nachmittags sogar etwas Schnee zu erwarten war, wurde es mit einem Mal sehr heiß.
Feltzer hatte Schweißtropfen auf der Stirn. Die Außenwelt begann zu flackern. Bilder lösten sich auf, liefen ineinander. Nichts war mehr deutlich zu erkennen. Feltzer hätte die Augen schließen können, es hätte keinen Unterschied gemacht. Er wollte sich auf die Gruppe stürzen, nur um den Gegenständen und Personen vor sich Konturen zu geben, aber etwas drehte ihn um und ließ ihn in sein Taxi steigen.
Er mußte weg von hier, dringend weg. Er ließ den Wagen zwei Meter nach vorn auf die Ausfahrt fahren.
Die Frau mit der hellen Strähne schrie: »Du blöder, alter Sack!«
Es dauerte eine Sekunde, aber als dieser Satz ihn erreichte, abgedämpft durch die Scheibe trat, legte Feltzer den Rückwärtsgang ein.
Der breitschultrige Mann sagte grinsend: »Ich denke, du stehst auf ältere Männer, Corinna.«
»Breller!«, schrie Siggi in diesem Moment und begrub ihr schwarzes Kraushaar unter den weißen Handschuhen.

»Was?« fragte der Mann zurück.
Dann schoß das Taxi rückwärts auf sie zu.

»Dieser Augenblick«, würde Hildegard Blech später sagen und sich an die Libellenbrosche fassen, »war einer, in dem das Licht alle Gegenstände so deutlich zeichnet, daß man den Überblick behält, obwohl die Situation komplett chaotisch erscheint. Das Gehirn berechnet blitzschnell den Abstand zwischen Heckklappe und den eigenen Beinen, skizziert die Entfernung, die man springend zurücklegen muß, um nicht von der Karosserie erwischt zu werden, und hat dem Körper bereits Anweisungen erteilt, bevor wir uns bewußt werden, daß wir über ein Ausweichen nachgedacht haben. Ein exekutiver Augenblick. Wir selbst handeln eigentlich nicht. Wir werden gehandelt. Die Frage ist, von wem.«

Der Geruch von verschmortem Gummi hing einen Moment lang über der Stelle, an der die vier gestanden hatten, ehe sie in unterschiedliche Richtungen auseinandergesprungen waren, dann löste er sich in einem Gemisch aus Abgasen und Frühlingsluft wieder auf.
Unter dem rechten Hinterrad war der Akku des zerstörten Mobiltelefons verschwunden.
Feltzer hatte mit Wucht auf Kupplung und Bremse getreten, legte nun hörbar den ersten Gang wieder ein, fuhr vom Parkplatz, bog um die Ecke und raste an der Pferderennbahn vorbei Richtung Neusser Straße. Auf dem Rücksitz sprangen die Giraffen kreuz und quer übereinander, die kleinste fiel unter den Fahrersitz.
Draußen schlugen die Bäume ihre Schatten unter die Räder, als peitschten sie die Reifen hektisch vorwärts. Feltzer

glaubte, die Schläge der Äste auf dem Asphalt zu hören. Per Knopfdruck fuhr er das Seitenfenster herunter, ließ den Fahrtwind an seinem Kopf vorbeirauschen.
Hatte er jemanden verletzt?
So schnell er ausgerastet war, so schnell hatte er sich auch wieder im Griff. An das, was eben passiert war, konnte er sich merkwürdig schlecht erinnern. Kleine Holzsplitter lagen im Gedächtnisraum, die Möbel fehlten.
»Tut mir leid«, sagte Feltzer laut vor sich hin. Dann suchte er im Rückspiegel nach drei Frauen und einem breitschultrigen Mann, obwohl ihm klar war, daß er die Gruppe von dieser Straße aus unmöglich sehen konnte. Erst als ihm ein Wagen entgegenkam, merkte er, daß er verkehrt in eine Einbahnstraße eingebogen war.

Über dem Ebertplatz hatte sich eine Wolke aus sattem Anthrazit zusammengezogen, sich vom übrigen Grau losgerissen und faserte nun zeitlupenhaft in den Lichtrahmen zurück, der sie umgab.
Feltzer lenkte sein Taxi in eine Parklücke am Hansaring, stieg aus, öffnete die hintere Wagentür, hob die kleine Giraffe vom Boden und setzte alle fünf Tiere der Größe nach wieder auf den Sitz.
In Feltzers Rücken rauschten Wagen vorbei, schossen hupend unter der S-Bahnbrücke hindurch, wichen der offenen Tür aus, bremsten, rollten fluchend auf die Überholspur. Ein Fahrer hielt kurz und schrie: »Mach deine scheiß Tür zu!« Dann fuhr er weiter.
»Klar doch«, sagte Feltzer ruhig, ehe er die hintere Wagentür wieder schloß und sich hinters Lenkrad zwängte.
Auf dem Beifahrersitz saß ein Mann mit Vollbart und blickte regungslos geradeaus. Feltzer hatte ihn nicht einsteigen gese-

hen. Er steckte den Schlüssel ins Zündschloß, streckte seine Wirbelsäule etwas, blickte in den Seitenspiegel und sagte »Tag.«

Ohne den Kopf zu wenden, fragte der Mann mit aufgerauhter Stimme, als sei er erkältet: »Probleme gelöst oder viel verloren auf der Rennbahn? Tag auch.«

Feltzer wollte sofort zurückfragen, wie meinen Sie das? Dann wurde ihm klar, daß jeder so geantwortet hätte. Also schwieg er einen Moment lang und sagte schließlich: »Alles.«

»Tragen Sie deshalb so viel Schwarz unter der Regenjacke«, witzelte der Mann, indem er mit dem Zeigefinger über sein Wildledersakko strich.

Feltzer lenkte das Taxi aus der Parklücke und rollte bis zur nächsten roten Ampel, ohne zu antworten.

Über dem Hansa-Gymnasium hingen Sonnenstrahlen wie steife, abgerissene Drähte und schimmerten nachlässig. Die Ampel sprang auf Grün.

Feltzer gab Gas, während der Mann mit verkratzter Stimme sagte: »Jeder hat so seine Leidenschaften.«

»Sie waren auch auf der Pferderennbahn« antwortete Feltzer, nur um irgend etwas zu sagen.

»Ja«, brummte der Mann und drehte Feltzer sein Gesicht zu. »Und seitdem habe ich kein Geld mehr.«

»Scheiß Pferde«, preßte Feltzer zwischen den Zähnen hervor, »darf meine Frau gar nicht erst erfahren. Wir wollten sparen. Das heißt, sie wollte. Ich mach mir nichts aus Plänen. Ich habe auch so genug zu tun.«

Der Mann schaute Feltzer noch immer an. Feltzer hatte das Gefühl, den Vollbart des Mannes an seiner Wange zu spüren. Die leicht wirren Härchen schienen ihn zu kitzeln, aber er wollte sich nicht kratzen.

»Es waren keine Pferde, es war ein Mensch«, sagte der Mann und blickte wieder nach vorn.
Feltzer zog die Augenbrauen zusammen, überlegte, was sein Fahrgast meinte, sagte aber nichts.
»Ich bin bestohlen worden«, fuhr der Mann nach einer Weile fort, griff zu beiden Seiten den bis zur Brust verlängerten Kragen seines Wildledersakkos und zog ihn zurecht, so als gelte es, die eigene Würde wiederzugewinnen. »Ich habe nicht gewettet«, fügte er hinzu, »meine Schlüssel sind auch weg.«
Feltzer dachte sofort, wie willst du dann die Fahrt bezahlen, sagte aber nur: »Das ist Pech.«
»Ja«, antwortete der Mann, »ich müßte mal anrufen.«
Feltzer tastete mit seiner Linken über die Hosentasche, erinnerte sich dann an den Zwischenfall von vorhin und daß sein Handy dabei zu Bruch gegangen war. Er fuhr die Ringe entlang, langsam, immer wieder mit dem Fuß die Bremse betätigend, um den Wagen vor ihm nicht zu berühren.
Die ersten Terrassenstühle standen vor den Bars und Cafés unter feuchten Sonnenschirmen, aber bei drei Grad plus kam keiner der Fußgänger auf die Idee, sich hinzusetzen. Nur am Rudolfplatz kauerten einige Obdachlose auf dem Bürgersteig vor der Grünanlage des hochgeschossigen Hotels, schwenkten Bierflaschen und prosteten laut den Punks auf der anderen Straßenseite zu.
»Keine Angst«, sagte der Mann, »soweit kommt es nicht.«
»Was?« fragte Feltzer zurück.
Erst jetzt wurde ihm klar, daß er seinen Fahrgast nicht gefragt hatte, wohin er ihn bringen sollte.
»Jetzt fängt es auch noch an zu schneien«, sagte der Mann.
Feltzer zog den Kopf etwas ein, blickte nach oben auf den

hellgrauen Himmel, der sich nach und nach mit kaum sichtbaren Bewegungen die dunklen Flecken vom Leib zu waschen schien. Schnee sah er nicht.
»Wo bring ich Sie denn hin?« fragte er schließlich und spürte erneut den Vollbart des Mannes an seiner Wange.
»Ich muß telefonieren«, wiederholte der Mann, »es macht keinen Sinn, daß Sie mich jetzt da rausfahren, und meine Schwester ist vielleicht gar nicht da. Dann stehe ich draußen in der Kälte rum. Ich muß erst anrufen. Sie bekommen Ihr Geld schon.«
Feltzer fuhr am Itzak-Rabin-Platz vorbei, betätigte den Blinker und bog in die Beethovenstraße ab. Am Taxistand sah er seinen Kollegen Bellini, den Kopf leicht verdreht nach hinten gelegt im Wagen sitzen und dösen.
Er hupte kurz.
Bellini öffnete ein Auge, deutet eine Nickbewegung an und schloß sein Auge wieder.
Feltzer dachte, bis später. Laut sagte er: »Da rausfahren, so«, ohne eine konkrete Frage an seinen Fahrgast zu formulieren.
»Ich habe selbst welche«, sagte der Mann, »Pferde, meine ich. Für meine Nichten, schöne Tiere, aber auf die würde ich nicht wetten.«
Feltzer fuhr um den Rathenauplatz, parkte und zeigte auf die Uhr, ehe er sie ausschaltete.
»Bis hierher acht Euro«, sagte er, »Kommen Sie mit hoch, da können Sie telefonieren. Dann fahren wir gleich weiter.«
Der Mann stieg aus, knöpfte den untersten Knopf seines Wildledersakkos zu und betrat hinter Feltzer den Hausflur. Zwei Fahrräder lehnten an der Wand. Neben der Steintreppe stand ein Kinderwagen mit Sandspielzeug. Aus der Wohnungstür daneben drang ein dumpfes Hämmern.

»Kommen Sie«, sagte Feltzer, ohne sich umzudrehen oder den Mann anzusehen. Hinter ihnen fiel die Haustür mit einem kurzen, hellen Schleifen ins Schloß.
Auf der Zwischenetage standen zwei hohe Pflanzen, deren Zweige weit in den Flur hineinreichten. Feltzer schob sie beiseite und sprang die nächste Treppe mit drei kräftigen Sätzen hinauf. Er schloß die Wohnungstür auf, trat in den Flur und sah Louises Jacke auf der Kommode liegen.
Der Mann sagte: »Dauert nicht lang.«
Wegen acht Euro nehme ich einen Fahrgast mit in meine Wohnung, dachte Feltzer, so ein Schwachsinn.
Er drückte die Klinke zum Wohnzimmer nach unten und fragte, noch halb vom Türholz verdeckt: »Wieso bist du schon zu Hause?« Dann erst fügte er ein »Hallo erstmal« hinzu.
Louise lag auf dem Sofa unter ihrer braunen Wolldecke und las in einem Reiseführer über Neuseeland.
Der Mann fragte: »Wo ist das Telefon?«
Feltzer stellte sich vor seine Frau und sagte: »Was ist los?«
Der Mann sagte krächzend: »Soll ich draußen warten?«
Louise schob langsam ihren Kopf an Feltzers Beinen vorbei und blickte auf den Mann, der ihr zunickte. In ihre leicht fettigen, braunen Haare hatte sich ein rötlicher Schimmer verirrt, glänzte zu beiden Seiten des Mittelscheitels und zog sich immer matter werdend bis in die Haarspitzen.
»Ich brauche dein Handy, heute«, sagte Feltzer, »meins ist kaputt.« Er schaute kurz aus dem Fenster auf das verdreckte Grün des Rathenauplatzes, drehte sich um und ging an dem Fahrgast vorbei ins Schlafzimmer, um das Mobiltelefon seiner Frau aus dem Nachttischchen zu nehmen. Dort lag es in der Schublade zwischen Papiertaschentüchern und einer Handvoll Listen, auf denen stand, was man in verschiedene

Länder mitnehmen mußte, wenn man sie denn bereiste. Unter der Überschrift »Mali« war in schön geschwungener Handschrift zu lesen: Sonnenhut, T-Shirts mit langen Ärmeln, Tabletten fürs Wasser, Klorolle, Malaria? Schuhe neu besohlen. Daneben waren Titel von Büchern, Romanen, Reisebeschreibungen aufgeführt, die irgend etwas mit Mali zu tun hatten. Feltzer spürte, wie sein Herz für zwei Schläge aus dem Takt geriet, rieb mit der linken Hand über seinen Brustkorb, während er mit der anderen nach dem Telefon griff. Louise benutzte das Handy nicht. Sie hatte sich darüber gefreut, als Feltzer es ihr zu Weihnachten geschenkt hatte, aber seitdem lag es in der Schublade und wurde nur hervorgeholt, wenn Feltzer sein Handy verlegt hatte. Louise erinnerte sich nicht einmal mehr an die Pin. Feltzer schaltete es ein und machte einen Schritt Richtung Wohnzimmer, während er die Zahlenkombination eingab.

»Ja, sicher«, hörte er den Mann sagen, »und es riecht nach Schwefel. Die ganze Gegend riecht nach Schwefel.«

Feltzer trat ins Wohnzimmer, drückte die Tastensperre und steckte das Handy in seine Hosentasche.

Auf dem Sofa saß Louise jetzt aufrecht, die Wolldecke über ihren Knien, ihre nackten Zehen in den flauschigen Teppich gekrallt. Neben ihr, in etwas unbequemer Verdrehtheit, hockte der Mann und zitterte mit seinem Vollbart, während er im Reiseführer blätterte.

»Das Telefon steht da«, sagte Feltzer und wies auf das Holzregal, das seitlich vom Sofa gegenüber der Flurtür stand. Der Mann drehte ihm sein Gesicht zu, schaute auf den Apparat, der links und rechts sowie oben und unten von Reiseführern und Bildbänden über fremde Länder eingekeilt war, und sagte: »Und wann soll es losgehen?«

Im Zimmer war plötzlich nur noch das leise Surren des Kühlschranks aus der Küche zu hören.
»Wollen Sie vielleicht etwas zu trinken«, fragte Louise den Mann.
»Ich muß fahren«, sagte Feltzer, spürte Säure seine Speiseröhre hochschwappen und drückte mit dem gestreckten Mittelfinger dort, wo die Rippen endeten und der Bauchansatz begann, die Öffnung über seinem Magen zusammen. Das verschaffte ihm Erleichterung.
»Nein, danke«, antwortete der Mann.
»Schon bald«, sagte Louise. Sie sprach ungewohnt hastig, fand Feltzer, wenn von »schnell« im eigentlichen Sinne auch nicht die Rede sein konnte. Aber im Gegensatz zu ihrer Langsamkeit, die normalerweise ihre Sätze kennzeichnete, war das zweite Wort recht zügig auf das erste gefolgt. Und dann fügte sie in der gleichen Geschwindigkeit mit Blick auf ihn hinzu: »Wir unterhalten uns.«
Feltzer überhörte sie und fragte erneut: »Wieso bist du eigentlich schon zu Hause?«, während er das Deckenlicht anknipste. Er hatte plötzlich das Gefühl, mehr sehen oder wenigstens genauer hinsehen zu müssen.
»Da haben Sie ja eine anständige Bibliothek«, sagte der Mann. Seine Stimme raspelte wild über den falschen Holzfußboden. »So viele Ziele habe ich schon lange nicht mehr nebeneinander gesehen.«
»Ich bin gerne unterwegs«, antwortete Louise, »ich kann mich nicht immer direkt entscheiden, das ist oft von meiner Tagesform abhängig. Aber so eine Bücherwand aus Reiseführern, da kann man sich schon drauf verlassen. Ich bin mir mittlerweile ziemlich sicher, daß wir bald nach Neuseeland aufbrechen.«
»Was ist jetzt?« stieß Feltzer hervor.

»Herr Bergrath war schon einmal in Neuseeland«, sagte Louise, zeigte auf den Mann und lehnte sich wie in Zeitlupe gegen die Rückenlehne des Sofas.
Feltzer spürte, wie Zorn in ihm aufstieg. Er steckte seine linke Hand in die Tasche und klammerte sich an das Handygehäuse. »Jedenfalls habe ich nicht ewig Zeit. Einer in dieser Familie muß schließlich arbeiten«, sagte er.
Weder Bergrath noch Louise reagierten, sie blieben einfach sitzen und schienen zu warten. Im Wohnzimmer lud sich die Atmosphäre mit Partikeln auf, die Feltzer nicht ertrug. In seinem rechten Unterarm zuckte mehrmals hintereinander ein Muskel. Um nichts zu machen, was ihm später leid tun würde, wandte er sich abrupt um, ging durch den Flur, griff nach Louises Jacke, zog sie im Vorbeigehen von der Kommode auf den Boden, rief: »Legen Sie die acht Euro auf den Tisch«, obwohl er wußte, daß dies eine unsinnige Forderung war, und knallte die Wohnungstür zu.

Draußen fielen einige Schneeflocken, legten sich auf Feltzers Schultern, auf seinen Kopf. Er stützte sich mit beiden Händen gegen seinen Wagen und atmete durch.
Eine Minute später ging er um sein Taxi herum, öffnete die Fahrertür. Eine leere CD-Hülle fiel aus der Tür auf die Straße und brach an einer Ecke ab. Feltzer hob sie auf und steckte sie zurück in das Türfach neben das kleine Küchenmesser, das er dort aufbewahrte, um sich notfalls auf seinen Nachtfahrten verteidigen zu können.
»Einen Revolver? Vergiß es«, hatte Bellini gesagt und sich mit dem Zeigefinger auf die Nasenspitze getippt, »wenn du nicht triffst, hat dein Wagen ein Loch. Gas ist auch kacke. Das atmest du ja selber ein. Aber ein Messer! Kurzer Griff in die Tür und zack durch die Hand, wenn dich einer von hin-

ten würgt. Mußt du nur aufpassen, daß du dir dabei nicht selbst in den Hals stichst.«

Sein Kollege Bellini redete viel, aber das mit dem Messer hatte Feltzer eingeleuchtet, auch wenn die Gefahr, beim Taxifahren wirklich mal in eine unangenehme Situation zu kommen, eher gering war. Trotzdem hatten fast alle, die er kannte, irgend etwas im Auto, vom Schlagring bis zum Elektroschocker. Nur Kröning hatte nie eine Waffe dabei. Die hätte seinen blitzblanken, aufgeräumten Wagen verschandelt.

Feltzer stieg in sein Taxi und fuhr zurück zur Beethovenstraße. Bellini war nicht mehr da. Er überlegte, ob er sich an den Halteplatz stellen und sich über die Rufanlage anmelden sollte, entschied sich dann aber, einfach weiterzufahren und auf ein »Winkemännchen« zu hoffen.

Es fiel kein Schnee mehr. Feltzer ließ den Wischer einmal über die Frontscheibe gleiten. Draußen wurde es bereits dunkel. Die Stadt lag in unzähligen Grautönen neben der Fahrbahn. Er glitt die Ringe entlang bis in die Südstadt, wendete am Chlodwigplatz und fuhr wieder zurück. Er dachte an Bergrath, der wie ein Therapeut neben Louise gesessen und sie aufgemuntert hatte. Wie hatte der Waldschrat das in der kurzen Zeit geschafft? Wegen acht Euro sollte man keinen Fahrgast mit nach Hause nehmen. Flackernde Straßenlampen. Der Turm der Stadtmauer warf einen unruhigen Schatten. Schwefelgeruch. Brodelnde Quellen. Die Farne schimmerten feucht in der brütendheißen Luft. Feltzer drehte die Heizung etwas herunter. Bergrath paddelte auf einer Pfütze und hatte ein Leck in seinem Boot. Feltzer sah, wie der hintere Teil des Bootes mehr und mehr absank, dann trieb das Paddel auf dem Wasser, und Bergrath begann zu schwim-

men, nur kurz, dann war er verschwunden. Die Sonne hockte verstohlen am Ende der Landschaft, spiegelte ihren sichtbaren Halbkreis im krausen Wasser. Auf einer Plakatwand warteten Cowboys mit ihren Satteln auf die nächste Straßenbahn. Wie hatte er nur so viel Geld auf Pferde setzen können, zwölftausend Euro, das war völliger Irrsinn. Feltzer biß sich auf die Zunge. Seine SIM-Karte lag noch irgendwo auf dem Vorplatz der Rennbahn. Er mußte sie holen oder als defekt melden oder als gestohlen. Und er brauchte Fahrgäste. Leute, die zahlen konnten. Was machten Bergrath und Louise in der Wohnung?
Feltzer hatte den Zülpicher Platz hinter sich gelassen und überlegte, ob er zu Hause vorbeischauen und Bergrath dann »da rausfahren« sollte, wo auch immer das sein mochte, entschied sich aber für die SIM-Karte und ließ die Beethovenstraße links liegen.

In den geschlossenen Geschäften brannten Lichter, die Versprechen über die Dinge und Gegenstände warfen. Überall lag die Zukunft aus, teilweise herabgesetzt und zum halben Preis zu haben. Gesetzt man war bereit, bis Montag morgen zu warten. Aber Menschen gab es wenige auf der Straße. Und die, die es an diesem Sonntag in der Dämmerung vor die Tür getrieben hatte, eilten zielstrebig zu Orten, die sie bereits kannten, zu Dingen, die sie bereits hatten. Sie sahen nicht aus, als seien sie an Zukunft interessiert. Feltzer schaltete das Radio ein, drückte sich durch die einzelnen Sender und blieb bei einem Beitrag über das Ende des Zweiten Weltkrieges im linksrheinischen Köln hängen. Der Sprecher sagte, daß sich nach den verheerenden Bombenangriffen allenfalls noch vierzigtausend Menschen in der Stadt befunden und daß die Amerikaner auf den Tag genau heute vor sechzig Jahren die

zerstörte Stadt unter ihre Kontrolle gebracht hatten. Feltzer sah die Ruinen aus der zunehmenden Dunkelheit wachsen, beleuchtet vom verschmutzten Licht der Straßenlampen. Sein Vater hatte ihm die Trümmer oft beschrieben, eine Wüste, hatte er gesagt, den Kopf geschüttelt und ihm erzählt, wie er als Achtzehnjähriger nach Hause gegangen war, dorthin, wo er gehofft hatte, sein Elternhaus zu finden. Aber er hatte nur Schutt gefunden.
Feltzer fuhr Richtung Nippes, erblickte für einen Moment eine Frau mit erhobenen Händen am Straßenrand, die vor einem kleinen, gedrungenen Mann mit Krücke stand. Dann huschten wieder Mauern vorbei, dunkle Giebel, Hauseingänge. Von hinten näherte sich ein Knirschen und Wummern. Feltzer blickte in den Rückspiegel. Im Radio sagte eine Zeitzeugin: »Das erschütterte den ganzen Boden.« Dann setzte der Wagen an Feltzers Taxi vorbei. Der junge Mann am Steuer hatte die Scheiben trotz Kälte herunter- und die Anlage bis zum Anschlag aufgedreht. Feltzer glaubte auf einmal, Benzin zu riechen, während der Wagen vor ihm kleiner wurde und schließlich lautlos in einer Seitenstraße verschwand.
Unter einem abgedunkelten Fenster hing ein alter Stoffetzen an einer Leine wie eine weiße Fahne. »Mein Vater rief, jetzt ist es vorbei!« sagte die Zeitzeugin.
Feltzer lenkte sein Taxi in die Rennbahnstraße, diesmal von der richtigen Seite aus. Er schaltete das Radio aus, bog um die Ecke und stellte sein Taxi an der Rennbahn ab. Der Vorplatz war mittlerweile leer. Feltzer setzte einen Fuß auf die Straße, während er die CD-Hülle in der Ablage im Auge behielt. Er ließ die Tür behutsam zufallen und ging zu der Stelle auf dem Parkplatz, an der sein Handy am Nachmittag zu Bruch gegangen war. Jemand hatte alle Einzelteile zu einem

kleinen Haufen zusammengeschoben. Er hob das kaputte Gehäuse auf, hielt es unter das gelbliche Licht einer Straßenlampe, fischte die SIM-Karte heraus, ließ das Telefon wieder fallen und schlenderte zurück zu seinem Wagen.
Über die Rennbahn flog ein Taubenschwarm in bedrohlicher Formation. Dahinter stieg Rauch auf.
Als Feltzer sich wieder in seinen Wagen setzte, hatte er das Gefühl, der Geruch von verbranntem Papier im Innern, von dem er nicht wußte, woher er kam, nur daß er von einem Tag auf den anderen plötzlich dagewesen war, hätte sein Spektrum um eine Nuance erweitert. Es roch jetzt nicht nur nach alten, verkokelten Zeitungen, nein, es roch auch nach Öl, nach verbrannter Farbe. Feltzer kurbelte das Fenster einen Spalt breit herunter, wendete und wußte im gleichen Moment, daß er auf kürzestem Weg nach Hause fahren mußte.

Das erste, was ihm auffiel, als er den Flur in seiner Wohnung betrat, war, daß Louises Jacke noch immer auf dem Boden lag und hektische Geräusche aus dem Wohnzimmer zu kommen schienen, nicht laut, vielmehr gedämpft und verhuscht. Er spürte eine Hitze im Kopf, die seine Ohren verstopfte. Er blieb einige Sekunden lang stehen, horchte. Kamen die Geräusche doch vom Treppenhaus? Feltzer war sich nicht sicher. Mit dem Fuß stieß er die Jacke zur Seite, mit der Hand die Wohnzimmertür auf und starrte sofort um die Ecke auf das Sofa. Dort saßen Bergrath und Louise in genau der gleichen Stellung wie vorhin, als er sie verlassen hatte, er mit nur halbem Hintern und leicht verdrehtem Oberkörper auf dem Polster, während Louises Zehen noch immer im flauschigen Teppich wühlten. Die beiden saßen steif und unverändert da, nur die braune Wolldecke und der Reiseführer lagen nun zwischen ihnen, aber Feltzer hatte das Gefühl, in dieser Unbewegtheit sei eine Hektik, die ihnen das Herz bis zum Hals schlagen ließ. Ihre Gesichter waren rot. Das Blut lief nur langsam zurück aus den unzähligen Äderchen. Oder war es sein Blick, der alles rot färbte?

»Wir fahren!« sagte Feltzer. »Wir fahren jetzt da raus!« fügte er hinzu.

Louise neigte ihren Kopf langsam der rechten Schulter zu, schaute Feltzer erstaunt an, als versuche sie sich an ihn zu erinnern.

»Ich habe meine Schwester erreicht«, sagte Bergrath mit verkratzter Stimme, »alles kein Problem«, und blieb sitzen.

Du hast gleich ein Problem, dachte Feltzer, trat einen Schritt zurück, sagte: »Bitte« und wies mit ausgestrecktem Arm auf die Tür zum Flur.

Draußen vorm Fenster sang jemand: »Mer stonn zo Dir FC Kölle ...«, hatte sich offensichtlich bereits warmgetrunken für das Spiel gegen den 1. FC Saarbrücken am nächsten Abend. Feltzer lauschte noch einen Moment lang, aber es folgte keine Zeile des Liedes mehr. Sein Blick glitt übers Fensterglas hinunter auf das Sofa.

Bergrath stand noch immer nicht auf.

Feltzer verharrte in seiner auffordernden Haltung und ärgerte sich über sich selbst, weil er wieder übers Ziel hinausgeschossen war. Denn einmal in solch eine Befehlsgeste abgerutscht, war es schwer, sich wieder daraus zu lösen. Gab der andere nicht nach, konnte die Konsequenz nur ein Durchgreifen sein, es sei denn, man hatte nichts dagegen, als Schwätzer entlarvt zu werden. Feltzer überlegte, was er tun konnte, preßte die Zähne dabei gegeneinander, daß die Kiefermuskeln sich sichtbar anspannten, seinem Gesicht etwas Verkrampftes gaben.

Bergrath reagierte nicht.

Louises Zehen bewegten sich wie Schnecken über den flauschigen Teppich. Eine feuchte Spur hinterließen sie nicht. Feltzers Kopf begann zu schmerzen. Er ließ seinen Arm sinken und wollte einen Schritt in Bergraths Richtung tun, als Louise sagte: »Es war sehr schön mit Ihnen, Herr Bergrath.«
Bergrath stand auf und verneigte sich leicht, was seinen Bart wie einen breiten Pinsel aussehen ließ, den man gerade in einen Farbtopf tunkte. Er knöpfte den untersten Knopf seiner Wildlederjacke zu und antwortete, indem er Louise die Hand gab: »Ich werde mich in den nächsten Tagen melden. Dann können Sie sich die Fotos mal anschauen. Auf Wiedersehen.«
Louise begann ihren Mund zu einem Lächeln zu bewegen, einem Lächeln, das in seiner Vollendung von Bergrath aber nicht mehr wahrgenommen werden konnte, weil er da bereits im Flur war und Feltzer die Wohnzimmertür hinter ihnen geschlossen hatte.

Im Wagen fragte Feltzer, während er den Motor startete und der aufgewirbelte Papiergeruch sich wieder gleichmäßig über den Sitzen verteilte: »Sind Sie Therapeut oder so was?«
Die Fahrbahn war naß. Im Licht der Scheinwerfer glitzerte Nieselregen.
»Nein«, sagte Bergrath. Feltzer wußte nicht, ob die Verachtung, die in seiner Stimme dabei mitschwang, ihm galt oder dem Beruf des Therapeuten.
»Kann man doch fragen«, sagte er.

Die Herz-Jesu-Kirche streckte ihren Turm in den lichtlosen Himmel. Feltzer hielt an der Ampel und spielte nervös mit dem Gaspedal, drückte es etwas nach unten, allerdings nur so wenig, daß der Motor davon nichts zu merken schien, und ließ es wieder los. Es war ein beruhigendes Zittern seines Fußes im Dunkeln des Wagens. »Wo liegt denn nun dieses ›Da Draußen‹?« fragte er.

»Ich muß ins Bergische«, antwortete Bergrath, »ich zeige Ihnen dann schon wo.«

Der unverändert arrogante Ton, den Bergrath wählte, nervte Feltzer. Er klappte das Fach vor Bergrath auf, nahm ein Döschen mit Natronpillen gegen Sodbrennen heraus, warf sich eine davon in den Mund, schluckte sie und trat aufs Gas. Bergrath wurde in den Sitz gedrückt.

Mit dem doch nicht, dachte Feltzer, Louise, das wäre absurd. Aber es blieb ein merkwürdiger Zweifel zurück, während er die Kurve am Barbarossaplatz zu schnell nahm und hinunter zum Waidmarkt fuhr, ein Zweifel, der sich kaum bemerkbar machte, aber doch vorhanden war, ein winziges Körnchen, das nun irgendwo in seinem Gehirn lagerte und von dem er nicht wußte, ob es für eine Tatsache stand oder nur der übriggebliebene Rest einer Einbildung war.

»Sie spielen gern«, sagte Bergrath und verschränkte die Arme vor der Brust.

»Kümmern Sie sich um Ihren Kram«, antwortete Feltzer so ruhig er konnte.

»Sie sollten Ihrer Frau das nicht antun«, fuhr Bergrath fort.

Feltzer spürte die Wirkung der Tablette in seinem Magen, die Luft, die sich dort unten rasch bildete, und mußte rülpsen.

»Sie sind ein ungehobelter Mensch«, sagte Bergrath, »und haben eine so bezaubernde Gattin.«

Feltzer drückte das Gaspedal weiter nach unten und raste

auf die Deutzer Brücke zu. Die Stadt schimmerte merkwürdig im Nieselregen.
»Davonrasen hilft nichts«, sagte Bergrath, hielt sich am Kragen seines Wildledersakkos fest, während er seine Fußsohlen gegen den Wagenboden drückte.
»Sagen Sie mal, suchen Sie Streit?« fragte Feltzer, so ruhig es eben ging. Hätte er die Frage hinausgeschrien, wäre bereits alles zu spät gewesen, aber das leise Sprechen war eine Möglichkeit, seine Wut im Zaum zu halten.
Bergrath schwieg, starrte nach vorne auf den Fahrbahnausschnitt, der unter den Rädern hindurchgezogen wurde. Aus dem Augenwinkel nahm er Feltzers rechte Hand wahr, die das Lenkrad mit einer Kraft umklammerte, die ihn beunruhigte.
Einige Scheinwerfer kamen ihnen entgegen, strahlten Richtung Stadt.
Feltzer behielt den Fuß auf dem Gaspedal, fuhr mit überhöhter Geschwindigkeit über die Östliche Zubringerstraße und versuchte, sich in den Griff zu bekommen. Er dachte an das grelle Licht in den Spielhallen, das beruhigend auf ihn wirkte, wenn er nachts vor der Reihe einarmiger Banditen auf einem Hocker saß und auf die laufenden Symbole schaute, er sagte sich, daß es überhaupt keinen Grund gab, sich aufzuregen, daß nichts passiert war, daß er ganz normal mit Bergrath reden könnte, aber in seinem Körper hatte sich etwas angestaut, das nach außen drängte. Sein Herz schlug beharrlich zu laut. Er konnte es in seinem Wagen deutlich hören. Bergrath mußte es auch hören.
Er legte eine Hand auf seine Brust, versuchte seine Atmung zu drosseln und entließ erneut Luft aus seinem Magen.
Bergrath reagierte nicht.
In der Dunkelheit funkelten überall kleine Lichter, tauchten

irgendwo auf, verschwanden wieder, während sich in Feltzer eine Gespanntheit ausbreitete, die ihm das Gefühl gab, nur aus einer dünnen, geblähten Gummischicht zu bestehen, die bei jeder Berührung platzen konnte.
Aber Bergrath hatte seine Arme vor der Brust verschränkt, blickte stur dem Kommenden entgegen und schwieg.
Landschaftsfetzen schleuderten an ihnen vorbei. Das Taxi riß ungebremst durch den Abend.
Sprich, Waldschrat, dachte Feltzer und fuhr auf die Autobahn.
Der Nieselregen hatte aufgehört. Sie überholten einen Bus und blieben auf der linken Spur, obwohl kein Wagen vor ihnen zu sehen war. Feltzer bemerkte plötzlich, daß Bergrath den Kopf gewendet hatte und ihn ansah. Jetzt sprich nur ein Wort, dachte Feltzer, und es knallt.
Ein schmaler Streifen Mond tauchte auf, strich matt über den Himmel, bevor er zurück in die Dunkelheit glitt.
Als Bergrath tatsächlich den Mund aufmachte, bremste Feltzer sofort, während seine linke Hand in die Türablage griff. Die Räder rutschten über den Asphalt. Etwas weiter hinter ihnen rollten die Busscheinwerfer auf sie zu. Feltzer steuerte den Wagen auf den Seitenstreifen und brüllte: »Ich habe dich gewarnt. Habe ich dich nicht gewarnt?« Er sah, wie Bergrath versuchte, aus dem Wagen zu flüchten. Auf der Fahrbahn rauschte der Bus an ihnen vorbei. Feltzer schloß einen Moment lang die Augen. Er sah, daß bereits alles rot war.
Was Feltzer nicht sah, war Louise, die sich mittlerweile erhoben hatte und hinter das Sofa ans Fenster getreten war. Sie schaute einen Moment lang über den Rathenauplatz hinweg in ihre Richtung. Dann legte sie beide Hände flach auf ihr Gesicht.

2.

Claudia Wiese stand in einem Supermarkt in Sülz vor dem Kühlregal, griff sich einen Joghurtbecher nach dem anderen, schaute sich das Haltbarkeitsdatum an und stellte ihn enttäuscht zurück an seinen Platz. Die Zeit war eigentlich günstig, aber bislang war die Ausbeute wie so oft gering gewesen.

Hinter ihr sortierte eine Angestellte in hellgrün und weiß kariertem Kittel tiefgefrorene Spinatportionen in eine Truhe.

Claudia ging einen Schritt seitwärts, nahm den ersten Becher Schlagsahne in die Hand und setzte ihre Suche fort. Seit heute morgen hatte sie bereits acht Filialen unterschiedlicher Ketten betreten, sich vom Zülpicher Platz nach Sülz vorgearbeitet, aber außer irischer Butter und einem französischen Weichkäse hatte sie nichts gefunden.

Sie hörte, wie die Angestellte einen leeren Karton plattdrückte, drehte sich zu ihr um, während sie die Schlagsahne zurück ins Regal stellte. Die Angestellte hatte merkwürdig steife Haare, die sich nicht bewegten, sondern wie ein Block auf ihrer Kopfhaut festklebten. »Überfrisiert«, nannte Claudia Wiese so etwas. Sie selbst sah eher zerzaust aus. Ihre Haare schienen ausschließlich aus Wirbeln zu bestehen, standen kreuz und quer vom Kopf ab, zitterten unkontrolliert, selbst wenn sie sich nicht bewegte, beugten sich ihre Spitzen mal nach vorn, mal nach hinten, dann wieder zu einer Seite und hatten sich nicht einmal für eine klar definierbare Farbe entscheiden können. Der Grundton war ein fahles Beige, das fleckenweise ins Hellbraune überlief, aber selbst diese leicht abgedunkelten Stellen schienen zu wandern und nicht an Ort und Stelle zu bleiben.

Die Angestellte bückte sich nach dem platten Karton, legte

ihn zu anderen auf einen viereckigen, gelben Rollwagen und lächelte Claudia freundlich an. Dann machte sie sich über die nächste Ladung Spinat her.

An der Decke hing gefroren das Neonlicht.

Claudia lächelte nicht zurück. Sie wußte, daß die Frau sie aus dem Augenwinkel beobachtete, es seltsam fand, daß eine Kundin sich an den Anfang eines Kühlregals stellte und systematisch begann, alle Produkte in die Hand zu nehmen, einmal zu drehen und wieder zurückzustellen. Zwar war dagegen nicht direkt etwas einzuwenden, da es sich um eingepackte Eßwaren handelte und nicht etwa um Frischobst, es stieß bei den Angestellten aber auf Mißtrauen.

Claudia Wiese fand das lächerlich. Weder hatte sie vor, Milchprodukte zu vergiften, noch fand sie ihr Verhalten absonderlich. Das einzige, was sie von anderen Käuferinnen unterschied, war, daß sie mehr Produkte prüfte und länger im Geschäft blieb, ansonsten gab es nichts, was sie auffällig gemacht hätte. Aber Supermarktangestellte hatten eine Nase für die noch so kleinste Abweichung. Kaum hatte die Frischluft von draußen den eigenen nicht wahrnehmbaren Geruch zwischen die vorderen Waren geschubst, schon schoben sie ihr Wägelchen neben Claudia und sortierten dort um, wo sie sie im Auge behalten konnten. Sie sprachen Claudia nie an, fragten nicht: »Suchen Sie etwas Bestimmtes?« oder »Kann ich Ihnen vielleicht helfen?«, nein, sie gingen ihrer Arbeit nach, waren dabei gespannt bis zum Platzen. Manche merkten nicht einmal, daß sie selbst sich nun merkwürdig benahmen, in eine auffallende Hektik verfielen, die Regale zu schnell füllten, Produkte unordentlich einsortierten, weil sie sich auf die Kundin konzentrierten anstatt auf ihre Arbeit. Gerne hätte Claudia in diesem Moment den Spieß umgedreht und gefragt: »Kann ich Ihnen vielleicht helfen?«, aber sie war sich nicht sicher, ob ihr Gegenüber den Witz verstanden hätte.

Der Haarblock hatte alles in die Truhe geräumt und mußte Nachschub holen. Claudia sah der Frau hinterher, wie sie zwischen die Regale am Ende des Geschäftes lief und kurz zurückblickte, ehe sie geschwind um die Ecke bog.
Aus der Lautsprecheranlage an der Decke fiel eine näselnde Stimme über den Spinat, drehte sich zweimal nachhallend in der Truhe und glitt über die Kanten hinaus auf den hellen Fliesenboden, wo sie verstummte.
Claudia sah sich noch kurz das Datum auf der Mousse au Chocolat an, übersprang den eingeschweißten Fisch und die Krabben, schlenderte ein paar Meter weiter zum Soßenregal und dachte daran, daß sie heute abend wieder für Feltzer fahren mußte. Montags abends mußte sie immer hinters Steuer, genauso freitags, weil Feltzer sich dann das Quiz im Fernsehen anschauen wollte. Lust zu fahren hatte sie eigentlich nicht, aber sie brauchte das Geld. Von Zeit zu Zeit schrieb sie Theaterkritiken für Lokalzeitungen, aber das brachte ihr so gut wie nichts ein. Ansonsten saß sie an der Uni in Vorlesungen. Mit dreißig war sie dafür zwar nicht zu alt, trotzdem schauten ihre Kommilitonen sie zuweilen an, als wollten sie sagen, na, Oma, schaffst du's noch? Aber Geld brachte das Zuhören auch nicht, nur Wissen, das Claudia in sich trug wie unverdaute Nahrung; sie fühlte sich nach jedem Seminar gesättigt, aber ohne Kraft für Zukünftiges.

Die Stimme aus der Sprechanlage forderte erneut auf, Kasse drei zu besetzen.
Claudia sah, wie einige in der Schlange vorne an der Kasse sich umdrehten und Ausschau hielten, während sie sichtbar

ein- und ausatmeten. Dann hörte sie ein Geräusch wie von kleinen Rädern und wandte den Kopf. Der Haarblock kam mit einem neuen, vollen Wägelchen angerannt, drückte mit gestreckten Armen gegen die Metallstangen, bremste an der Kühltruhe, indem er sich mit seinem ganzen Haargewicht nach hinten warf, kontrollierte kurz, ob das Gefährt stehenblieb, und eilte zu Kasse drei. Sofort lösten sich einige Wartende aus der Schlange vor der anderen Kasse und schlitterten zum Haarblock hinüber. Claudia bemerkte, daß sich durch die Art und Weise, wie die Angestellte beim Lächeln ihre Lippen seitlich nach oben verzog, dunkle Schatten um ihren Mund bildeten. Beim nur flüchtigen Hinsehen hätte man denken können, bei jeder Freundlichkeit wachse ihr ein Bart.

Zwei Kinder rannten mit ihren kleinen Einkaufswagen durch den Gang, ließen sich auf die Knie fallen und rutschten das letzte Stück hinter dem Wagen her, lachten und jauchzten, bevor sie wieder in entgegengesetzter Richtung zu rennen anfingen.

Claudia sah sich die Pestogläser an und wurde fündig. Am liebsten hätte sie genauso gejauchzt wie die Kinder. Pesto hatte sie noch nicht in ihrer Sammlung. Sie legte das Glas in ihren leeren Korb, den sie über dem angewinkelten linken Arm hängen hatte, und wollte sofort die Tomatensoße daneben begutachten, aber die Freude über den Pestofund saß ihr in den Gliedern, machte sie leicht schwindelig. Sie stützte sich einen Moment ab, beschloß dann, sich mit ihrer Ausbeute zufriedenzugeben, und bewegte sich ebenfalls in Richtung Kasse drei.

Die beiden Kinder schossen an ihr vorbei und strahlten. Claudia strahlte zurück.

Seit fünf Jahren sammelte sie Lebensmittel, deren Haltbarkeitsdatum mit ihrem Geburtstag übereinstimmte, und verschwendete ganze Tage darauf, ihre Sammlung zu vergrößern. Tag und Monat mußten identisch sein, der vierte April, und sie achtete darauf, niemals zwei gleiche Produkte zu kaufen, also etwa eine Milch desselben Herstellers in einem Jahr und im nächsten Jahr wieder. Das gab es nicht. Claudia Wieses Sammlung war nicht gerade klein, aber es gab nicht ein Stück, das man doppelt fand. Sie hatte eine Liste angelegt, auf der sie in einer ersten Spalte eintrug, um welches Produkt es sich jeweils handelte, und in einer zweiten daneben, von welchem Hersteller es stammte.

So war es einfach, Ordnung zu halten. Kaufte sie doch einmal etwas, von dem sich dann herausstellte, daß es bereits vorhanden war, wurde es kurzerhand verbraucht, aufgegessen, getrunken oder wie auch immer verwertet. Sie wußte mittlerweile ziemlich genau, wann sie sich welche Waren anschauen mußte. Für verschiedene Milchprodukte war der beste Zeitpunkt etwa drei bis zwei Wochen vor ihrem Geburtstag, geräucherten Lachs konnte man zwei Wochen bis einen Tag vorher finden, bei Nudeln war die Sachlage schwieriger, weil Teigwaren meistens eineinhalb bis drei Jahre haltbar waren und die Regale ständig nachgefüllt wurden. Man konnte also eigentlich immer dort nachschauen und hoffen, auf den vierten April zu treffen, aber eine gezielte Suche war nicht möglich.

Von hinten rutschte ihr ein Einkaufswagen in die Hacken. Claudia drehte sich um und sah einen der kleinen Jungen auf den Knien dort sitzen. Seine Wangen glühten, während er: »Entschuldigung« murmelte. Dann lief er bereits wieder mit dem Einkaufswagen in die andere Richtung, wo sein Freund oder Bruder wartete.

Claudia legte das Glas Pesto auf das Rollband.

Draußen vor der Glasfront hielt ein Lieferwagen. Auf der geöffneten Heckklappe stand in eineinhalb Metern Höhe ein Mann in grauer Latzhose und zog Kisten mit Gemüse aus dem Inneren des Lasters, stapelte sie auf der aufgeklappten Ladefläche übereinander.

Der Haarblock drehte das Pestoglas, wischte den Strichcode über die dafür vorgesehene Fläche und blickte zu Claudia hoch. Dann wuchs ihr blitzschnell ein Bart um den Mund, verschwand aber sofort wieder. Claudia reichte ihr einen Fünf-Euro-Schein, und die Kassiererin prüfte etwas länger als nötig das Papier, bevor sie ihn auf die offene Kasse legte und das Kleingeld abzählte.

Draußen schlug der Mann in der Latzhose mehrmals auf einen Knopf an der Innenseite des Lasters, bis sich die vollbeladene Heckklappe schließlich mit einem Ruck nach unten bewegte, um gleich wieder hängenzubleiben.

Claudia sah, wie die Türme aus Gemüsekisten zu schwanken begannen.

Die Schiebetür in der Glasfront öffnete sich, weil ein Hund zu nahe an ihr vorbeigelaufen war.

»Bitte!« sagte die Kassiererin und scheuerte nickend ihren Haarblock gegen die frisch eintretende Luft.

Dann kippten die Kisten von der Ladefläche nach hinten weg. Zuerst fielen einige Möhren auf das Auto, das dort hinter dem Lieferwagen parkte, schließlich folgte mit einem langgezogenen dumpfen Krachen der restliche Turm.

»Puuhh«, entfuhr es Claudia, während die Kassiererin sich mit ihrem Stuhl umdrehte und im gleichen Augenblick auch schon aufgesprungen und nach draußen gelaufen war.

Claudia legte das Pesto zurück in ihren Korb und trat ebenfalls vor die Tür. Der Mann in der Latzhose stand noch immer sprachlos auf der erhöhten Ladefläche und blickte auf

das verstreute Gemüse, während der Haarblock mehrmals hintereinander: »Mein Auto! Mein Auto!« rief.
Claudia stieg über das Gemüse, schaute dem Haarblock ins angehängte Gesicht und sagte: »Ist nur ein Auto.« Dann griff sie in ihre Westentaschen, nahm links den Weichkäse und rechts die Butter heraus und legte sie zum Glas Pesto in ihren Korb.

Am Himmel hingen die Wolken gleichmäßig verteilt wie eine alte graue Decke. Stellenweise war der Stoff abgewetzt und dünn geworden, so daß der helle sonnige Hintergrund durchschimmerte, aber reißen würden die Fasern nicht.
Über dem Mittelmeer im Süden heiterte ein Hochdruckgebiet, oben im Norden veranstaltete das Wetter das genaue Gegenteil, und so wurde eine milde Brise zwischen beiden Polen durch Mitteleuropa gelenkt, trat bei Echternach und an anderen Stellen über die Grenze, tänzelte sich vorwärts, erreichte Köln, streifte zu beiden Seiten an Claudias Nacken vorbei und atmete sich dem Rhein entgegen.
Claudia zog den Reißverschluß ihrer weißen, ärmellosen Steppweste hoch, schlenderte die Luxemburger Straße stadteinwärts zur nächsten Bahnhaltestelle. Der Korb in ihrer Armbeuge wurde schwer, obwohl so gut wie nichts drinlag. Sie streckte den Arm nach unten, ließ den Griff über die Wolle ihres Pullovers in ihre Hand rutschen. Viel war es nicht, was sie aufgetan hatte, aber mit der Zeit hatte sie gelernt, ihre Gier zu zügeln. Ihre Sammlung hatte sich heute immerhin um drei Fundstücke vergrößert, sagte sie sich und spürte erneut ein leichtes Schwindelgefühl durch ihren Kopf torkeln, während sie den Korb anhob und sich an der Baustelle Ecke Siebengebirgsallee vorbeizwängte. Zwei Taxis standen dort am Halteplatz neben der rot-weiß-gestreiften

Absperrung und warteten auf Fahrgäste. Claudia kannte die Kollegen nicht, trotzdem hatte sie das Gefühl, sie grüßen zu müssen, tat es dann aber doch nicht, ging, als die Fußgängerampel auf Grün sprang, über den Zebrastreifen zur Straßenbahnhaltestelle und wartete auf die Linie Achtzehn.
Zwei Jugendliche redeten in einem Kauderwelsch miteinander, das Claudia nicht verstand. Immer wieder tauchten deutsche Wörter auf, Halbsätze, die dann ins Türkische mündeten und der Unterhaltung etwas Konfuses, Unentschiedenes gaben. Aber die beiden verstanden sich sehr gut und amüsierten sich hervorragend, bis ein älterer Herr mit Bart und Wollkäppi sie mit einigen kurzen, bellenden Sätzen zum Schweigen brachte.
Von weitem sah Claudia die Bahn näherkommen. Sie tat einen Schritt an die Gleise und spürte ihr Mobiltelefon in der Jeans vibrieren. Auf dem Display erschienen die Buchstaben MUTTER. Claudia überlegte, ob sie abheben sollte. Sie wollte nicht in der Bahn telefonieren, wo alle ihr zuhörten. Das Vibrieren wieselte erneut durch ihre Hand. Claudia hielt das Handy ans Ohr und sagte: »Hallo.«
Die Bahn fuhr ein, die Türen gingen auf, Menschenknäuel entwirrten sich über der Haltestelle, andere verfilzten sich nach drinnen. Dann fuhr die Bahn weiter.
Claudia stand noch immer an der Haltestelle und sagte: »Was war das? War gerade so laut hier.«
Sie hörte, wie ihre Mutter genervt in die Muschel atmete, ehe sie sagte: »Ich habe nur gefragt, wie es dir geht? Es kann doch nicht sein, daß bereits so eine Frage zu viel ist für dich.«
»Es war laut hier«, verteidigte sich Claudia, »ich bin an einer Bahnhaltestelle.«
»Was machst du denn an einer Bahnhaltestelle?« fragte ihre Mutter, und Claudia glaubte, sie ihre wäßrig-blauen Augen,

zum Glück das einzige, das sie an ihre Tochter weitervererbt hatte, verdrehen zu sehen.

»Ich nehme die Bahn, was sonst!« sagte Claudia und ließ ihre Stimme am Schluß des Satzes hochschnellen.

»Schon wieder schlecht gelaunt«, sagte ihre Mutter, »ich rufe an, um zu fragen, wie es dir geht, und du schreist mich an.«

»Ich habe nicht geschrien«, antwortete Claudia und bemerkte, daß ihre Sätze zunehmend lauter wurden.

»Natürlich schreist du«, sagte ihre Mutter.

»Was willst du?« fragte Claudia beherrscht zurück.

»Wissen, wie es dir geht?« sagte die Stimme am anderen Ende der Leitung.

»Gut«, sagte Claudia.

Ihre Mutter schwieg. Claudia sah sie in ihrem Protzbau in Marienburg zwischen alten aufgemotzten Möbeln sitzen, die Beine übereinandergeschlagen, den Hintern etwas zu weit nach vorn über die Sitzfläche gedrückt, so daß ihr Oberkörper sich fast liegend der Kontur des Sessels anpaßte und ihr Kinn nach unten auf die Brust gedrückt wurde. Eine augenscheinlich äußerst unbequeme Haltung, aber Claudia traf ihre Mutter nie anders an, wenn sie sie mal zu Hause besuchte, was nicht allzuoft vorkam. Immer lag sie mehr, als daß sie saß, den langen, schwarz glänzenden Haarzopf bis zum Nabel geflochten, und machte den Eindruck, alles an ihr sei eingefallen. Aber sobald sie sich bewegte, sich auf ihre langen Beine stellte, den Kopf anhob und ihr faltenloses, behutsam aufgepäppeltes Gesicht ins Wohnzimmer trug, wirkte sie mit ihren achtundvierzig Jahren fast wie ein arroganter Teenager, jedenfalls weitaus jünger als ihre Tochter.

»Mehr kommt nicht?« fragte ihre Mutter nach einigen Sekunden.

»Was soll noch kommen?« fragte Claudia zurück und wußte tatsächlich nicht, was sie ihrer Mutter noch hätte erzählen können.

»Gut, dann sage ICH dir was. Ich habe einen Neuen!« sagte ihre Mutter und schwieg erneut. Claudia konnte die erwartungsvolle Spannung, die in diesem Schweigen lag, deutlich in ihrer Ohrmuschel fühlen.

Sie wußte, daß sie sich nun freudig überrascht geben mußte, daß ihre Mutter das von ihr erwartete, aber deren Affären mit meist jüngeren Männern waren ihr nicht nur egal, sie waren ihr lästig, zumindest die Erzählungen davon. Gesehen hatte Claudia nie einen dieser sagenhaften Liebhaber. Denn der Ankündigung einer neuen Eroberung folgte immer eine Phase des Sich-nicht-Meldens, die erst dann unterbrochen wurde, wenn die Liaison bereits nicht mehr aktuell war.

Claudia wartete einen Moment zu lang, dann flüsterte sie die von ihr erwartete Frage und stellte sich auf einen längeren Monolog ein: »Und wie ist er?«

»Interessiert dich das wirklich?« fragte ihre Mutter erfreut zurück.

»Aber ja«, sagte Claudia, setzte sich auf einen der vier Holzflächen, die jeweils aus einem Viertelkreis bestanden und um einen mit einem regenschirmartigen Dach bedeckten Metallpfosten angebracht waren, ließ ihren Korb zu Boden gleiten, klemmte ihn zwischen den Waden ein und legte ihren Kopf auf die Hörmuschel. Vom Taxistand gegenüber, wo die beiden Kollegen noch immer auf eine Fahrt warteten, sah sie aus wie eine müde Person, die ihren Kopf abstützte und drauf und dran war einzuschlafen. Die alte, graue Decke am Himmel schien sich langsam herabzusenken und die Stadt einem dahindämmernden Tag zu überlassen.

Die nächste Bahn kam, aber Claudia blickte nicht einmal auf. Sie versuchte sich zu erinnern, ob ihre Mutter schon immer so gewesen war, so selbstverliebt, so versessen darauf, nicht zu altern? Sie erinnerte sich an Szenen, die eine ganz andere Simone zeigten, eine, die sich um sie sorgte, sie als Kind vor ihrem so viel älteren Vater in Schutz nahm, wenn der sich in seinem Büro durch den Spiellärm im Haus gestört fühlte, eine, die nie auf die Idee gekommen wäre, ihren Mann zu betrügen, seine Tiraden hinnahm, erst seine Tiraden, dann sein Geld. Simone Dorfke war noch nicht einmal neunzehn geworden, als sie ihren Chef heiratete. Sie hörte gerne Lieder von Juliane Werding und trug das Kind von ihrem Chef Werner Wiese im Bauch, der sie eingestellt hatte, um sie drei Wochen später zu schwängern, zumindest behauptete Simone das in den ersten Jahren nach seinem plötzlichen Tod immer wieder. Claudia hatte nur eine verschwommene Erinnerung an ihren Vater, für sie war er ein riesiger Mann, der selten lachte. Selbst wenn er sie lobte oder sie herumwirbelte, lag auf seinem Gesicht eine Ernsthaftigkeit, die ansteckend war. Nur einmal hatte er versucht, sie zu kitzeln, aber Claudia hatte nicht gelacht, weil sie dabei in sein Gesicht gesehen und verstanden hatte, daß das Leben zwar so tat, als mache es Spaß, in Wirklichkeit aber ein viel zu enger Schuh war, in dem man herumlaufen mußte. Danach hatte er es nie wieder versucht. Er saß sowieso meistens zu Hause in seinem Büro und telefonierte, wenn er nicht in der Firma war, die sich zwei Querstraßen weiter in der ersten Etage eines Wohnhauses befand und die nur aus einem Arbeitszimmer, einem Vorraum mit zwei Sekretärinnen und zwei weiteren Räumen voller Akten bestand. Auf Claudias Frage, was er von Beruf sei, hatte er getreu seiner Art, ohne anzugeben und recht phantasielos geantwortet: »Geschäftsmann, Brezel, ich bin Geschäftsmann.« Er nannte sie immer »Brezel«, warum wußte sie bis heute nicht, aber sie hatte sich in den paar Jahren, in denen er sie so nannte, so an den Namen gewöhnt, daß sie, als sie in die Pubertät kam, ihre Freunde und Bekannten gebeten hatte, sie »Brezel« zu nennen, was einige sofort taten, andere hingegen bis heute nicht fertigbrachten. Ihre Mutter hatte ihr nie einen Kosenamen gegeben, aber sie lachte viel mit ihr und weinte heimlich, wenn sie glaubte, allein zu sein und nicht gesehen zu werden. Sie saß dann unten im hellerleuchteten Wohnzimmer mit einem Stofftaschentuch in den Händen und schaute auf die Urne, die zwischen zwei hohen Kerzen auf der Kommode stand, während ihre Tochter in der ersten Etage in einem Himmelbett tat, als schliefe sie. Aber sie hörte das Schluchzen ihrer Mutter und schlief immer erst ein, wenn das Wimmern unten verstummt war.

Erst viel später begriff sie, im Gegensatz zu vielen anderen, daß ihre Mutter nicht so sehr ihrem Ehemann hinterhergeheult als vielmehr ihre eigene Situation betrauert hatte. Sie war mit einem Schlag schwerreich geworden, hockte aber in einem Haus, das ihr in seiner Protzigkeit völlig unangemessen für ihre Person vorkam. Das hatte nichts mit dem zu tun, von dem Juliane Werding sang: »Ein Parkplatz, auf dem Kinder spielen, ein altes Auto, bunt bemalt, ein Polizist mit langen Haaren und Löwenzahn auf dem Asphalt. Das ist die Freiheit, die ich meine . . .« Simone Dorfke fühlte sich in eine Welt katapultiert, die sie nicht verstand und an der sie nie hatte teilnehmen wollen. Werner Wiese hatte sie geschwängert, das war die eine Sache, dann hatte er sich aus dem Staub gemacht, und das war eine ganz andere Sache, eine Katastrophe oder eine »Sauerei«, wie sie es ausdrückte. Sie war überfordert. Die sogenannten Geschäfte liefen weiter, aber Simone kümmerte sich nur um ihre Tochter und weinte, daß alle Welt dachte, sie habe Werner Wiese geliebt, wie man jemanden nur lieben konnte. In Wirklichkeit war er ihr nicht unsympathisch gewesen, das traf ziemlich genau ihre Gefühle: nicht unsympathisch. Er hatte sie nach drei Wochen, in denen sie in einem der Aktenzimmer herumgesessen und mehr Kaffee gekocht als Briefe geschrieben hatte, in sein Büro gebeten, seinen Sekretärinnen beim Schließen der Tür gesagt: »Ich will nicht gestört werden.« Dann war er mit einer Zielstrebigkeit zur Sache gekommen, die Simone erstaunt hatte. Weder hatte sie sich in diesem Moment unangenehm bedrängt gefühlt, noch hatte sie Lust oder gar Zuneigung empfunden für den Mann, der ihr Vater hätte sein können. Er zog ihr die Jeans mit einer Selbstverständlichkeit aus, als hätte er seit Wochen nichts anderes gemacht, setzte sie auf seinen Schreibtisch und drang in sie ein. Da er nicht versuchte, sie zu küssen, beobachtete Simone ihn, während er sie beschlief. Außer daß die Hose ihm unwürdig über den Knien hing, wirkte Werner Wiese selbst beim Sex wie ein Chef, der alles unter Kontrolle hatte. Als er kam, merkte Simone es nicht einmal. Er verzog kein Gesicht, stöhnte nicht, kein Schweißtropfen war auf seiner Stirn zu sehen. Er zog sein Geschlecht einfach aus ihr heraus und sagte: »Ich liebe Sie. Wollen Sie mich heiraten.«

Simone Dorfke lag mit ihren Ellenbogen auf den Schreibtisch gestützt, sah Werner Wiese dabei zu, wie er sein Hemd in die Hose stopfte und seine Krawatte richtete, blickte auf ihr feuchtes Schamhaar und sagte: »Ich weiß nicht.«

»Sie müssen sich nicht gleich entscheiden«, hatte daraufhin Werner Wiese gesagt, »nur entscheiden sollten Sie sich.« Und dann hatte er ihr die Hand gereicht, und sie war vom Schreibtisch gerutscht, hatte ihren Schlüpfer und ihre Jeans

hochgezogen und war aus dem Zimmer geschlendert. Danach hatte sie ihn einige Wochen nicht gesehen. Er war nicht mehr in die Firma gekommen. Die beiden Sekretärinnen nahmen Anrufe entgegen und machten Notizen. Simone kochte Kaffee und brachte zweimal am Tag die vollgeschriebenen Listen der Sekretärinnen zur Villa, warf sie in den Briefkasten. Dann stellte sie sich auf die andere Straßenseite und wartete. Es dauerte nie lange, und die Haustür öffnete sich. Werner Wiese eilte die Stufen hinab, lief durch den Vorgarten zum Briefkasten vorne an der Gittertür, schloß ihn auf, ohne hochzusehen, und verschwand wieder mitsamt der Unterlagen in seinem Haus. Jedesmal, wenn Simone ihn von der anderen Straßenseite aus beobachtete, wie er sich in seine »Post« vertiefte, sagte sie sich, daß er ihr nicht unsympathisch war und sie gewiß machen ließe, was sie wollte. Er sah nicht aus wie ein Tyrann, eher wie einer, der abends Gesellschaft suchte und nicht vereinsamen wollte. Als dann klar wurde, daß sie schwanger war, wartete sie, bis er wieder in die Firma kam, fing ihn an der Tür ab und sagte: »Ich habe mich entschieden.«
Werner Wiese nickte kurz, bat sie in sein Büro, sagte den Sekretärinnen, er wolle nicht gestört werden, zog Simone erneut die Jeans aus und alles wiederholte sich mit einer Exaktheit, von der Simone nicht wußte, ob sie sie gespenstisch oder langweilig finden sollte. Als er gekommen war und sich wieder anzog, sagte er: »Das freut mich.«
Erst jetzt wurde Simone bewußt, daß sie ihm nicht mitgeteilt hatte, wie sie sich entschieden hatte. Sie hatte nicht gesagt: »Ich will« oder: »Ich will nicht.« Aber für Werner Wiese schien die Sache klar zu sein, und Simone akzeptierte das.
In den darauffolgenden Jahren versuchte sie sich mehrfach

daran zu erinnern, vor allem dann, wenn ihr Mann ihre Tochter zurechtwies, wie sie sich eigentlich entschieden hatte, bevor er an diesem Tag die Firma betreten und sie ihn angesprochen hatte, aber das einzige, das in ihrem Gedächtnis zurückgeblieben war von diesem Tag, war Werner Wieses abschließender Satz: »Das freut mich.«
Sie heirateten zwei Monate später auf dem Kölner Standesamt. Der Beamte kannte Werner Wiese und machte lustige Bemerkungen über die Ehepflichten. Simone fühlte sich wie auf einer Karnevalssitzung, lachte und ergriff spontan die Hand ihres zukünftigen Ehemannes. Anwesend als Trauzeugen waren noch Simones Mutter, die zwei Monate später verstarb, und ein Geschäftspartner von Werner Wiese, ein schlaksiger Mann, dem komischerweise auf beiden Seiten die Haare auszufallen schienen, während in der Mitte ein üppiger blonder Streifen wucherte und auf die kommenden Punkzeiten hindeutete. Sie aßen zu viert in einem angrenzenden Restaurant, und als Werner Wiese abends die Tür zu seinem Haus aufschloß und »Willkommen« sagte, da fühlte Simone nichts Beunruhigendes, vielmehr schlug ihr Herz gleichmäßig wie immer.

Werner Wiese hatte sich bis zu diesem Tag ein regelrechtes Imperium aus Containerfirmen aufgebaut. Keine einzige dieser Firmen trug seinen Namen, aber sie gehörten ihm. Container brauchte jede Baustelle, und gebaut wurde dauernd. Wieses Hand ruhte nicht nur über Köln, sein Arm reichte vielmehr bis hinunter nach Frankfurt und westlich bis an die Luxemburger Grenze. Ihm gehörten Subfirmen in Bremen genauso wie Ableger in Berlin. Wie er es schaffte, jede einzelne Containerbewegung zu überwachen, wußte Simone nicht, er sprach nicht viel mit ihr über seine Arbeit. Es gab klare Regeln, sie hatte nicht zu fragen, und wenn er zu Hause war, hatte Brezel still zu sein, was nicht immer einfach war. So änderte sich mit der Heirat eigentlich nicht viel in Simone Dorfkes Leben, außer daß sie nun Wiese hieß und eine Tochter hatte. Da sie auch vorher selten ausgegangen war, machte es ihr auch jetzt nichts aus, abends zu Hause zu sitzen und Musik zu hören. Meistens Schuberts Winterreise, weil Werner Wiese das mochte. Wenn sie Juliane Werding auflegte, sagte er zwar nichts, aber sie merkte, daß er nichts mit dieser Sängerin, die gerade einmal so alt war wie sie selbst, anfangen konnte. So vergingen sechs schnelle Jahre. Ihre Tochter Claudia war herangewachsen und ein ruhiges Kind, das selten heulte oder laut war, wohl weil sie gelernt hatte, daß dies eine Situation im Haus heraufbeschwor, die unangenehm war. Claudias Haare aber bekam Simone nicht gebändigt, wie oft sie sie auch kämmte und schnitt.

Werner Wiese übernachtete in diesen sechs Jahren oft in seinem Bürozimmer, und so war es auch an diesem einen Morgen nichts Besonderes gewesen, daß er nicht zum Frühstück erschienen war und Simone und Claudia das Haus verlassen hatten, um zur Schule zu gehen, ohne ihn vorher gesehen zu haben. Als aber Simone wieder nach Hause kam und Werner Wiese noch immer nicht am Frühstückstisch saß, ging sie, ohne nachzudenken, nach oben und öffnete die Tür zu seinem Arbeitszimmer. Er hing in der Mitte des Raumes an dem Haken, der auch den Kronleuchter hielt. Das Seil lief von dort parallel zum elektrischen Kabel, verlängerte sich nach unten und lag um seinen Hals, während das Kabel in die Mitte des Lüsters mündete. Wie eine massive Krone ragten die Kerzen nachempfundenen Leuchten um sein Haupt, verbunden durch Ketten dicker Kristalltränen. Simone war nicht geschockt, obwohl es schockierend war, was sie sah,

vielmehr erstaunte es sie erneut, daß Werner sich mit einer Selbstverständlichkeit einfach umbrachte, die einen verstummen ließ. Sie blickte in sein Gesicht und bemerkte, daß er selbst im Tod noch ernsthaft geblieben war. Einen Moment lang war sie versucht, das Licht über Werner Wieses kaltem Schädel anzumachen und dem Ganzen einen Schein merkwürdiger Heiligkeit zu geben, ließ es dann aber sein. Sie ging wieder nach unten, rief die Polizei an und sagte: »Mein Mann hat sich erhängt.« Es war das erste Mal, daß sie ihn nicht Werner Wiese nannte. Als die Beamten ihren Mann in einem schwarzen Stoffsack mit Reißverschluß aus dem Haus trugen, saß sie auf dem Sofa im Wohnzimmer, blickte auf die leere Kommode an der Wand und dachte das erste Mal darüber nach, daß dieses Haus nichts mit ihrer Welt zu tun hatte. Nachmittags erzählte sie Claudia auf dem Nachhauseweg, Werner sei verreist und komme sobald nicht wieder. Sie kümmerte sich rührend um ihre Tochter und begann nachts zu heulen, bis eines Tages Werner Wieses Trauzeuge klingelte, seinen Iro durch die Tür schob und sagte: »Die Welt muß sich weiterdrehen.« Er legte ihr Papiere auf den Tisch, fragte sie, ob sie etwas vom Geschäft verstehe, ob sie stille Teilhaberin bleiben oder verkaufen wolle.
Sie verkaufte, und sie unterschrieb alles, was er ihr vorlegte. Sie wußte nicht, ob er sie übers Ohr haute oder nicht, und es war ihr egal. Er steckte die Papiere in seine Jacke, die über einem Stuhl hing, lächelte breit. Dann sagte er, daß sie immer auf ihn zählen könne, streichelte ihr über den Kopf, was sie als angenehm empfand, streichelte ihr eine Viertelstunde später über den Bauch, zog ihr anschließend die Jeans aus, küßte sie und biß in ihren Hals, während er sich unkontrolliert in ihr hin und her bewegte.
Später stellte sich heraus, daß er sie nicht betrogen hatte. Si-

mone hatte nach wie vor das Haus, das sie eigentlich nicht wollte, und enorme Summen auf der Bank. Zu Claudia sagte sie: »Wir beide sind jetzt richtig reich!« Dann wartete sie einen Moment, streichelte ihrer Tochter über die Wange und fügte hinzu: »Ab heute läßt Mama sich die Haare wachsen.« Über den möglichen Zusammenhang beider Sätze hatte Claudia damals als Kind nicht nachgedacht und auch später, als der Gedanke einer möglichen Verbindung schließlich aufgekommen war, hatte sie ihre Mutter nie danach gefragt. Gut möglich, daß es diesen Zusammenhang gar nicht gab. Aber der Gedanke, daß es ihn geben könnte, schlummerte in Claudia und machte, wie so vieles andere, ihre Mutter zu einer verschwommenen, etwas rätselhaften Person.

Claudia legte den Kopf in den Nacken und sah, wie die alte, graue Decke am Himmel sich spannte, so als zöge jemand an den Ecken. Sie hatte das Gefühl, im Ohr zu schwitzen, nahm das Handy in die linke Hand, ehe sie es vom Ohr entfernte und für einige Sekunden in den Schoß legte.
Die beiden Taxis standen unverändert am Halteplatz. Einer der Fahrer schaute auf die Straßenuhr, die sich neben dem Kiosk über den kleinen Platz erhob, und legte beide Hände ans Lenkrad, so als sei er in voller Fahrt.
Claudia schob ihr Telefon an das andere Ohr und hörte, wie ihre Mutter sagte: »... auf der anderen Leitung. Also bis später.« Dann legte sie auf.
Wieso bis später, dachte Claudia und schaute auf das Display. War das nur so dahergesagt, oder hatte sie gerade in dem Moment, als ihre Mutter sich mit ihr verabredete, das Telefon vom Ohr genommen? Aber warum sollte sich ihre Mutter mit ihr verabreden? Das tat sie doch sonst auch nie.

Kalte Luft schlitterte über die Schienen. Dann kam die Bahn. Claudia schnappte sich ihren Korb, ließ die Leute aussteigen, schaute sich drinnen kurz nach einem Sitzplatz um und ließ sich, ohne eine Fahrkarte zu lösen, gegenüber einem asiatischen Paar auf die Bank fallen. Der Kiosk bewegte sich langsam vorbei, etwas schneller die große Uhr, der Gottesweg. Geschäfte tauchten kurz auf, eine Konditorei, ein Whiskyladen, ein Kino, und die Bahn hielt schon wieder an der nächsten Haltestelle.

Während Fahrgäste rein- und rausfluteten, ihre Fahrausweise im Automaten abstempelten, was jedesmal ein Geräusch machte, als zerschlage jemand seinen Wecker, nahm Claudia sich die zusammengefaltete Zeitung, die zwischen Sitz und Wagenwand steckte. Unter der Überschrift »Heimkehr« war ein Foto abgebildet, das den Papst, von Krankheit gezeichnet, winkend auf dem Beifahrersitz eines silbergrauen Mercedes zeigte. Polizisten auf ihren Motorrädern eskortierten das Auto. Die Szene spielte sich in der Abenddämmerung ab. Scheinwerfer leuchteten. Ganz links am Rand des Bildes lief ein glatzköpfiger Mann in Anzug und Krawatte, ein Leibwächter, vor den Polizisten her, schaute streng über die Menge am Straßenrand hinweg und gab der Szene etwas Filmreifes, machte aus dem Schnappschuß einen Hollywoodstreifen, der nicht ernst zu nehmen war.

Das asiatische Pärchen begann plötzlich leise aufeinander einzureden. Claudia hatte sofort den Eindruck, ein Streit bahne sich zwischen den beiden an, obwohl sie kein Wort verstand. Sie hielt die Zeitung etwas umständlich über den Korb, der auf ihrem Schoß stand, blätterte weiter und blieb an einem Foto hängen, das »Weidenkätzchen vor tiefblauem Himmel« untertitelt war und genau das zeigte: Weidenkätzchen vor tiefblauem Himmel. Auf einer Aufnahme darunter

wurde eine Brücke gesprengt. Es war schon erstaunlich, wie man eine Zeitung lesen konnte, indem man sich nur die abgedruckten Bilder anschaute. Wirklich Informatives stand in den Artikeln meistens nicht.
Das asiatische Pärchen vor ihr war wieder verstummt und schaute hinaus auf das Arbeitsamt, das im Takt der Fensterscheiben vorbeizog. Durch den Gang kam ein Mann mit Bartstoppeln und zerschlissenem Parka, wiederholte ununterbrochen: »Die neue Obdachlosenzeitung, eine Spende, bitte, die neue Obdachlosenzeitung, eine . . .« Aber niemand kaufte die Zeitung oder gab dem Mann Geld. Auch Claudia nicht. Alle schauten zu Boden, gaben nicht einmal Antwort, schüttelten weder den Kopf, noch machten sie eine abwehrende Geste mit der Hand, so als hörten sie nichts, als gebe es den Mann gar nicht.
Claudia faltete die Zeitung grob zusammen und warf sie neben sich auf die Sitzbank. Das asiatische Pärchen verfolgte parallel die Bewegung des Blattes, ließ seine Augen hochschnellen, drang kurz in Claudias Blick, schreckte zurück und drehte die Köpfe synchron wieder der Fensterscheibe zu.
Als Claudia am Barbarossaplatz ausstieg, trat sie, obwohl die graue Wolkendecke unverändert über ihr hing, in einen Ausläufer des Frühlings. Ein dezenter Geruch frischgepreßter Blätter öffnete sich über den Gehwegplatten, verbreitete sich schnell, wischte hier um eine Litfaßsäule und dort über ein Hundefell und zog sich in höhere Luftschichten zurück. Das nächste, was Claudia in die Nase stieg, war der Geruch von Hamburgern, der ihr über den Zebrastreifen entgegenwehte. Sie hielt kurz die Luft an, bog nach rechts, ging an der Sparkasse und am Taxistand vorbei. Vorne in der Reihe erkannte sie Kröning, der in einem seiner maßgeschneiderten

Anzüge am Wagen lehnte und über die Straße blickte, als sei sie sein Reich.

Obwohl die Rinnsteine gesäubert worden waren, haftete ihnen hier im Viertel etwas zutiefst Dreckiges an, so als bestehe das Kwartier Lateng aus einem Sumpf, der nachts anstieg, alles überschwemmte, die Bürgersteige mit einer grauen Farbe überstrich, um morgens wieder zwischen den aufgeplatzten Steinen und den Rissen im Asphalt zu versickern. Auch der Rhein in der Altstadt trat einmal im Jahr über die Ufer, lief in die Keller und hinterließ den Müll von einem ganzen Jahr, aber schon zwei Wochen später war davon nichts mehr zu sehen, so als hätte der Rhein immer in seinem Bett gedöst und wäre nie aufgestanden. Im Kwartier Lateng war das anders. Da war selbst nachts der Sumpf nicht direkt zu sehen, die Folgen am anderen Morgen schon. Claudia mochte das, sie wohnte gerne hier inmitten all der Kneipen und Clubs. Da wußte man, daß die Stadt dazu da war, darin zu leben, und keine menschenfreie Zone, in der jeder Bordstein mit einer Schutzdecke überzogen war. Es gab ja solche Leute auch in Köln, Leute, die alles für die Ewigkeit aufbewahrten und selbst einen Aufkleber an einem Straßenschild für ein Vergehen ersten Ranges hielten. Aber hier im Bermudadreieck hatten sie wenig Chancen, da waren die Ströme, die nachts von Kaschemme zu Kaschemme zogen, zu stark und zu breit.

Claudia schlenderte die Kyffhäuser entlang an den türkischen Imbißbuden vorbei, kaufte sich an einem Kiosk vier Tüten Fisherman's Friend, extra stark, überquerte die Zülpicher Straße, während oben auf dem Bahndamm ein Zug das Gleiche in entgegengesetzter Richtung tat, warf einen Blick ins »Dionysos« an der Ecke zur Meister-Gerhard-Straße, auf

die Gäste, die ihre Mittagspause dort verbrachten und Moussaka oder eine Fleischplatte aßen, und schloß ihre Haustür nebenan auf.
Im Flur war alles grau, als verlängere sich der Himmel bis ins Treppenhaus. Sie stieg in den alten Aufzug, der so klein war, daß kaum zwei Erwachsene hineinpaßten, obwohl er angeblich fünf Personen oder 380 Kilo befördern konnte, und ließ sich in die vierte Etage hieven. Noch ehe die Tür sich wieder öffnete, hörte Claudia die Musik aus Deventers Wohnung. Ihr Nachbar hatte fast immer eine CD laufen, immer Klassik, immer Bruckner, wie er nicht müde wurde zu erklären, während er seine Hose vorne am Bund festhielt. Claudia wußte nicht, ob sie wirklich runterrutschen würde, wenn er sie losließe, möglich wäre das, da Deventer nur aus Haut und Knochen bestand, aber er hielt sie fest, zog sie dabei nach oben, eine Gewohnheit, die ihm einen merkwürdigen Gang abverlangte, so als sei er wund zwischen den Beinen und versuche die Oberschenkel sich nie berühren zu lassen. Was bei seinen Stelzen sowieso nie passieren würde, dachte Claudia und hatte, wie jedes Mal, wenn sie nach Hause kam, das Gefühl, beobachtet zu werden. Mit dem Schlüssel in der Hand drehte sie sich um und schaute auf die dritte Tür, die ihrer Wohnung direkt gegenüberlag. Dort wohnte Rosemarie Fenner, von der niemand im Haus etwas wußte. Nicht daß sie nie etwas angedeutet, mit den Händen bedeutsame Zeichen in die Luft gemalt hätte, aber sprechen konnte sie nicht. Sie war stumm. Und als hätte dieses ewige Schweigen auf ihr gesamtes Benehmen abgefärbt, hörte man selten auch nur ein Geräusch aus ihrer Wohnung. Aber jedesmal, wenn Claudia nach Hause kam, vermutete sie sie hinter dem Spion stehend, sah aber nie auch nur einen Schatten.
Claudia und ihr Freund Uwe Scharck hatten wenig Kontakt

zu ihren Nachbarn, auch nicht zu denen auf ihrer Etage. Von Friedhelm Deventer wußten sie nur, daß er Theologie studierte und Bruckner liebte, was unüberhörbar war, und von Frau Fenner, daß sie offensichtlich gerne Nudeln aß. Wenn man sie beim Einkaufen antraf, war der Wagen voll mit allen Sorten Nudeln, die man sich vorstellen konnte. Und Claudia war jedesmal versucht, kurz mal einen Blick auf die Haltbarkeitsdaten zu werfen, obwohl sie eigentlich fast alle Nudelsorten in ihrer Sammlung hatte. Aber solche Massen, unsortiert zu einem Haufen geformt, waren eine unglaubliche Versuchung. Einmal in der Woche, immer kurz vor Mittag, klingelte Rosemarie Fenner bei Claudia und Uwe und nickte freundlich, bevor ihre Hände zu sprechen begannen. Beim ersten Mal war Uwe zum Glück in seinem Atelier in Nippes gewesen, denn er ertrug seine Umwelt nur schlecht, wenn er sich länger mit ihr beschäftigen mußte. Rosemarie Fenners Finger hatten im Treppenhaus den Rahmen für eine längliche Form gebildet, waren dann bedächtig auf- und abgesprungen, als bohrten sie kleine Löcher in diese Form, bevor die eine Hand sich geöffnet, die andere sich hingegen zur Faust geschlossen hatte, um schließlich über die flache Innenfläche der geöffneten Hand hin- und herzureiben. Claudia hatte versucht, die Nachbarin zu verstehen, hatte nachgefragt, hatte sich konzentriert, war schließlich fast verzweifelt, bis sich Frau Fenner einfach an ihr vorbeigedrängt hatte, in die Küche gelaufen war und die Käsereibe von der Wand genommen hatte. Dann hatte sie noch einige Fingerbewegungen in Claudias Flur entlassen und war mit der Käsereibe in ihrer eigenen Wohnung verschwunden. Claudia hatte anschließend etwas verwirrt die Fingerbeschreibungen der Nachbarin in ihrem Kopf Revue passieren lassen und die Tür wieder geschlossen. Durch die Wände war Bruckner zu hören gewesen. Abends hatte das ausgeliehene Küchenutensil vor Frau Fenners Tür auf dem kleinen Teppich, auf dem »Sei mein Gast« stand, gelegen, nicht etwa vor der Tür seiner Besitzerin, und Claudia hatte es an sich genommen und wieder in die Küche seitlich vom Herd gehängt.

Sie steckte den Schlüssel ins Schloß und trug den Korb in die Dreizimmerwohnung.

In der Küche am Tisch saßen Uwe und ein Mann in einem gelben Rollkragenpulli. Claudia grüßte, roch zwischen all dem Zigarettenqualm den öligen Farbduft, der von ihrem Freund ausging und den Raum beschlagnahmte. Sie stellte den Korb auf die Ablage neben der Spüle, und Uwe sagte: »Das ist Krahlberg, er sammelt Bilder.« Uwe sagte nicht Herr Krahlberg, er nannte einfach den Familiennamen des Mannes, obwohl er ihn erst seit einer Viertelstunde kannte. Claudia gab dem Mann, der sich erhob, die Hand, blickte an ihm vorbei auf den vollen Aschenbecher, der auf dem Tisch stand, sah, daß Uwe dem Bildersammler nichts zu trinken angeboten hatte, und fragte: »Wollen Sie vielleicht ein Glas Sprudel?«

In der Nachbarwohnung ging die Musik aus.

»Wir sind fertig«, sagte Uwe, noch ehe Krahlberg den Mund aufgemacht hatte, rutschte mit seinem Stuhl rückwärts über die Fliesen, drückte seine Kippe zwischen die anderen Stummel und stand auf. Der Bildersammler nickte, gab Claudia erneut die Hand und sagte: »Gut.«

Als er draußen war und die Tür hinter sich geschlossen hatte, fragte Claudia: »Was ist gut?«

»Ich«, antwortete Uwe ohne einen Moment der Ironie in seiner Stimme, dann fügte er hinzu: »Meine Bilder, was sonst. Krahlberg wird eine Ausstellung machen.« Er zündete sich eine neue Zigarette an, und Claudia öffnete das Fenster.

Kalte Luft strömte herein, legte sich unter die Rauchschwaden, erwärmte sich, stieg hoch und trug den Qualm nach draußen. Der ölige Farbgeruch blieb, schien sich zu größeren Duftlachen zu verbreitern und alle Gegenstände wie einen feuchten Film zu bedecken.
Uwe lehnte sich gegen den Stuhlrücken und fragte mit Blick auf den Korb: »Hast du mir Milch mitgebracht?«
Sofort verhärtete sich das Öl im Raum, wurde schmierig, als falle die Temperatur.
»Hab' ich vergessen«, antwortete Claudia.
Als hätte Uwe die Antwort bereits vorausgeahnt, war er, noch während Claudia ihren Satz gesprochen hatte, aufgesprungen, hatte sich die Sachen aus dem Korb gegriffen und auf das Haltbarkeitsdatum geschaut.
»Du bist gestört«, sagte er zwischen den Zähnen. Seine kurz rasierten Haare schienen ihm dabei zu Berge zu stehen, »du läufst den ganzen Morgen in der Stadt rum, hast nur Milch mitzubringen und kaufst wieder nur diese Scheiße!«
Nicht einmal, wenn er sich aufregt, öffnen sich seine Augen, dachte Claudia und zog die Tür zur Abstellkammer auf. Dort lagerten auf weißen Regalen die Exponate ihrer Sammlung. Sie nahm das Pestoglas und stellte es nach oben neben die Tagliatelle. Die irische Butter und den französischen Weichkäse deponierte sie unter zwei unterschiedlichen Glasglocken, die auf dem Boden standen. Ein leicht fauliger Geruch drang zu ihr hoch und verband sich mit dem Zigarettenrauch und dem Farbduft zu langen Schnüren.
»Ich mokiere ja nicht viel«, sagte Uwe, strich sich mit dem Daumen über seine langen Koteletten und inhalierte den Rauch, bevor er weitersprach.
Das heißt »monieren«, dachte Claudia, sagte aber nichts, drehte sich um und verschloß die Abstellkammer.

»Wirklich nicht viel«, wiederholte Uwe, »aber wenigstens meine Milch kannst du mir bringen. Ich male den ganzen Tag, soll ich auch noch einkaufen?«
Claudia hätte gerne mit Ja geantwortet, aber zum einen war es eine rhetorische Frage gewesen, die Uwe gestellt hatte, und zum anderen hätte sie ihre Sammlung nicht einfach so beendet von heute auf morgen, ohne daß sie das Gefühl gehabt hätte, wirklich zu einem Schluß gekommen zu sein.
Aus der Nebenwohnung schlug plötzlich Bruckners Siebte mit aller Gewalt gegen die Wand.
Uwe reagierte sofort, lief in den Hausflur, verstreute dabei seine Asche auf dem Fußboden und schrie gegen Deventers geschlossene Tür: »Mach den Brucker leiser!« Er sagte immer »Brucker«, und Claudia war sich nicht sicher, ob er den Namen des Komponisten tatsächlich nicht kannte oder ob er Deventer mit dieser Namensverunstaltung ärgern wollte. Dann stürmte er zurück in die Wohnung, ohne auf eine Antwort seines Nachbarn zu warten.
Claudia schloß das Fenster, stellte den leeren Korb in eine Ecke und ging in ihr Zimmer. Sie hörte, wie Uwe »Nur Idioten!« sagte, sich seinen langen, blauen Mantel griff, ihn über die Malerklamotten streifte und in einem seiner beiden Räume verschwand.
Bruckner lief in der gleichen Lautstärke weiter.
Claudia ließ sich auf ihr Bett fallen, lehnte sich zur Anlage hinüber, nahm die Kopfhörer und legte eine Johnny-Cash-CD ein, das einzige Mittel gegen Bruckner.
An der Decke waren dunkle Stellen zu sehen, als ob Feuchtigkeit sich von oben einen Weg ins Zimmer suchte. Aber es war angenehm warm hier drinnen. Links bedeckten Bücher und Zeitschriften die Wand, neben der Tür stand ein alter Holzschrank mit ovalen Spiegeln in den Türen. Lag Claudia

auf dem Bett, konnte sie sich anschauen, wenn sie sich ein wenig aufsetzte, aber das tat sie eigentlich nie. Uwe hingegen konnte in der gleichen Situation gar nicht von sich lassen. Wenn er zu ihr ins Bett gestiegen kam, galt sein erster halb verschlossener Blick dem eigenen Spiegelbild, und auch während sie miteinander schliefen, drehte er sie und sich immer so, daß er freie Sicht auf den Schrank hatte. Zuerst hatte Claudia gedacht, na ja, er sieht die Szene halt gern dabei im Spiegel, so als laufe parallel ein Porno ab, in dem sie beide die Hauptrolle spielten, aber mit der Zeit wurde ihr klar, daß er sie gar nicht sah. Er schaute nur auf sich, auf seine Muskeln, seinen geschwollenen Schwanz, der aus ihr hinausglitt und wieder zustieß. Seitdem schloß sie die Augen, wenn sie miteinander schliefen.
Johnny Cash sang von einem Zug, der ihn irgendwohin brachte.
Claudia schloß auch jetzt die Augen und fühlte im gleichen Moment den Wind über ihr Gesicht kitzeln. Es tat gut zu liegen, nach all dem Herumlaufen. Sie spürte, wie ihre Füße sich entspannten, und streifte die Schuhe ab, indem sie mit den Zehen über die Ferse des jeweils anderen Fußes rutschte. Es würde eine lange Nacht werden, etwas Ruhe konnte sie gebrauchen. Der Zug brachte eine stille Aufgeregtheit in den Bahnhof, etwas Trauer war dabei. Claudia mochte diese Stimme. Sie öffnete die Augen und sah Uwe neben ihrem Bett stehen, den Zigarettenstummel im Mundwinkel. Er trug noch immer seinen langen, blauen Mantel. Ungeduldig hielt er ihr das schnurlose Telefon hin. Mit einer hastigen Bewegung streifte sie die Kopfhörer ab und sagte: »Hallo«, noch ehe sie den Hörer am Ohr hatte, dann wartete sie einen Moment und wiederholte ihre fragende Begrüßung.

Uwe verließ das Zimmer. Asche fiel auf den Teppich, während Bruckner in der Nachbarwohnung alles gab.
»Ich«, sagte Louises Stimme und klebte federnd »bin's« dran.
Claudia schaute sich nun doch ihr Gesicht im Spiegel an und sagte ein drittes Mal: »Hallo.«
Dann war die Leitung einen Moment lang still. Claudia kannte diese Pausen ihrer Freundin und wartete.
»Ich hatte einen Mann bei mir«, sagte Louise schließlich und wollte fortfahren, aber Claudia war sofort mit dem Oberkörper hochgeschnellt, saß nun im Bett und sagte: »Was heißt das, einen Mann bei mir? Wollt ihr mir heute alle von euren Eroberungen erzählen? Vorhin hat meine Mutter ...«
Sie unterbrach sich, weil sie merkte, daß Louise bei diesem Sprachtempo verstummte. Sie wartete, bis Louise schließlich sagte: »Sei nicht kindisch. Er war schon mal in Neuseeland.«
Dann kam nichts mehr. Claudia wartete erneut. Ihre Haare sahen im Spiegel wie eine herbstliche Pflanzenwelt aus.
Louise schien nachzudenken, sagte dann: »Ja ...«
»Ja, das ist schön«, nahm Claudia den Faden auf. »Ich habe heute den ganzen Tag eingekauft, das war auch schön.«
Louise lachte, fragte: »Und Uwe?«
Claudia zuckte mit den Achseln, roch den öligen Farbduft, der über den Büchern und Zeitschriften dunstete, und sagte: »Er ist ein Arschloch, aber er wird eines Tages gute Bilder malen.« Sie versuchte durch den Spalt zwischen Tür und Rahmen in die Küche zu schauen, ob ihr Freund dort saß, sah aber nichts. Dann fragte sie: »Wieso war dieser Kerl bei dir und wann?«
Sie sprach sehr schnell, was erneut zu einer Pause nach der Frage führte, einer Pause, in der Bruckner sich ebenfalls zu-

rücknahm. Louise atmete mehrmals in die Hörmuschel, ehe sie sagte: »Gestern am Nachmittag.«
»Warst du nicht auf der Arbeit?« fragte Claudia sofort zurück.
»Ich . . .« setzte Louise an, und Claudia vervollständigte: ». . . hab' den Job hingeschmissen.«
»Ja«, sagte Louise.
»War nicht das Richtige, was?« sagte Claudia aufmunternd, weil sie ahnte, daß Louise deshalb Streit mit Feltzer gehabt haben mußte. Es war das vierte Mal in einem halben Jahr, daß Louise gerade einmal zwei, drei Tage zur Arbeit gegangen war und dann wieder alles hingeschmissen hatte, weil sie sich nie zurechtfand, sich unwohl fühlte zwischen den anderen, die immer schneller redeten und arbeiteten, je deutlicher sie begriffen, daß Louise bei diesem Tempo nicht mithalten konnte.
»Es war widerlich«, sagte Louise.
Claudia stellte sich ihre Freundin vor, wie sie sich abmühte, versuchte schneller zu werden, und die Blicke der anderen immer dreister wurden, sie auslachten, bis das Faß überlief und Louise wütend, aber in unangebrachter Langsamkeit aufstand und ging.
»Ein Fahrgast«, sagte Louise, »Feltzer hat ihn mit in die Wohnung gebracht.«
»Was?« entfuhr es Claudia, »das geht doch gegen alle Regeln. Feltzer ist doch der erste, der immer posaunt, kein Fahrgast darf Zutritt zur Privatsphäre haben.«
Louise schwieg eine Weile, dann sagte sie: »Wir fahren auch bald.« Und etwas später fügte sie hinzu: »Nach Neuseeland.«
Claudia antwortete nichts, dachte, da bin ich aber gespannt. Louise erzählte seit Jahren von ihren geplanten Reisen, aber

weiter als bis zur Wand mit ihren Reiseführern war sie noch nie gekommen. Sie wußte extrem viel über diverse Länder, am meisten über Neuseeland, aber alles aus zweiter Hand. Claudia konnte sich ihre Freundin gar nicht physisch reisend vorstellen. Louise mit Rucksack und dicken Schuhen, wie sie den Tongariro überquerte, Louise mit Eispickel in der Hand auf dem Franz-Josef-Gletscher oder beim Durchwandern der schwefelgesättigten Luft Rotoruas.
»Ich will auf jeden Fall«, sagte Louise.
Nebenan bäumte Bruckner sich noch einmal auf, dann verstummte er.
In der Küche hantierte Uwe mit etwas herum. Er fluchte. Claudia war im ersten Moment versucht, aufzustehen und ihm zu helfen, blieb dann aber liegen. Sie drückte auf die Stop-Taste an der Musikanlage, hörte, wie Louise sagte, der Mann heiße Ben Bergrath und werde sich wieder melden wegen Fotos, die sie sich gemeinsam anschauen könnten.
»Schön«, sagte Claudia.
Dann brach erneut Stille aus. Auch aus der Küche kam kein Geräusch mehr. Uwe mußte wieder in seinen Zimmern verschwunden sein.
»Ich leg' mich jetzt mal hin«, sagte Louise, und Claudia war erstaunt, daß ihre Freundin sich nicht schon auf dem Sofa ausgebreitet und ihre braune Wolldecke über sich gezogen hatte.
»Alles klar. Bis dann«, antwortete sie, wartete nicht, bis Louise sich verabschiedete, denn das tat sie meistens nicht, und legte auf.

Als Claudia die Tür zur Küche aufzog, standen auf dem Tisch in einer blauen klobigen Vase fünf rote Rosen nebst

farnartigem Grünzeug. Claudia setzte sich auf den Stuhl, auf dem Uwe vorhin gesessen hatte.
Wann hatte Uwe die Blumen besorgt? Hatte er sie auf Vorrat tiefgefroren in einem seiner Zimmer?
Auf dem Boden lag ein zerknülltes Papiertaschentuch, an dem etwas Blut zu sehen war. Claudia lächelte und schüttelte den Kopf. Die Rosen hatten lange Stiele und ragten duftend in den Farb- und Zigarettengeruch neben Claudias Gesicht. Sie sahen sehr schön aus, halb geöffnet und samtig. Trotzdem hatte Claudia plötzlich das Gefühl, sich vor ihnen dukken zu müssen. Sie stand auf, öffnete eine von Uwes Zimmertüren und sagte mit fester Stimme: »Daß du's weißt, meine Sammlung geht dich gar nichts an!«

3.

»Ich will nicht verbrannt werden!« rief Feltzers Großmutter Klara, legte ihren knochigen Arm auf den Tisch und schaute in die Gesichter der anderen. Der Bademantel aus weißem Frottee hing ihr übergroß am ausgemergelten Leib, fiel an den Stuhllehnen vorbei.
Im Wohnzimmer von Feltzers Eltern war es sehr heiß. Die Lilientapete schien zu schwitzen, glitzerte an manchen Stellen im künstlichen Deckenlicht und wölbte sich in den Ecken leicht in den Raum. Trotzdem trug Feltzers Vater eine hellgraue Strickmütze und eine grüne Wolljacke über seinem Hemd, aus Angst, sich zu erkälten.
Feltzer schaute auf das weiße Haar seiner Großmutter, die ihm gegenübersaß, nahm eine Erdbeere vom Teller, versuchte den Zucker, den seine Mutter darüber gestreut hatte, abzuschütteln und steckte sie sich in den Mund. Er hatte kei-

nen Hunger mehr nach dem Abendessen, aber wenn es um Erdbeeren ging, kannten seine Eltern nur eine Regel: Sie mußten gegessen werden. Solange Feltzer zurückdenken konnte, hatten immer Erdbeeren auf dem Tisch gestanden, wenn Besuch gekommen war. Für seinen Vater waren diese Früchte der Inbegriff guten Lebens, ein Hauch von Luxus, den man seinen Gästen bot. Das änderte sich in all den Jahren auch nicht in der Hochsaison, wenn die kleinen Körbchen stapelweise in den Auslagen vor sich hin dünsteten und die Preise fielen. Seine Frau Viktoria freundete sich schnell mit diesem Ritual gastgeberischer Finesse an, streute ihrerseits Kristallzucker auf die Früchte und beobachtete unauffällig, jedoch mit radarähnlicher Präzision, wer dem Ritual Folge leistete und aß, und wer nicht.

Als Feltzer vor zwölf Jahren Louise zum ersten Mal in die Wohnung seiner Eltern gebracht hatte und nach dem Essen der Erdbeerteller wie eine giftig rote Initiation in weißer Kristallummantelung auf dem Tisch aufgetaucht war, hatte er die Augen geschlossen und sich vorgestellt, er sitze im Taxi. Er hatte sich die Straßennamen aufgesagt von hier bis zum Ebertplatz, dann weiter, bis er die Pferderennbahn erreicht hatte. Dort trieben die Jockeys ihre Tiere durch die Stille des Wohnzimmers, drehten eine Runde, dann noch eine, galoppierten lautlos über die Bahn. Feltzer sah die Hufeisen aufblitzen, lauschte auf den Atem seiner Mutter, aber er hörte nichts. Auf den Rängen saßen die Zuschauer mit Erdbeerköpfen und schauten stumm auf ihre Wettzettel. Das Sonnenlicht roch nach Zucker. Feltzer fühlte das Wachstuch auf dem Tisch, strich mit der rechten Hand darüber. Dann sagte seine Mutter in die Stille hinein: »Ich bin ja so froh, daß Feltzer Sie kennengelernt hat.«

Die Pferde lösten sich auf, während Feltzer die Augen öffnete. Das Stadion schrumpfte zu einem schüsselartigen Teller, der voller roter Früchte lag. Feltzer schaute auf Louise, deren Kiefer langsam eine Erdbeere zermalten. An ihren Lippen klebte Zucker. Viktoria strahlte übers ganze Gesicht. Später am Abend hatte sie ihren Sohn in die Küche gezogen und ihm zugeflüstert: »Die kannst du heiraten.«

Feltzer hatte ihr damals nicht geantwortet, aber sofort gedacht, du kennst sie doch gar nicht. Und während seine Mutter den übriggebliebenen Zucker vom leergegessenen Erdbeerteller in eine extra zu diesem Zweck gekaufte Plastikschale schob, hatte Feltzer das Gefühl, mit der Aufforderung seiner Mutter beginne seine Liebe zu Louise langsam abzusterben.

Als sie in jener Nacht nach Hause gefahren waren, wortlos nebeneinander in der Bahn gesessen hatten und draußen Sülz an ihnen vorbeigezogen war, da hatte Feltzer den Kopf gehoben und zu Louise gesagt: »Du bist sehr langsam.«

»Was bin ich?« hatte sie zurückgefragt und ihren Kopf in aller Ruhe in seine Richtung gedreht. Dann hatten sie nicht mehr gesprochen, aber ihre beiden Sätze hatten offen im gleißenden Licht der Straßenbahn gelegen, bis sie ausgestiegen waren. Und selbst auf dem Bürgersteig war noch der verletzende Schatten dieses kurzen Wortwechsels zu sehen gewesen, bis sie sich mit einem hastigen Kuß verabschiedet hatten und in verschiedene Richtungen davongegangen waren.

In den folgenden Jahren hatte Feltzers Mutter ihn immer wieder gefragt, wann sie denn heiraten würden, und Feltzer hatte immer öfter in sich hineingehorcht und versucht, sich darüber Klarheit zu verschaffen, ob er Louise noch liebte. Erst sieben Jahre später, als Viktoria es aufgegeben hatte, ihren Sohn zu fragen, hatte Feltzer eines Tages ein Gefühl in sich entdeckt, das er längst erloschen glaubte. Was sich in jenen vergangenen Jahren in Louises Kopf abgespielt hatte, wußte er nicht. Sie hatten nie darüber geredet. Aber Feltzer hatte nicht den Eindruck, sie habe sich verändert; er fand sie nach siebenjährigem Zusammensein in genau die gleiche Langsamkeit eingebettet wieder, in der er sie kennengelernt hatte. Also war er kurzerhand vor sie getreten, hatte gefragt, ob sie ihn noch liebe, was sie mit einem erstaunten Gesichtsausdruck beantwortet hatte, und dann waren sie zusammen in eine Wohnung am Rathenauplatz gezogen.

»Angenehm heiß war's«, sagte Reinhold Beer mit seiner etwas zu hellen Stimme, den Begräbniswunsch seiner Mutter ignorierend. »Wir sind herumgefahren, haben uns das Land angeschaut. Da verändert sich vieles, werdet ihr gleich sehen.«
In seinem Rücken standen Pflanzen auf dem Fensterbrett, schaukelten ihre zu langen Stengel in der Luft, die vom Heizkörper aufstieg.
Reinhold nahm eine Erdbeere vom Teller, schob sie sich in den Mund. Feltzer schaute ihm unwillkürlich dabei zu, spürte, wie Groll in ihm aufstieg. Er sagte sich, daß sein Vater tun und lassen konnte, was er wollte, daß nichts dabei war, wenn ein siebenundsiebzigjähriger Mann Erdbeeren zu einer überirdischen Delikatesse stilisierte, aber es löste Widerwillen in ihm aus. Er bewegte den Holzstuhl rückwärts über den Teppich, ging hinter Louise um den Tisch herum, öffnete die quietschende Tür in den Flur, schloß sie hinter sich und trat ins Badezimmer, wo er den Wasserhahn aufdrehte und sein erhitztes Gesicht im Spiegel betrachtete. Nach einigen Sekunden ging es ihm besser. Er hielt die Hände unter den kalten Wasserstrahl, atmete langsam ein und aus. Beruhigt ging er zurück zu den andern. Aber mit

dem Quietschen der sich öffnenden Wohnzimmertür begann sein Herz erneut schneller zu schlagen, und der alte Groll breitete sich langsam wieder in ihm aus.
»Du mußt die Scharniere mal ölen«, sagte Feltzer. Es war eine unsinnige Aufforderung, denn er wußte, daß sein Vater gerade das nicht tun würde, die Scharniere ölen, aber es brachte ihm eine Art Erleichterung, diesen Satz auszusprechen, so als werde dabei ein Ventil in seinem Körper geöffnet.
»Ich weiß, was ich zu tun habe«, antwortete sein Vater, schob sich erneut eine Erdbeere in den Mund. Seine Mütze zog einen engen Rand über die Stirn oberhalb der Brauen. Das dürfte der ein oder andere bezweifeln, dachte Feltzer.

Ungefähr um die Zeit, als er mit Louise zusammengezogen war, hatte sein Vater in einem Anfall von Erkältungspanik versucht, das Schmieröl an den Türen zu entfernen. Die Idee, die er dabei verfolgt hatte, war die der Bewußtmachung gewesen. Er wollte seinen Mitmenschen bewußtmachen, daß es Türen gab. Denn alle in seinem Umkreis schienen ständig zu vergessen, die Türen zu schließen, taten, als würden sie die U-Bahn betreten, wenn sie ins Wohnzimmer kamen. Es zog. Immer war Durchzug und Reinhold Beer auf der Schwelle zur Erkältung. Also streifte er sich mitten im Sommer einen Pullover über, bat einen Nachbarn um Hilfe, hob eine Zimmertür nach der anderen aus den Angeln und polierte mit einem Lappen das Öl weg. Anschließend goß er etwas Wasser über die Scharniere, was sie mit der Zeit leicht anrosten ließ. Reinhold Beer hatte sich überlegt, daß die Türen nun schwerer zu bewegen sein müßten. Der Kraftaufwand würde so dem Ein- oder Austretenden unmittelbar klarmachen, daß da eine Tür hing. War der Gedanke an die

Tür erst einmal im Kopf, würde der Ein- oder Austretende sie auch wieder schließen, denn daß er dies nicht tat, lag nur daran, daß er beim Türöffnen an alles dachte, aber eben nie an die Tür selbst. Was Reinhold Beer bei seinem Plan nicht bedacht hatte, war, daß die Türen trotz Entfernen des Öls nach wie vor leicht zu öffnen blieben, nun aber bei jeder Bewegung beständig quietschten. Und das Quietschen ging nicht nur ihm selbst auf die Nerven – auch wenn er dies nie zugegeben hätte –, sondern führte dazu, daß die Gäste nun bewußt die Türen offenließen, um nicht dieses nervende Geräusch zu produzieren. Reinhold Beers Plan war auf ganzer Linie gescheitert, das wußte er, und er wußte auch, daß das den anderen klar war, aber dies zu wissen war eine Sache, es einzugestehen, indem er die Scharniere wieder mit Öl versorgt hätte, eine ganz andere. Und so wieselte tagein, tagaus ein mehrstimmiges Quietschen durch die Parterrewohnung in der Grafenwerthstraße fünf.

»Zwei sind noch da«, sagte Feltzers Mutter lächelnd und zeigte auf den Erdbeerteller. Ihr freundlicher Gesichtsausdruck konnte niemanden darüber hinwegtäuschen, daß diese Feststellung zugleich ein Befehl war. Ihr kleiner Körper saß straff hinterm Tisch, während ihr ausgestreckter Arm sich nur zögernd zurückzog. Der massive Schrank in ihrem Rücken, hinter dessen Glas die Münzsammlung ihres Mannes lag, schien ihrer Geste ungewollt Nachdruck zu verleihen. Sofort griff Reinhold sich eine Frucht. Feltzer drehte den Kopf weg, schaute auf Louise, deren Hand sich langsam hob, den Ellenbogen noch fest auf dem Tisch. Dann löste auch der Ellenbogen sich vom gelben Wachstuch, der Arm fuhr aus, die Finger senkten sich in den Zucker, schlossen sich um die letzte Erdbeere und nahmen den gleichen Weg zurück. Mechanisch setzte der Ellenbogen exakt an der Stelle auf dem Tisch auf, an der er vorhin geruht hatte. Das Handgelenk drehte sich, die Finger fuhren in die Horizontale, näherten sich dem Mund, der sich allmählich öffnete. Schließlich war die Erdbeere verschwunden. Feltzers Mutter sprang sofort von ihrem Stuhl, räumte die teils noch halb vollen Gläser und den Erdbeerteller zusammen, trug das Geschirr in die Küche. Louise wollte fragen, ob sie helfen könne, aber noch bevor sie ihre Frage im Kopf vorformuliert hatte, war Viktoria dreimal vom Wohnzimmer in die Küche und zurück geflogen, hatte das Wachstuch mit einem Schwamm gesäubert und einem Lappen abgetrocknet, dabei zwei grüne, zermatschte Bohnen mit einem Besen unterm Tisch hervorgeholt und saß bereits wieder an ihrem Platz, als wäre sie nie aufgestanden. Sie war so schnell, daß Louise leicht übel wurde. Das Essen schien ihr durch das Wirbeln ihrer Schwiegermutter zurück in die Speiseröhre zu rutschen. Sie legte die Hände auf ihren Bauch und schaute an sich hinunter. Sobald niemand sprach und Louise nichts hatte, worauf sie sich konzentrieren mußte, fühlte sie die Hitze im Raum wie eine Plastikfolie um ihren Körper gewikkelt. Ihre Haut konnte nicht mehr atmen, Feuchtigkeit trat aus den Poren. Aber nur auf der Stirn wurde dieser Film mit der Zeit kalt, am Körper stieg nach und nach die Temperatur.

»Sagt was«, entfuhr es ihr. Und während alle erstaunt auf sie blickten, fügte sie hinzu: »Irgendeiner.«

Die Lilien auf der Wohnzimmertapete ließen die Köpfe hängen.

Feltzers Mutter löste sich als erste aus ihrem Erstaunen, nickte kurz und sagte zu ihrem Mann: »Du kannst den Film jetzt zeigen.« Wenn Viktoria Beer den Kopf leicht in den

Nacken legte, leuchteten ihre Augen im Licht der Deckenlampe in einem seltsam satten Grün, was nicht zu ihrem blaugrau gefärbten Haar passen wollte. Beides zusammen gab ihrem Kopf eine Buntheit, die mit ihrer Person nichts zu tun hatte, aber gut zu dem Bild paßte, das andere von ihr hatten. Viktoria Beer war eine sehr nachdenkliche Frau, die sich um alles Sorgen machte, aber nie auch nur ein Wort über die unangenehmen Seiten des Lebens verlor. Und sie war jedem dankbar, der es genauso hielt. Sie tat immer gut gelaunt, schob ein Lachen vor ihr Innenleben, und nur ihr Mann ahnte, was in ihr vorging, wenn sie so lange durch die Wohnung lief, hier etwas abwischte, dort etwas aufhob, bis ihr die Beine weh taten oder sie sich vor Erschöpfung setzen mußte. Er schaute sie dann sitzend aus seinem Sessel an und schüttelte den Kopf.

»Was soll ich denn tun?« hatte sie ihn daraufhin einmal angeschrien, und Reinhold hatte, wie er fand, einen erhellenden Moment psychologischen Durchblicks gehabt und geantwortet: »Sammele etwas.«

Viktoria hatte sich nach dieser einfachen Antwort beruhigt, schien vier Tage lang wie gelähmt, dann kehrte sie zu ihrer Ruhelosigkeit zurück. Zwei Monate später kaufte sie in Paris in einem Souvenirladen in der Nähe von Sacré-Cœur ihren ersten Aschenbecher. Sie hatte bis dahin nie geraucht und sollte es auch in Zukunft nie versuchen, weshalb Reinhold ihren Kauf anfangs für befremdlich hielt, bis ihm schließlich klar wurde, daß seine Frau auf ihn gehört hatte. Viktoria räumte zu Hause im Schlafzimmer die kleine Kommode mit Glasvitrine leer und stellte den Aschenbecher hinein. Der weiße, marmorähnliche Stein mit einer kleinen Vertiefung als Zigarettenablage an jeder Ecke wirkte etwas verloren hinter der Vitrine, aber Viktoria brachte nun von jeder Reise einen Aschenbecher mit oder ließ sich einen zum Geburtstag, zum Hochzeitstag, zu Weihnachten schenken, und so füllte sich die Kommode allmählich. Reinhold war sich aber schon bald nicht mehr sicher, ob die Sammlung seiner Frau die richtige Idee gewesen war, denn Viktoria hatte nun noch mehr Hummeln im Hintern als vorher, rückte die Aschenbecher zurecht, gestaltete ihre Sammlung um und blieb rastlos. Aber vielleicht war es gerade das, was sie suchte, einen Erschöpfungszustand, der sie von allen Gedanken freisprach, eine Müdigkeit, die die Dinge in ihr ruhen und ihre Sammlung glänzen ließ.

»Dann wollen wir mal«, sagte Reinhold, erhob sich, indem er sich mit beiden Händen am Tisch aufstützte, zwängte sich zwischen dem Schrank und dem weißen Frotteerücken seiner Mutter hindurch, beugte sich am anderen Kopfende zum Fernseher hinab, griff nach den beiden Fernbedienungen, eine für das Videogerät und eine für den Flimmerkasten, und ging zurück zu seinem Platz.
Alle drehten ihre Köpfe dem Fernseher zu, während Reinhold mit dem Rücken zum Fenster beide Arme hob, in jeder Hand eine Fernbedienung und mit seinen Daumen simultan die Impulse über die Tischdecke schoß. Feltzer hörte, wie sich die Spulen im Videorecorder zu drehen begannen, dann war von weitem ein Bagger am Meer zu sehen. Daneben buddelten Männer hohe Stangen in den Sand, an deren Ende Sonnenschirme befestigt wurden. Der Ton war ganz leise gedreht. Nur wenn man genau hinhörte, konnte man das angestrengte Atmen seines Vaters hören, während er die Erinnerungen festhielt.
»Angenehm heiß war's«, wiederholte Reinhold. Seine helle Stimme schaukelte wie eine losgelöste Boje aufs Meer hin-

aus. »Da war kaum Wind, und auch Menschen waren da kaum. Die Hauptsaison geht ja erst später los.«
Die Kamera zoomte auf den Bagger, schwenkte dann den aufgewühlten Strand ab, zeigte die Löcher und einen Haufen Stangen, die noch aufgerichtet werden mußten. Schnitt. Eine Auffahrt mit links und rechts halbfertigen Häusern, an deren Ende ein Bungalow mit viel Glas auftauchte.
»Da haben wir gewohnt«, sagte Viktoria.
Schnitt. Ein knorriger, breiter Baum neben einem weißgetünchten Haus mit Holzbalkon. Davor ragten kniehohe Steine aus der Erde, standen kreuz und quer in der Wiese, die durch einen schlängelnden Weg geteilt wurde. Dann rutschte ein Haufen ausgehobener Erde ins Bild. Das dazugehörige Loch war nicht zu sehen, dafür ein Mann, der Blätter in einen dicht qualmenden Feuerhaufen warf. Im Hintergrund und weit unten lag ein dunstgrauer Horizont über dem Meer.
Feltzer wischte sich mit dem Ärmel über die Stirn. Eigentlich könnte er hier nackt bei seinen Eltern sitzen, selbst im Winter wäre das möglich, aber jetzt, Ende März, war die trockene Hitze so erdrückend in ihrer Wohnung, daß selbst das nicht geholfen hätte. Er drehte den Kopf und schaute zu seinem Vater, der in Wolljacke und Mütze dort saß und gebannt auf die Bilder im Fernseher starrte.
Werde ich auch so? dachte Feltzer. Dann hörte er den Stuhl neben sich etwas zu schnell über den Teppich rucken. Er schaute in Richtung des Fernsehers, wo Louise aufgestanden war, die Hand vor den Mund hielt und in einer für sie ungewöhnlichen Geschwindigkeit das Wohnzimmer durchmaß, die quietschende Tür aufriß, in den Flur lief, ohne die Tür hinter sich zu schließen, die nächste Tür zur Toilette aufzog und sofort auf die Knie fiel, während seine Großmutter

Klara auf der anderen Seite des Tisches drohend ihren rechten Arm hob und erneut: »Ich will nicht verbrannt werden« rief.
Feltzer sprang ebenfalls von seinem Stuhl, fragte, obwohl die Situation für sich sprach »Was ist los?« und folgte Louise zur Toilette. Er hörte, wie sein Vater das Band stoppte, stellte sich vor, wie er seine Mütze tiefer in die Stirn zog, weil wieder jemand eine Tür hinter sich nicht geschlossen hatte, und fragte erneut über Louise gebeugt: »Was ist los?«
Louise erbrach in einem ersten kleinen Schub eine Menge zermatschte Erdbeeren. Sie hielt mit der linken Hand ihre Haare seitlich des Halses fest, stützte sich mit der rechten am Rand der Kloschüssel ab und sabberte einige Speichelfäden hinterher. Dann schluckte sie mehrmals laut, sog heftig Luft ein, als sei sie außer Atem, stöhnte kurz, bevor in einem einzigen langen und breiten Schwall das gesamte Abendessen, das Viktoria liebevoll zubereitet hatte, aus ihrem weit aufgerissenen Mund in die Toilette stürzte. Schließlich glitt sie seitlich zur Wand und blieb dort mit nach hinten gelegtem Kopf und halb geöffneten Lippen sitzen.
»Alles O.K.?« fragte Feltzer, riß etwas Klopapier von der Rolle und wischte ihr damit den Mund trocken, dann mit einem weiteren Stück die Tränen aus den Augenwinkeln.
»Mir ist ...«, sagte Louise, »schlecht.«
»Hätt ich drauf gewettet«, sagte Feltzer und grinste.
Über Louises Gesicht huschte der Bruchteil eines Lächelns, dann versuchte sie aufzustehen. Feltzer half ihr dabei, griff unter ihren Arm und stützte sie. Erst jetzt sah er, daß seine Mutter die ganze Zeit hinter ihnen gestanden hatte. Sie lachte und rief: »Das kommt vor. Jetzt schauen wir uns den Film aber zu Ende an.«
Feltzer antwortete nicht, brachte Louise zurück ins Wohn-

zimmer, zog seinen Stuhl näher an sie heran und dachte: Muß es einem immer schlechtgehen, damit man sich näher ist? Er legte Louise die Hand auf die Schulter und spürte, daß ihre Bluse feucht war.

»Mach doch mal einer die Tür zu!« sagte Reinhold Beer in diesem Moment und drückte auf die Abspieltaste der Fernbedienung. Feltzer wollte ihm antworten, du hast doch einen Knall, das ist die reinste Sauna hier, wandte sich um und stockte auf halbem Weg, weil seine Großmutter eine Zufriedenheit im Gesicht trug, die er noch nie an ihr gesehen hatte. Ihre Augen glänzten, als habe sie gerade etwas miterlebt, gerade etwas erfahren, auf das sie schon lange gewartet hatte, Sie schaute auf Louise, auf ihren linken Arm, der angewinkelt auf dem Tisch aufsaß und den Kopf stützte, schaute auf den roten Schimmer, der sich in ihr Haar geschlichen hatte, und nickte kaum sichtbar, als wollte sie sagen: »So ist's recht!«

Feltzer grinste, wandte seinen Blick dem Urlaubsfilm zu und dachte: So also ist das hier, Klara. Hättest du schon längst gerne mal gemacht, diese Wohnung vollkotzen. So also ist das. Laut sagte er »Willst du aufbrechen?« und beugte sich zu Louise.

Im Fernseher flogen Vögel über einen Hafen.

»Gleich«, antwortete Louise.

»Gleich«, hatte auch Viktoria geantwortet, als Reinhold aufs Karussell gestiegen war, zu ihr hinuntergeschaut und gefragt hatte: »Kommst du jetzt. Es geht los.« Sie kannten sich gerade einmal zwei Stunden, und Viktoria fummelte, um ihre Aufregung zu kaschieren, an ihrem Schuhband herum. Auf den Holzpferden hinter Reinhold saßen sein Kumpel Oswald Rehl und dessen Freundin Eva, die wiederum die beste Freundin von Viktoria war. Reinhold hörte beide hinter sich kichern und wurde das Gefühl nicht los, daß Oswald und Eva ihn und Viktoria bewußt zusammengeführt hatten, um sie zu verkuppeln. Aber das störte ihn nicht. Viktoria war allemal einen Blick wert, wie sie dort hockte in ihrer eng am Hals zugezurrten, weißen Bluse mit beiger Jacke und gleichfarbigem, knielangem Rock. Es war Juni 1955 und ihr schwarzes Haar zu straffen Haarkurven gewikkelt, durch die das Licht in Loopings schoß. Als sie schließlich auf das Pferd neben Reinhold rutschte, beide Beine zu einer Seite herabhängen ließ und ihm so mehr die Schulter und den Rücken zuwandte als ihr Gesicht, da spürte Reinhold einen merkwürdigen Druck in seinem Kopf, so als preßten Scheuklappen sein Gehirn zusammen und verengten sein Blickfeld. Die Kirmes um ihn herum schrumpfte auf einen kleinen Ausschnitt Welt zusammen. Er blickte durch einen Spalt, den Viktoria mit ihrer zierlichen Erscheinung vollends ausfüllte. Sie drehten sich, und Reinhold legte seine Hände auf die Mähne des weißen Holzpferdes, hörte die leiernde Musik und verspürte etwas, das er später als Glück bezeichnen würde.

Nach dem Karussell spendierte Oswald vier Karten für die Raupe, anschließend für die Schiffschaukel. Er lachte und redete laut, kannte jeden zweiten Menschen, der ihnen begegnete, grüßte freundlich, schüttelte unzählige Hände. Schließlich schauten sie sich noch die Frau ohne Unterleib an, und Eva hakte sich bei Oswald ein, flüsterte, allerdings so laut, daß Reinhold und Viktoria es hören konnten: »Hat die ein Pech.«

Über die Kabelhängebrücke glitten Wolken, wechselten nach kurzer Zeit die Spur, stürzten über das Geländer, trieben weiter über den Rhein und verschwanden.

Oswald gab erneut jemandem die Hand, dann wandte er sich beim Weitergehen Reinhold zu und fragte ihn, was er davon hielte, der Sebastianus Schützenbruderschaft beizutreten, er sei zwar nicht sonderlich gläubig, aber vielleicht könnte man dort Beziehungen knüpfen. Reinhold wußte keine Antwort, die Beziehung, die ihm vorschwebte, ging gerade neben ihm und trug hohe Absätze. Also murmelte er etwas hochnäsig: »Ist nichts für mich, der Trachtenverein.«
Oswald nickte, klopfte Reinhold auf die Schulter, ehe er sagte: »Aber um sich schießen kann man da.«
Dann schlenderten sie an der Boxbude vorbei, über die einige Spatzen in merkwürdigen Schlangenlinien flogen, gehetzt, als müßten sie den Schlägen der Kämpfer ausweichen.
»Wenn schon nicht der Schützenverein, dann doch wenigstens die Schießbude«, lachte Oswald.
Reinhold hielt das für keine gute Idee, aber Oswald war bereits losgelaufen, zog Eva hinter sich her. Also folgte er.
Einige Mädchen in Petticoats und Ringelsocken kamen ihnen entgegen. Victoria drehte sich immer wieder nach ihnen um. Dann standen sie am Schießstand. Der Mann, der Oswald das Gewehr reichte, redete ununterbrochen und sehr laut, schrie, was für fantastische Preise es zu gewinnen gebe. Oswald nahm das Gewehr, sagte abwertend: »Ja, ja« und legte an. Eva schaute gebannt auf die Zielscheiben, hielt sich alle zehn Finger vor den Mund, klatschte dann bei jedem Treffer ihres Freundes fröhlich in die Hände, wuschelte ihm durch den dichten Haarschopf, der wie ein breiter Streifen über seinen Kopf wuchs, während die Frisur seitlich über den Ohren zu kurz geschnitten schien und Oswald etwas Wildes, Aufmüpfiges gab.
Reinhold weigerte sich zu schießen.

»Was soll das?« fragte Oswald und riß verständnislos die Augen auf.
»Ich möchte einfach nicht«, antwortete Reinhold so ruhig wie möglich, blickte auf die Zielscheiben, dann auf Viktoria, die sich weggedreht hatte und die Diskussion gar nicht mitzubekommen schien. Sein Sichtfeld hatte sich schlagartig wieder vergrößert, er überschaute alles, die Bude, die Gewehre, seine Freunde, während sein Herz wild um sich schlug, pochend nach Platz in der Brust suchte. Er hob den Arm, stützte sich an der Schießbude ab. Seine Haltung sah locker und souverän aus, aber ihm war mit einem Mal so schwindelig, daß er das Gefühl hatte, die Beine knicken ihm weg. Er hörte wie Oswald sagte: »Manchmal benimmst du dich wie ein Kind.« Dann schrie der Mann in der Schießbude erneut, alles sei so billig. Es war dies das erste Mal, daß eine leichte Irritation die Freundschaft zwischen Reinhold und Oswald in Frage gestellt hatte. Reinhold antwortete nichts, versuchte durchzuatmen und hörte die Kugeln durchs kaputte Fenster fliegen und in der Wand hinter sich einschlagen. Zusammen mit zwei anderen Siebzehnjährigen, Achim und Freddy, lag er auf dem Boden, nachdem sie auf einen Trupp Amerikaner in der Straße gefeuert hatten, und schützte mit den Armen seinen Kopf gegen die Teile des Putzes, die auf ihn herabregneten. Nach einigen Sekunden sprangen Achim und Freddy wieder auf und erwiderten das Feuer. Reinhold blieb liegen. Er drückte die rechte Seite seines Gesicht fest auf den Boden, krallte seine Finger in den Dreck und hörte sich kurze, spitze Schreie ausstoßen. Überall knallte es. Es war nicht mehr auszumachen, woher die Geschosse kamen. Sie rissen die Decke auf, die Wände, schlugen im Fußboden ein. Er bewegte sich nicht, spürte plötzlich etwas Weiches, Schweres auf seine Beine fallen. Und ehe er begriff, daß es einer der beiden Jungs

war, der nun über ihm verblutete, stürzte auch der andere und schlug mit einer Wucht gegen Reinholds Schläfe, daß Reinhold ohnmächtig wurde. Trotzdem glaubte er später, amerikanische Soldaten durch die Zimmer laufen gesehen zu haben. Sie hatten die Gewehre im Anschlag, drehten sich nach allen Seiten, während sie die Wohnung durchsuchten. Dann stieß einer ihm einen Stiefel in den Nacken.
Als Reinhold später aus der Ohnmacht erwachte, war es draußen Nacht. Er zog seine eingeschlafenen Beine unter Achims leblosem Körper hervor, setzte sich auf, den Rücken an die Wand gelehnt und schaute in die Dunkelheit des Raumes. Er hatte Durst, seine Kehle war aufgerauht und voller Staub. Mit beiden Händen zog er seine Beine an und pinkelte unter sich. Als es wieder hell wurde, saß er noch immer an der gleichen Stelle. Er fror, konnte aber nicht aufstehen. Er blickte auf die eingefallenen Gesichter, die neben ihm lagen, versuchte ihre Namen auszusprechen und fühlte eine Leere in seinem Kopf, die kein Name zu füllen vermochte. Er wartete, wußte nicht worauf und saß noch da, als drei Stunden später erneut vier Amerikaner in die Wohnung kamen, auf ihn anlegten und ihn aufforderten aufzustehen, was Reinhold nicht tat. Er schaute sie nur an, beide Hände seitlich neben seinen Oberschenkeln liegend und scheinbar so weit vom gegenwärtigem Geschehen entfernt, daß zwei der Soldaten ihn hochhoben und nach draußen schleppten. Dort ließen sie ihn los, sagten: »Go home«, warteten einen Moment, ob er nicht umfiele, drehten sich um und setzten ihren Weg fort. Reinhold hob langsam den Kopf, schaute die Straße hinab, die breit zwischen Ruinen lag, und setzte sich schließlich ebenfalls in Bewegung.

Das Schwindelgefühl ließ langsam nach. Von weitem hörte er Viktoria fragen: »Und was machen wir jetzt Feines?«
Reinhold hätte am liebsten geantwortet, daß er sich gerne hinsetzen würde, ahnte aber, daß das die falsche Antwort gewesen wäre. Nicht weil eine andere Antwort besser gewesen wäre, sondern weil Viktoria weniger eine Frage gestellt hatte, die beantwortet werden wollte, als vielmehr ihm mit diesem Satz die Möglichkeit geboten hatte, den Tag weiterhin so leicht zu durchschlendern wie bisher. Also stieß Reinhold sich mit der Hand von der Schießbude ab und sagte: »Laßt uns was trinken gehen.«
Es war dieser kurze Moment des unausgesprochenen Verstehens, dieser Augenblick der Aufrechterhaltung der Leichtigkeit, der in Viktoria den Entschluß, Reinhold fortan nicht mehr loszulassen, aufkeimen ließ. Sie berührte flüchtig seine Hand, während ein plötzlicher Windstoß versuchte, durch ihre Haare zu wildern. Dann legte sie ihren Kopf in den Nakken und schaute ihn mit ihren satten grünen Augen an. Sie reichte ihm bis zur Schulter und sah sein Gesicht von unten, das rasierte Kinn, die fast zu schmale Nase, die glatte Stirn. Er sah gut aus in seiner aufgeknöpften Jacke.
Sie gingen nebeneinander hinter Oswald und Eva her, und beiden war klar, daß sie zusammenbleiben würden nach diesem Tag. Reinhold würde sie nicht fragen müssen: »Sehen wir uns wieder?« Sie würden sich am Ende des Tages einfach für den folgenden verabreden, so als hätten sie dies bereits hundert Mal gemacht, eine Selbstverständlichkeit, der eigentlich jede Aufregung fehlen mußte, die aber tatsächlich die Aufgeregtheit beider verdoppelte.

Auf der Terrasse bestellten sie zwei Kaffee und zwei Limonaden, und während Eva und Viktoria gemeinsam die Toilette

aufsuchten, fragte Reinhold seinen Freund, die Augen geschlossen und sein Gesicht den gleißenden Sonnenstrahlen bietend: »Wo warst du bei Kriegsende?«
Da er keine Antwort bekam, öffnete Reinhold die Augen und sah Oswald an. Sein Freund starrte zurück, schüttelte dann kaum merklich den Kopf, während er sich gegen den Stuhlrücken fallen ließ. In der ausufernden Helligkeit dieses Tages wirkte Oswalds Gesicht wie langgezogen. Die nicht wachsen wollenden Haare an den Seiten und der dafür üppig sprießende Haarbusch in der Mitte der Schädelplatte verzerrten sein Aussehen wie im Spiegelkabinett auf der Kirmes.
»Das ist zehn Jahre her«, sagte er schließlich, »willst du ewig in der Vergangenheit leben?«
Der Kellner brachte die Getränke, und Oswald zahlte sofort. Reinhold fragte sich, wo Oswald immer das ganze Geld her hatte. Er war nirgendwo angestellt, behauptete selbständig zu sein, aber was er genau tat, wußte Reinhold nicht. Im Handel tätig, lautete die Standardantwort. Aber viel zu tun war wohl nicht in seinem Handel, denn Oswald hatte immer Zeit. Er war überall anzutreffen und fragte Reinhold unablässig, ob er hierin und dorthin mitkäme, was nicht möglich war, denn Reinhold selbst arbeitete seit einigen Jahren als Briefträger und hatte nur an den Wochenenden frei oder wenn er sich Urlaub nahm. Nachmittags, wenn er seine Tour beendet hatte, die ganze Post an die einzelnen Haushalte verteilt war, ging er nach Hause zu seiner Mutter, aß etwas, trug das Rennrad aus dem Keller und fuhr den Rhein entlang, stundenlang in eine Richtung und wieder zurück. Es war ihm egal, ob der Winter Schnee über die Straßen schleuderte oder der Sommer so heiß an den Hausgiebeln klebte, daß die Luft flimmerte, Reinhold trat in die Pedale, versuchte mit je-

der Umdrehung des Zahnrades alles hinter sich zu lassen, was ihm im Weg stand. Und das gelang ihm, zumindest auf dem Hinweg, sobald er aber umdrehte und sich auf den Nachhauseweg machte, tauchte alles wieder in Form unzähliger Schatten auf. Er dachte an Achim und Freddy, die er kaum gekannt hatte und die indirekt seine Lebensretter geworden waren; er dachte daran, daß er gerne bei der HJ gewesen war und irgendwann jemand kommen und ihn fragen würde, warum er mitgemacht hatte, er hatte Bilder von seinem Vater im Kopf, einem Mann, von dem er nicht wußte, ob er noch lebte, in Kriegsgefangenschaft vor sich hin vegetierte oder tot war. Seine Mutter Klara tauchte vor seinen Augen auf, gerade einmal fünfundvierzig geworden und das Leben schon fast hinter sich. Wie sie sagte: »Dein Vater kommt wieder«, wie sie es mit Nachdruck sagte, mit einer Sicherheit, die fast wie eine Warnung klang, und ihn um so mehr zweifeln ließ, je härter sie auf der Gewißheit bestand. Und dann stellte er das Rennrad wieder in den Keller, ging ins Wohnzimmer, wo seine Mutter Hemden bügelte, Hemden fremder Männer, deren Frauen etwas anderes zu tun hatten, als zu bügeln, setzte sich in einen der Sessel und schaute vor sich hin. Wenn Klara ihn fragte, was los sei, antwortete er: »Ich schaue dir beim Bügeln zu, das ist beruhigend.« Erst Jahre später kam er darauf, daß diese immer gleiche Antwort, die er seiner Mutter gab, zwar ehrlich war, seine Mutter aber irritiert haben mußte, auch wenn sie nie nachfragte, denn wieso mußte sich jemand, nachdem er sich Kilometer um Kilometer ermüdet hatte, anschließend beruhigen, es sei denn etwas war passiert, etwas bedrückte ihn. Irritieren aber wollte er seine Mutter gerade nicht; vielmehr hoffte er, sie sorglos zu sehen.

Als Reinhold die Unzulänglichkeit seiner Antwort begriff,

überlegte er sich keine neue, er hörte einfach auf, Fahrrad zu fahren, zumindest für die nächsten Monate. Da war er vierunddreißig, und das Jahr 1962 ging in den Herbst. Klara bügelte noch immer die Hemden, die die Frauen ihr brachten. Sie sah konzentriert aus, schaute auf den Stoff, während die Muskeln ihres rechten Oberarmes sich spannten und das Eisen unnachgiebig vor- und zurückfuhr. Dann sah sie aus dem Fenster, hob das Bügeleisen vom Hemd, hielt es aufrecht vor sich und sagte zu Reinhold: »Du hast recht, er kommt nicht wieder.« Dann schaute sie hinab auf ihre Arbeit und setzte sie fort. Reinhold hätte gerne protestiert, er hätte ihr zum einen gerne zugesprochen, ihr erklärt, daß noch alles möglich sei, und zum anderen hätte er ihr gerne gesagt, daß er nicht deswegen Fahrrad gefahren war, aber beide Gedanken verebbten in der Stille des Wohnzimmers, in dem ein heißer, feuchter Geruch unter der Decke hing und bei jeder Bewegung gegen die Wände wirbelte. Denn in Klara Beers Gesicht war plötzlich eine Zufriedenheit, die Reinhold sich nicht erklären konnte. Trotzdem fragte er sie nicht, was sie gerade dachte, er nahm an, daß für sie das ewige Hoffen das Schlimmste gewesen war und endlich mit der Hoffnung abzuschließen nun Erleichterung brachte, atmete aus, bis er fast keine Luft mehr in den Lungen hatte und sagte mit seiner klaren, hellen Stimme: »Ich werde Viktoria heiraten.« Und da seine Mutter nicht reagierte, fügte er hinzu: »Nächstes Jahr im Frühling.«

Eva und Viktoria kamen zurück, setzten sich Oswald und Reinhold gegenüber und tranken ihre Limonade.
Immer mehr Gäste drängten ins Café und auf die Terrasse. Die Leute schienen alle wieder zu Geld gekommen zu sein oder wollten sich zumindest etwas gönnen, und wenn es nur ein Nachmittag im Café war.

Oswald, der bislang den Gutgelaunten gegeben hatte, den Jovialen, der alle unterhielt, wirkte plötzlich nervös, sagte nichts mehr, lehnte in seinem Stuhl und schaute abschätzig in die Gesichter der Ankommenden. Eva schien seinen Wandel nicht zu bemerken, schwatzte drauflos, lachte, bis Oswald plötzlich aufsprang, etwas von: »Total vergessen« murmelte und sich auf und davon machte.
»Was ist denn mit dem los?« fragte Eva überrascht und schaute Reinhold an, der mit den Achseln zuckte, sich aber sehr wohl fragte, ob er schuld an Oswalds launischem Verhalten war.
Dann sagte Viktoria: »Ich muß jetzt auch mal los«, erhob sich, trat an Reinholds Stuhl, reichte ihm ihre Hand, während er ebenfalls aufstand und sie ergriff. Sie schaute ihn von unten an, stellte sich auf die Zehenspitzen und flüsterte: »Um vier am Dom.« Anschließend rutschte ein Lachen über ihre grünen Augen, bevor sie sich umdrehte, einmal über ihren Rock strich und ging.
Allein mit Eva wußte Reinhold nichts mehr zu sagen. Er versuchte es einmal, indem er auf Oswalds Launenhaftigkeit zurückkam, aber das Gespräch versandete sofort. Also standen auch sie beide auf, verabschiedeten sich und gingen ihrer Wege.

Schnitt. Ein weiträumiges Panorama, seitlich ragen Nadelbäume ins Bild, beginnen einen Rahmen, der im Hintergrund von einer Bergkette fortgesetzt wird. In der Mitte liegt ein Dorf schräg an einem Hang.
Feltzers Hand lag noch immer auf Louises Schulter, deren Muskulatur in unregelmäßigen Abständen ihr Schlucken auffing. Hinter ihm hörte er seinen Vater nach den Fernbedienungen greifen und: »Das war's« ausrufen, während

der Videorecorder stoppte und der Fernseher schwarz wurde. Noch ehe Louise den Videofilm ihres Schwiegervaters hätte loben können, war Viktoria aufgesprungen, hatte erst die Wohnzimmertür, dann die Küchentür geöffnet, blieb einen Moment lang verschwunden und stand nun wieder neben dem Tisch, in ihren Händen ein Tablett voller Tassen und eine gefüllte Kanne nebst einer Plastikschale, in der sich der verklumpte und stellenweise erdbeersaftfarbene Zucker befand. Sie goß Kaffee ein, kippte zwei Löffel Zucker in Reinholds Tasse, schob die Untertassen über das Wachstuch vor ihren Mann, ihre Schwiegermutter, Feltzer und Louise, trank selbst nichts, legte ihre Hände flach auf den Tisch und flüsterte scheinbar mehr zu sich selbst, aber doch laut genug, daß alle es hören konnten: »Es war schön.«

In Reinholds Tasse schwammen zwei winzige Erdbeerstückchen wie zwei ertrunkene Fliegen. Er rührte sie mit dem Löffel in einen Wirbel hinein, und Feltzer fragte sich, ob er sie überhaupt wahrnahm. Dann spürte er an seinem Arm, wie Louises Körper sich schüttelte, als kämpfe sie gegen erneut aufkommenden Brechreiz. Sie schob ihren Kopf wie einen Pfropfen zwischen die Schultern, schluckte mehrmals, legte ihre linke Hand um die Kaffeetasse vor sich, als wollte sie sich daran festhalten.

Laß uns gehen, dachte Feltzer, süffelte die heiße, bittere Flüssigkeit in sich hinein und beobachtete seine Großmutter, die gutgelaunt vor sich hin lächelte. Jedesmal wenn Feltzer sie sah, wie sie in ihrem Frotteebademantel die Tage absaß, wurde ihm bewußt, daß er eigentlich nichts von ihrem Leben wußte. Sie hatte zwei Weltkriege hinter sich, war jetzt fünfundneunzig Jahre alt, obwohl sie selbst immer behauptete sie sei achtzig – seit fünfzehn Jahren wurde sie jedes Jahr achtzig –, aber was sie wirklich erlebt hatte, wußte Feltzer nicht. Er hatte nie danach gefragt, und sie hatte nie etwas erzählt, auch nicht an jenen zwei Tagen in der Woche, an denen Feltzer als Jugendlicher bei ihr zum Essen gewesen war. Jeden Dienstag und jeden Donnerstag hatte er bei ihr im Weyertal geklingelt. Sie hatte aufgemacht und gesagt: »Ich hatte so eine Ahnung, daß du heute kommen würdest.« Jedesmal hatte sie den gleichen Satz zur Begrüßung gesagt, obwohl es ja klar gewesen war, daß Feltzer an diesen beiden Tagen bei ihr auftauchen würde. Er war in ihre Wohnung getreten, hatte seine Tasche und seine Jacke in eine Ecke im Flur geschmissen und ein üppiges Mahl eingenommen. Bis heute wußte er nicht, wie es dazu gekommen war, daß er plötzlich bei seiner Großmutter hatte essen müssen. War seine Mutter auf die Idee gekommen, weil sie keine Lust gehabt hatte, jeden Tag für ihn zu kochen? Hatte Klara sich allein gefühlt und seine Eltern um seine Gesellschaft gebeten? Klara war einfach immer da gewesen und doch immer so weit entfernt, daß er sich nicht für sie interessierte. Wenn Feltzer sie nun so da sitzen sah, mit ihren nach vorn hängenden Schultern und der weißen Rüschenbluse, die unter dem Bademantel am Hals hervorlugte, wie sie sich freute, weil Louise ins Haus ihres Sohnes gebrochen hatte, dann erschien sie ihm sehr einsam, so als habe sie in ihrem ganzen Leben nie mehr als zwei Sätze mit jemandem gewechselt, so als sei sie immer schon vom Leben vergessen worden. Aber auch das wußte Feltzer nicht. Er schusterte sich ein Bild seiner Großmutter zusammen, das an allen Ecken und Enden Risse hatte, das ihm ausreichte, solange er nicht darüber nachdachte, das aber nie dazu taugen würde, einen vorzeigbaren Platz auf einer Kommode in seinem Gedächtnis einzunehmen.

»Aahh!« hauchte Reinhold Beer über den Tisch und stellte seine Tasse ab. Dann lehnte er sich zurück und schien etwas in sich zusammenzusacken. Für Feltzer war dies das sichere Zeichen, daß der Abend nun beendet war und dem Aufbruch nichts mehr im Wege stand. Er schaute in die Tasse seines Vaters. Die zwei winzigen Erdbeerstückchen fehlten. Ohne Louise anzuschauen, sagte er: »Es wird Zeit. Ich muß noch fahren.« Dann stand er auf, zog seinen Gürtel etwas höher, kontrollierte, ob sein Hemd noch ordentlich in der Hose steckte, und blickte auf Louise, die sich langsam über den Tisch beugte und sich hochzustemmen begann. Währenddessen sammelte seine Mutter sowohl die leeren als auch die unangetasteten Kaffeetassen von Louise und Klara wieder ein, jonglierte sie, ohne zu kleckern, aufs Tablett, klappte die Plastikschale mit Zucker zu, nahm die Kanne unter den Arm und trug alles in die Küche. Mit dem linken Ellenbogen öffnete sie die Türen und stieß sie mit der Ferse wieder hinter sich zu.
»Ihr geht«, sagte Reinhold Beer in Richtung seiner Mutter, die sitzen blieb und Louise beobachtete. Feltzer legte seinen Arm um Louise, schaute ihr ins ermüdete Gesicht und nahm aus dem Augenwinkel einen Aschenbecher wahr, der die Form einer Fliege hatte und auf dem Fernseher stand.
»Ihr geht jetzt«, hörte er seinen Vater erneut etwas lauter sagen.
Viktoria kam gutgelaunt aus der Küche und sagte: »Wie schnell so ein Abend vorbeihuscht«, dann blieb sie zwischen Tür und Angel stehen und wartete. Feltzer ließ Louise los, schaute auf seinen Vater, der mit Nachdruck: »Ihr geht!« wiederholte, ohne daß Klara sich auch nur im geringsten angesprochen fühlte. Die Halsschlagader seines Vaters begann leicht anzuschwellen. Feltzer ging um den Tisch herum, trat

neben seine Großmutter und sagte in normaler Lautstärke: »Klara.«
Ohne zu antworten, stand Klara auf, legte die beiden Enden ihres Bademantels übereinander, zog am dazugehörigen Gürtel und ging auf unsicheren Beinen Schritt für Schritt an Viktoria vorbei in den Flur. Feltzer und Louise verabschiedeten sich, Feltzer, indem er seinem Vater die Hand und seiner Mutter einen Kuß auf die Wange gab, Louise, indem sie beiden versuchte zuzulächeln. Dann hakte sich Feltzer bei Klara ein, half ihr die fünf Stufen hinab und hinaus zu seinem Taxi. Ein Rolladen wurde hochgezogen, Licht fiel in Form einer Raute auf den Bürgersteig. Reinhold und Viktoria standen am Fenster und sahen zu, wie Feltzer seine Großmutter auf den Rücksitz bugsierte. Als er die Tür zuschlagen wollte, schob Klara ihren Kopf etwas nach vorn und rief: »Ich will nicht verbrannt werden.« Anschließend ließ sie sich in den Sitz sinken. Feltzer schloß die Tür, so daß weder er noch jemand anderes hören konnte, wie Klara hinzufügte: »Mein Sohn ist ein Schreihals.«
Dann stieg er selbst hinters Steuer, nahm die Plüschgiraffen vom Beifahrersitz, wartete, bis Louise um das Auto herumgegangen war, die Tür geöffnet hatte und nun ebenfalls saß, ehe er ihr die Tiere in den Schoß legte.
Als er den Motor startete, öffnete Louise den Mund, dann fragte sie: »Wo waren deine Eltern eigentlich im Urlaub?«

4.

»Jetzt ist er tot«, sagte Kröning mit bedeutungsschwangerer Stimme, blickte noch einen Moment zu Boden, ehe er den Kopf hob und seine beiden Kollegen ansah. Über seine Ge-

sichtszüge glitt eine Schwere, die ihn nach unten zu ziehen schien, so daß Feltzer einen Moment versucht war, die Arme auszubreiten und Krönings Fall aufzufangen.
»Wer ist tot?« fragte Bellini zurück und legte seinen Zeigefinger auf die Nasenspitze.
Krönings Kopf neigte sich etwas seiner linken Schulter zu, während seine Augenbrauen näher zusammenrutschten. »Der Papst«, antwortete er leise, »der Papst.«
»Ach so«, rief Bellini und winkte ab, »das war doch schon gestern klar. Der Harald Juhnke ist übrigens auch tot.«
Sie standen am Halteplatz Beethoven/Mozartstraße neben Krönings Taxi und warteten auf Kunden, während die Sonne ihr sandiges Licht über den Itzak-Rabin-Platz streute und die Zeitschriften am Kiosk mit einem körnigen Glanz bedruckte.
»Sind viele gestorben am Wochenende«, sagte Feltzer, »auch noch 'n Schriftsteller, soll auf der Raketenstation in Hombroich gelebt haben. Stand jedenfalls in der Zeitung.«
Kröning ließ seinen verständnislosen Blick von Bellini zu Feltzer wandern, suchte nach seiner Krawattennadel im Auge seines Kollegen, ehe er antwortete: »Wer kann sich mit ihm messen?«
»Bei uns in Italien«, antwortete Bellini, »ist der Papst ja so richtig prominent, aber seit ich hier in Köln wohne, habe ich mehr den Juhnke geschaut.«
Feltzer mußte lachen. Bellini schaute ihn verwundert an, als wollte er fragen, was daran denn so komisch sei? Und auch Kröning blieb ernst, wie immer. Sein Maßanzug hätte Falten geworfen, wäre ein Lächeln über sein Gesicht gehuscht.
»Würdest du dem verzeihen, der auf dich schießt?« fragte er.
Jetzt begann auch Bellini zu lachen. Die kleinen Pickel an sei-

nem Kinn färbten sich rötlich. »Den würde ich so was von umballern, dann in Beton gießen und im Rhein versenken, da kannste aber für«, rief er, verschränkte die Arme vor seiner Brust und schaute zu, wie Kröning langsam den Kopf hob und Mühe hatte, sich zusammenzureißen.
Wieder die Italiennummer, dachte Feltzer und schaute über die Wagen hinweg auf die Grünanlage hinterm Kiosk. Als er vor zwölf Jahren seinen Taxischein gemacht hatte und noch für jemand anderen gefahren war, war Bellini der erste gewesen, der ihn angesprochen hatte. Er hatte Feltzer mit dem sicheren Instinkt des langjährigen Fahrers als Neuling erkannt, ihn aber sofort wie einen alten Kollegen angesprochen. »Das ist ein Tag, was«, hatte Bellini gerufen, »schon zwei chemische Vorgänge. Wenn das so weitergeht, dann mache ich bald Bayer Leverkusen Konkurrenz.« Feltzer hatte das gefallen, ihn im gleichen Maße aber verunsichert, da er sich im Taxifahrerjargon nicht auskannte und nicht verstand, was Bellini wollte. Kröning erklärte ihm, daß »chemische Vorgänge« Fehlfahrten waren, Fahrten, bei denen sich der Fahrgast offensichtlich in Luft aufgelöst hatte. »Wußtest du das nicht?« hatte Kröning seiner Erklärung hinterhergeschickt, eine Frage, die Feltzer in den folgenden Jahren immer wieder hören sollte, nicht nur an ihn gerichtet, Kröning fand immer jemanden, der etwas nicht wußte, was ihn im höchsten Maße zu erstaunen schien. Jedenfalls hatten die Kollegen schon damals erzählt, daß Bellini vor Jahren mit einer Sizilianerin liiert gewesen war, einer kleinen, hübschen Frau, die ihn so bezaubert hatte, daß Bellini in ein tiefes Loch gefallen war, als sie ihn schließlich verlassen hatte. Seit er dem Loch wieder entstiegen war, machte Bellini auf Italiener, trotz blonder Haare, extrem heller Haut und seiner langen, hageren Gestalt.
»Ich werde jedenfalls beten«, sagte Kröning, strich erst über

seine Krawatte, betupfte dann sein auberginefarbenes Haar, das ihm schwungvoll in die Stirn fiel. Schließlich stieg er in seinen Wagen, startete den Motor und fuhr davon.
Bellini und Feltzer schauten ihm hinterher. Als das Taxi um die Ecke verschwunden war, sagte Bellini kopfschüttelnd: »Der ist doch schwul.«

Zwei Stunden später hatten sich Wolken in regelmäßigem Abstand zwischen die Hausfassaden gehängt, filterten das Sonnenlicht wie eine unförmige Jalousie in die Straßen. Feltzer stand mit ausgestrecktem Arm, sein neues Handy in der Hand, vor seiner Haustür und wartete auf Louise. Er fühlte eine unsinnige Freude darüber, Louise mit dem neuen Gerät zu fotografieren, wenn sie herauskäme.
Eine Frau näherte sich von links, hob ihre Handtasche vors Gesicht, als sie an Feltzer vorbeiging, dann liefen zwei Jugendliche in FC-Trikots durchs Bild. Feltzer ließ den Arm sinken, starrte auf die geschlossene Haustür. Sollte er noch einmal klingeln? War Louise überhaupt schon vom Sofa aufgestanden? Sie wollten in ein Fischrestaurant nach Deutz. Mal wieder reden, hatte Louise gesagt. Und Feltzer hatte gedacht, worüber? Sein zweiter Gedanke war gewesen, daß heute Montag war, das Fernsehquiz also lief, das er folglich nicht würde sehen können. Und ein dritter Gedanke hatte ihn beschäftigt. Claudia hatte abgesagt, schon vor einigen Tagen, er hatte aber den Grund vergessen, warum sie die Spätschicht heute nicht übernehmen wollte. Aber er brauchte sowieso Geld, bevor Louise merkte, daß das Konto leer war. Also wäre es besser gewesen, er hätte auch die Spätschicht übernommen. So aber würde das Taxi nur rumstehen, und sie würden Geld für Fisch ausgeben. Er schaute auf das Display seines Handys, blätterte die Fotos durch, die er von seinen Kollegen

gemacht hatte, Bellini und Kröning neben ihren Wagen. Letzterer mit dem Blick eines Herrschers, der sich seiner Größe durchaus bewußt war. Bellini hingegen grinste breit, zeigte seine Zähne und schien dabei mit der Hand auf das Dach seines Taxis zu klopfen. Dann einige Bilder, die Feltzer nachts gemacht hatte, während er gefahren war. Sie waren zum größten Teil schwarz, mit einigen verwischten Lichtpunkten durchsetzt.

Als er erneut zur Haustür blickte, war Louise auf den Bürgersteig getreten, lächelte und sagte: »Ich habe Hunger.« Und etwa zehn Sekunden später fügte sie hinzu: »Aber mir ist immer noch schlecht.«

Feltzer steckte das Handy in seine Hemdtasche, glitt hinters Steuer. Louise zog langsam den Sicherheitsgurt über ihre Brust, ließ das Verschlußteil sanft einklicken. In ihren Nasenflügeln nistete sich der Geruch von angesengtem Papier ein. »Vielleicht solltest du«, sagte sie, »doch mal ein Duftbäumchen ...«

»Ich hasse das Zeug!« unterbrach Feltzer sie sofort. Er lenkte den Wagen auf die Roonstraße, ignorierte die Gelbphase der ersten Ampel und überquerte die Zülpicher Straße. Vor der Herz-Jesu-Kirche hatten sich einige Obdachlose versammelt und tranken Wein aus einer Flasche. Feltzer hielt auf den Barbarossaplatz zu, beschleunigte, als sein Handy sich meldete. Es war die Melodie eines irischen Songs, die er als Klingelton ausgewählt hatte und die nun aus seiner Hemdtasche zwischen die Sitze schrillte. Er griff nach dem Telefon, sagte: »Hallo«, während sein Blick sich kurz zwischen den anthrazitfarbenen Wolkenschatten auf dem Bürgersteig verlor und sofort wieder auf die Fahrbahn vor sich zurückfand.

»Ich reich dich mal weiter«, sagte er und gab Louise das Telefon: »Ist Claudia.«

Louise hielt sich das Handy ans Ohr und schwieg. Das Taxi kreuzte die Schienen der Straßenbahn. Feltzer wartete darauf, daß Louise etwas sagen würde, aber sie horchte nur in die Muschel hinein. Rechts schoben hohe Glasbauten ihre Türme in den abendlichen Frühling. Durch das Fenster eines Waschsalons streute sich das Licht einiger Neonröhren wie körniges Pulver in den Bordstein. Feltzer fiel auf, daß kein anderes Auto unterwegs war. Ein seltsamer Zufall. Er steuerte auf die Kreuzung Ecke Nord-Süd-Fahrt zu, als Louise plötzlich: »Uwe« sagte und wieder schwieg. Im gleichen Moment wurde Feltzer für einen kurzen Augenblick schwarz vor Augen. Er saß in einem Kokon, und alles um ihn herum bewegte sich in Zeitlupe. Er fühlte sich in diesem Moment sehr wohl und dachte, daß dies der Zustand sein könnte, in dem seine Frau lebte. Dann schoß die Kreuzung wieder in sein Gesichtsfeld und mit ihr ein schwarzer Audi. Feltzer riß den Lenker herum, schleuderte am Heck des anderen Wagens vorbei, sah, wie das Gebäude an der Ecke ins Rutschen geriet, dann stand sein Taxi quer auf der Kreuzung. Er wandte den Kopf, schaute durch die Rückscheibe, blickte auf Louise, die noch immer ins Telefon horchte und noch nicht begriffen zu haben schien, was passiert war, sah dann einen Mann im hellen Trenchcoat aus dem Audi steigen und langsam auf ihn zukommen. Feltzer stieß die Tür auf und sprang aus seinem Taxi. Er war sich nicht sicher, wie es zu diesem Beinahe-Unfall hatte kommen können, aber er würde sich nichts gefallen lassen. Von weitem drang eine Polizeisirene herüber. Er hielt sich an der offenen Wagentür fest, während der Mann vor ihn trat und in einer so sanften Art und Weise fragte: »Ist alles in Ordnung?«, daß Feltzer sich sofort beruhigte.

»Ja«, antwortete er nach einer Weile, dann fügte er hinzu:

»Ich wollte gerade mit meiner Frau essen gehen. Sie liebt Fisch.« Der Satz kam ihm, noch während er ihn aussprach, unsinnig vor, da Louises Vorlieben in dieser Situation absolut nicht von Interesse waren, aber der Mann hob leicht den Kopf, schaute Feltzer durch seine schmale Brille an und nickte. Dann bückte er sich und blickte durch die Seitenscheibe auf den Rücksitz. Feltzer fiel sein nasses Haar auf. Ein heller Seitenscheitel zog sich etwas zu nahe über der linken Schläfe bis zum Hinterkopf, spaltete die Frisur in zwei völlig disproportionierte Teile. Während von der Schläfe bis zum Ohr nur ein kurzer schwarzer Vorhang über die Kopfhaut hing, stapelten sich auf der anderen Seite der angelegten Grenze mehrere Lagen feuchter Haarschichten übereinander, was den Anschein einer daumendicken Gummimatte machte.
»Es ist nichts passiert«, sagte der Mann.
Feltzer spürte, wie seine Magensäure sich zurückzog, so als habe der Mann Natron in seiner Stimme.
»Ja«, bestätigte er.
»Sie haben die rote Ampel übersehen«, sagte der Mann.
»Ja«, antwortete Feltzer erneut.
»Auf Wiedersehen«, sagte der Mann, drehte sich um, ging zu seinem Wagen und fuhr davon.
Feltzer schaute den Rücklichtern hinterher und murmelte: »Auf Wiedersehen.« Dann fiel ihm auf, daß noch immer keine anderen Wagen auf der Straße zu sehen waren. Er stieg ins Taxi, spürte das Handy unter sich, steckte es zurück in seine Tasche, bevor er den Motor startete und den Wagen von der Mitte der Kreuzung in die Spur lenkte.
»Die Vernissage«, sagte Louise, »ist heute. Uwes Vernissage.«
Der Wagen ging aus.

»Na, super«, erwiderte Feltzer, dachte daran, daß genau das der Grund gewesen war, warum Claudia heute nicht hatte fahren wollen. Uwe Scharcks Vernissage.

»Sag deiner Freundin mal, sie soll sich an ihre Termine halten, sonst suche ich mir jemand anderen. Sie will doch fahren«, grummelte er.

Überm Heumarkt hatten sich die Wolken dicht nebeneinandergestellt, bildeten eine einzige, das Pflaster abdunkelnde Masse. Trotzdem waren darin unzählige schnelle Bewegungen zu erkennen, als ziehe jemand fleißig den Abend hoch.

»Wir sollten auch bald fahren«, antwortete Louise nach kurzer Zeit, während der Feltzer abgeschweift war, sich gefragt hatte, ob das Fischrestaurant wohl auch Fleischgerichte führe. Fisch war nicht so ganz sein Fall.

»Wohin?« fragte er irritiert, er fuhr ja bereits, begriff dann, daß sie Neuseeland meinte. Er zog seine Unterlippe zwischen die Zähne und biß darauf herum.

»Bergrath hat sich nicht wieder gemeldet«, sagte Louise.

Feltzer merkte, daß sie ihn auf ungewohnte Weise von der Seite anschaute.

Er fuhr auf die Deutzer Brücke, wollte ihr nicht antworten, aber die Stille, die entstand, ertrug er schlecht, also antwortete er schließlich doch: »Hat wohl was Besseres zu tun.«

Unter ihnen trug der Rhein Myriaden winziger Lichtpartikel in die Ferne. Alles schillerte einen Moment lang, dann glitten auch hier die Wolken wie schwere Frachter über den Kanal und dunkelten das Ufer ab. Feltzer schaltete die Scheinwerfer ein.

»Warum hattest du«, fragte Louise, »soviel getrunken?«

»Wann?« fragte Feltzer zurück, obwohl er wußte, daß sie noch immer vom gleichen Tag sprach.

Louise schaute an Feltzer vorbei auf das Brückengeländer,

das einen gleichmäßigen Kratzer in die Dämmerung zog, sagte: »So habe ich dich noch nie erlebt.«
Feltzer wurde rot. »Entschuldigung«, murmelte er.
»Nein«, erwiderte Louise, »es war schön.«
Feltzer spürte, wie sich noch mehr Blut in sein Gesicht verirrte. Soweit er sich erinnerte, hatte sein nächtliches Auftauchen mehr einer Vergewaltigung geähnelt als einem Liebesakt. Louise hatte in der Dunkelheit unter ihm gelegen, und er war über sie hergeschwemmt, hatte die Nachttischlampe mitgerissen und immer: »So!« geschrien, immer wieder »So!« Was er mit diesem »So« bezweckt hatte, wußte er nicht, aber vor allem dieser Ausruf war Feltzer jetzt im nachhinein so peinlich, daß er stur auf die Fahrbahn blickte.
»Wir sollten zur Vernissage«, sagte Louise, »da gibt es auch etwas zu essen.«
Feltzer atmete hörbar aus. Auf seiner Zunge lag der Geschmack von Metall.
»Ich dachte, du wolltest mal wieder reden«, sagte er.

Die Galerie hinter dem Hauptbahnhof war hoffnungslos überfüllt. Draußen standen noch mehr Menschen als drinnen. Feltzer parkte halb auf der Straße, halb auf dem Bürgersteig, stieg aus und schlenderte mit Louise zu den Gästen der Vernissage.
Claudia zwängte sich zwischen zwei Männern hindurch, kam freudestrahlend auf sie zu, als habe sie die ganze Zeit nur auf sie gewartet.
»Schön, daß ihr gekommen seid«, sagte sie, und Feltzer dachte, während er die Strukturen ihrer undefinierbaren Frisur zu enträtseln suchte, sie sieht gut aus, aber sie meint nur Louise. Auch während des folgenden Gesprächs schaute

Claudia nur ihre Freundin an. Selbst wenn Feltzer etwas sagte, ungefragt einen Satz dazwischen warf, antwortete Claudia Louise. Im Gegensatz zu vielen anderen Menschen, die genau das gleiche Verhalten an den Tag legten, immer nur die ihnen gut bekannte Person im Gespräch anschauten und den Beistehenden als Anhängsel links liegen ließen, dies aber unbewußt oder aus Unsicherheit taten, hätte Feltzer darauf gewettet, daß Claudia ihn in voller Absicht ignorierte. Warum, wußte er allerdings nicht.
Also sagte er: »Ich schau mal, was es zu essen gibt«, schob sich in den Gästeknäuel hinein Richtung Galerietür, ging seitlich, mit der rechten Schulter voran, verstärkte hier seinen Ellenbogendruck gegen einen Rücken, teilte dort eine Gesprächsrunde, zwängte sich durch Parfums und Schweißgeruch, entschuldigte sich und erreichte schließlich die drei Stufen, die hoch in die Galerie führten. Hitze strömte ihm entgegen, eine saunaartige feuchte Hitze. Er bahnte sich einen Weg in den Raum, vorbei an einem dicken Mann in dunklem Anzug, überhörte, wie jemand sagte: »Eh, langsam«, drückte seinen Körper zwischen der linken, mit Scharcks Bildern behängten Wand und den Besuchern hindurch, blieb einen Moment stehen, um nach dem Buffet Ausschau zu halten, sah aber nichts, was einem gedeckten Tisch ähnelte, und setzte seinen Weg fort.
Scharcks Malerei gefiel Feltzer nicht. Er schaute sich im Vorbeizwängen das ein oder andere an, aber was er sah, war immer nur eine Ansammlung von dünnen und dicken Pinselstrichen, die kreuz und quer die Leinwand schraffierten. Das einzige, was diese Kunst von Kinderzeichnungen unterschied, waren die vielen Aschеflecken, die in jedem Bild zu finden waren und die Farbe stellenweise verdreckt aussehen ließen. Trotzdem klebte neben fast jeder Arbeit bereits ein

roter Punkt, als habe jemand die Bilder gekauft. Feltzer war sich sicher, daß das eine billige Strategie war, den Wert des Malers zu steigern und die Bilder ohne Punkt schnellstmöglich an den Mann zu bringen. Wären die dann erstmal tatsächlich verkauft, würde der Galerist sie markieren und die roten Punkte an einigen der anderen Bilder wieder entfernen. So wurde der Eindruck erweckt, die Ausstellung sei ein Erfolg, und die Sammler beeilten sich, die wenigen noch übriggebliebenen Arbeiten zu ergattern.

Je tiefer Feltzer sich in die Galerie hineinbewegte, desto dikker wurde die Luft. Bei jedem Atemzug hatte er das Gefühl, die Feuchtigkeit einzuatmen, die die umstehenden Körper ausschieden. Dann sah er Uwe Scharck in der Ecke stehen, umringt von einigen Frauen und einem Mann in einem gelben Rollkragenpullover, dem der Schweiß in die Augen lief. Nichtsdestotrotz lächelte der Mann hinter seiner randlosen Brille, während die Frauen allesamt mit ernsten Mienen zuhörten. Scharck trug einen weißen Schal über seinem gestreiften Sakko, dazu einen schwarzen Hut.

Du bist so arm, wie du klein bist, dachte Feltzer bei seinem Anblick, schaute in den angrenzenden Raum, sah aber auch dort kein Buffet. Tatsächlich war Scharck mit seinen ein Meter sechzig trotz Hut von weitem nicht sichtbar gewesen, war hinter der Reihe seiner Zuhörer verschwunden, und Feltzer hatte plötzlich seine laute Stimme vernommen, bevor er ihn selbst in seiner Künstlerkleidung gesehen hatte. Seine Augen zu müden Schlitzen verengt, einen Zigarettenstummel in der rechten Hand, sagte Scharck gerade überlaut: »In Sevilla«, nickte mehrmals schnell hintereinander mit dem Kopf, machte eine Pause, in der er zwei Züge nahm und den Rauch lange in den Lungen hielt, ihn ausstieß, ehe er hinzufügte: »Es war keine schöne Kindheit.« Dann wartete er erneut, zündete sich mit dem winzigen Rest der alten Zigarette eine neue an, warf den bereits kokelnden Filter zu Boden und flüsterte: »Es war sogar bitter!«

»Kunst kommt von Leiden«, warf eine der Umstehenden ein. Scharck überhörte den Einwurf, rieb mit dem Daumenballen seiner Linken abwechselnd über beide Koteletten, schien nachzudenken, sagte dann mit der sichtbaren Gewißheit der Schwere seiner Existenz: »Im Mai des Jahres 1977 fuhren meine Eltern für zehn Tage nach Spanien. Meine Mutter war hochschwanger, aber der Termin für meine Geburt sollte erst sechs Wochen später sein. Kurz hinter der spanischen Grenze hatten wir eine Panne mitten in einer öden, menschenleeren Landschaft. Während mein Vater sich über das Getriebe beugte und versuchte, den Motor wieder zum Laufen zu bringen, näherten sich ihm von hinten zwei Männer. Meine Mutter war im Wagen sitzen geblieben und schaute durch die Frontscheibe auf die geöffnete Haube. Auch sie sah nicht, wie einer der Männer seine Waffe hob und meinem Vater in den Kopf schoß. Sie hörte den Knall, erschrak, wollte die Beifahrertür öffnen, aber da riß bereits einer der Männer sie auf, hielt meiner Mutter die Pistole an die Brust und drückte ab. Im Gegensatz zu meinem Vater war meine Mutter nicht sofort tot. Zwar hing ihr der Kopf auf die Brust, aber sie hörte, wie die Männer den Wagen durchsuchten, den Kofferraum öffneten, wortlos die Vorratstüten auf der Rückbank durchwühlten, ihr die Handtasche vom Schoß nahmen und sich schließlich entfernten. Wenig später fuhr ein spanischer Arzt vorbei, sah meinen Vater auf der Straße liegen, schleppte meine Mutter aus dem Wagen in seinen eigenen, weil er sich sicher war, daß sie verblutet wäre, bevor er hätte Hilfe holen können. Meine Mutter starb auch so kurz nachdem der Arzt das Krankenhaus erreicht hatte, aber mich schnitt man sofort aus ihrem Bauch. Ich habe überlebt. Das einzige, was ich seitdem habe, sind elliptische Anfälle.«

Obwohl Feltzer ziemlich baff über Scharcks Geburtsgeschichte war, erwartete er, daß eine der Frauen fragen würde, was denn »elliptische Anfälle« seien oder Scharck zumindest mit einem: »Sie meinen epileptisch« unterbrechen würde, aber die Gemeinde blieb still, und Scharck ließ den Rauch durch seine Nase gleiten, warf einen kurzen Blick in jedes der umstehenden Gesichter, während er sagte: »Und das ist leider noch nicht das Ende der Geschichte.«

Der Mann im gelben Pulli hakte einen Finger in seinen Rollkragen, zog die Wolle vom Kehlkopf weg und blies, indem er die Unterlippe nach innen stülpte, Luft an seinem Kinn vorbei in die Öffnung.

»Krahlberg kennt meine Geschichte ja schon ...«, sagte Scharck und drehte dem Rollkragenpullover seine halb geschlossenen Augen zu, woraufhin der Mann sofort seine Kühlungsversuche unterbrach und die Hände auf dem Rükken verschränkte. »... aber ich denke«, nahm Scharck nach einer kurzen Kunstpause seinen Satz wieder auf, einer Kunstpause, in der jedem der Umstehenden klar geworden war, daß Krahlberg sich gerade irgendwie unpassend benommen hatte, obwohl niemandem etwas aufgefallen war, »ich denke, daß Sie ein Recht darauf haben zu erfahren, wo die Grundlagen für meine künstlerische Schaffenskraft liegen. Nachdem man mich im Krankenhaus aufgepäppelt hatte, kam ich zu einer Familie, bald darauf zu einer anderen und dann wechselte ich erneut mein Zuhause. Warum die Familien mich nicht behielten, weiß ich nicht.«

Aber ich, dachte Feltzer. Trotzdem blieb er stehen und hörte zu, während sich immer neue Gesichter aus der Masse herauslösten, versuchten, seinen Körper weiterzuschieben, auf-

gaben, sich an ihm vorbeidrängten, um im angrenzenden Raum wieder mit der Masse zu verschmelzen.
Scharck ließ die Kippe auf den Boden fallen, suchte in seinem Sakko nach Zigaretten, warf sich eine neue zwischen die Lippen und rief: »Schrecklich!« Dann verstummte er erneut für eine geschlagene Minute. Die Umstehenden warteten, gaben dem Maler Zeit, sich zu sammeln.
Von der Decke dunstete das Licht nach unten, so als spielten physikalische Gesetze in Scharcks Umgebung keine Rolle. Feltzer hatte das Gefühl, die Hitze wie feste Materie um seinen Leib zu spüren, als hätte jemand den freien Raum zwischen den Köpfen und der Decke und jeden Millimeter zwischen den einzelnen Körpern mit unsichtbarer Dichtungsmasse gefüllt.
»Mit vier war ich in einem Heim«, sagte Scharck mit Nachdruck, »wir mußten sechs Mal am Tag auf Knien beten, daß der Schöpfer es so gut mit uns gemeint hatte. Zwischendurch gab es wässerige Suppe, trockene Kartoffeln und Schläge mit dem Bambus. Den Hof durften wir nie verlassen. Wir gingen weder draußen spazieren, noch spielten wir je außerhalb der dicken Steinmauer. Ich sah das erste Mal den kleinen Bach, der kaum hundert Meter vom Heim durch die Wiesen floß, als ich mit acht verzweifelt genug war, nachts eine Leiter aus dem Heimflur zu entwenden, sie an die Mauer zu stellen und wegzulaufen. Und ich bin gelaufen! Denn ich wußte, was mit denjenigen geschah, die wieder eingefangen wurden. Ich lief immer weiter, und ich lief nie die Straße entlang, sondern immer querfeldein. Ich lief solange, bis mich Hunger und Durst schließlich doch wieder eine Straße suchen ließen. Von da nahm mich am nächsten Morgen ein Kleinlaster mit offener Ladefläche mit. Der Mann am Steuer redete nicht viel. Er reichte mir seine Flasche und ein Stück Brot, und ich war ihm

dankbar. Der Laster fuhr ununterbrochen bis in den Abend hinein. Nur zweimal hatten wir angehalten, weil der Mann pinkeln mußte. Er stellte sich an den Straßenrand und forderte mich auf, das Gleiche zu tun. Ich lachte und schlief während der Fahrt immer wieder ein. Als es dunkel war, hielten wir an einem Feld. Wir stiegen aus, und der Fahrer ging zu einem Mann in einem langen Mantel, der dort wartete. Ich sah, wie der Fremde Geld aus seiner Tasche nahm, es dem Fahrer gab, dann eilte der Fremde zu mir, packte mich am Arm und brachte mich in ein Häuschen, das, als Geräteschuppen getarnt, dort mitten auf dem Feld stand. Drinnen saßen zwei Jungen in meinem Alter, den rechten Fuß an eine Metallstange gekettet. Auch mich kettete der Mann dort an und verschwand. Ich hörte, wie die beiden Jungen in die Dunkelheit spuckten, dann legten sie sich auf den kalten Boden und schliefen ein, während ich dort stand und nicht wagte, mich zu rühren.«

Eine Frau mit einem Tablett voller Milchgläser wandt sich an Feltzer vorbei und fragte, ob er eins wolle. Feltzer fragte zurück, wo denn das Buffet sei? Die Frau schüttelte den Kopf und sagte, es gebe keines.

»Was«, antwortete Feltzer.

»Sie können Milch haben«, sagte die Frau.

»Und Wasser oder Bier?« fragte Feltzer.

»Nein«, sagte die Frau, »Herr Scharck bestand darauf, ausschließlich Milch an die Gäste zu verteilen.«

»Ach«, sagte Feltzer und dachte, Gott, ist das ein Arschloch, während die Frau ihren Weg mit dem vollen Tablett fortsetzte, den Gästen die Gläser anbot, aber keines loswurde.

Feltzers Hemd klebte an seinen Schultern. Er ließ den Blick über die Köpfe der Besucher zur Ausgangstür gleiten, hörte wie Scharck sagte: »Ab da habe ich angefangen, mir eine

Welt vorzustellen, die ich stets verändern kann. Hier ein Strich mehr, dort einer weniger, hier eine andere Farbe, dort Leere, und ich bin es, der bestimmt, wie das alles auszusehen hat. Aber es hat noch Jahre gedauert, bis ich tatsächlich angefangen habe zu malen. Denn am nächsten Morgen kam der Mann wieder, nahm uns die Fesseln ab, trieb uns in einen Wagen und fuhr los. Die beiden Jungen saßen stumm auf der Rückbank, während der Mann mir erklärte, daß er uns nach Sevilla bringen würde, dort sollte ich betteln, er würde uns abends wieder einsammeln. Dann schlug er mir, während er weiterfuhr, seine rechte Faust mit voller Wucht ins Gesicht. Aus meiner Nase schoß sofort das Blut, und der Mann schmierte es mir durchs Gesicht. »Dann geben sie dir mehr«, sagte er. Auf der Rückbank kicherten die beiden Jungen. Der Mann zog anschließend eine Pistole aus seinem Gurt, befahl mir den Mund zu öffnen, schob mir den Lauf über die Zunge in den Rachen und flüsterte: ›Wenn du heute abend nicht exakt an der Stelle sitzt, an der ich dich heute morgen hinsetze, bist du tot.‹ Ich blieb an dieser Stelle sitzen, unbeweglich in der Sonne, Stunde um Stunde, die Hand aufhaltend, im Mund den Metallgeschmack der Waffe, bis eine alte Frau mir am späten Nachmittag einen Apfel gab, den ich gierig verschlang. Zurück im Häuschen überreichten die beiden Jungen dem Mann das erbettelte Geld. Er warf einen Blick darauf und steckte es in seine Tasche, dann gab er jedem von ihnen zwei Brötchen und ein Stück Butter. Als er mein Geld in Händen hielt, schaute er mich an, drehte sich dann den kauenden Jungen zu, zeigte ihnen meine ›Beute‹. Beide begannen zu lachen. Der Mann steckte mein Geld in die Tasche, riß einen kleinen Teil von einem Brötchen ab, gab es mir, während er den Rest mit sich nahm, als er uns verließ. Dann war es wieder still.«

»Das ist ja gräßlich«, sagte eine der Frauen, griff nach ihrem blonden Haar, das eingeklemmt zwischen ihrem Rücken und dem eines anderen Galeriebesuchers steckte, zog es hoch und legte es sich über die linke Brust. Feltzer fragte sich, ob ihre Augen immer so gläsern schimmerten oder ob Scharcks Lebensgeschichte seine Wirkung tat.
»Man erkennt dieses Leiden sofort in Ihren Bildern«, sagte die Frau, die bereits vorher das Leiden erwähnt hatte.
»Manchmal frage ich mich, wie ich das aushalten konnte«, sagte Scharck, warf seinen Kopf in den Nacken, so daß sein Hut etwas nach vorn rutschte.
»Weiter«, sagte die blonde Frau. Sie sah jung aus, obwohl Feltzer das Gefühl nicht loswurde, daß sie so jung nicht sein konnte. Eine Fälschung, dachte er, wie Scharcks Kunst.
»Jetzt lassen Sie ihn doch«, rief die Frau, die gerne vom Leiden sprach, »Sie sehen doch ...« Ihre Hand zeigte auf Scharck, begleitet von einem mitfühlenden Gesichtsausdruck.
»Wenn ich Ihre Hilfe brauche, frage ich Sie«, zischte die blonde Frau zurück.
Krahlberg schaltete sich ein, räusperte sich lächelnd und sagte: »Ich bitte Sie, meine Damen, das ist doch wirklich kein ...«
»Na, Sie haben es gerade nötig. Das haben wir vorhin ja schon mitbekommen«, unterbrach ihn die Frau, ohne das Wort Leiden in ihre Sätze einzubinden.
»Ich meinte nur«, flüsterte Krahlberg kleinlaut.
»Ja, ja«, antwortete die blonde Frau, zeigte ihm ihr faltenloses Profil.
Das macht die Hitze, dachte Feltzer. Dann bemerkte er, daß die Gruppe von Leuten, die hinter ihm stand, ebenfalls miteinander stritt. Er drehte seinen Kopf etwas nach rechts:

Auch dort hatte man sich in den Haaren. Überhaupt schienen sich nun alle anzumotzen, zu beschimpfen oder die kalte Schulter zu zeigen. Ohne daß Feltzer es bemerkt hatte, war eine Atmosphäre der Abneigung und der Kälte entstanden. Der Geräuschpegel war angestiegen, viele schrien, hatten rote Gesichter. Feltzer sah eine Halsschlagader pumpen; jemand zeigte seine Zähne, jemand anderem schwollen die Lymphknoten an, als habe er Mumps.

An der Decke bildeten sich kleine Tröpfchen, überzogen nach und nach den ganzen Putz. Nur über Scharcks Kopf blieb eine kreisrunde Stelle trocken, als hafte das Wasser dort nicht. Scharck fühlte sich augenscheinlich extrem wohl, rauchte und erzählte weiter von sich.

»In diesem Häuschen auf dem Feld habe ich vier Jahre verbracht«, sagte er mit einer Stimme, die so schwer von Bedeutung war, als hingen Gewichte daran, und alle um ihn herum verstummten. »Dann eines Morgens kam der Mann nicht. Wir warteten. Was hätten wir tun sollen, angekettet, wie wir waren. Wir warteten den ganzen Tag. Aber er tauchte nicht auf, auch abends nicht. Und am nächsten Morgen blieb die Tür immer noch verschlossen. Wir hatten Hunger, und die beiden Jungen sagten abwechselnd, er wird wiederkommen. Aber er kam nicht. So sehr ich diesen Mann, dessen Namen ich nicht einmal wußte, haßte, so sehr ich mir immer gewünscht hatte, er möge sterben, so sehr wünschte ich ihn mir nun zurück. Wir schliefen diese zweite Nacht erschöpft durch, waren sofort hellwach in der Frühe. Aber auch der dritte Morgen ließ niemanden eintreten. Da begannen wir zu rufen. ›Hallo‹, riefen wir, zuerst zaghaft, ängstlich, dann lauter, schließlich wechselten wir zu ›Hilfe‹, schrien es, brüllten uns die Lungen aus dem Hals. Nichts.

Abends begannen die beiden Jungen zu weinen. Ich spuckte

auf die Erde und legte mich schlafen. Ich träumte von Sevilla, davon, daß ich die Kirche dort einmal malen würde. Ich erinnere mich bis heute an die Linien, die ich damals in meinem Traum sah. Mitten in dieser dritten Nacht wurde es plötzlich draußen hell. Scheinwerfer trafen auf die mit Brettern vernagelten Fensterscheiben. Wir sprangen auf, stellten uns ängstlich nebeneinander, erwarteten alles. Die Tür wurde aufgebrochen, und die Polizei stand vor uns, riesige Schatten. Draußen strahlte es durch die Nacht. Dann schälten sich Gesichter aus den Schatten, die sagten: ›Alles ist gut‹, immer wieder: ›Alles ist gut.‹ Ich schaute nach draußen in die Scheinwerfer und dachte, vergiß deinen Traum nicht.«
Die Frau mit dem Tablett voller Milchgläser wandt sich erneut an Feltzer vorbei. Offensichtlich war sie keines losgeworden und hatte den Rückzug angetreten. Sie lächelte, aber die Anstrengung war ihr anzusehen. Milch, dachte Feltzer, so ein Schwachkopf. Er schaute erneut an die Decke, wo sich die Tropfen vergrößerten und sich langsam zu lösen begannen. Er hörte, wie Scharck sagte: »Es war damit nicht vorbei.« Feltzer wollte aber nicht noch mehr hören. Die Art, wie Scharck sich in seiner vergangenen Misere wälzte, war ihm zuwider. Vielleicht hätte er bei jemand anderem dieses Verhalten gebilligt, aber nicht bei Scharck. Er drehte sich dem Ausgang zu, schob eine Gruppe Diskutierender auseinander, wurde selbst zur Seite gedrängt, stieß gegen ein Bild, erschrak, dachte, was soll's, sind nur Scharcks Kritzeleien, hörte Beschimpfungen, von denen er nicht wußte, ob sie ihm galten oder jemand anderem, gelangte zur Tür und wollte gerade die Stufen hinunter, als der dicke Mann im dunklen Anzug ihn am Arm anfaßte und fragte: »Sind Sie der Künstler?«
Feltzer sah ihn erstaunt an und wollte sofort Nein antworten, auf gar keinen Fall. Dann überlegte er, daß das alle als

erstes geantwortet hätten, und sagte: »Ich bin zu mehr fähig als einigen Strichen.«

»Oho«, sagte der Mann, »ich hatte nur so eine Vermutung. Sie sind schwarz gekleidet. Da denke ich an Beerdigungen oder an Kunst. Mit beidem kenne ich mich aus.«

Feltzer nickte. Irgend etwas drängte ihn, sich diesem Mann vorzustellen. »Mein Name ist Feltzer Beer«, sagte er, »nicht Uwe Scharck.« Der dicke Mann stand neben ihm wie eine Statue. Außer seinen Augen und seinen Lippen bewegte sich nichts an ihm. In seinem Anzug, der tadellos gebürstet wirkte, sah er ernst und wichtig aus. Nur seine fettigen Haarsträhnen, die an der durchschimmernden Kopfhaut klebten, paßten nicht zu diesem Erscheinungsbild.

»Angenehm, Herr Feltzer«, sagte der dicke Mann.

»Nein«, sagte Feltzer, »Beer. Feltzer ist mein Vorname.«

»Ach so«, sagte der Mann, noch immer ohne seinen Körper zu bewegen, »Herr Bär.«

»Ach, wissen Sie«, sagte Feltzer, dann setzte er seinen Fuß auf die erste Stufe, drängte einige Gäste gegen das Geländer, hörte wie der dicke Mann in seinem Rücken sagte: »Sie sind auch zu gut rasiert für einen Künstler. Das hätte mir auffallen müssen.«

In der Galerie fielen die ersten Tropfen von der Decke. Feltzer aber war bereits draußen. Dort war es kühler. Er trat jemandem auf den Fuß, schlug sich bis zur Peripherie durch, wo Louise allein stand und auf die Fahrbahn schaute.

»Nichts zu essen, nichts zu trinken«, sagte er, und da Louise keine Anstalten machte zu antworten, fügte er hinzu: »Hätte man sich bei dem ja denken können.«

Neben ihnen blieb eine ältere, grau frisierte Frau stehen, drehte sich um, winkte mit ihrer Handtasche, bevor sie genervt rief: »Jetzt komm schon!«

Feltzer schaute nach hinten, um zu sehen, wen sie meinte, und auch Louise begann ihre Drehung, die in dem Moment endete, als die Frau weiterging, und Feltzer den kleinen, gedrungenen Mann im langen Mantel, der sich in gut fünfzehn Meter Entfernung mit seinen Krücken abmühte, als den Angesprochenen identifiziert hatte. Als der Mann auf ihrer Höhe angekommen war, sah Feltzer, daß er lachte und fröhlich in die Gegend schaute, während er sich vorwärts hievte. Dann schrie die Frau erneut: »Nun komm endlich!«

»Wo ist Claudia?« fragte Feltzer, obwohl es ihn nicht interessierte. Louise antwortete nicht.

Du wolltest doch reden, dachte Feltzer.

Der Mann humpelte am Taxi vorbei. Feltzer schaute auf die ältere Frau, die sich immer wieder genervt umdrehte; dann fiel ihm auf, daß die Galeriebesucher hier draußen sich ebenfalls stritten. Das löste in Feltzer den Impuls aus, etwas Nettes zu Louise zu sagen, etwas, das sie freuen würde. Er suchte nach einem Satz, der ihm Louise wieder näher bringen könnte, aber es fiel ihm nichts ein. Also fragte er: »Ist dir noch immer schlecht?« und merkte sofort, daß er den richtigen Ton nicht getroffen hatte. Er hatte eine freundliche Frage stellen wollen, Anteilnahme hatte sie ausdrücken sollen, statt dessen klang sein Satz wie ein Vorwurf.

»Ja«, antwortete Louise, dann schwieg sie wieder.

Der gleichmäßige Takt eines Zuges schoß über die Galerie hinweg. Am Himmel hingen noch immer Wolken, aber sie wirkten nun dünn, fast durchsichtig, so als habe jemand sie ausgewrungen und anschließend wieder hingehängt.

Louise hob langsam ihre Arme, legte beide Hände flach auf ihr Gesicht.

Ich bin gleich weg, dachte Feltzer. Sein verschwitztes Hemd lag angenehm kühl über seinen Schultern.

Dann senkte Louise ihre Arme wieder und sagte: »Heute ist doch der vierte. Claudia hat Geburtstag.«

»Was?« fragte Feltzer ungläubig zurück, obwohl er Louise verstanden hatte.

»Ich hatte es«, sagte Louise, »total vergessen.« Auf ihre gebrochenen Haarspitzen spießte die Straßenlampe neben der Galerie kleine Lichtpartikel und ließ sie leicht glänzen.

»Sie sagt aber auch nichts«, antwortete Feltzer.

Hinter ihnen schrie jemand: »Das ist so ziemlich das Dümmste, was ich seit langem gehört habe.«

Feltzer hatte keine Lust, sich umzudrehen, scheuerte einmal mit seiner Schuhsohle über einen Zigarettenstummel, ehe er Louise anschaute und fragte: »Sollen wir doch noch essen gehen?«

Louise begann den Kopf zu schütteln, dann drehte sie Feltzer ihr Gesicht zu. »Claudia hat doch Geburtstag«, sagte sie.

»Aber das hier ist keine Geburtstagsfeier«, schnitt Feltzer ihr das Wort ab und merkte zu spät, daß er sich erneut im Ton vergriff. In seinem Magen begann es zu brennen, als habe jemand dort eine volle Streichholzschachtel angezündet. Er zog eine verknitterte Packung mit Kautabletten aus seiner Hosentasche, drückte eine der Tabletten aus ihrer Plastikhülle und ließ sie auf der Zunge zergehen. Der Schwelbrand in seiner Bauchhöhle erlosch. »Ich muß jedenfalls etwas essen«, sagte er, hakte in Gedanken die verschiedenen Imbißbuden ab, in denen er öfter aß, und dachte daran, anschließend in eine Spielhalle zu gehen, sein Glück am Automaten zu versuchen und so sein Konto wieder zu sanieren.

»Fahr doch einfach«, antwortete Louise. Ihre Augen schillerten braun aus den Höhlen. Obwohl sie schon immer etwas zu tief im Kopf lagen, schienen sie in diesem Moment noch weiter nach hinten gerutscht zu sein.

»O.K.«, sagte Feltzer, »wir sehen uns dann morgen. Gratulier ihr von mir.«
Louise schaute Feltzer hinterher, während er in den Wagen stieg, sich noch einmal umdrehte, ehe er den Motor startete. Der Wagen rollte auf die Straße. Die Scheinwerfer schliffen über die Betonplatten an der Wand. Dann verschwand das Taxi um die Ecke.
»Er ist mal wieder weg, was«, sagte Claudia. Sie stand neben Louise und schaute in die Richtung, in die Feltzer davongefahren war.
»Du hast Geburtstag«, sagte Louise, »Glückwunsch. Ich habe es im Kalender stehen, aber ich habe es vergessen. Warum sagst du nichts.«
»Ich hatte das selbst nicht mehr auf dem Schirm«, winkte Claudia ab, »die Ausstellung hat uns allen den Verstand geraubt. Das mußte so schnell gehen, und Uwe ist kein Organisationstalent. Ich mein', er weiß schon, daß die Erde kein Teller ist, aber sein Weltbild ist so groß und rund wie eine Untertasse. Er hat gemalt, und ich habe den Wagen besorgt, die Bilder abgeholt, verpackt und das ganze Zeug eben.«
Louise hob ihre Arme, legte sie auf die Schultern ihrer Freundin, zog sie am Nacken zu sich heran und drückte sie. Dann vollzog sie exakt den gleichen Bewegungsablauf rückwärts und stand wieder vor Claudia, als hätte sie sie nie umarmt, so als sei die Zeit rückwärtsgelaufen und startete noch einmal von vorn.
»Krahlberg, das ist der Sammler, dem auch die Galerie hier gehört«, sagte Claudia, »der hat gefragt, ob ich nicht für ihn arbeiten möchte, war ganz baff darüber, wie ich zupacke, lieber Kerl, aber naiv wie eine Tüte Lakritzschnecken. Ich kann das natürlich nicht machen, aber ich habe gedacht, weil du doch einen Job suchst, vielleicht hast du Lust.«

»Suche ich?« fragte Louise und wirkte ernsthaft erstaunt.
Die ersten Gäste brachen auf, liefen an Claudia und Louise vorbei, gestikulierten.
»Na, du kannst es dir ja überlegen«, sagte Claudia.
Louise blickte über Claudias Schulter hinweg zur Eingangstür der Galerie, in der es zu regnen schien. Feine Linien zogen sich von der Decke zu den Gästen und jeder, der herauskam, war klatschnaß. Dann kippte Louises Blick um neunzig Grad nach hinten: Die Wolken am Himmel hatten sich aufgelöst, hier draußen blieb alles trocken. Als sie den Kopf wieder senkte, sagte Claudia: »Darf ich vorstellen, meine Mutter, Simone Dorfke oder Wiese, wie du magst.«
Louise sah eine Frau mit einem langen, schwarzen Zopf, von der sie nicht sagen konnte, wie alt sie war, neben ihrer Freundin stehen. Sie gab ihr die Hand und hörte Claudia sagen: »Woher wußtest du von der Vernissage?«
»Ich bitte dich«, antwortete Simone, schaute auf ihre Hände, die sie befriedigt hin- und herdrehte.
»Meine Mutter«, sagte Claudia und drehte sich halb Louise zu, »hat Uwe ein Bild abgekauft, zu einem unverschämten Preis.«
Louise hörte Claudias Stimme an, daß sie über den Kauf verärgert war, was sie nicht verstand. Trotzdem nickte sie, während Simone antwortete: »Was verstehst du schon von Kunst. Außerdem kann ich es mir leisten.«
Claudias Mundwinkel verzogen sich kaum sichtbar nach unten. »Bist du allein hier?« fragte sie.
Simone Dorfke antwortete nicht.
»Schon wieder abgeschossen, den Neuen«, sagte Claudia.
Louise ließ ihren Blick zwischen den beiden wie ein schwerfälliges Pendel hin- und hergleiten. Sie sahen sich nicht sehr ähnlich, nur die Augen waren unverkennbar miteinander

verwandt, ein helles, wäßriges Blau, das an keinem Horizont endete.
Simone Dorfke beantwortete auch diese Frage nicht.
Louise sah, wie sich der Körper ihrer Freundin straffte. Ihre ganze Haltung wirkte angespannt, als sie sagte: »Soll ich mir erst einen Männeranzug anziehen, bevor ich dir eine Frage stelle?«
»Die Wahrheit ist«, setzte Simone Dorfke an, kam aber nicht weiter, weil Claudia zischte: »Die Wahrheit ist immer die Summe vieler Lügen!«
Die Straßenlampe flackerte kurz, verbreitete dann wieder in ungebrochener Regelmäßigkeit ihren Lichtnebel.
»Du hast so jemanden wie Uwe doch gar nicht verdient«, sagte Simone und schüttelte ihren Kopf, als wollte sie den Zopf in ihrem Rücken zum Schlängeln bringen.
Louise hatte das Gefühl, Zeuge einer tiefsitzenden Entblößung zu werden. Was sie sagten, spielte eigentlich keine Rolle, aber wie sie es sagten, entkleidete sie bis in ihre Vergangenheit. Und dort schämten beide sich ihrer Nacktheit. Während Louise noch dabei war, diese Gedanken zu ordnen und zu deuten, war Simone Dorfke wieder in der Menge verschwunden. Claudia blies ihren Atem durch die Nase, sagte aber nichts.
»Ich weiß nicht, ob es der richtige Zeitpunkt ist ...«, sagte Louise, und Claudia nickte: »Ja, ist es.« »Aber ...«, sagte Louise noch, dann hatten Claudias Worte sie erreicht, und sie stockte.
Ein Wagen fuhr vorbei. Der Fahrer schaute auf die Menschenmenge vor der Galerie und tippte sich mit dem Zeigefinger an die Schläfe, dann beschleunigte er.
»Sag!« sagte Claudia, und Louise, die gerade ihren Satz hatte wieder aufnehmen wollen, stockte erneut.

»Frau Wiese!« rief jemand von hinten. Louise drehte sich um und sah einen Mann in einem gelben Rollkragenpulli in der Eingangstür stehen. Claudia hob den Kopf etwas.
»Herr Scharck bräuchte sie mal«, rief Krahlberg.
»Ja, gleich«, antwortete Claudia.
Krahlberg hob die Hand und ließ sich von der Menschenmasse in der Galerie aufsaugen. Louise dachte dabei an eine Sumpfwand. Zuerst verschwand Krahlbergs linkes Bein darin, dann sein linker Arm, als nächstes versank der Oberkörper, bevor das zweite Bein und der rechte Arm untergingen und nur noch der Kopf zu sehen war. Schließlich schwappten zwei Besucher in den Eingangsbereich und begruben Krahlberg.
»Jetzt sag schon«, forderte Claudia erneut.
Louise ordnete ihre Gedanken. Die Sumpfvorstellung hatte den Geruch von angefaultem Laub über den Bürgersteig geweht. »Ich habe einen fürchterlichen Verdacht«, sagte sie, »vielleicht bin ich verrückt, aber erinnerst du dich an Ben Bergrath?«
Claudia schüttelte den Kopf. Das Wasser in ihren Augen schlug kleine Wellen.
»Der Fahrgast ...«, sagte Louise.
»... den Feltzer mit nach Hause gebracht hatte. Neuseeland, klar«, vervollständigte Claudia Louises Satz.
»Er meldet sich nicht«, fügte Louise hinzu.
»Och, mach dir nichts draus. Männer sind so. Das ist ...«, antwortete Claudia und hielt erstaunt inne, weil Louise ihr ins Wort fiel. Seit sie Louise kannte, war das noch nie passiert.
»Nein«, sagte Louise, »Feltzer sollte ihn mit dem Taxi nach Hause fahren. Feltzer hatte total schlechte Laune. Und Bergrath war nicht so. Er wollte sich wegen Neuseeland melden.

Das war ihm wichtig, genau wie mir. So etwas spüre ich.« Die Sätze sprudelten regelrecht aus Louise heraus, ihre Lippen glänzten feucht. So schnell hatte Claudia sie noch nie reden gehört.

»Feltzer hat immer ein Küchenmesser im Taxi«, fuhr Louise fort, »das steckt in der Fahrertür. Ich habe es mir gestern angesehen. Da sind Flecken dran. Ich habe jetzt Angst. Mir ist immer schlecht. Ich weiß nicht. Er würde sich melden.«

»Was erzählst du da«, sagte Claudia noch immer erstaunt über Louises einzigartigen Redefluß.

Aber Louise schwieg jetzt, ihre Augenwinkel schienen sich leicht abwärts zu neigen, sie sah plötzlich erschöpft aus.

»Du denkst doch nicht, daß dein eigener Mann . . . Nur weil er ab und an ausflippt. Louise, du bist wirklich verrückt.«

Louises Augen zogen sich noch etwas weiter in ihre Höhlen zurück. Sie kaute auf irgend etwas herum.

»Ich erzähl dir jetzt auch mal was«, sagte Claudia, »und das ist tatsächlich passiert. Bei uns renovieren sie gerade die Fassade. Der Hausbesitzer dachte, das müßte mal wieder sein. Ich nehme an, ab nächstem Monat kommt dann die Mieterhöhung. Wie auch immer. Was glaubst du, was passiert ist. An einem Tag bauen sie das Gerüst auf, und am nächsten Morgen liegt ein toter Maler auf unserem Dach. Das Irrsinnige daran ist, er lag da mit den Händen im Nacken verschränkt, als hätte er sich schlafen gelegt, einfach so auf die Dachziegel. Eigentlich hätte er abrutschen müssen. Es gab dort nichts, was ihn hielt, aber er lag dort, bis man ihn herunternahm, so als hätte er nichts mit der Schwerkraft am Hut. Kein Mensch weiß, woran er starb, kein Mensch weiß, wieso er auf das Dach geklettert war, und kein Mensch weiß, wieso er nicht runterrutschte. Das ist doch verrückt oder?«

Louise kaute noch immer.
»Jetzt mach dir mal keinen Kopf«, sagte Claudia, »du hast doch gerade meine Mutter kennengelernt, weißte, was ich der alles zutraue.«
»Ist doch schön, wenn sie auf die Ausstellung von deinem Freund kommt«, antwortete Louise leise.
Claudia versenkte ihren Blick in Louises Höhlen und sagte: »Nein, ist es nicht.«
Louise verzog den Mund zu einem Lächeln, das in ihr aufkeimte, das sie aber nicht wollte. »Ich hätte meine Eltern auch einladen sollen«, sagte sie, »das hätte meinem Vater gutgetan. Er versteht zwar so viel von Kunst wie ich, also nichts, aber er hätte sich wichtig gefühlt. Das braucht er.«
Von hinten rief Krahlberg erneut: »Frau Wiese« und machte ein bittendes Gesicht, als Claudia zu ihm hinschaute.
»Ich muß mich um den Künstler kümmern«, sagte Claudia, »bis gleich«, strich ihrer Freundin kurz über den Kopf und zwängte sich durch die Menge der Gäste.
Louise kehrte ihr den Rücken zu, schaute in das aufgehellte Dunkel über der Fahrbahn, beugte sich leicht nach vorn, verharrte einen Moment und brach etwas Galle in den Bordstein.

5.

Vom Gefieder der schwarzen Schwäne perlte das Licht ab, bildete grelle Lachen im See von Rotorua. Darüber hingen Schwefeldämpfe, verbreiteten den Geruch fauler Eier. Louise saß neben zwei jugendlichen Maori am Ufer und schaute sich die Jadeamulette an, die sie verkauften.
»Es sind Steine der Götter«, sagte der eine, während der an-

dere die Schnitzereien in die Sonne hielt. »Du kannst das Leben darin sehen, deine Ahnen, die aus dir machen, was du bist, das grüne Meer, das Eis der Gletscher, die braunen Stämme der Bäume, den hellen Schaum der Stromschnellen.« Die Augen hingen in seinem Gesicht, als würden sie von den rußigen Tätowierungen, den dunklen Wellen und Haken gehalten. Louise nahm eines der Amulette in die Hand und hatte im ersten Augenblick das Gefühl, der Stein gebe leicht nach, federe etwas in ihrer Hand.

»Rede mit deinen Eltern, wenn du mußt«, sagte der, der die Amulette noch immer in die Sonne hielt, und fügte unmittelbar hinzu: »Wir machen auch Waffen daraus, aber nur der kann den Stein formen, der die Sanftmut besitzt, ihn zu schneiden, ohne seine Seele zu verletzen.«

Louise wollte sich den Stein in den Mund legen, sie hatte plötzlich das Bedürfnis, seine Kälte zu schmecken, sein Schimmern, das ihren Gaumen durchleuchten würde, aber sie traute sich nicht, obwohl sie sich sicher war, daß die Maori Verständnis für ihr Verhalten gezeigt hätten. Statt dessen hielt sie sich die Jadeschnitzerei gegen die Stirn, schaute auf die glitzernde Oberfläche des Sees, während das Telefon zu klingeln begann. Die Schwäne schlugen kurz mit den Flügeln, wurden zu flachen Schattenrissen im Gegenlicht, dann füllten sie als kleine Zeichnung die rechte obere Ecke einer Todesanzeige in der aufgeschlagenen Zeitung, die auf dem Wohnzimmertisch lag.

Das Telefon klingelte erneut.

Louise nahm die Wolldecke von ihren Beinen, schob sich vom Sofa, hörte wieder das Schrillen, stand, bewegte sich auf den Apparat zu, griff nach dem Telefon, unterbrach ein weiteres Klingeln, als sie den Hörer von der Gabel nahm, und horchte in die Muschel hinein. Dort war ein aufgeregtes At-

men. Dann sagte jemand leise: »Ich bin's, es ist etwas passiert.«
Louise erkannte die Stimme ihrer Mutter weniger am Klang als an der Art und Weise, wie ihre Mutter die Sätze intonierte. Sie begann jeden einzelnen fast tonlos und bemühte sich gegen Ende hin, eine einigermaßen verständliche Lautstärke zu erreichen.
Louise wartete. Da ihre Mutter jedoch nichts weiter sagte, sondern nur ihren Atem etwas zu schnell in die Leitung blies, fragte sie: »Ja?« Dann schwieg sie erneut.
Durch die Drähte schob sich ein rhythmisches Rauschen.
»Rede mit deinen Eltern, wenn du mußt.«
Schließlich sagte Louises Mutter: »Papa liegt im Krankenhaus.«
Louise setzte sich mit dem Telefon zurück aufs Sofa, ehe sie fragte: »Was hat er?«
Ihr Blick fiel auf die Seite mit den Todesanzeigen, die sie seit zwei Wochen jeden Tag durchsah, ohne fündig zu werden. Sie zog die Wolldecke über ihre Beine, legte den Kopf auf die Rückenlehne.
»Er ist aus dem Bett aufgestanden«, sagte ihre Mutter, »er hatte sich nur kurz hingelegt, er ist aufgestanden und ausgerutscht.«
Louise schloß die Augen, stellte sich das Schlafzimmer ihrer Eltern vor, das Bett voller Decken, die dunklen, schmalen Teppiche, das Holzkreuz über der Tür.
»Du weißt doch, daß wir diese Nachttische gekauft haben aus Metall«, sagte ihre Mutter.
»Ja«, antwortete Louise.
»Er hat sein rechtes Auge verloren«, schloß ihre Mutter.
Dann schwiegen beide erneut.
Louise spürte, wie ihr schlecht wurde. Sie schluckte, ehe sie

»Mein Gott«, sagte und ihre Lider öffnete. Dann hob sie den Kopf, ließ ihren Blick erneut über die Todesanzeigen gleiten. Nirgends tauchte der Name ›Ben Bergrath‹ auf.
Durch das geöffnete Fenster hinter ihr streckte der Wind sich kurz ins Zimmer, drehte eine Runde an den Reiseführern vorbei, ehe er wieder nach draußen verschwand.
»Wie geht es ihm?« fragte Louise.
»Gut«, antwortete ihre Mutter so leise, daß es kaum zu hören war. Dann fügte sie hinzu: »Er liegt seit gestern in der Uniklinik. Sie haben . . . .. Jetzt hat er den Kopf verbunden.«
»Ich komme vorbei«, sagte Louise, »Tschüß, Mama.«

Am zehnten Mai neunzehnhundertvierzig überschritten die Verbände der Heeresgruppe A unter Generaloberst Gerd von Rundstedt die Grenze zu Luxemburg. In der gleichen Stunde kam Louises Vater, Adolf Klarhäuser, in einem Trierer Krankenhaus zur Welt. Seine Mutter Sieglinde, Louises Großmutter, die sie nie kennenlernen sollte, preßte ihr Kind, ohne das Gesicht zu verziehen, aus ihrem Leib und hatte dabei das Gefühl, etwas Großes für den Führer zu tun, während Rüdiger Klarhäuser, ihr Mann, mit einigen Kameraden zusammensaß und sich über die Heimkehr der Luxemburger ins Deutsche Reich freute. Zwei Monate später übernahm Rüdigers Freund Gauleiter Simon die Zivilverwaltung im Großherzogtum und bat ihn, mit seiner Familie nachzukommen, um mitzuarbeiten, dem Gebiet Luxemburg deutsche Verwaltungsstrukturen zu geben und es ins Reich zu integrieren. Sie hatten dort eine gute Zeit, wie Rüdiger sich später erinnerte. Die Luxemburger erinnerten sich anders.
Nach der Befreiung floh sein Freund Simon nach Westfalen, tauchte als Gärtner unter; Rüdiger Klarhäuser versteckte sich mit Frau und Sohn in den Trümmern Kölns. Fünf Wo-

chen später durchsuchten Amerikaner das Kellergewölbe und verhafteten Rüdiger. Der kleine Adolf schrie und weinte, bis seine Mutter ihn anfuhr: »Ein deutsches Kind weint nicht!« Da hörte er auf, sah zu, wie die amerikanischen Soldaten seinen Vater aus der Tür zerrten, und blieb vier Jahre mit seiner Mutter allein. Sie versuchten in diesen Jahren nichts anderes, als zu überleben. Sieglinde erwähnte ihren Mann nicht und verachtete die Nachbarn und die Kinder, mit denen ihr Sohn spielte, wollte ihm den Umgang aber nicht verbieten. Adolf hätte nicht sagen können, daß er traurig war in dieser Zeit oder seinen Vater wirklich vermißte, denn Rüdiger war auch die Jahre vorher kaum zu Hause gewesen, aber als er dann plötzlich wieder vor ihm stand, ihm über den Kopf streichelte und er in sein ausgemergeltes Gesicht schaute, da spürte der mittlerweile neunjährige Junge, daß er von seinem Vater nichts mehr zu erwarten hatte, und das hinterließ eine schmerzhafte Lücke in seinem Herzen, wo vorher keine gewesen war. Zwar kümmerten sich Sieglinde und Rüdiger um ihren Sohn, aber Adolf ahnte, daß ihre Zeit vorbei war, daß sie das Leben nur noch absaßen. Sie sprachen kaum, weder miteinander noch mit ihrem Sohn, geschweige denn mit den Nachbarn. Nur manchmal erzählte Rüdiger von seiner Arbeit in Luxemburg, von seinem Freund Gustav Simon und schloß die kurzen Erinnerungen mit den Worten: »Wir hatten eine gute Zeit.« Adolf hörte die Geschichten seines Vaters gern, auch wenn sie ein flaues Gefühl bei ihm hinterließen, eine Stimmung von Trauer, weil sie ihm zeigten, daß es keine Zukunft gab. Aber wenigstens redete sein Vater, während er sich erinnerte. Die meiste Zeit hingegen war es still in ihrer Wohnung. Und ohne es zu merken, entwickelte Adolf, während er heranwuchs, einen immer größeren Drang, sich mitzuteilen.

Wenn er nach Hause kam, in das Schweigen im Wohnzimmer trat, begann sein Mund sich wie von selbst zu öffnen. Er berichtete seinen Eltern von Schulfreunden, von Häusern, die wieder aufgebaut, Geschäften, die wieder eröffnet wurden, schmückte kleine Begebenheiten zu lustigen Anekdoten aus, redete und redete, bis er sich erschöpft an den Abendbrottisch setzte und endlich verstummte. Je stiller es zu Hause wurde, desto größer wurde sein Rededrang, so als raune eine Stimme in seinem Kopf: »Wer spricht, der ist nicht tot, wer spricht, der hat die Jahre vor sich.« So redete er sich durch die Tage und Wochen, durch die Monate und Jahre und verabschiedete seine Eltern am 18. April 1961 wortreich am Bahnhof. Adolf würde nächsten Monat volljährig werden, und er freute sich, daß seine Eltern zu ihrer ersten Reise nach Kriegsende antraten. Sie wollten nach Berlin. Er redete, bis der Zug aus Köln hinausfuhr. Dann drehte er sich um und sah eine Frau am Gleis stehen, die wohl ebenfalls jemanden verabschiedet hatte. Zwar winkte sie nicht, aber ihr Blick hing am Ende des sich entfernenden Zuges, als bedauere sie es, nicht ebenfalls in einem der Waggons zu sitzen. Sie wirkte dabei nicht traurig, eher verärgert. Ihre braunen Augen saßen leicht schräg im markigen Gesicht und verliehen ihr etwas Asiatisches, obwohl sie bestimmt aus der Gegend stammte. Adolf dachte, mit der ist nicht gut Kirschen essen, während sein Blick sich in ihren schwarzen, hochgesteckten Haaren verfing. Aber etwas reizte ihn, sie anzusprechen. Er trat auf sie zu, und sein Mund entließ bereits Sätze, formulierte ganze Abschnitte, noch ehe er darüber nachgedacht hatte, was er zu ihr sagen sollte.

Die Frau hieß Friederike und sprach im Gegensatz zu Adolf nicht viel, nestelte an ihrem Kreuz herum, das sie als Halskette auf der Brust trug und legte ein seltsam gehetztes Augenflackern an den Tag, das nicht im Geringsten zu ihrer robusten Erscheinung passen wollte. Adolf lud sie zu einem Spaziergang am Rhein ein und erzählte ihr sein Leben, so weit er darüber Bescheid wußte. Friederike hörte zu, lachte ab und an, ließ ihre Augen immer wieder hin und her hetzen und sagte nichts. Nur auf Adolfs Frage, ob es denn nichts gebe, was sie gerne machen möchte, antwortete sie mit: »Doch.« Erst eine geschlagene Stunde und unzählige Wörter später entlockte Adolf ihr schließlich den Wunsch, einen Soldaten wiederzusehen, den sie als Siebenjährige bei Kriegsende gefragt hatte, ob er ihr etwas zu essen geben könnte. Sie habe vor einem zerbombten Haus gesessen, und er sei die Straße entlanggekommen, geschleppt habe er sich. Auf ihre Frage hin sei er stehen geblieben, habe versucht zu lächeln und ihr die Hand auf den Kopf gelegt. Dann habe er gesagt: »Ich habe auch nichts, aber ich heiße Reinhold.« Damals habe sie das komisch gefunden, daß jemand seinen Namen sagt, wenn man um etwas zu essen bitte, aber heute verstünde sie, daß der Soldat schon damals gewußt habe, daß solche Begegnungen einen oft ein ganzes Leben begleiteten. Adolf nickte. Im Rhein schwammen glitzernde Lichtalgen, schillerten in dichten Büscheln, erloschen für kurze Zeit im Schatten eines Schiffes, das vorbeizog, und flackerten erneut auf.

Friederike umfaßte ihr silbernes Kreuz, sah zu Boden und sagte: »Ich muß jetzt gehen, aber ...« Sie brach ab und hob ihren Kopf. Die Augen glitten unruhig hin und her, als fände ihr Blick keine Anlegestelle in Adolfs Gesicht.

»Ja, ist denn schon alles gesagt?« fragte er zurück und blieb stehen. Und da er merkte, daß es Friederike ernst war mit dem Aufbruch, schlug er vor, den Spaziergang in zwei Tagen an der Stelle wieder fortzusetzen, an der sie ihn heute unter-

brachen. Dann verabschiedeten sie sich, und Adolf kehrte in die Wohnung zurück, die nun leerer war als sonst, aber so still wie immer.
Zwei Tage später, etwa um die Zeit, in der Adolf sich auf den Weg zu seinem Rendezvous machte, legte sein Vater Rüdiger Klarhäuser in einem Berliner Hotel von hinten den linken Arm um seine Frau, flüsterte: »Du warst ein gutes Weib« und zog ihr das Messer durch den Hals. Er hielt sie so lange, bis alles Blut ihren Körper verlassen hatte und sie leblos in seinem Arm hing. Sie sagte kein Wort, nicht einmal ihr Mund zuckte beim Eindringen der Klinge. Danach legte Rüdiger seine Frau aufs Bett, kniete sich neben sie und rammte sich selbst das Messer zwischen die Rippen. Der Schmerz war enorm und preßte ihm Tränen aus den Augen. Er krümmte sich neben Sieglinde und wartete. Sein Sterben zog sich etwas hin, und Rüdiger hoffte inständig, man möge ihn nicht in dieser unwürdigen Embryostellung vorfinden, aber jedesmal wenn er versuchte sich auf den Rücken zu legen und sich zu strecken, war ihm, als zerreiße es sein Fleisch. Also blieb er zusammengerollt liegen, bis er zu schwach wurde, über seine Haltung nachzudenken.
Adolf hingegen verbrachte einen gesprächigen Tag am Rhein. Er redete und redete, unterbrach seinen Monolog nur in der Zeit, in der Friederike ihn durch den Dom geführt hatte, nahm vor der Eingangspforte seinen Faden wieder auf und kehrte abends erschöpft nach Hause zurück. An der Nachricht vom Tode seiner Eltern, die ihn tags darauf erreichte, schockierte ihn am meisten die Abwesenheit seiner eigenen Trauer. Er fühlte nichts. Der Frau am anderen Ende des Telefons erzählte er von der Stille, die seine Eltern verbreitet hatten, so als sei es nur konsequent gewesen, diese Stille nun zu verabsolutieren. Die Frau schien danach ruhi-

ger zu sein. Adolf legte auf, schaute sich im Wohnzimmer um und entdeckte eine Menge Gegenstände, die er nicht mehr haben wollte, was ihm vorher nie aufgefallen war. Aus Anstand entrümpelte er die Zimmer aber erst zwei Wochen später.

Das Begräbnis fand in aller Stille auf dem Südfriedhof statt. Adolf war der einzige Gast am Grab, verabschiedete sich zügig und eilte seiner Verabredung entgegen. Das erste, was er Friederike an diesem Tag fragte, war: »Wie sind denn deine Eltern so?« Friederike zuckte nur mit den Achseln, antwortete aber nicht. Adolf hatte das Gefühl, ihr Blick flattere etwas weniger oft hin und her, so als gewöhne sie sich an seine Präsenz. Er fragte weiter, ob sie Geschwister habe, was Friederike verneinte. Mehr war nicht aus ihr herauszubekommen. Auf Adolfs Bitte, ihm etwas von ihrer Vergangenheit zu erzählen, antwortete sie nur lapidar: »Ich habe keine.« Also erzählte er von seiner Vergangenheit, von Luxemburg, das er noch nie gesehen hatte, aber bereits gut kannte, vom Ableben seiner Eltern, und so ging der Tag in den Abend über, spannte sich dunkelblau und warm über den Rhein wie ein überdimensioniertes Plakat, auf das jemand die Zukunft gezeichnet hatte. Adolf sah darauf Häuser mit sauber gekachelten Badezimmern. In den Vorgärten standen Holzbänke, und darauf saßen Menschen, die ihm zuhörten. Am liebsten hätte er Friederike auf der Stelle einen Heiratsantrag gemacht, aber etwas sagte ihm, daß dies der falsche Zeitpunkt war, und so machte er eine ausladende Bewegung mit dem rechten Arm in Richtung Rhein und sagte »Schau« zu Friederike, woraufhin sie erst ihn anblickte und dann über den Himmel bis ans andere Ufer schweifte und begriff, daß Adolf nicht das Wasser und nicht den Abend meinte, sondern ein Gefühl, das auch sie verspürte, ein Gefühl, das in seiner ständig wachsenden Ausdehnung alles beinhaltete, was ihre Zeit zu bieten hatte. An diesem Abend küßten sie sich zum Abschied, eher verhalten, aber ihre Lippen berührten sich. Und Friederike bemerkte, daß Adolfs braune Augen einen leichten Gelbstich aufwiesen.

Fortan trafen sie sich immer wieder an ihrer Stelle am Rhein, gingen spazieren, Eis essen oder ins Kino. Hatte Friederike sich dann verabschiedet, zog Adolf weiter, besuchte Kneipen, lernte andere Frauen kennen, redete und amüsierte sich. Er wollte nicht in seine Wohnung zurück, wo er niemanden hatte, der ihm zuhörte. Er sprach mit jedem, der ihm ein Ohr bot, blieb oft ganze Nächte in schummerigen Hinterzimmern hängen und fiel erst morgens erschöpft und mit trockenem Mund in sein Bett.

Zwei Jahre nach dem Freitod seiner Eltern lernte er im Brauhaus am Dom einen Mann kennen, der eine Firma mit Sanitäranlagen hatte und noch jemanden suchte, der mit ins Geschäft einstieg. Adolf hatte keine Ahnung, auf was er sich einließ, weder verstand er etwas von Geschäften, noch kannte er die Sanitäranlagenbranche, aber der Mann strich sich mit beiden Händen über sein viel zu kurzes Haar oberhalb der Ohren, griff sich in den üppig wachsenden Mittelstreifen, zog leicht daran und sagte: »Man muß sich selbst herausziehen«, dann lachte er.

Adolf wußte nicht, woraus er sich ziehen sollte, er hatte etwas Geld von seinen Eltern geerbt und lebte ganz gut davon, aber der Mann schüttelte seine Irokesenfrisur und überzeugte ihn von der Notwendigkeit, eine eigene Firma zu haben. Nach dem fünfzehnten Kölsch nahm Adolf die ihm angebotene Hand an, schüttelte sie und sagte: »Oswald, du hast mich überzeugt.« Dann tranken sie weiter, während Oswald Rehl immer wieder von anderen Gästen begrüßt wurde und es Adolf vorkam, als schüttele sein neuer Partner an einem Abend mehr Hände, als er selbst bislang in seinem ganzen Leben.

Die Firma Rehl stellte sich als eine Idee heraus, die erst noch in die Tat umgesetzt werden mußte. Oswald, der scheinbar jeden in Köln kannte, mit Politikern aller Parteien per du war und einem gewissen Werner Wiese, den Adolf nie zu Gesicht bekam, beim Aufbau eines Containerdienstes assistierte, hatte bereits Auftragszusagen von allen möglichen Personen, die ihre Bäder herrichten lassen wollten, sobald es die Firma denn in die reale Existenz geschafft haben würde. Also investierte Adolf den Rest seines Kapitals in die Gründung der Firma, arbeitete sich in die Materie ein, sah Friederike etwas weniger als früher, erklärte ihr aber die Notwendigkeit, eine eigene Firma zu haben, und baute nach und nach ein gut laufendes Geschäft auf, das tatsächlich hielt, was Oswald Rehl allen versprach. Friederike fiel auf, daß der Gelbstich in Adolfs Augen in dieser Zeit verblaßte und er selbst abnahm. Was ihr nicht auffiel, war, daß Adolf, sofort nachdem er sie eingestellt hatte, ein Verhältnis mit seiner Sekretärin anfing. Und auch in den folgenden Jahren nahm sie nicht wahr, daß Adolf sie Tag für Tag mit anderen Frauen betrog. Für Adolf selbst war völlig klar, daß er Friederike heiraten würde, was sie auch 1968 taten. Aber tagsüber erneut allein in seinem Büro – weil Oswald meist in Sachen Container unterwegs war und die Sekretärin schon bald einen Freund hatte und nicht mehr zuhören wollte – hatte Adolf nach Feierabend das Gefühl, noch mehr reden zu müssen als sonst. Er konnte aber unmöglich von Friederike erwarten, daß sie sich jede Einzelheit seines Tages anhörte, also sammelte er Frauen, die bereit waren, dies für einen Abend zu tun, und berichtete seiner eigenen Ehefrau anschließend oder beim Frühstück nur noch das Nötigste. Die Studenten, die wütend durch die Straßen zu ziehen begannen, lancierten die Parole: Wer zweimal mit derselben pennt, gehört schon zum Establishment. Aber Adolf wollte in seinem Innersten gar keine andere Frau als Friederike, und obwohl er sich weiterhin jedem Rock, den er zu Gesicht bekam, näherte, freute er sich sprachlos, als Friederike schwanger wurde und im Sommer 1969 eine Tochter zur Welt brachte, die sie auf den Namen Louise tauften.

Louise setzte sich ans Fenster, schaute auf die Plakate, die unter der Brücke hingen und für Konzerte warben, atmete einmal tief durch, aber die Übelkeit saß fest in ihrem Körper. Als die Straßenbahn anfuhr und Louise in den Sitz drückte, überfiel sie ein Schwindel, der die Häuser am Südbahnhof wie durch ein Fischauge erscheinen ließ, verzogen und ineinandergemischt. Sie schluckte mehrmals, lehnte den Kopf gegen die kühle Scheibe. Auf Höhe der Mensa beruhigte sich die Gegend wieder, aber der Brechreiz in Louises Hals blieb. Bunte Mannschaften spielten auf den Uniwiesen Fußball. Die Bäume schüttelten sich ausgiebig. Dann öffneten sich die Türen, und die Bahn füllte sich mit Studenten. Louise war froh, einen Sitzplatz zu haben. Sie setzte sich aufrecht. Die braune Jacke hing ihr unförmig und zerknittert über die Schultern. Seitlich ihres Mittelscheitels waren große Schuppen zu sehen. Die Bahn schob sich weiter die Zülpicher Straße stadtauswärts, über sich die hellgrauen Wolkenmassen wie eine endlose Unterführung.
Als ein junger Mann sich neben Louise setzte, fiel sein Schweißgeruch über sie her. Louise hielt die Luft an, entließ nach einer Weile zögernd ihren Atem und nahm erneut in geringen Mengen Sauerstoff auf. Nicht brechen, dachte sie

und blickte aus dem Fenster. Hinter ihr klingelten gleichzeitig zwei Mobiltelefone. Der Mann neben ihr setzte sich Kopfhörer auf. Ein dumpfer Baß schlug in schnellem Takt gegen Louises Schläfe. Die Bahn rumpelte vorwärts. Alle sprachen laut und durcheinander. Louise fühlte sich elend, drückte sich aus dem Sitz hoch, wurde nach vorn gestoßen, als der Fahrer zu bremsen begann, stützte sich an der Schulter des Mannes neben ihr ab, drängte zur Tür und hielt sich draußen an einem Verkehrsschild fest, während die anderen ausgestiegenen Gäste davoneilten und die Bahn wieder anfuhr. Es war nicht kalt, mindestens zwanzig Grad. Die Luft roch verbraucht unter der dichten Wolkendecke. Trotzdem atmete Louise tief ein, und nach kurzer Zeit ging es ihr etwas besser. Sie löste ihre Finger einen nach dem andern vom Schild, ließ ihre Schuhe über das Trottoir rutschen, bewegte sich entlang der Häuserfassaden, bog in die erste Seitenstraße ein und war so mit ihrem eigenen Befinden beschäftigt, daß sie im ersten Moment, als sie das Krankenhaus betrat, dachte, sie sei ihrer selbst willen hier, sie komme als Patientin.

Im Aufzug roch es nach Chemikalien. Ein Mann, der mit ihr im Lift stand, schaute auf die Uhr, drehte ihr dann den Rükken zu und begann auf den Zehenspitzen auf- und abzuwippen. Louise legte ihm ihren Blick in den Nacken und wartete. Als die Tür sich öffnete, eilte der Mann hinaus, zog zielsicher eine Glastür auf und verschwand in einem langen Korridor. Louise trat ebenfalls in den Gang, las die Hinweisschilder, ehe sie sich in die entgegengesetzte Richtung orientierte. Im Flur vor den Krankenzimmern hing der gleiche Geruch wie im Aufzug, nur leicht verdünnt mit einem blumigen Parfum. Leuchtstoffröhren waren in der Mitte der Decke angebracht, stäubten ihr Licht in den kahlen Gang. Louise klopfte, wartete einen Moment lang, öffnete die Zimmertür und sah, wie ihre Mutter die Hand einer Krankenschwester festhielt und ihr Geld hineindrückte, was diese nicht annehmen wollte. Beide erschraken, als Louise eintrat, lösten ihre Hände voneinander und ließen sie in ihren Taschen verschwinden, die Krankenschwester in der ihres Kittels, ihre Mutter Friederike in ihrer schwarzen Ledertasche. Das Ganze passierte so schnell, daß Louise nicht hätte sagen können, wer von beiden denn nun das Geld an sich genommen hatte. Ihr Vater sagte gerade: »So ist das nämlich. Aber über die Geschichte schweigt man und streut den Samen seiner Zeit.« Dann drehte er seinen halb verbundenen Kopf der Eingangstür zu und rief: »Louise. Das ist ja eine Überraschung. Kennst du schon Schwester Siggi. Sie hegt und pflegt mich. Ich bin schon gesund, aber das Krankenhaus verlasse ich noch lange nicht, wenn sie so weitermacht. Komm setz dich zu mir. Wie geht es dir?«

Louise sah, wie ihre Mutter errötete, ihr silbernes Kreuz auf der Brust berührte und nicht wußte, wohin sie ihre Augen richten sollte. Schwester Siggi hingegen schaute Louise unvermittelt an, umfaßte dann mit beiden Händen die Stange am Bettende, wandte ihr helles, unebenes Gesicht Adolf Klarhäuser zu und sagte: »Sie sind mein allerbester Patient.« Dabei lachte sie auf eine meckernd unanständige Art und Weise, daß Louise das Gefühl hatte, einer intimen Szene beizuwohnen. In ihrem Hals würgte es. Sie fühlte sich schwach und ging langsam auf ihren Vater zu, während Schwester Siggi sich entfernte, an der Tür kurz stehenblieb und lächelte, ehe sie verschwand.

»Man muß den Menschen Gutes tun«, hörte Louise ihre Mutter hinter sich sagen. Dann klickte der Verschluß ihrer Handtasche.

»Wie«, fragte Louise, »geht es dir, Papa?«
Auf dem weißen Beistelltisch lag neben einer Wasserflasche die Brille ihres Vaters. Adolf Klarhäuser sah eigentlich sehr gut, aber vor vier Jahren war ihm die Idee gekommen, daß man ihn ernster nehmen würde, wenn er eine Brille trüge. Und so hatte er sich eine aus Fensterglas anfertigen lassen und seiner Frau und seiner Tochter erklärt, sein Augenlicht lasse nach. Meistens hielt er die Brille in der Hand, während er redete, setzte sie nur kurz zwischendurch auf, um sie einen Moment später wieder von seiner Nase zu entfernen, die Bügel zusammenzuklappen und sie beim Reden in der Hand einzuschließen wie der amtierende Bundeskanzler das tat.
»Prächtig«, antwortete er seiner Tochter, aber Louise spürte sofort, daß ihr Vater zutiefst deprimiert war. Er wirkte keineswegs schwach, obwohl der Unfall erst gestern passiert war. Und auch der Verlust seines rechten Auges, so schlimm er war, schien nur die Spitze eines Falls und keineswegs allein für den momentanen Zustand Adolf Klarhäusers verantwortlich zu sein. Es war, als klaffe hinter der bandagierten, aber aufgeräumten Fassade ein Trümmerfeld unvorstellbaren Ausmaßes, eine Zerstörung, die nicht nur Äußerlichkeiten, sondern den Kern der Existenz selbst betraf. Louise setzte sich aufs Bett, merkte, wie ihr immer schlechter wurde, während ihr Vater wiederholte: »Prächtig. Prächtig.« Sein linkes Auge klappte dabei in einem merkwürdigen Rhythmus auf und zu, blieb jeweils einen Moment zu lange geschlossen, als wollte Adolf Klarhäuser keinen Zweifel an seinen Worten aufkommen lassen.
»Schön«, sagte Louise, unterdrückte den Schluckreflex, den ihre Übelkeit verursachte, fügte hinzu: »Mir geht es auch gut.«

Im Zimmer lagerte eine beengende Helligkeit, so als habe jemand einen Lichtblock nach Maß beschnitten und ihn von oben zwischen die Wände eingepaßt. Vorm Fenster hingegen versank der Nachmittag allmählich in regnerischer Dunkelheit.
Friederike Klarhäuser sagte etwas, aber da sie auch am Satzende ihre Stimme nicht anhob, verstanden weder ihre Tochter noch ihr Mann, was sie wollte. Sie blickten sie beide an und warteten darauf, daß Friederike ihren Satz wiederholen würde, aber sie schaute nur zurück, ging dann aus dem Zimmer und schloß die Tür hinter sich. Louise spürte, wie ihre Stirn feucht wurde. Sie hätte gern auf ihrem Sofa gelegen, die Decke über den Beinen, und von Neuseeland geträumt. Das hätte sie abgelenkt. Statt dessen sah sie auf das vom angestrengten Lächeln verzerrte Gesicht ihres Vaters und fühlte sich schlecht. Sie war sich sicher, daß sie bald wieder brechen würde, schaute sich im Zimmer um, fand das Waschbecken in der Ecke neben der Tür, drehte sich noch einmal ihrem Vater zu, der sich in gewohnter Manier in ein Thema vertiefte, hörte, daß die Spargelernte in vollem Gange war und was das für eine Wahnsinnsarbeit sei, stand langsam vom Bett auf, schleppte sich zum Waschbecken, während ihr Vater weitersprach und ihr mit einem Mal der Gedanke kam, daß die Worte ihrer Mutter vorhin nur ihr gegolten hatten. Friederike hatte gemurmelt, um Louise auf sich aufmerksam zu machen, dabei ihrem Mann aber nicht verraten wollen, um was es ging. Louise ließ ihren Blick vom Waschbecken abtropfen, ergriff ohne ein Wort der Erklärung die Türklinke und verließ das Zimmer.

Auf einem Stuhl vor dem Nebenraum saß ihre Mutter, hielt ihre Handtasche mit beiden Händen auf ihrem Schoß und schien die Linoleumplatten auf dem Boden zu zählen. Sie wirkte robust und angespannt, so als könne sie jeden Augenblick aufspringen. Aber Louise wußte, daß ihre Mutter alles andere als durchsetzungsstark war. Wie ein Blatt trieb sie seit jeher im Zugwind ihres Mannes, nahm sich zurück, forderte nichts, war scheinbar zufrieden, so wie es lief.

»Was ist?« fragte Louise, lehnte sich mit der Schulter gegen die Wand.

Friederike schaute zu ihr auf, lächelte.

Plötzlich war sich Louise nicht mehr so sicher, daß ihre Mutter sie hatte hinausrufen wollen mit ihrem Gemurmel. Sie spürte sich unglaublich schwer, so als habe sie in der letzten halben Stunde ihr Gewicht verdoppelt. Ihre Knie taten ihr weh. Sie wischte mit dem Handrücken über ihre Stirn und hatte das Gefühl, das Licht der Leuchtstoffröhren trete als seichter Nebel in den Flur.

»Er hat doch immer so viel Kaffee getrunken«, sagte ihre Mutter. Der Satz rutschte den Korridor hinab, als habe jemand den Lautstärkeregler einmal hochgedreht und sofort wieder zurück. Louises Stirn bekam Falten. Sie verstand nicht, was ihre Mutter wollte, und überlegte, ob sie sich auf den Boden setzen sollte.

»Seit wir uns kennen, hat er Kaffee getrunken. Immer mehr. Es gab Tage, da waren es bis zu fünfzehn Tassen. Ich habe ihm einmal gesagt, daß ihn das ruiniere. Er hat nur gelacht. Ich habe es ihm auch nur einmal gesagt«, fuhr Friederike fort und hob abwehrend die Hände, als wolle sie sich entschuldigen für ihre Dreistigkeit. »Er hat weiter getrunken. Vor vier Jahren hat Rehl ihm plötzlich gesagt, er sei zu nervös für den Job. Verstehst du, nach achtunddreißig Jahren legt ihm sein Partner auf einmal nahe, sich zur Ruhe zu setzen. Dabei ist Rehl der ältere. Da steckt doch etwas anderes dahinter. Die

Firma ist alles, was dein Vater hat. Aber Rehl, ich meine, ich habe nie etwas gesagt, aber Rehl ist kein guter Mensch. Ich habe ihn nicht oft getroffen, aber er ist kein guter Mensch, das habe ich sofort gesehen.« Friederike nahm ihr Kreuz in die Hand und hielt sich daran fest. Louise hatte das Gefühl, die Lichter an der Decke vernebelten mehr und mehr den Gang. Ihr Mund war trocken. Gleichzeitig schwitzte sie immer stärker. Es war nicht übermäßig warm hier, aber alle ihre Poren hatten sich geöffnet. Sie hörte, wie ihre Mutter flüsterte: »Er hat dem Kaffee ...«, dann wurde ihre Stimme lauter: »... die Schuld gegeben. Nicht Rehl. Erst hat dein Vater Rehls Bemerkungen weggewischt, aber was Rehl will, das bekommt er auch. Das hat dein Vater von Anfang an immer gesagt. Und deshalb wußte ich auch, als dein Vater mir von Rehls Bemerkungen erzählte, daß bald ein Ende sein würde.«

Louise drehte sich etwas, lehnte ihren Rücken gegen die kühle Wand. Ihr war hundeelend zumute. Sie stellte sich ihren Vater vor, wie er redete, ununterbrochen sprach, Satz um Satz formulierte, während Rehl ihm nur zuraunte: »Du bist zu nervös.« Und während ihr Vater weiterredete, brach in ihm langsam eine Welt ein, stürzte Stück um Stück zusammen.

»Ich mein', er ist fünfundsechzig jetzt«, sagte Friederike kaum hörbar, fuhr dann in normaler Lautstärke fort: »Aber sein Kind gibt man nicht einfach her, nicht so. Dein Vater hat Rehl ignoriert, bis das nicht mehr ging. Dann hat er versucht zu argumentieren. Rehl hat ihm zugehört. Dann wollte dein Vater einen Kompromiß, und Rehl hat genickt und ist auf nichts eingegangen. Schließlich hat dein Vater aufgegeben.«

»Warum«, fragte Louise und atmete zweimal ein und aus,

»habt ihr mir das nicht erzählt? Ich dachte, Papa ist freiwillig ausgestiegen.«

»Er wollte nicht, daß du es weißt. Er will auch jetzt nicht, daß du es weißt«, Friederike warf ihr einen Blick zu, der besagte, ich mache mich schuldig, aber ich muß es dir erzählen. Der Nebel im Flur kroch Louises Nase hoch, verbreitete einen Geruch von faulem Wasser. Sie hob den Kopf, während ihre Mutter sagte: »Seit er nicht mehr ins Büro geht, trinkt er auch keinen Kaffee mehr. Das ist das Schlimmste, weil er damit Rehl Recht gibt. Er stimmt ihm zu, er sagt zwar nie, ich war wirklich zu nervös, aber ich würde ihn gerne wieder Kaffee trinken sehen. Er tut es nicht. Ich habe aber auch nie etwas zu ihm deswegen gesagt. Morgens wenn wir aufstehen, nimmt er sich eine Tasse, stellt den Plastikfilter darauf, stopft eine Filtertüte hinein, kippt drei Löffel Kaffee hinein, gießt das kochende Wasser drauf. Wenn der Kaffee fertig ist, tritt er ans Waschbecken, hebt die Tasse und schüttet sie langsam in den Ausguß. Es ist wie ein Ritual. Aber es hilft ihm nicht. Vor einem Monat hat er dann wieder über den Kaffeegenuß geredet. Er erwähnte immer öfter, wie lecker Kaffee doch schmecke, während er die Brühe ausschüttete, und ich sah ihm an, daß er regelrecht nach einer Tasse zu schmachten begann, aber er trank keine. Gestern war der Drang dann so groß, daß er sich aus der Küche entfernte und im Schlafzimmer einschloß. Aber er hielt es dort nur eine halbe Stunde aus, dann hatte er sich entschlossen nachzugeben. Er sprang auf und rutschte aus.« Friederike schüttelte den Kopf. Dann flüsterte sie: »Wie kann das sein, wenn Rehl doch unrecht hat!«

Louise wollte ihr antworten, aber der Nebel hüllte ihren Kopf ein. Obwohl sie schwitzte, war ihr kalt. Sie preßte ihre Zähne zusammen, damit sie nicht klapperten. Dichte

Schwaden füllten den Gang. Louise sah nur noch Grau. Die Tür zum Zimmer ihres Vaters verschwand. Neben sich hörte sie die Stimme ihrer Mutter, verstand aber erneut nicht, was sie sagte.

An ihrem Arm fühlte sie eine Hand, die sie an die Wand drückte. Sie schaute ins Licht an der Decke. Jemand lief auf sie zu. Er trug einen Vollbart. War das Bergrath? Dann wechselte der Nebel rasch seine Farbe, verdunkelte sich, preßte sich nach unten, saß kurze Zeit gedrungen und anthrazitfarben auf dem Linoleumboden und sprang ihr im nächsten Augenblick jäh und schwarz ins Gesicht.

Der Anruf erreichte Feltzer spät nachts in seinem Taxi. Er kam gerade von der Köln-Arena, fuhr auf die Deutzer Brücke und hatte einen dicken Mann in einem tadellos gebürsteten Anzug und eine hektisch wirkende Frau hinter sich sitzen.

Es hatte aufgehört zu regnen; Köln lag naß und glitzernd am Rheinufer. Mit der Post war mittags ein Anhörungsbrief vom Ordnungsamt eingetroffen; ein gewisser Herr Breller hatte sich beschwert, der Taxifahrer mit der Nummer soundso sei eine Gefahr für die Öffentlichkeit. Feltzer hatte den Vorfall vor der Pferderennbahn zwar nicht vergessen, erinnerte sich aber nur schemenhaft an das Vorgefallene. Daß jemand einen Beschwerdebrief deshalb schreiben würde, damit hatte er nicht gerechnet. Also versuchte er, ruhig zu bleiben und freundlich zu antworten, als der dicke Mann hinter ihm erst die Nase rümpfte, als rieche es schlecht in seinem Taxi, bevor er sagte: »Ich erkenne Sie. Ich erkenne jeden wieder.« Die Frau summte derweil ›Mer stonn zo dir, FC Kölle‹, immer nur den Refrain, so als habe die CD in ihrem Kopf einen Sprung.

»Aha«, antwortete Feltzer, »habe ich Sie schon einmal gefahren?«
Feltzer sah im Rückspiegel, wie der dicke Mann den Kopf schüttelte, ehe er sagte: »In der Galerie. Sie waren auf der Vernissage. Mein Gedächtnis ist unglaublich, wissen Sie, schon fast eine Qual. Ich habe nie studiert oder so, aber ich erinnere mich an alles. Können Sie sich vorstellen, daß ich die Namen aller Toten kenne, die ich in meinem Leben beerdigt habe? Dabei achte ich nicht extra darauf. Während wir den Sarg hinablassen, schweift mein Blick einmal über die Grabinschrift, und schon sind der Name, das Geburtsdatum, der Todestag in mein Gehirn gemeißelt, als stünde der Gedenkstein nicht auf dem Friedhof, sondern in meinem Kopf. Und Sie waren in der Galerie, Montag, 4. April 2005.«
»Phantastisch«, gluckste die Frau neben ihm, umfaßte mit beiden Händen ihren Haarblock, als sei er ein Hut, den es zurechtzurücken gelte, ehe sie erneut den Refrain des Fußballiedes weiter summte.
»Wir waren auf dem Höhner-Konzert«, sagte der Dicke erklärend und blickte den Haarblock an.
Feltzer sah im Rückspiegel die Kopfhaut des dicken Mannes unter den fettigen Haarsträhnen durchschimmern.
»›Mer stonn zo dir, FC Kölle‹ ist das Lieblingslied meiner Frau. Sie versteht gar nichts von Fußball, aber bei dem Lied, da wird sie weich, ist ja auch schön, wenn alle so mitsingen. Waren Sie mal auf einem Höhner-Konzert? Das ist Stimmung pur. Das kann man sich gar nicht vorstellen als Außenstehender. Die ganze Arena singt plötzlich für die Band. Großartig.«
Während der dicke Mann redete, bewegten sich nur seine Lippen und seine Augen, alles andere im Gesicht blieb seltsam reglos, als gehöre es jemand anderem.

»Ich bin noch immer ganz aufgewühlt«, pflichtete der Haarblock dem Mann bei und strich einen nicht vorhandenen Fussel von seiner Schulter.
»Du bist immer aufgewühlt«, lachte der Dicke.
»Das kommt aus meiner Kindheit. Weil ich diejenige in unserer Familie war, die immer alles erledigen mußte. Ich durfte nie etwas vergessen. Mein Bruder hat gar nichts getan. Der saß immer nur rum. Wenn der heute den Mund aufmacht, schläft man ein«, verteidigte sich der Haarblock. Dann begann die Frau erneut zu summen. Feltzer versuchte ihre Stimme zu überhören, aber die Melodie hatte sich bereits in seinem Kopf festgesetzt, und er summte stumm mit, bis der Mann sagte: »Sie haben einen merkwürdigen Vornamen.«
Feltzer überlegte, ob er mit dem Dicken in der Galerie geredet hatte, konnte sich aber nicht erinnern. Vielleicht wollte er ihn nur veräppeln. Wieso sollte er seinen Namen kennen? Trotzdem antwortete er: »Den habe ich meiner Großmutter väterlicherseits zu verdanken. Sie stammt aus der Pfalz und war so begeistert über ihren Enkel, daß sie unbedingt mit zur Anmeldung wollte. Im Büro hat sie dann ständig zum Beamten gesagt: »Das ist ein Pfälzer Junge. Das ist ein Pfälzer Junge.« Das klang bei ihr wie ›Feltzerjung‹. Dem Kölner Beamten war das egal, er notierte Feltzer Jung Beer als Namen. Meine Eltern waren davon so überrascht und meine Großmutter begeistert, daß sie es dabei beließen. So kann das gehen.«
Sie rollten die Aachener Straße stadtauswärts. Aus dem »Low Budget« torkelten einige Gestalten, schienen die Orientierung verloren zu haben und sahen dabei sehr glücklich aus. Feltzer fragte sich, wieso er dem Dicken plötzlich sein Leben erzählte, und schwieg. Auf dem Beifahrersitz vibrierten die Plüschgiraffen im Korb. Während Feltzer am Aachener Weiher vorbei beschleunigte, schwappte das Gesumme

des Haarblocks zwischen den Fensterscheiben hin und her. Dann klingelte Feltzers Handy, teilte mit irischer Promptheit den kölschen Refrain. Feltzer hatte das Telefon ausnahmsweise in der Halterung der Freisprechanlage liegen, hob ab, indem er einen Knopf am Lenker drückte und sagte: »Ja?«
Der Haarblock verstummte.
Niemand antwortete Feltzer, also fragte er noch einmal: »Ja, bitte?« und begriff im gleichen Augenblick, daß Louise dran war. So spät schlief sie doch meistens schon. Er trat aufs Gas, um die gelbe Ampel an der Inneren Kanalstraße noch mitzunehmen, bremste gleich dahinter leicht ab.
»Hallo«, hörte er Louises Stimme in den Wagen ruckeln, »ich bin noch wach.«
Das merke ich, dachte Feltzer, war sich im selben Moment sicher, daß etwas nicht stimmte. Es lag eine Aufregung in ihrer Stimme, eine seichte Gehetztheit, die, obwohl kaum wahrnehmbar, ihn sofort alarmierte. Und auch der Dicke und der Haarblock schienen der fremden Stimme ihre Beunruhigung anzumerken. Feltzer hörte keinen Mucks von hinten, er ahnte, daß seine Fahrgäste regungslos dasaßen und die Ohren aufspannten. Aber noch bevor er reagieren und das Telefon aus der Halterung nehmen konnte, sagte Louise laut und deutlich, als hätte sie sich auf diesen Augenblick lange vorbereitet: »Ich bin schwanger.«
In Feltzers Gehirn schossen die Gedanken in alle möglichen Richtungen, ungeordnet wie Funken. Er wußte nicht, was er seiner Frau antworten sollte, was in dieser Situation angebracht sei, hörte den Haarblock plötzlich von hinten: »Oh!« sagen. Mehr sagte der Haarblock nicht. Der Ausruf irritierte Feltzer so, daß er, ohne nachzudenken, murmelte: »Wie geht das denn?«
Im selben Augenblick prustete der dicke Mann auf dem

Rücksitz los, schlug sich dabei auf den Schenkel, während der Haarblock mehrmals hintereinander wiederholte »Wie geht das denn? Wie geht das denn?« und sich schier nicht mehr einkriegen wollte vor Lachen.

Feltzer spürte seine Magensäure über die Ufer treten. Der Schmerz zog sich in einer Handvoll Sekunden gleichzeitig wie ein Band in die Breite und schoß als dünner Strahl die Speiseröhre hoch. Er lenkte den Wagen an den Straßenrand, bremste, versuchte nicht gleich loszuschreien. Die eine Beschwerde, zu der er sich äußern mußte, reichte. Er atmete einmal durch, drückte seinen Zeigefinger in die Magengrube, um der Säure den Weg nach oben abzusperren, und hörte, wie der dicke Mann, noch immer kichernd, sagte: »Ja, hier steigen wir aus. Was macht das?«

»Louise, ich rufe dich gleich zurück«, sagte Feltzer und legte auf. Der dicke Mann reichte ihm von hinten zwei Geldscheine. Anschließend stiegen sie aus. Feltzer blickte ihnen einen Moment durch die Frontscheibe hinterher, wie sie die Aachener Straße hochgingen, dann stieß er die Fahrertür auf, sprang selbst aus dem Wagen. Eine leere CD-Hülle mit einer abgebrochenen Ecke fiel auf die Straße und bekam einen Riß. Feltzer steckte sie zurück in die Ablage neben sein Küchenmesser. Dann schloß er die Wagentür und schlug zweimal mit der Faust auf das Dach seines Taxis. In seinem Kopf summt es: ›Mer stonn zo dir, FC Kölle.‹

6.

»Ich werde alles erreichen, was ich will«, zischte Uwe Scharck über den Küchentisch, riß seine Lider kurz auf, was wie eine Entblößung seiner dunkelbraunen, fast schwarzen Augen

wirkte, ließ sie dann wieder in ihre gewohnte Stellung klappen, ehe er an seiner Zigarette zog, den Rauch aufgebracht aus den Nüstern stieß und an seiner Skizze weiterarbeitete.
Claudia stand halb in der Abstellkammer, schaute nach ihrer Sammlung. In letzter Zeit roch es zuweilen streng aus der Käseglocke, und sie überlegte, wie sie den Verfall ihrer Exponate aufhalten konnte, ob sie vielleicht von den schnell schlecht werdenden Produkten nur die Verpackungen aufbewahren sollte? Über das Fenster pinselte ein Lichtstrahl, teilte die wolkenverhangene Scheibe.
Claudia ging in die Hocke, schob die Käseglocke etwas hin und her, dachte Uwes kratzigen Stift übers Papier zittern zu hören. Sie legte den Kopf in den Nacken, schaute von unten aufs Regal und sagte: »Ich muß heute noch fahren, Uwe, verschon mich. Die Deppen, die bei mir einsteigen, reichen mir.« Dann stützte sie ihre Hände oberhalb der Knie auf und drückte sich wieder hoch. Durch ihre Nase wanderten während dieser Aufwärtsbewegung so viele Gerüche, daß sie kaum auseinanderzuhalten waren. Was sie erkannte, war Uwes typischer Farbgeruch und sein Zigarettenqualm. Der Rest bestand aus Essen unterschiedlichster Art. Sie trat in die Küche, öffnete den Wasserhahn und hielt ihre Hände unter den Strahl.
»Wir harmonisieren nicht mehr«, sagte Uwe in ihrem Rükken.
»Das Wort ›harmonisieren‹ gibt es nicht«, antwortete Claudia und drehte ihre Hände langsam unter dem Wasserstrahl hin und her. Sie hörte, wie Uwe mehrmals sein Feuerzeug anzuzünden versuchte, dann glaubte sie frischen Rauch einzuatmen. Sie drehte den Wasserhahn zu, schüttelte ihre Hände über dem Becken, ehe sie sie abtrocknete und sich ihrem Freund zuwandte.

In der Küche war es diesig; feine Rauchfäden sponnen sich zu Netzen, hingen wie eine zweite Decke von Wand zu Wand.
Uwe legte seine Skizze in eine Mappe auf dem Tisch und zog die lokale Tageszeitung zu sich heran.
»Alle Parteien für Neuwahlen«, las Claudia die Schrift auf dem Kopf. Unter dem Foto des jubelnden Wahlsiegers mit schräggestreifter Krawatte stand »NRW kommt wieder.« Darüber waren zwei Grafiken mit den Ergebnissen und der Sitzverteilung zu sehen. Das größte Kuchenstück war schwarz.
»Ich werde dich nicht durchfüttern«, sagte Uwe, ohne von der Zeitung aufzusehen, und zupfte mit beiden Händen an seinen verlängerten Koteletten, »ich arbeite wie ein Besessener und habe endlich Erfolg. Und ich will mehr.«
»Das ist das erste Mal, daß du etwas verkaufst. Wir wollen doch wohl nicht nachrechnen, wer hier wen durchfüttert«, antwortete Claudia. Ihre Haarspitzen zitterten unkontrolliert in den Raum.
Uwe rauchte in hastigen, kurzen Zügen seine Kippe zu Ende, warf sie in den übervollen Aschenbecher, wo sie weiter vor sich hin qualmte.
»Du benimmst dich wie ein Pubertierender, der seine ersten Gedichte geschrieben hat und nun damit rechnet, nächste Woche den Nobelpreis zu bekommen. Der Unterschied ist, du bist schon achtundzwanzig. Und deine Bilder sind, sagen wir mal, ausbaufähig«, fügte Claudia hinzu. Ihre Augen verengten sich zu Schlitzen, in denen es hell und wäßrig schimmerte.
»Ich habe dich nichts gefragt«, knurrte Uwe zwischen den Zähnen hindurch, wischte die Asche von der Zeitung.
Claudia nahm eine zerknitterte Packung Fisherman's Friend

aus der Tasche, steckte einen Zeigefinger in die Öffnung, pulte eine Lutschpastille heraus und warf sie sich in den Mund, ehe sie sagte: »Ich war schon immer zuständig für die einfachen Antworten auf Fragen, die keiner stellt.«

Sie sah, wie Uwe die Zeitung griff, sich daran festhielt. Sein Gesicht verriet ihr mit jeder Regung, was er dachte. Trotzdem schoß ein unangenehmer Druck in ihre Schläfen, als er sagte: »Du bist nicht meine Muse, du bist mein Untergang.«

Die Rauchfäden rissen an verschiedenen Stellen entzwei, schwebten als lose Enden schwerelos über dem Küchentisch.

Claudia spürte Wut in sich anwachsen, nicht weil sie sich durch Uwes Spruch beleidigt gefühlt hätte, sondern weil eine innere Stimme ihr sagte, ihr Freund benehme sich wie ein Zwölfjähriger, der Aufmerksamkeit brauchte. Sie haßte diese platten Theatersprüche, in denen Uwe sich erging. Solche Sätze waren in einem Maße peinlich, daß es Claudia physischen Schmerz bereitete, sie zu hören.

Sie stieß sich vom Waschbecken ab, ging zwei Schritte auf Uwe zu, stellte sich vor ihn, wartete, bis er den Kopf hob und sie von unten ansah, und schlug ihn mit der rechten, flachen Hand ins Gesicht. Sie schlug so fest, daß sich auf Uwes Wange sofort die Finger rötlich abzeichneten. Uwe öffnete nur die Lippen, behielt den Kopf leicht im Nacken und die Lider halb geschlossen, sagte nichts. Claudia hatte das Gefühl, er warte. Also schlug sie erneut zu, traf dieselbe Stelle im Gesicht. Uwes Kopf flog leicht nach rechts, dann verharrte er weiter in der gleichen Position.

Es war still in der Wohnung. Nichts war zu hören bis auf Uwes Atem. Claudia kannte diese Art ihres Freundes, die Luft in den Raum zu stottern, sie in kurzen Schüben auszustoßen, so als gelte es, sich zusammenzureißen. Sie kannte sie aus ihrem Schlafzimmer, wenn er in ihr steckte und sich dabei im Spiegel betrachtete. Sie war irritiert. Uwe hielt ihr das Gesicht hin. Vorm Fenster landete eine Taube, trippelte hin und her, flog ab, als Claudia erneut mit der Rechten zuschlug. Dann hob sie die linke Hand und traf die andere Seite des Gesichtes. Uwe schob für einen Moment seine Zunge zwischen die Lippen. Claudia sah etwas Speichel auf der Spitze, anschließend schnellten ihre Hände dicht hintereinander wieder hinab. Jedesmal, wenn sie eine von Uwes Wangen traf, klatschte es hell und dumpf zugleich, weil ihre Finger nicht nur das labberige Wangenfleisch zum Klingen brachten, sondern gleichzeitig den Knochen unter Uwes Auge. Sie lauschte auf seinen Atem, der nach und nach schneller ging, und schlug fester zu. Uwe stöhnte. Seine linke Hand spreizte sich über der Tischplatte. Die Zeitung und die Skizzenmappe daneben vibrierten zweimal kurz hintereinander, gefolgt vom Klang der treffsicheren Handflächen. Claudias Finger durchzog nach jedem Schlag ein Prickeln, das schnell verebbte. Das Gesicht ihres Freundes schob sich ihr entgegen, unterwürfig und stark gerötet. Claudia empfand es mit einem Mal als selbstverständlich, ihren Freund zu züchtigen. Wieso war sie nicht schon früher darauf gekommen?

Nach dem zwanzigsten oder dreißigsten Schlag hatte sie den eigentlichen Grund, warum sie zuschlug, bereits vergessen, aber sie konnte nun nicht mehr aufhören. Etwas in der Art, wie Uwe nach jedem Doppelschlag die Augen kurz aufklappte, demütig und nach mehr Schmerz verlangend, den Mund geöffnet, die Lippen feucht, erregte sie. Sie achtete nicht mehr darauf, wo sie ihn traf. Sie schlug immer härter zu, war darauf gefaßt, irgendwann Blut zu sehen. Die Pausen vor den Schlägen waren voller Erwartungen. Etwas zitterte in ihr, griff von innen nach ihren Brustwarzen, dann schallte

der nächste Aufprall, der nächste Schlag, der nächste Stoß. Und in solch einen Moment der Erwartung drang plötzlich Bruckners Siebte, schob sich durch die Wände, eilte durch die Küche und setzte sich auf einen der anderen Stühle, als wollte sie dem neckischen Treiben der Nachbarn zusehen.
Claudia hatte nicht einmal Zeit etwas zu sagen, geschweige denn, noch einmal zuzuschlagen, so abrupt war Uwe aufgesprungen, hatte mit fuchsrotem Gesicht die Wohnungstür aufgerissen und trommelte nun gegen Deventers Tür, während er schrie: »Mach den Brucker aus! Mach den Scheiß-Brucker aus!«
Es dauerte eine ganze Weile, bis Deventer tatsächlich aufmachte. Claudia war vor dem leeren Küchenstuhl stehengeblieben, hörte Uwe vom Flur her schreien: »Hast du eigentlich 'n Rad ab, oder was?! Wenn du deinen Scheiß-Brucker nicht ausläßt, zünde ich deine Anlage an!«, worauf Deventer erstaunt und laut antwortete: »Oh, ich wußte nicht, daß du das hörst.«
Während Uwe zurückbrüllte: »Du hast doch nicht alle Tassen im Schrank!« griff Claudia nach der Mappe mit seinen Skizzen und blätterte sie durch.
Deventer antwortete etwas, aber es war nicht bis in die Küche zu hören. Auch Uwes Stimme wurde nun leiser, die Sätze ein undeutliches Raunen, aber daß er noch immer wütend war, konnte man trotzdem hören.
Claudia nahm eine Handvoll Zeichnungen heraus, legte die Mappe zurück auf den Tisch, warf einen Blick durch den Wohnungsflur nach draußen. Sie konnte weder Uwe noch ihren Nachbarn sehen, aber sie wußte, daß Deventer seine Hose vorne am Bund festhielt und ausgemergelt im Türrahmen seiner Wohnung stand, während Uwe mit den Händen gestikulierte und ihm zornig entgegenwuchs.

Mit drei großen Schritten hastete sie in ihr Schlafzimmer, faltete die entwendeten Skizzen zusammen, schob sie in ihre Umhängetasche. Dann trat sie zurück in die Küche.
Da die beiden noch immer draußen stritten, setzte sie sich an den Tisch, griff zum Telefon. Auf dem Display blinkte der Briefumschlag, das Zeichen dafür, daß jemand angerufen, aber nicht aufs Band gesprochen hatte. Sie drückte auf die Taste mit dem Briefzeichen. Die Nummer ihrer Mutter erschien. Claudia überlegte einen Moment, ob sie zurückrufen sollte, verspürte aber einen tiefen Widerwillen, der ihr sofort die Lust am Telefonieren nahm. Also legte sie den Hörer wieder auf.
Kurz darauf knallte Uwe die Wohnungstür und kam zurück in die Küche. Sein Gesicht war noch immer gerötet. Zwar waren keine einzelnen Fingerabdrücke mehr zu sehen, aber die Haut hatte sich noch nicht von all den Schlägen erholt. Er trat vor den Stuhl, auf dem Claudia saß, und sie blickte nach oben. Im gleichen Moment wurde ihr klar, daß sie die gleichen Positionen wie vor der Brucknerstörung eingenommen hatten, nur mit umgekehrten Rollen. Auch Uwe schien dies zu bemerken, aber weder ihm noch Claudia gefiel diese Verkehrung der Dinge. Deshalb schaute sie zum Fenster und sagte: »Meine Mutter hat angerufen.« Sie hatte es ohne besonderen Nachdruck sagen, es einfach nur in den Raum entlassen wollen, um die Situation, in die sie geraten waren, zu durchbrechen, aber der Unmut, den sie beim Gedanken an ihre Mutter empfand, gab ihrem Satz eine schneidende Wendung. Trotzdem kam es ihr merkwürdig vor, daß Uwe einen Schritt zurücktrat, angestrengt zu überlegen schien, wie er antworten sollte, bevor er sagte: »Es war nicht für dich.«
»Bitte?« fragte Claudia zurück.
In Deventers Wohnung verstummte Bruckner.

»Sie hat nicht wegen dir angerufen. Deshalb habe ich sie wieder vom Anrufbeantworter gelöscht«, sagte Uwe, nahm ein Päckchen Zigaretten aus seiner Tasche und steckte sich eine zwischen die Lippen. Claudia sah, daß sie trocken waren, porös und aufgesprungen wirkten.

»Moment mal«, erwiderte sie, spreizte die Finger beider Hände seitlich von ihrem Gesicht und schüttelte sie abwehrend hin und her: »Ich habe ihre Nummer gesehen, als ich auf das Briefzeichen gedrückt habe. Das bedeutet, sie hat angerufen, aber nicht auf Band gesprochen. Also hat sie noch mal angerufen, nachdem du die erste Nachricht gelöscht hattest?«

Einen Moment lang war ihr, als werde ihr Freund noch röter im Gesicht, als er schon war. Er schob die Unterlippe nach vorn und blies sich den Rauch in die Nasenlöcher.

»Es war nicht für dich«, wiederholte er.

Claudia sah, wie Uwe mehrere Züge hintereinander nahm, als mangele es seinen Lungen an Rauch.

»Was hat sie gewollt?« fragte sie.

»Es war wegen des Bildes«, sagte Uwe, drehte sich dem Fenster zu, ging zum Kühlschrank, nahm eine Milch heraus und setzte den Karton an seine Lippen.

»Kein Grund, nervös zu werden«, sagte Claudia.

»Ich bin nicht nervös«, patzte Uwe etwas zu laut, »sie will, daß ich ihr das Bild liefere. Sie bezahlt dafür. Aber war ja klar, daß du deswegen einen Aufstand machst.«

»Oh, sie bezahlt dafür«, sagte Claudia.

»Ja. Das tut sie. Und zwar ordentlich«, antwortete Uwe, stellte die Milch zurück in den Kühlschrank, leckte sich über die Oberlippe.

Claudia überlegte, wie sie Uwe seine Geldgier um die Ohren hauen könnte.

In diesem Moment schnitt ein lautes Hämmern in die Wohnungstür, polterte in die Küche. Claudia blickte den kleinen Flur entlang. Sie wußte sofort, daß es Frau Fenner war, die energisch klopfte. Sie stand auf, griff nach der Käsereibe und öffnete. Frau Fenner stand vor ihr, eine grüne Schürze um die Hüften gewickelt. Ihr Gesicht war von Entsetzen gezeichnet, während ihr Mund sich stumm öffnete und schloß. Claudia hielt zögernd die Käsereibe hoch, aber Rosemarie Fenner schüttelte nur den Kopf, versuchte etwas zu sagen und zeigte auf Deventers geschlossene Tür. Claudia verstand nicht und zuckte entschuldigend mit den Schultern, woraufhin Frau Fenner sie einfach beiseite schob, in die Küche trat, Uwe ignorierte und in Claudias Zimmer stürmte. Dort riß sie das Fenster auf, schaute gestikulierend auf Claudia, die ihr gefolgt war und zeigte schließlich hinaus. Claudia schob sich an ihr vorbei, schaute aus dem Fenster und erschrak. Unten im Hof lag Friedhelm Deventer in einer enormen Blutlache. Seine Beine klebten merkwürdig gespreizt auf den Steinen, so als imitierte er einen Kunstturner. Den rechten Arm konnte man nicht sehen, dafür hatte sich der linke auf den Rücken gedreht wie bei spazierenden, älteren Herren. Sein Kopf war geplatzt.

Claudia stieß sich vom Fensterbord zurück ins Zimmer, schaute Frau Fenner ins Gesicht und sagte: »Wir müssen einen Krankenwagen rufen.«

Frau Fenner nickte. Während Claudia in die Küche stürzte und zum Telefon griff, lehnte sich Uwe aus dem Fenster, sah auf seinen Nachbarn hinab und sagte: »Vergiß es. Ruf direkt die Polizei.«

Zwei Tauben landeten neben dem Toten, trippelten um die Blutlache herum.

Uwe schloß das Fenster.

Zur gleichen Zeit stützte Feltzer sich, eine kleine Holzkiste unterm Arm, gegen Bellinis Taxi.
Über die Beethovenstraße schwärmten Pollen, trieben in kleinen, gelben Schwaden unter die Autos, häuften sich im Bordstein.
Bellini drückte zweimal auf seine Nasenspitze, dann rutschte die Fingerkuppe langsam den Nasenrücken hoch zwischen die hellen Augenbrauen, als wollte er prüfen, ob der Knorpel in seinem Riechorgan auch gerade geformt sei. Schließlich schüttelte er den Kopf und sagte: »Nee, ich gehe nicht mehr wählen. Das ist doch alles eine Farce. Wie die sich immer fotografieren lassen, die Finger so zum Siegeszeichen geformt, da wird mir direkt schlecht.«
Feltzer dachte, ah, jetzt habe ich dich, und fragte: »Als Italiener darfst du hier doch gar nicht wählen?«
Über den Ring rollten Motorräder vorbei. Alle Fahrer trugen einen Adler mit ausgebreiteten Schwingen auf dem Rücken.
»Ich bin doch längst Kölner«, sagte Bellini. Die beiden Pickel an seinem Kinn vibrierten. Er sagte nicht, ich bin Deutscher, er sagte, ich bin Kölner.
Feltzer lachte. »Seit wann hast du denn die Kölsche Staatsbürgerschaft?«
Ohne auf den Witz einzugehen, antwortete Bellini: »Seit dreißig Jahren.« Unter seiner hellen Haut konnte man die Äderchen sehen, die sich über die Wangen zogen. Er ließ den Kopf kurz in den Nacken wippen und murmelte: »Ach, sieh an. Da kommt der Vertreter vom neuen Papst.«
Feltzer schaute zum Ring und sah Krönings Taxi in die Straße einbiegen.
Zwei Jungen liefen zum Kiosk. Einer von beiden verlor sein Geld, blieb stehen, sammelte die Münzen hastig wieder ein und rannte weiter.

Kröning machte keine Anstalten, am Taxistand abzubremsen. Langsam fuhr er an Feltzer und Bellini vorbei, wandte ihnen sein ernstes Gesicht zu und winkte majestätisch mit der linken Hand. Feltzer sah, daß sein Kollege keine Gäste geladen hatte, aber Kröning kurbelte nicht einmal das Fenster herunter. In aller Ruhe setzte der Wagen seinen Weg fort, ließ Feltzer und Bellini zurück. Feltzer sah ihm erstaunt hinterher, als Bellini plötzlich brüllte: »Benedetto! Benedetto!« Dann verfiel er in ein näselndes Lachen, das seinen hageren Oberkörper nach vorn klappen ließ.

Eine Frau, in einen braunen Mantel gehüllt, ging vorbei, schaute zu ihnen herüber und nickte zustimmend.

Feltzer lachte, nahm die kleine Holzkiste unter den anderen Arm und sagte: »Ich hab's noch nicht groß rum erzählt, aber ich werde Vater.«

Bellini machte eine schwungvolle Drehung auf dem Absatz und rief: »Nee, der Feltzer, jetzt pflanzt der sich fort! Ich gratuliere, Jung!« Und mit einer ausladenden Bewegung beider Arme nahm Bellini Feltzer in den Arm und drückte ihn an sich. Feltzer hatte Mühe, die kleine Holzkiste unterm Arm festzuhalten, und verdrehte seinen Oberkörper etwas, bis Bellini ihn wieder losließ und fragte: »Wann ist es denn so weit?«

»Ende November«, antwortete Feltzer und freute sich. Er war erstaunt, wie schnell er sich mit der neuen Situation angefreundet hatte. Noch als Louise ihn nachts vor etwa drei Wochen angerufen hatte, war für ihn zwar nicht gerade eine Welt zerbrochen, aber er hatte so viele Änderungen auf sich zuschnellen gesehen, daß er dachte, jetzt ist das sorglose Leben vorbei. Feltzer hatte auch ohne Kinder sehr wohl Sorgen, aber diese betrafen nur ihn selbst und Louise. Und sie beide konnten, wenn nötig, auf viel verzichten, aber ein Kind . . .

»Ich will hoffen, du hast dir ordentlich Mühe gegeben«, sagte Bellini, machte eine Faust, die er vor und zurück bewegte, als putze er sein Armaturenbrett, während seine Lippen sich zu einem Wulst aufblähten und seine Stirnhaut Falten warf.

Feltzer lachte etwas verlegen, nicht wegen Bellinis Bemerkung, aber er erinnerte sich sehr wohl an die Nacht, vor allem ging ihm das mehrmals und immer wieder ausgestoßene »So« nicht aus dem Gedächtnis. Er sah sich über Louise liegen, fühlte sie um sich und hörte sich »So« grummeln, erst leise, dann etwas lauter, schließlich mit einer Aggression, als bestrafe er seine Frau. Das Ganze war grotesk! Auch wenn außer ihm nur Louise davon wußte, das Wörtchen saß wie ein winziges Geschwür in seinem Kopf und kratzte. Gleich daneben hing das Bild eines vollbärtigen Waldschrates, der aufgeregt auf dem Sofa hockte, und kratzte ebenfalls.

»Das werden dann nämlich die Besten«, fuhr Bellini fort, »robust und nicht so Warmduscher. Mit Erziehung kannst du bloß retten, was vorher schon da war.«

Die beiden Jungen kamen vom Kiosk, jeder eine große Tüte mit Süßkram in der Hand, und überquerten die Straße. Feltzer schaute nach den Eltern, aber die beiden schienen allein unterwegs zu sein.

»Ich habe dem Kleinen Schuhe gekauft«, sagte Feltzer, zeigte auf die kleine Holzkiste unterm Arm.

»Ach! Ein Junge wird's«, rief Bellini, »da warst du aber nicht sanft zu deinem Möbel.« In seinen blonden Haaren landete ein Insekt, krabbelte über die gefönten Wellen nach vorn. Feltzer sah, wie es die grünen Flügel hin- und herbewegte, rückwärts fiel und zwischen zwei Haarsträhnen irgendwo auf Bellinis Kopf landete.

»Nee, nee«, antwortete er, »ich weiß noch nicht, was es

wird, aber bei Schuhen ist das doch egal. Ich war gerade in der Stadt, hab mir die Beine in der Fußgängerzone vertreten, und da beim Schuhgeschäft hatten die dekoriert mit Kisten und Heu und so. Das fand ich gut und bin rein, hab die Schuhe gekauft und gefragt, ob ich so eine Kiste auch bekommen kann.«

Er wog die kleine Holzkiste in der Hand, zog den Deckel nach vorn und zeigte ein Paar winziger Schuhe, die im Stroh standen. Bellini nickte, schien aber Feltzers Freude an dieser Dekoration nicht zu teilen. Seine Mundwinkel verzogen sich leicht nach unten, während er in die Kiste schaute.

»Letztes Jahr hätte ich dir noch geraten, ihn beim FC anzumelden, damit aus denen eines Tages wieder etwas wird, aber jetzt, wo die schon wieder abgestiegen sind, weiß ich gar nicht, was man da so sagt«, sagte Bellini und verfiel erneut in sein näselndes Lachen.

Von weitem drangen Polizeisirenen zu ihnen herüber, schraubten ihr Geheul in die Dachgiebel. Dann verstummten sie abrupt. Feltzer schaute die Straße hinab zum Rathenauplatz, konnte nichts sehen. Aber irgendwo hier im Viertel war was passiert.

»Na, das wird der dann schon selbst entscheiden, wenn es mal so weit ist«, sagte er.

»Also doch ein Junge«, konterte Bellini sofort.

Feltzer verdrehte die Augen. Dann fügte er hinzu: »Oder die Mama entscheidet. So ist das doch.«

»Ah, die Mama!« rief Bellini und dehnte das erste ›a‹, um seine Aussprache italienisch klingen zu lassen.

Feltzer versuchte sich Louise als italienische Mama vorzustellen, energisch, immer in Aktion und so schnell redend, daß einem schwindelig wurde. Aber das Bild, das er vor Augen hatte, war das einer etwas zu molligen Frau, die so lang-

sam und verträumt die Wäsche in die Trommel stopfte, daß man gar nicht anders konnte, als ihr Hilfe anzubieten. Genau das hatte Feltzer damals getan. Er hatte im Waschsalon gesessen, auf die drehende Trommel mit seiner Wäsche gestarrt und alle fünf Minuten nach seinem Handy gegriffen, um auf die Uhr zu schauen, als eine Frau mit einer Tasche hereingekommen war und sich auf die Waschmaschine neben ihm zubewegt hatte. Sie hatte sich gebückt, Feltzer angeschaut, scheinbar ohne ihn wirklich wahrzunehmen, und so langsam den Reißverschluß ihrer Tasche aufgezogen, daß Feltzer sofort an Sex gedacht hatte. Dann war die Frau eine Zeitlang in dieser Position hocken geblieben, und Feltzer war der Gedanke gekommen, sie sei krank oder erschöpft. Also hatte er ihr seine Hilfe angeboten, und sie hatte gelächelt. Während er neben ihr gekauert, ihre schmutzige Wäsche aus der Tasche geholt hatte, waren die anderen Waschsalonbesucher hinausgegangen, und Feltzer hatte das Gefühl einer ungeheuren Intimität in sich verspürt. Es hatte nach Dunst und Waschpulver gerochen, nach frischen Laken, und dann waren ihre Lippen aneinandergeraten, ihre Zungen hatten sich verfangen, bis erneut jemand den Salon betreten und sie so an ihre Wäsche erinnert hatte. Die Frau war hokken geblieben, als hätte sie den abgebrochenen Kuß gleich fortsetzen wollen, während Feltzer die Maschine eingeschaltet und nicht gewußt hatte, was als nächstes zu tun war.
»Louise«, hatte die Frau schließlich gesagt, und Feltzer hatte einen roten Schimmer über ihr Haar wandern gesehen, war einen Schritt zurückgetreten und hatte geantwortet: »Meine Maschine ist gleich zu Ende.« Louise hatte lachen müssen und gesagt: »Bis meine fertig ist, wirst du's wohl noch aushalten.«
Dann hatte auch Feltzer gelacht, und in beiden war eine ver-

wirrende Hitze hochgeschossen, als hätte jemand in den Herzkammern den Schalter auf »Kochwäsche« gedreht.

»Ich hätte auch gerne eine Familie«, sagte Bellini, schaute an Feltzer vorbei in eine Vergangenheit, in der eine Sizilianerin an einem Frühstückstisch saß und herzhaft in eine Stulle biß.

Feltzer wußte nicht, was er Bellini antworten sollte, und hielt es für das beste, sich zu verabschieden. Er legte seine freie Hand auf die Stirn und sagte: »Jetzt hätte ich fast die Oma vergessen.«

Bellini zog seinen Blick aus der Vergangenheit zurück.

»Ich muß noch nach meiner Großmutter schauen«, fügte Feltzer erklärend hinzu.

Bellini streichelte vorsichtig seine beiden Pickel am Kinn. »Steig ein«, befahl er, »ich fahr dich.«

Die Fahrt dauerte nur kurz. Bellini sprach nicht mehr, raste aber dafür wie ein Verrückter durch Sülz. Feltzer stemmte sich mit beiden Füßen gegen den Wagenboden und nahm sich vor, in Zukunft das Thema Familie in Bellinis Gegenwart nicht mehr zu erwähnen. Das Gesicht seines Kollegen sah verhärmt und abgekämpft aus. Feltzer hatte ihn so noch nie gesehen. Die Gesichtshaut wirkte gespannt, als ziehe jemand sie im Nacken zusammen. Die Lippen waren blutleer und sahen fast wie Narben aus. Auf seiner Frisur krabbelte noch immer das Insekt herum, breitete die grünen Flügel aus und schaukelte auf die nächste Haarwelle. Bellini gab Gas.

Als Feltzer aus dem Taxi stieg, sich zur Tür hinabbeugte und sich bedankte, schaute Bellini gegen die Frontscheibe und schüttelte den Kopf. Feltzer schlug die Tür zu und Bellini raste davon, noch ehe sein Kollege einen Schritt zurückgetreten war. Dann sprang Feltzer die paar Stufen zur Eingangstür des Seniorenwohnheims hoch.

In Klaras Zweizimmerwohnung sah es wie geleckt aus. Der Teppich trug noch die Spuren des Staubsaugers in den Fäden. Ins Wohnzimmer ragten Möbel, die seine Oma sich mit Sicherheit nicht gekauft hätte. Der Schrank, der Sessel und die Couch hatten bereits in diesem Zimmer gestanden, als sie im Weyertal aus- und hier eingezogen war. Damals hatte sie sie scheußlich gefunden, sich vorgenommen, sie auszutauschen, aber mittlerweile gehörten diese Möbel hierhin, waren nicht mehr wegzudenken aus Klaras Leben.

Feltzer stellte die kleine Holzkiste auf den Tisch, nahm Klaras Hand und fragte, wie es ihr gehe.

Klara saß im Frotteebademantel im Sessel und schaute fern.

Sie überhörte Feltzers Frage und sagte, ohne den Blick von der Mattscheibe zu lassen: »Bist du wieder zurück? Wo warst du überall?«

Feltzer drückte ihre Finger einmal leicht, dann versteckte er seine Hand in der Hosentasche. »In Köln«, antwortete er.

»Oh«, sagte Klara und schaute ihren Enkel nun doch an, »keine Aufträge?« Ihre dunkelblauen Augen musterten Feltzers Gesicht, suchten nach einer Aufgeregtheit, die sie nicht fanden. Dann wanderte ihr Blick wieder zum Fernseher. In der Talk-Show am Nachmittag erklärte gerade ein junger Mann, warum er seinen Penis verlängern wolle.

Seit Feltzer Taxiunternehmer geworden war, dachte Klara, er sei Lastkraftwagenfahrer. Feltzer wußte nicht, wie sie darauf kam, er hatte nie etwas in dieser Richtung erzählt, aber sie fragte ihn immer nach fremden Ländern, nach Spanien, nach Frankreich oder ob er auch in den Osten zum Russen müsse. Feltzer erklärte ihr jedesmal, daß er Taxifahrer sei und selten aus Köln rauskomme, daß er Gäste befördere und keine Waren. Ihre Antwort darauf war immer nur ein mißtrauisches Zucken mit den Augenbrauen, so als verstehe sie, daß er nicht darüber reden dürfe, ehe sie flüsterte: »Paß auf dich auf, Junge.« Selbst nachdem Feltzer sie unzählige Male vom Altersheim zu seinen Eltern und zurück kutschiert hatte, sie also selbst im Taxi und ihr Enkel am Steuer gesessen hatte, war sie der festen Überzeugung, er fahre einen Achttonner durch Europa.

Feltzer setzte sich auf die Couch, hörte dem jungen Mann im Fernseher, der erklärte, wie wichtig Selbstwertgefühl sei, einige Sätze lang zu. Der junge Mann sagte jedesmal »Selfgefühl« und schlug sich dabei auf die Stelle seiner Brust, hinter der er wohl den Sitz dieses Gefühls vermutete. Das Publikum lachte sich schlapp.

»Nimm immer genug Benzin mit«, sagte Klara, »vor allem, wenn du zum Russen fährst.«

Feltzer schaute auf ihr weißes Haar, nickte und dachte erneut daran, daß er von ihr nichts wußte, außer daß sie aus der Pfalz stammte, für seinen Namen verantwortlich war und mit ihrem zwölf Jahre älteren Mann Mitte der Dreißiger nach Köln gekommen war. Nach dem Zweiten Weltkrieg hatte sie auf ihren Mann gewartet, jahrelang gewartet, aber er war nicht nach Hause zurückgekehrt.

Was Feltzer nicht wußte, war, daß sie immer gehofft hatte, ihr Mann möge nicht wiederkommen. Sie hatte deswegen noch lange nach dem Krieg ein schlechtes Gewissen gehabt, aber das hatte sie nicht daran gehindert, sich auf der Hochzeit ihres Sohnes im Frühjahr 1963 maßlos zu betrinken. Und während alle Gäste davon ausgegangen waren, sie freue sich über Reinhold und Viktorias Hochzeit und trinke deshalb so viel, weil man ja so lange hatte alles entbehren müssen, hatte sie bei jedem Schluck stumm in die Vergangenheit geblickt und zu ihrem Mann gesprochen.

»Ich hoffe, du hast gelitten«, hatte sie etwa gesagt, oder auch: »Du hast mein Leben zerstört, warum sollte deins verschont bleiben.«
Die Gäste hatten ihr in die geröteten Augen gesehen und gelächelt, während Klara in ihrem Herzen ein letztes gedankliches Massaker an ihrem Mann und dessen Familie veranstaltet hatte. Danach war sie erschöpft nach Hause gebracht worden und hatte fast zwei Tage lang durchgeschlafen. Als sie wieder wach geworden war, hatte sie beschlossen, ihre Vergangenheit nicht mehr zu erwähnen.
Und das tat sie auch nicht. Weder beantwortete sie Reinholds Fragen, noch entglitt ihr je ein Wort über die Zeit vor dem Krieg. Niemand erfuhr, daß ihre Eltern sie verheiratet hatten, weil sie sie aus dem Haus haben wollten, daß ihr Mann sie geschlagen und die Familie ihres Mannes sie schikaniert hatte, wo sie konnte. Sie hatte ihren Mann nicht heiraten und nicht nach Köln gewollt. Sie hatte, als sie mit Reinhold schwanger war, an eine heimliche Abtreibung gedacht, hatte sich informiert, war dann aber aus Angst doch nicht zu dieser Frau gegangen. Später war sie froh gewesen, das Kind zu haben. Es glich dem Vater kaum, und Klara hatte sich wiederholt gesagt, es ist von jemand anderem, obwohl sie nie fremd gegangen war, etwas, das ihr noch schändlicher vorgekommen wäre als die Tatsache, daß ihr Mann sie mißhandelte. Das Kind, wie sie Reinhold anfangs immer nur genannt hatte, war ihr mit der Zeit immer mehr ans Herz gewachsen, und allein seine Präsenz hatte ihren Mann mehr als einmal davon abgehalten zuzuschlagen.
»Mit einem größeren Penis kann ich auftreten«, sagte der junge Mann im Fernseher zum lachenden Publikum.
Feltzer schaute zum Fenster hinaus, wo ein Flugzeug unter der oberen Rahmenkante entlangglitt, als sei es mit einem Stäb-

chen daran befestigt und werde hin- und herbewegt. Aber das Flugzeug drehte am Ende der Scheibe nicht um, flog nicht rückwärts, verschwand einfach aus Feltzers Blick.
Ohne irgendeinen Zusammenhang sagte Klara: »Ich kann vieles nicht mehr ertragen.«
Feltzer blickte sie an, aber sie schaute reglos zum Fernsehapparat.
»Oma«, sagte Feltzer, und da sie nicht reagierte, noch einmal: »Oma.« Sie drehte langsam den Kopf. Ihre Augen erwiderten blau und ruhig seinen Blick.
»Du wirst Urgroßmutter«, sagte Feltzer, hielt die kleine Holzkiste mit einer Hand fest, öffnete das Schiebeholz und zeigte auf die Schuhe darin.
»Ich weiß«, sagte Klara, »ich weiß das schon lange.« In ihre Augen trat ein Glanz, der sie gesund und zufrieden aussehen ließ.
Feltzer antwortete nicht, hielt dieses »ich weiß das schon lange« für Unsinn und schob den Deckel wieder über die Schuhe.
Klara richtete sich etwas auf in ihrem Sessel, hüstelte, ehe sie sagte: »Eine Frau bricht nicht einfach so.«
Das Publikum applaudierte. Die Freundin des jungen Mannes trat auf und sagte, er sei ein Volltrottel, sein Penis sei völlig in Ordnung.
»Was?« fragte Feltzer. Aber Klara war bereits wieder im Sessel zusammengesackt und schaute auf die Flimmerkiste.
Als es klingelte, dachte Feltzer, es sei eine der Schwestern, die hier nach dem Rechten sahen, sauber machten und sich um die Leute kümmerten. Er stand auf, ging zur Tür und öffnete. Eine ältere, grau frisierte Frau drängte sich an ihm vorbei in die Wohnung, schwenkte ihre Handtasche und fragte: »Ist er bei dir?«

Feltzer sah, wie Klara ihren Arm nach oben streckte, ihren Zeigefinger ausfuhr und die Hand hin- und herschüttelte. Dann zog sie den Arm zurück, kümmerte sich nicht weiter um ihren Besuch. Die ältere Frau hob beide Arme in die Höhe, die Griffe ihrer Handtasche in der Mulde zwischen Daumen und Zeigefinger ihrer Rechten verankert, rief: »Seit er das am Fuß hat, geht gar nichts mehr. Ich sage es dir, da denkt man, das Hirn sitzt im Kopf, aber bei Männern ist das scheinbar anders.« Sie drehte sich kurz um. Ihr Blick schoß Feltzer wütend ins Gesicht.

Bei einer wie dir würde ich auch weglaufen, dachte er, hielt die Tür offen.

Die Frau schaute erneut zu Klara, als warte sie auf irgendeinen Rat. Im Fernseher erklärte gerade ein zweiter junger Mann, daß er sich niemals den Penis würde verlängern lassen, sein Oschi sei auch so ganz schön groß.

»Ich muß ihn anketten«, rief die ältere Frau, machte dabei ein furchterregendes Gesicht. Schließlich wandte sie sich mit einer energischen Drehung dem Ausgang zu, marschierte in den Flur, während Feltzer seinen Rücken gegen die offene Tür drückte, sich schlank machte, um nicht von der Frau im Vorbeigehen hinweggefegt zu werden.

Nachdem er sich wieder hingesetzt hatte und eine Zeitlang aus dem Fernsehapparat mit weiteren Erläuterungen, besagten operativen Eingriff betreffend, versorgt worden war, sagte Klara: »Das ist nicht so einfach. Da habe ich es besser.« Sie lachte kurz auf, was wie ein Röcheln klang, ehe sie fortfuhr: »Sie sucht ihn immer. Was soll sie auch machen. Eigentlich passen sie sogar zusammen. Aber jetzt hat er Alzheimer. Letztens hat sie ihn am Bonner Verteiler wiedergefunden. Die Tankstelle hatte angerufen.«

Feltzers Bild der älteren Frau drehte sich um hundertachtzig

Grad. Hatte er sie eben noch verurteilt, sie für einen Hausdrachen gehalten, empfand er jetzt Sympathie. Er schaute zu Klara, die an ihrem Ohr zupfte, es drückte und zog, dachte, daß seine Großmutter oft klarer im Kopf war, als seine Eltern es wahrhaben wollten, hörte die Freundin des ersten jungen Mannes sagen: »Dann lass' ich mir die Schamlippen aufspritzen, da kannste aber für«, und schärfte sich ein, daß er Klara auf jeden Fall nicht bei der Namensgebung seines Kindes dabeihaben wollte.

»Das Mal davor hat er auf einer Parkbank gelegen und geschlafen«, sagte Klara, ließ ihr Ohr los und legte die Hand zurück in ihren Schoß, »sie hat Angst, daß sie ihn irgendwann nicht mehr wiederfindet. Sie ist verzweifelt.«

Feltzer schaute auf die Holzkiste auf dem Tisch. Die Talk-Show war zu Ende. Während der Abspann lief, verwies die Moderatorin auf das morgige Thema »Hilfe, mein Freund ist eine Frau.« Dann begann die nächste Talk-Show.

»Ich freue mich«, sagte Klara, hievte ihren Blick zu ihrem Enkel, »auch wenn es schwer ist am Anfang, so ein Kind vergoldet dir die Tage.«

Klaras Füße steckten in dicken, grauen Socken. Die orthopädischen Sandalen hatte sie abgestreift. Feltzer konnte sich eine Vergoldung seiner Tage kaum vorstellen. Obwohl der Gedanke an seine bevorstehende Vaterschaft jeweils ein kurzes Glücksgefühl in ihm auslöste, stellte er sich vor allem auf Arbeit und Schlafmangel nach der Geburt ein. Louise würde bei ihrer Langsamkeit die Dinge niemals regeln können.

Der Moderator der neuen Show bat seinen ersten Gast auf die Bühne, einen männlichen Teenager, dem man seine Volljährigkeit nicht ansah. Feltzer hatte das Gefühl, es sei derselbe wie aus der Talkrunde zuvor, nur etwas jünger, so als sei diese Sendung vor etwa vier Jahren aufgezeichnet worden

und würde nun erneut ausgestrahlt. Thema war: Ich liebe ältere Frauen.
»Sei nett zu deiner Louise«, sagte Klara und ordnete ihren Bademantel über den Oberschenkeln.
Feltzer wollte sofort antworten, bin ich immer, überlegte dann und sagte: »Warum sollte ich mit jemandem zusammenleben, wenn ich nicht nett zu ihm bin. Das erschwert doch auch mein Leben.«
Klaras Kopf sank einen Moment lang auf die Brust. Feltzer dachte, sie sei eingeschlafen. Er rückte nach vorn, wollte aufstehen, als Klara sagte: »Menschen sind komisch.«
Als verspüre der neue Gast einen Drang, die Worte von Feltzers Großmutter zu unterstreichen, stammelte er: »Eh, mit den Jungen da kann ich nicht. Aber die Hilde kocht, macht meine Wäsche ...« Das Publikum buhte und johlte.
Klara hob langsam den Kopf, wirkte müde, als habe sie lange nachgedacht. Sie griff nach der Fernbedienung und schaltete den Fernseher aus. Im Nu war eine angenehme Stille im Raum. Gedämpft drangen Wagengeräusche durch das geschlossene Fenster. Feltzer hatte nichts mehr zu sagen und wartete. Aber auch Klara sagte nichts, blieb in ihrem Sessel sitzen, den Blick auf die Antenne über dem Satellitendecoder gerichtet. Dann sank ihr das Kinn erneut auf die Brust.
An der Decke hing eine dieser runden Papplampen, wie Feltzer selbst eine in seiner früheren Junggesellenwohnung gehabt hatte. Obwohl sie nicht gerade klein war, war sie Feltzer vorher noch nie aufgefallen, vielleicht weil sie direkt an einem Haken unter der Decke angebracht war und nicht wie üblich tief in den Raum hing. Zu Klara paßte sie überhaupt nicht. Feltzer war sich sicher, daß sie sie auch nicht mochte, und fragte sich, wer in diesen Altenheimen die Möbel aus-

suchte? Dann horchte er auf ein Motorrad, das draußen beschleunigte.
Da Klara noch immer schwieg, ja mittlerweile weit weg zu sein schien, in Gedanken versunken, an einem Ort weilend, den ihr Enkel nicht kannte, stand Feltzer auf, nahm die kleine Holzkiste, legte Klara eine Hand auf die Schulter und murmelte: »Ich bin dann mal weg, Oma.«
Als drehe jemand an einem Rad, bewegte sich Klaras Kopf nach hinten. Ihre dunkelblauen Augen öffneten sich, während sie sagte: »Aber zu meinem Achtzigsten kommst du wieder.« Dann rutschte ein schelmisches Lächeln über ihr Gesicht.
»Ich komme vorher nochmal«, antwortete Feltzer und lachte zurück. Er ging zur Tür, öffnete sie, verabschiedete sich erneut, sagte: »Bis dann«, blieb einen Moment lang auf dem Absatz stehen, hörte, wie Klara den Fernseher wieder einschaltete und die Gäste der Talk-Show sich anschrien. Dann klackte das Schloß hinter ihm.
Durch die großen Seitenfenster des Flures zimmerte das Licht ein Schrägdach zur gegenüberliegenden Wand. Feltzer sah den Staub herumwirbeln und fragte sich, ob Claudia heute genug Fahrten haben würde.
Unten auf der Straße stand ein kleiner gedrungener Mann in einem langen Mantel und winkte mit seiner Krücke.

7.

Reinhold Beer ging mitten auf dem Bürgersteig, hielt den Kopf gesenkt, als lese er etwas zwischen den ausgeleuchteten Platten des Bürgersteiges, einen fortlaufenden Text, von dessen Zeilen er alle paar Meter seinen Blick abschweifen ließ,

um sich aus dem Augenwinkel die langsam vorbeigleitenden Briefkästen anzusehen.
Es war kurz nach fünf. Am Ende der Straße stieg der Morgen langsam wie ein Heißluftballon über den Brüsseler Platz, den Turm der St. Michael Kirche als ungekapptes Tau unter sich. Vor dem heruntergelassenen Gitter eines Kiosks lagen verschnürte Zeitungspakete. Obenauf applaudierten stehende Politiker ihrem frischgewählten Ministerpräsidenten.
Reinhold Beer fuhr sich mit der Hand über die Stirn, kontrollierte, ob sein in Brauntönen karierter Hut fest auf dem Kopf saß. Zwar sorgte Hoch »Wenke« bereits zu dieser Stunde für angenehme Temperaturen in der Stadt, aber ganz frei von Wind war es nicht. Reinhold Beer trug einen grauen Rollkragenpulli und hatte seine Jacke bis zum Kehlkopf zugezogen. Seine Schritte waren nicht langsam, hatten aber die Festigkeit verloren, mit der er früher vorangeeilt war. Zwischen den Gehwegplatten verliefen die Fugen, verstaubte Erinnerungen an dieses Früher. Damals war ihm das Wetter gleichgültig gewesen, damals hatte es zuweilen geschneit, daß man die Hand nicht mehr vor Augen gesehen hatte, aber er war losgerollt und hatte seine Post ausgetragen. Heute blieb er zu Hause, wenn es kalt wurde. Fahrrad fahren war sowieso nicht mehr drin. Aber sobald der Frühling kam, trieb es Reinhold Beer wieder auf seine alte Tour. Hier im belgischen Viertel hatte er jahrelang die Briefe und Postsendungen in die Schlitze gesteckt. Und auch wenn er nun bereits seit fast zwanzig Jahren pensioniert war, so einfach gab man keine Gewohnheiten auf. Er bedauerte die Kollegen, die, sobald sie im Ruhestand waren, sich tatsächlich nur noch ausruhten, nichts mehr unternahmen und langsam eingingen, wie Pflanzen, die keiner goß. Er hatte seine Tour nie aufgegeben und sich bereits in jüngeren Jahren, in Vorausah-

nung dessen, was einst kommen würde, für den Winter eine Münzsammlung zugelegt. Natürlich ging er die alten Straßen in aller Frühe ab. Er wollte dem neuen Kollegen, den er am Ende noch eingewiesen hatte, nicht jeden Morgen begegnen. Die jungen Leute verstanden nicht, daß einer bei seinen Gewohnheiten blieb. Hätte der neue Briefträger Reinhold morgens angetroffen, hätte er das auf der Arbeit sofort brühwarm erzählt. Der Reinhold, der packt das nicht, hätte es geheißen, der kommt ohne seine Arbeit nicht klar. Alles Unsinn. Spazieren war gesund, und früh aufgestanden war er, Reinhold, schon immer. Mittlerweile machte er auch nicht mehr die ganze Tour. Das war für einen Siebenundsiebzigjährigen dann doch etwas weit, aber den größten Teil der Briefkästen bekam er auf seiner Wanderung noch immer zu Gesicht. Einmal hatte er sogar mit dem Gedanken gespielt, den Leuten weiße Blätter in ihre Kästen zu stecken, es aber dann doch nicht getan, weil ihm das selbst verrückt vorgekommen war.

So schlenderte er durchs Viertel, dachte nach, und diejenigen, die tatsächlich zu dieser Stunde bereits unterwegs sein mußten, hielten ihn für einen schlaflosen Spaziergänger oder für jemanden, der auch noch im hohen Alter auf dem Weg zu seinem Arbeitsplatz war. Reinhold sah die Fassaden, an denen er all die Jahre immer wieder vorbeigekommen war, die glänzenden oder rostigen Klappen über den Briefschlitzen, bemerkte, wenn eine Tür ausgetauscht, Fenster erneuert wurden, erlebte die Schließung von Geschäften in seinen Straßen und die Neueröffnung anderer an gleicher Stelle. Je bekannter die Häuser ihm vorkamen, je vertrauter das Viertel ihm wurde, desto deutlicher las er zwischen den Gehwegplatten seine eigene Biographie. Es gab Ecken, da standen Sätze über seine Kindheit, obwohl er nicht im Belgischen

Viertel groß geworden war, Fensterbretter, auf denen turnten die Stimmen seiner Schulkameraden, obwohl hier niemand von ihnen gewohnt hatte, aus einigen Seitenstraßen drang Kirmesmusik, in anderen wurde geschossen, daß der Putz bröckelte, und Reinhold ging etwas schneller.
Sobald er aber in die Maastrichter Straße einbog, stand Rehl vor ihm und zog sich an seinem Haarschopf aus dem Asphalt. Daß man solche Menschen nicht vergessen konnte, obwohl man sie Jahrzehnte nicht mehr getroffen hatte.

»Was hattest du letztens vergessen?« fragte Reinhold.
»Was?« fragte Oswald zurück. Sein Blick fischte in den Rheinwellen, versank bleischwer bis auf den steinigen Grund.
»Nach der Kirmes«, antwortete Reinhold, »im Café.«
»Ach so«, sagte Oswald und versenkte die Hände in den Hosentaschen, ehe er über Reinholds Schulter hinweg zur Domspitze hochblickte, »ich habe da jemanden kennengelernt ...«
»Mal wieder«, frotzelte Reinhold und lächelte.
»... und der hat ganz gute Geschäftsideen«, fuhr Oswald fort, ohne auf Reinholds Bemerkung einzugehen, »was hältst du zum Beispiel davon, wenn man Ladeflächen und Lastwagen trennen würde?«
Um die Häuser der Altstadt wickelte das Licht eine biergelbe Farbe. Menschen gingen schnuppernd daran vorbei und betraten nach kurzer Zeit die ein oder andere Gaststätte. Auch Oswald roch nach dem Bier vom Vortag.
»Keine Ahnung, wozu das gut sein soll«, sagte Reinhold und sah Eva und Viktoria den Rhein entlangkommen. In seiner Brust sprangen kleine Funken hin und her.
»Es wird doch überall gebaut. Und vorher wird entrümpelt.

Das Alte muß weg. Die Leute brauchen aber zum Teil Wochen, bis sie einen Laster vollhaben, richtig?« sagte Oswald und begeisterte sich nach und nach an seinen eigenen Ausführungen, »also bleiben die Laster so lange stehen, können nicht genutzt werden, oder aber sie kommen erst an einem bestimmten Tag. Bis dahin wird das ganze Zeug irgendwo hingeschüttet, das heißt doppelte Arbeit, weil man es ja zuerst irgendwo hinkippt und es dann wieder auf den Laster laden muß.«

Reinhold winkte den beiden Frauen zu und lachte. Oswald aber drehte sich nicht um, obwohl er wußte, wem Reinholds Begrüßung galt, und fuhr mit gereizter, verkaterter Stimme fort: »Wenn wir die Ladeflächen verselbständigen und sie an der Baustelle abladen können, dann kann der Laster wieder wegfahren und die nächste Ladefläche zu einer anderen Baustelle fahren. Das ist doch genial.«

»Hallo, Eva«, sagte Reinhold und etwas leiser: »Hallo, Viktoria.«

Oswald schaute seinen Freund noch immer an, schüttelte dann den Kopf und drehte sich seiner Freundin zu.

Ein Vogelschwarm nahm die Domspitze in die Zange, dann machte er kehrt und schoß im Sturzflug der anderen Rheinseite zu. Es wurde kein gelungener Tag. Oswald verhielt sich mürrisch, war wortkarg und verschwand sogar einmal in einem Hauseingang, weil er einem bestimmten Mann nicht begegnen wollte. Reinhold hingegen strahlte und redete, hatte nur Augen für Viktoria. Und so trennten sich die beiden Paare ziemlich schnell und beschlossen, auch wenn niemand es direkt aussprach, sich in Zukunft öfter unter vier Augen zu treffen, anstatt zu viert herumzuziehen. Reinhold empfand diese Änderung als sehr angenehm, nicht nur, weil er Viktoria so näherkam, sie für sich hatte, sondern weil niemand mehr da war, an dem sich alles zu orientieren hatte. Erst dadurch, daß er Oswald jetzt oft wochenlang nicht sah, wurde ihm klar, wie anstrengend sein Freund war, weil er immer etwas plante, immer bereits in der Zukunft unterwegs war und dadurch eine Stimmung der Auflösung verbreitete, so als sei das, was man gerade erlebte, nicht der Rede wert. Die Hektik der Nachmittage, das Schnell-Schnell der Unternehmungen war zusammen mit Oswald aus den Wochenenden verschwunden, und Reinhold wurde sich seiner eigenen Gegenwart bewußt, als etwas, das es wert war, festgehalten zu werden. Er schaute in Viktorias Gesicht und wußte, daß er das Heute keiner noch so bunten Zukunft opfern würde, es im Gegenteil bis in alle Ewigkeit hinein verlängern wollte. Und dazu bedurfte es der Ruhe, der Konzentration auf den Augenblick, in dem man gerade steckte.

Traf man sich dann doch hin und wieder zu viert, versuchte Reinhold seinen Freund zu überhören. Er ignorierte einfach die meisten Vorschläge, was nun zu unternehmen sei, ging nicht auf jeden Plan ein, den Oswald ihm dringend ans Herz legte, stand nicht auf, wenn Rehl zum Aufbruch mahnte, fühlte sich aber dabei nicht sonderlich glücklich, weil sein Verhalten jene gereizte Stimmung heraufbeschwor, die Viktoria nicht ertrug.

»Laß ihn doch«, sagte sie nach solchen Treffen zu Reinhold, »den änderst du nicht.«

»Das will ich doch auch gar nicht«, antwortete Reinhold, »aber er kann doch mal begreifen, daß er nicht allein auf der Welt ist.«

Viktoria ließ ihren Blick ans Ende der Straße rutschen, dort, wo eine Bäckerei an diesem Abend den Brotduft zurück in den Laden räumte und die Tür abschloß.

»Es ist nichts dabei, auch mal Nein zu sagen«, fügte Reinhold hinzu, sah, wie das Licht über die dunklen Haarwellen seiner Freundin schwamm, sich aus den enggedrehten Locken zurückzog. Im gleichen Moment hörte er seinen Atem deutlich durch die Höhlen seines Kopfes singen. War es so still in der Straße geworden? Ein merkwürdiger Druck in den Schläfen verengte sein Blickfeld, so als presse Viktoria seinen Kopf zwischen ihren Handflächen zusammen. Aber seine Freundin stand wortlos neben ihm, ließ die Arme hängen und blickte noch immer die Straße hoch zum Bäckerladen. Ringsum lösten sich die Häuser und Geschäfte auf. Der Bürgersteig auf der anderen Seite tauchte ab ins Nichts. Dann stand plötzlich ein Hund vor ihnen, hob den Kopf, wedelte mit dem Schwanz und verschwand spurlos, als er einen Meter nach rechts lief, als sei dort ein Seitenausgang aus Reinholds Gesichtsfeld.

»Gut«, sagte Reinhold schließlich. Mehr sagte er nicht, aber der Druck in seinem Kopf ließ sofort nach. Viktoria legte sich ein Lächeln auf den Mund, während die Umrisse des Bürgersteiges gegenüber wieder auftauchten. Viktoria würde bekommen, was sie wollte. Die Treffen mit Oswald und Eva würden wieder harmonischer ablaufen. Zumindest für sie oder für die anderen. Denn Reinhold fügte sich zwar, und nach außen hin wirkten die vier wie zwei Pärchen, die sich gut verstanden, aber Reinhold, war in jeder Sekunde klar, daß diese Verabredungen verlogen waren. Und er verzieh Oswald nicht, daß er ihn zwang, mit Viktoria Momente der Verlogenheit zu verbringen. Oswald selbst schien sich überhaupt keine Gedanken über seinen Freund und ihre Treffen zu machen, war aufgeräumt wie immer, weihte ihn in seine neuesten Pläne ein, eine Firma für Sanitäranlagen gründen zu wollen, schüttelte Hände und bestimmte, wo sie als nächstes hingingen. Reinhold machte mit und spürte, wie sein ursprünglicher Groll sich langsam zu einem Haß entwickelte, einem Haß, der in seinen Ausmaßen kaum zu rechtfertigen war, zumindest nicht durch Oswalds Neigung, die Geschicke zu bestimmen, der aber da und nicht zu leugnen war.

Vielleicht deshalb sagte Reinhold im Januar 1958, kaum daß das Jahr begonnen hatte und orkanartige Winde über Köln zogen, nicht nur »Nein« zu Oswald, als dieser am späten Abend klingelte, sondern etwas zu laut: »Du kannst mich mal, du Arschloch!«

Über der Fahrbahn lag ein nasser Film, der bedrohlich in Oswalds Rücken glitzerte, während er antwortete: »Du solltest besser aufpassen, was du so von dir gibst, Postbote.« Dann hatten sich beide noch einen Moment lang in die Augen gestarrt, Reinhold voller Wut, Oswald kalt wie der Winter, in dem die Begegnung stattfand. Schließlich hatte Oswald mit den Schultern gezuckt, war in den Laster gestiegen und davongefahren.

Zu Viktoria sagte Reinhold tags darauf: »Ich wußte, daß da was nicht stimmt. So viel Geld kann man nicht ehrlich verdienen.«

Sie standen in einer Schlange vor dem Zeughaus, in dem an diesem Tag das Kölnische Stadtmuseum eröffnet wurde. Viktoria hatte dahingewollt. Er machte sich wenig aus Museen.

Es war kalt, und die Wartenden standen unruhig vorm Eingang, traten auf der Stelle, um sich die Füße zu wärmen.

»Eine ganze Ladung, verstehst du«, sagte Reinhold und tippte sich mit dem Zeigefinger an die Schläfe, »ein Laster voll. Alle neu. Ich stelle doch nicht Hunderte von Kofferradios in unseren Keller und gehe dann ins Gefängnis, wenn die Polizei vorbeikommt.«

»Woher hat er die?« fragte Viktoria.
»Woher soll ich das wissen«, antwortete Reinhold etwas zu laut mit seiner hellen Stimme.
Vor ihnen drehten sich zwei Frauen um, warfen einen neugierigen Blick auf Reinhold und Viktoria. Als sie wieder nach vorn schauten, flüsterte er: »Geklaut, nehme ich an. Jedenfalls möchte ich mit dem nichts mehr zu tun haben.«
Viktoria antwortete nichts, aber in ihren grünen Augen sah Reinhold eine Leblosigkeit Platz nehmen, die ihn beunruhigte.

Etwa fünf Wochen später, Mitte Februar, gingen Reinhold und Viktoria, nachdem sie sich in der Südstadt den Rosenmontagszug unter dem Motto »Mir jöcken um die Welt« angesehen hatten, in eine Eckkneipe am Chlodwigplatz und feierten ausgelassen. Reinhold hatte sich einen gekringelten Schnurrbart aufgemalt, der beide Wangen bedeckte, und trug dazu einen zerbeulten Hut, während Viktoria unverkleidet in den Abend tanzte. Es war wenig Platz im Schanksaal. Mehr und mehr Leute drängten herein, riefen nach Bier, lachten. Die Kapelle, bestehend aus zwei Männern, spielte immer wieder Willi-Ostermann-Lieder, wechselte dann zu den »4 Botzen« und erntete eine Menge Applaus. Reinhold war kein guter Tänzer, aber mit der führenden Viktoria im Arm war ihm mehr oder weniger alles egal. Wenn sie ihn herumschwang und ihn dabei von unten mit ihren grünen Augen ansah, hatte er das Gefühl, er sei der Mittelpunkt des Saales, und alle blickten ihn und seine Freundin an. Mehrmals griff er nach seinem Hut, der durch den Schwung davonzufliegen drohte. Schließlich ging das Tanzen in ein leichtes Schunkeln über. Alle nahmen sich in den Arm, und der ganze Saal sang: »Ich mööch ze Fooss noh

Kölle gon.« Vor den Fenstern hing bereits der Abend, wischte kühl und etwas nebelig über die Scheiben. Drinnen war es heiß, und die Männer hatten ihre Jacketts über die Stuhllehnen gehängt, die Krawatten gelockert und die Ärmel zum Teil hochgekrempelt. Reinhold bahnte sich zusammen mit Viktoria einen Weg zur Theke, bestellte Wasser und ein Kölsch. Die Kapelle machte eine Pause, während der das Stimmengewirr der Gäste sich wie ein schnellwachsender Pilz unter die Decke streckte. Reinhold fühlte sein Hemd an seinem Rücken kleben. Er trank sein Glas leer und bestellte gleich noch ein Kölsch.
»Na, amüsiert ihr euch«, fragte plötzlich eine Stimme hinter ihnen.
»Eva«, rief Viktoria und fiel ihrer Freundin um den Hals. Reinhold blickte sich um, schaute zwischen den Köpfen der anderen Gäste hindurch zur Tür, aber Oswald war nirgends zu sehen.
»Schon lange unterwegs?« fragte Eva und blinzelte übertrieben, während sie Viktoria in die Augen sah, als wolle sie den Alkoholpegel ihrer Freundin dort ablesen.
»Ich trinke Wasser«, lachte Viktoria und hielt ihr Glas hoch. »Das ist so schön hier.«
Reinhold lächelte, schob dabei seinen aufgemalten Schnurrbart nach oben unter die Augen. Die Kapelle setzte zu einem neuen Gassenhauer an.
»Ihr macht euch ja rar«, sagte Eva laut.
Dann fügte Eva, als sei sie nur deswegen zu ihnen gekommen, hinzu: »Hat Oswald mir geschenkt«, und zeigte auf eine Libellenbrosche, die sie über der linken Brust an ihrer Bluse befestigt hatte.
Die Kapelle sang: »Däm Schmitz sing Frau ess durchgebrannt.« Und der Saal antwortete: »Tralalalala!« Viktoria

bückte sich leicht nach vorn, bewunderte die glänzende Libelle, nickte begeistert, während Reinhold noch einmal seinen Blick durch den Raum gleiten ließ. Aber von Oswald war nichts zu sehen. Trotzdem merkte er, wie seine Stimmung zu sinken begann. In seinem Bauch begann das Bier zu rumoren. »Wo er die wohl gekauft hat«, sagte er zu sich selbst, aber etwas zu laut. Der Applaus verebbte. Aus Evas Gesicht war mit einem Schlag jede Fröhlichkeit verschwunden. Sie warf Reinhold einen verächtlichen Blick zu, streckte ihren Hals und sagte: »Ich schau mal, wen ich hier noch so kenne. Bis gleich.« Dann drehte sie sich um und ließ sich in die Traube der Feiernden hineinziehen. Viktoria sah ihr hinterher. Auch ihre Augen hatten den Glanz verloren, als bliebe das herabfallende Licht nun in den Augenbrauen hängen, verfinge sich in den kleinen Härchen und verendete dort. Reinhold trank sein Bier aus und bestellte ein weiteres. Neben ihm blies ein Mann Zigarettenrauch hinter die Theke, versuchte Ringe zu formen und streckte dabei seine seitlich hochgerollte Zunge etwas nach außen.
»Hör auf zu trinken«, sagte Viktoria, ohne Reinhold anzublicken.
Reinhold spürte, wie eine aufbrausende Welle in ihm hochschoß, aber er antwortete nicht. Oswald! Oswald, dachte er, immer Oswald. Ohne ihn würden sie jetzt fröhlich herumalbern, wieder auf die Tanzfläche gehen, singen, schunkeln. Wie lange sollte dieser Mensch denn noch in sein Leben eindringen? Er umfaßte das Kölschglas, als wollte er es zerdrükken. Die Kapelle spielte einen Walzer, wirbelte die warme Luft auf. Jemand rempelte Reinhold im Vorbeigehen an, entschuldigte sich nicht, setzte einfach seinen Weg fort.
»Sag mal, geht's noch«, schrie Reinhold ihm hinterher.
Viktoria sah ihn erschrocken an. Der Mann reagierte nicht.

Während der Zapfmeister mit einem Lappen über die Theke wischte, drückte Viktoria die Handflächen auf ihre schwarzen Haare, als wollte sie eine Karnevalsperücke festhalten, dann ging sie zum Ausgang.

Ist dir Oswald mehr wert als ich, wollte Reinhold ihr nachrufen, besann sich aber und ließ es bleiben. Zum Mann neben sich sagte er: »Das schaffst du sowieso nicht. Gib auf!«

Der Mann drehte den Kopf und sah Reinhold über seine halb abgebrannte Zigarette an, bevor er antwortete: »Ich schaff vielleicht keine Rauchringe, aber du scheinst so ziemlich gar nichts auf die Reihe zu kriegen, was?!« Dann blickte er zur Tür, durch die Viktoria gerade verschwunden war.

»Arschloch«, sagte Reinhold und bestellte noch ein Kölsch.

»Aha«, sagte der Mann, drückte seine Kippe im Aschenbecher aus und richtete sich auf, während er sich Reinhold zudrehte.

»Nicht hier«, sagte der Zapfmeister, zapfte das Kölsch zu Ende und stellte es auf den Tresen. »Nicht hier!«

Der Mann verharrte, starrte Reinhold an, ließ seine linke Hand auf der Theke liegen, als müßte er sich abstützen.

Schlag zu, dachte Reinhold. An seiner Schläfe spürte er den Blick des Mannes, sah aus dem Augenwinkel, wie der Mann wartete. Ein Wort von Reinhold, nur noch ein Wort, und es würde losgehen. Die Musik flirrte über die Zapfsäule, in der sich Körper wie merkwürdige Farbverläufe spiegelten. Reinhold nahm das Kölschglas in die Hand. Einen Moment lang verspürte er den Impuls, dem Mann das Bier ins Gesicht zu schütten, dann setzte er das Glas an die Lippen und trank es in einem Zug leer, drehte dem Mann den Rücken zu und ging ebenfalls Richtung Ausgang.

Vor der Tür blieb er stehen, atmete die kühle Luft ein, der Schweißfilm auf seiner Stirn trocknete langsam, seine Wut blieb. Kaum jemand war auf der Straße zu sehen, alle feierten drinnen, sangen in den Sälen, wirbelten herum. Die Musik schallte dumpf auf die Straße. Gleich um die Ecke lachte jemand. Ein Wagen fuhr vorbei, zog die Scheinwerfer über die Fahrbahn, hellte die Fassadensockel kurz auf. Reinhold hob den Kopf. Der Himmel sah feucht und schwarz aus, als sei er frisch gestrichen worden. Eine Frauenstimme sagte laut: »Nein.« Reinhold fühlte den Herzschlag in seinem Kopf pochen, in seinem Mund war ein fader Geschmack. »Nein«, schrie die Frauenstimme noch einmal. Erst jetzt erkannte Reinhold, wem sie gehörte. Er sprang vom Treppenabsatz und schaute um die Ecke. Viktoria stand dort in vier Metern Entfernung mit dem Rücken an die Wand gepreßt, während Oswald sie an der Taille hielt und versuchte sie zu küssen. Das Licht, das spärlich durch die abgedunkelten Scheiben nach draußen fiel, gab seinen irokesenartigen Haaren den Anschein, als seien sie extra zu Karneval angeklebt worden. Viktoria hatte den Kopf seitwärts gedreht und drückte ihre Handflächen gegen Oswalds drängende Schultern. Reinhold spürte, wie die Welt zu einer einzigen Szene zusammenschrumpfte. Die Straße verschwand, das Brauhaus bis auf ein Stück Fassade, sogar der Himmel löste sich auf. Und wie eine Walze lief Reinhold auf Oswald und Viktoria zu, griff Rehl mit seiner Rechten ins Gesicht und schleuderte ihn mit einer Kraft, von der er nicht wußte, daß er sie besaß, auf den Bürgersteig. Dann kniete er sich blitzschnell über ihn, nahm seinen Kopf und schlug ihn auf den Asphalt. Er hörte wie Viktoria: »Nicht!« schrie, aber seine Hände waren bereits erneut ruckartig nach unten geschossen. Dann stand er auf und trat einen Schritt zurück. Er hörte Viktoria hinter sich heulen, sah wie Rehl langsam den Kopf hob, sich mit der rechten Hand in den Nacken griff, ehe er die

Augen öffnete und völlig betrunken lallte: »Sieh an, die Post ist da.«
Reinholds Brustkorb hob und senkte sich wie ein schwerer Blasebalg. Sein Körper hatte eine Spannung, die schmerzhaft war. Rehls Kopf schwankte etwas. Er stützte sich mit dem Ellenbogen auf dem Bürgersteig ab, hievte sich um die eigene Achse rollend auf die Knie, setzte eine Sohle auf den Boden und kam langsam hoch. Schließlich drehte er sich Reinhold wieder zu, hob abwehrend beide Hände und sagte: »Ich hab' genug.« Reinhold sah Blut an den Fingern der rechten Hand. Viktoria hatte aufgehört zu heulen. Rehl lächelte. Dann machte er kehrt, ging auf die Ecke zu und verschwand.
»Ja, geh tanzen«, zischte Reinhold, ehe er sich Viktoria zuwendete. Ihr Gesicht wirkte leicht geschwollen, ihre Augen schien sie nicht aufmachen zu können wie sonst.
»Alles in Ordnung?« fragte Reinhold. Viktoria hatte die Arme vor der Brust verschränkt und rieb sich die Oberarme.
»Es ist kalt«, sagte sie.
Reinhold nahm sie in den Arm. In der Wirtschaft schwoll Applaus gegen die Scheiben.
»Bring mich nach Hause«, sagte Viktoria. Im Rinnstein hinterließ das Straßenlicht schmutzige Spuren.

Überall, dachte Reinhold, während er fast den Brüsseler Platz erreicht hatte und die Muskeln in seinen Waden bei jedem Schritt ein leichtes Ziehen in die Schenkel transportierten, überall sind diese Spuren, diese etwas zu tiefen Abdrücke, als wiege die Vergangenheit mehr, als sie sollte, und das, obwohl nichts Besonderes passiert war in dieser Vergangenheit. Er kontrollierte den Reißverschluß seiner Jacke, warf im Vorbeiwandern einen Blick in einen Eingangsbereich, der voller Paletten stand, sah die Taxifahrer in ihren Wagen sitzen und warten. Sein Sohn war auch Taxifahrer geworden. Er hatte ihm oft vom Austragen der Briefe erzählt, daß das fit halte, eine nützliche, ja sogar wesentliche Arbeit war, hatte ihn einmal gezwungen mitzukommen, ihn in aller Frühe geweckt, da war der Junge 16 gewesen und hatte Ferien gehabt. Er hatte ihm die Briefe gegeben und Feltzer hatte sie eingeschmissen, dabei ein Gesicht gezogen, das voller Abscheu war. Schon nach einem Drittel der Straßen hatte er ihn wieder nach Hause geschickt und seinen Traum, seinem Sohn den Beruf weiterzuvererben, aufgegeben. Er hatte Feltzer auch nie von Rehl erzählt, davon, daß Rehl eine schwere Gehirnerschütterung gehabt und es erst am anderen Tag gemerkt hatte, weil er das Brechen an jenem Abend auf seinen Alkoholkonsum zurückgeführt hatte. Und er hatte ihm nie erzählt, daß in all den Jahren immer die Frage in seinem Kopf gewesen war, warum er damals aufgehört hatte, warum er Rehls Schädel nicht so oft gegen den Asphalt geschlagen hatte, bis er geplatzt war? Er war Rehl nach dem Zwischenfall so gut wie nie wieder begegnet, hatte zweimal die Straßenseite gewechselt, als er auf ihn zugekommen war. Aber sein Haß war trotzdem immer weiter gewachsen. Reinhold wußte, daß er übertrieb, daß er sich mit den Jahren hätte beruhigen können, aber er schaffte es nicht. Zwischen Viktoria und ihm gab es seit jenem Ereignis eine stumme Verabredung, Rehls Namen nicht mehr zu erwähnen, obwohl Viktoria dem Kerl ab und zu über den Weg gelaufen sein mußte, wenn sie sich mit Eva verabredet hatte. Aber sie erzählte nichts, kam nach Hause und tat, als sei sie nie weggewesen. Trotzdem tauchte Rehls Gesicht immer wieder vor Reinhold auf, und er biß die Zähne zusammen, bis sie knirschten. Er würde seinen Haß mit ins Grab nehmen. Mit Feltzer hätte er irgendwann darüber reden können, immerhin

war der Junge auch schon 37 und konnte aufbrausen, daß man nur staunen konnte, so als habe er das Ventil zum Dampfablassen, das Reinhold fehlte, bei Geburt mitgeliefert bekommen. Aber dem eigenen Sohn von seinen Abgründen erzählen, das war dann doch nicht Reinholds Sache. Und dann hatte Feltzer eine Frau geheiratet, deren Vater mit Rehl zusammenarbeitete. Wer mit Rehl konnte, hatte niemals das Herz am rechten Fleck, und dessen Kinder auch nicht. Reinhold gab der Ehe seines Sohnes keine Chance, auch wenn sie bereits zwei Jahre hielt und ihrer Schließung einige Jahre Beziehung vorausgegangen waren. Irgendwann würde Louise ihr wahres Gesicht zeigen. Und Rehl würde grinsend in irgendeiner Ecke stehen und von nichts wissen.
Ein schwacher Wind fegte den Bürgersteig vor der St. Michael Kneipe. Den Rinnstein entlang lief eine Maus und verschwand in einem Gully. Reinhold bog in die Brüsseler Straße ein, machte sich auf den Weg zur Aachener, um dort in die Straßenbahn zu steigen und nach Hause zu fahren. Bald würde er seine Tour noch einmal verkleinern müssen. Seine Knie knirschten, sogar sein Rücken schmerzte manchmal beim Gehen, aber er fühlte sich trotzdem jünger, als er war. Er beobachtete die Sonnenstrahlen, die sich wie Lichtseile ins Viertel spannten, sich am Gemäuer festknoteten, schnell dünner wurden, bevor sie erloschen. Dann hing der Tag hell und klar zwischen den Fassaden wie ein durchsichtiges Wäschestück.
Eva war nun auch schon lange tot. Nicht daß er, Reinhold, noch etwas mit ihr zu tun gehabt hätte, er hatte von ihrem Tod erfahren, weil Viktoria es ihm mitgeteilt und geheult hatte. Zwei Stunden später am gleichen Morgen hatte er die Todesanzeige in der Zeitung gesehen, eine ungewöhnliche, halbseitige Anzeige, und Rehls Name hatte darunter gestanden.

»Er hatte schon lange nichts mehr mit ihr zu tun«, hatte Viktoria gesagt und sich die geröteten Augen mit einem Papiertaschentuch abgetupft.
»So«, hatte Reinhold geantwortet und auf Rehls Namen gestarrt. Dann hatte er den Kopf gehoben, Viktoria ins Gesicht geblickt und hinzugefügt: »Vielleicht war er doch Schuld an ihrem Tod. Sie war gerade mal 60.«
Viktoria hatte den Kopf geschüttelt und etwas genervt gesagt: »Sie haben sich schon '69 getrennt. Hör auf, Oswald für alles verantwortlich zu machen«, während sie aus dem Wohnzimmer gegangen war und absichtlich die Tür aufgelassen hatte.
Das war 1995 gewesen und nun auch schon wieder zehn Jahre her. Reinhold war nicht mit aufs Begräbnis gegangen. »Wenn ich mir vorstelle, wie Rehl den Trauernden mimt, dann spüre ich jetzt schon, wie es in mir kocht«, hatte er zu Viktoria gesagt, woraufhin sie geantwortet hatte: »Er hat sie geliebt. Sie hat ihn damals wegen eines Studenten verlassen. Du solltest die Dinge mal nehmen, wie sie sind.« Dann hatte sie eine schwarze Handtasche unter ihren Arm geklemmt und die Wohnung verlassen.

Auf der ersten Etage eines Hauses flogen die Rolläden mit einem dumpfen Rattern hoch. Ein Fahrradfahrer lenkte sein Rad auf den Bürgersteig, umkurvte Reinhold und hinterließ eine Duftspur aus Zigarettenrauch und Bier. Aus den Hauseingängen traten Menschen, gingen zu ihren Autos, fuhren los. Langsam schien das Viertel aufzuwachen. Der Geräuschpegel stieg an. Türen schlugen zu, Gesprächsfetzen wehten aus offenen Fenstern. Hinter Reinhold ging kurz die Alarmsirene eines Wagens los.
Als er in die Bahn Richtung Gürtel stieg, saßen darin nur

zwei türkische Jugendliche. Fährt hier niemand zur Arbeit, dachte Reinhold. Dann drückte die anfahrende Bahn ihn in die blaue Plastikverschalung des Sitzes.

Etwa zwei Stunden später beendete Feltzer seine Nachtschicht, stellte sein Taxi in der Meister-Gerhard-Straße ab und ging um die Ecke zu seiner Wohnung. Hinter der Haustür hob er die heutige Ausgabe der Zeitung auf, klemmte sie unter den Arm und warf einen Blick in den Kinderwagen mit Sandspielzeug, der unten im muffigen Flur stand. Seit er wußte, daß Louise schwanger war, schaute er jedesmal im Vorbeigehen bewußt in den Kinderwagen. Er hatte diesen Wagen auch vorher immer gesehen, aber eher flüchtig, wie etwas, das man zwar wahrnimmt, später aber nie beschreiben könnte. Jetzt wußte er, daß dieser Wagen unten herum dunkelblau war, oben aber ein Karomuster hatte, daß es dazu eine durchsichtige Plastikabdeckung gegen den Regen gab, die zerknautscht in der Körbchenablage zwischen den Rädern lag, und daß das Rückenteil der Liege verstellbar war. So einen Kinderwagen würden er und Louise auch kaufen, wenn es soweit war.
Von der Steintreppe hallten seine Schritte leise nach oben. Die beiden hohen Pflanzen auf der Zwischenetage schienen unter Wassermangel zu leiden, hielten einige welke Blätter in den Flur. Feltzer schüttelte im Vorbeigehen an den Zweigen, aber es fiel kein Blatt herunter. Mit drei kräftigen Sätzen sprang er die nächste Treppe hoch, öffnete die Haustür, legte seinen Wagenschlüssel auf die Kommode im Flur und trat ins Wohnzimmer. Auf dem Holzregal neben dem Telefon wölbte sich ein zwei Tage altes Ultraschallfoto, angelehnt an die Rücken einiger Reiseführer. Man konnte klar erkennen, daß es ein Junge werden würde. Auf einen kleinen Zettel hatte

Louise mit Bleistift eine Zeile geschrieben, die sie in einem ihrer Reisebücher gelesen hatte:

Das Leben ist ein Buch.
Wer nicht reist,
liest immer nur die erste Seite.

Feltzer dachte, daß die erste Seite eigentlich schon kompliziert genug war, warum mußte man sich all das andere noch antun. Auf seiner ersten Seite zum Beispiel stand, daß das Konto nach wie vor eine erschreckende Leere verzeichnete. Und noch so ein paar Späße. Feltzer atmete zweimal tief ein.

Von draußen warf das Licht sich breitflächig übers Sofa und die braune Wolldecke. Dort hatte der Waldschrat gesessen. Feltzer dachte jedesmal an die Szene, wenn er das Sofa sah, an die Gleichgültigkeit, mit der beide seine Rückkehr hingenommen hatten. Was war da abgegangen? Ein grotesker Gedanke. Und dann hatte er selbst mit Louise geschlafen. Ausgerechnet in derselben Nacht. Wenn das Kind erst einmal da sein würde, müßte man schauen, wem es ähnlich sah. Obwohl, da konnte nichts gewesen sein, mit diesem Bergrath. Feltzer zog seinen Blick vom Sofa und die Finger wie einen Kamm durch sein schwarzes Haar. Auf dem niedrigen Tisch, der seine Beine tief in den flauschigen Teppich drückte, lag die gestrige Zeitung, aufgeschlagen bei den Todesanzeigen. Feltzer verdrehte die Augen, warf die heutige Ausgabe darauf. In seinem Mund war ein schlechter Geschmack. Er hielt sich die Hand vor den Mund, hauchte dagegen und roch seinen Atem. Mundgeruch schien er nicht zu haben. Er ging in die Küche, trank ein Glas Wasser, zog sich das Hemd über den Kopf, legte es über einen Stuhl, streifte die Schuhe ab. Als er halb ausgezogen wieder ins Wohnzimmer trat, öffnete

Louise die Schlafzimmertür und erschrak. »Gott«, sagte sie und legte eine Hand auf ihre Brust.
»Tust ja, als hättest du einen Mörder in deiner Wohnung«, sagte Feltzer lachend, ging auf sie zu und küßte sie auf den Kopf.
Louise sah ihn an, noch immer ohne sein Lachen zu erwidern, als habe sie den Schreck noch nicht ganz weggesteckt. Feltzer küßte sie noch einmal, dann ging er ins Bad, zog seine Hose aus, schmiß die Socken und Unterhose in den dafür vorgesehenen Rattankorb, putzte sich die Zähne und schaute sich dabei im Spiegel zu. Louise sah gut aus, seit sie schwanger war, fand Feltzer, sie pflegte sich etwas mehr als früher. Und sie war sichtlich schneller geworden, in allem. Sie sprach nun mit einer Geschwindigkeit, die sich kaum noch von der ihrer Mitmenschen unterschied. Ihr ganzer Bewegungsablauf hatte sich fast normalisiert. Für Feltzer war das nach all den Jahren so ungewöhnlich, daß er zum Teil regelrecht zusammenfuhr, wenn sie auf eine seiner Fragen unmittelbar antwortete, weil er einfach nicht damit rechnete. Genauso war es, wenn er ihr aus dem Bad etwas zurief und sie im nächsten Moment die Tür bereits aufriß und fragte: »Hast du was gesagt?«
Er hatte sich eigentlich immer gewünscht, daß seine Frau sich benehmen würde wie andere Menschen auch, aber jetzt, wo es passierte und sie immer schneller reagierte, schien das eine Hektik in die Wohnung zu bringen, die ihm nicht unbedingt behagte. Als sie noch nicht zusammengewohnt hatten, war so gut wie jede Initiative von ihm ausgegangen. Er hatte seinen Tag planen können, und Louise hatte eigentlich nie an diesem Plan gerüttelt. Er hatte bestimmt, wann er in ihrer Wohnung aufgetaucht und wann er wieder gegangen war. Louise hingegen war nur ein einziges Mal in seiner Wohnung

gewesen, hatte sich um fast eine Stunde verspätet, was den Abend schlecht hatte anlaufen lassen. Seitdem war klar gewesen, daß er zu ihr kommen würde. Louise schien das ganz in Ordnung zu finden, daß jemand von außen einige Fixpole in ihr Leben pflanzte. Das hatte sich auch nicht geändert, nachdem sie zusammengezogen waren. Jetzt aber erwachte langsam ein Wille in ihr, eine Bestimmtheit, die Feltzer nicht recht einzuschätzen wußte. Plötzlich sagte sie ihm ganz nebenbei, daß sie mit ihm auszugehen gedenke. Bereits drei Mal hatte sie ihm Einkaufszettel gereicht und ihm mitgeteilt, für wann sie die Sachen brauchte.

Feltzer stellte sich vor das Klo, um zu pinkeln, hob anschließend seine Hose vom Boden auf, bevor er nackt ins Wohnzimmer zurückging.

Louise saß auf dem Sofa, die heutige Ausgabe der Zeitung auf ihren Knien. Feltzer sah die schwarzen Umrandungen, auf die sie blickte, und drückte den Hosenstoff in seiner Hand zusammen, während Louise den Kopf hob, auf sein Geschlecht sah und dann in sein Gesicht schaute.

»Jemand Bekanntes verstorben?« fragte er.

»Nicht daß ich wüßte. Oder?« fragte Louise unmittelbar zurück.

»Wieso liest du dann andauernd die Todesanzeigen«, erwiderte Feltzer. Seiner leisen Stimme war die unterdrückte Gereiztheit anzuhören.

»Stört dich das?« fragte Louise zurück und fixierte seine Augen.

Feltzer wich ihrem Blick aus und starrte aus dem Fenster. Dann sagte er: »Das ist so, als würdest du den Tod von jemandem herbeisehnen.«

»Das einzige, wonach ich mich sehne, ist mein Kind und Neuseeland«, sagte Louise. In ihrem Gesicht versteifte sich

eine Härte, die Feltzer noch nie an ihr gesehen hatte. Er spürte, daß etwas Blut in seine Wangen schoß, drehte sich um, hatte das Gefühl, ihren Blick an seinem Hintern zu spüren, stieß: »Ich leg mich hin« hervor, trat ins Schlafzimmer und schloß die Tür.
Das aufgedeckte Bett war zerwühlt, aber bereits erkaltet. Nur Louises Geruch hing noch im Kissen. Feltzer legte sich auf den Rücken, verschränkte die Hände hinter seinem Kopf und starrte auf den schmalen Lichtspalt, der zwischen den dicken Vorhangen hing. Obwohl er die ganze Nacht gefahren war, fühlte er keine Müdigkeit. Zwar schmerzten seine Oberschenkel etwas vom langen Sitzen, aber in seinem Kopf war eine Helligkeit, die jeden Gedanken klar und deutlich formulierte. Wußte Louise vom leeren Konto? Bislang hatte sie sich nie darum gekümmert, aber sie besaß eine Karte dafür. Und wenn schon, es war größtenteils sein Geld gewesen, er hatte es verdient. Aber er hatte es für sie beide auf das Konto gelegt. Sie wußte, daß um die zwölftausend Euro drauf sein mußten. Wenn sie es nicht vergessen hatte. Am besten, er machte sich gar keinen Kopf um Louise, sondern versuchte so schnell wie möglich wieder etwas zu verdienen. Er könnte sofort wieder losfahren. Müde war er wirklich nicht. Auf der anderen Seite, soviel Geld brauchten sie jetzt sowieso nicht auf einmal. Schwanger wie Louise war, würde eine lange Reise nicht in Frage kommen. Neuseeland würde für die nächsten Monate weiterhin in der Schublade liegen. Und nach der Geburt mußte sich alles erst einmal finden. Ein Junge. Und er würde Vater werden. »Vater«, was für ein Wort, als schaue man sich einen alten Schwarz-Weiß-Schinken im Fernsehen an. Vater, aber ein anderer als sein Vater. Er würde seinem Sohn niemals erzählen, wie toll Taxifahren sei. Wenn er wirklich jemals daran gedacht hatte, Briefträger zu werden, an dem Morgen,

an dem sein Vater ihm einen Packen Briefe gereicht hatte, war ihm ein für alle Mal klar geworden, daß das Postwesen ihm den Buckel runterrutschen konnte. Er würde versuchen, seinen Sohn nie unter Druck zu setzen, er würde ihm nicht einmal ausreden, Maler zu werden und bei Scharck in die Lehre zu gehen, wenn er das wollte. Obwohl das starker Tobak wäre. Sein Vater hatte ihm immer Ratschläge erteilt. Mit Wucht waren sie auf ihn niedergegangen, und je häufiger sie kamen, desto weniger hatten sie ihn erreicht. Teilweise hatte er nur den Klang von Reinholds Stimme gehört, diesen etwas zu hellen Ton für einen gestandenen Mann. Was sein Vater gemeint hatte, war nicht zu ihm durchgedrungen.
Feltzer zog die Decke über sich. Aus dem Wohnzimmer drangen Louises Schritte auf dem Weg zum Bad. Hinter den Vorhängen surrte dumpf der Verkehr.
Irgendwie war bereits alles anders, obwohl sich ja noch gar nichts verändert hatte. Er fühlte seine Vaterschaft auf Schritt und Tritt, sah überall Kinder spielen, die ihm vorher nie aufgefallen waren, dachte beim Anblick von Spielplätzen daran, daß er seinen Sohn auf die Rutschbahn setzen, ihn unten wieder auffangen würde. Frauen mit Kinderwagen weckten plötzlich sein Interesse. Er merkte, daß etwas in seinem Kopf rumorte. Bei seinen Eltern hingegen schien sich nie etwas geändert zu haben. Er wußte zwar nicht, wie sie vor seiner Geburt gewesen waren, aber er konnte sich kaum vorstellen, daß Reinhold sich durch ihn verändert hatte. Bei Viktoria war das einfacher vorstellbar, auch wenn ihm keine konkreten Beispiele einfielen. Und doch wurde ihm, je älter er wurde, immer klarer, daß er mehr von seinem Vater geerbt hatte, als ihm lieb war. Wenn er an einem Schaufenster vorbeikam und sein Spiegelbild neben ihm herlief, sah er, wie sehr er seinem Vater glich, so als paßten sich mit den Jahren

die Gesichtszüge und die Haltung einer älteren Form an. Und was äußerlich bereits erkennbar war, wie weit hatte das seine Wurzeln wohl schon nach innen geschlagen? Konnte es sein, daß auch Reinhold sich damals schon über ihn Gedanken gemacht hatte, über die Art, wie er mit seinem Sohn umgehen würde, obwohl er noch nicht auf der Welt gewesen war? Jedenfalls hatten sie sich einen Namen für ihn ausgesucht, das heißt, so ganz hatten sie sich bis zum Schluß nicht einigen können. Reinhold hatte ihn Bernd nennen wollen, Viktoria war für Norbert gewesen. Wohl nicht zuletzt deshalb hatte Klara sich durchgesetzt, wenn auch unfreiwillig.

Feltzer lächelte, während er sich die Situation auf dem Amt vorstellte. Er schaute auf die abgedunkelten Umrisse der Weltkarte, die neben der Tür hing, ließ seinen Blick an Australien vorbei nach Neuseeland gleiten.

Was ihm immer gut gefallen hatte, war, daß sein Vater mit ihm Fahrrad gefahren war. Er hatte dadurch früh alle Winkel in Köln kennengelernt, behielt Straßennamen, von denen seine Freunde noch nie gehört hatten. Reinhold erklärte ihm die chronologische Anordnung der Ringe von den Ubiern bis zu Theodor Heuss, oder sie fuhren durch Viertel, in denen die Straßennamen nach Malern benannt waren oder nach Vögeln, die der Größe nach auftauchten. Als Feltzer später die Taxiprüfung gemacht hatte, waren ihm alle Viertel der Stadt bereits bekannt gewesen, und er hatte sich nicht sonderlich anstrengen, nicht viel Neues lernen müssen. Was würde er, Feltzer Jung Beer, seinem Sohn weitergeben, außer ein paar Plüschgiraffen, die auch schon bessere Tage gesehen hatten? Vielleicht war so ein Kind eine Chance, das eigene Leben grundsätzlich umzukrempeln, noch einmal von vorne zu beginnen. Schließlich war auch Louise wie ausgewechselt.

Vielleicht sollten sie noch einmal in den Waschsalon gehen und die Trommeln neu starten.
Feltzer hörte, wie Louise aus dem Bad kam, und schloß die Augen bis auf einen schmalen Spalt. Die Schlafzimmertür öffnete sich leise, und Louise kam auf Zehenspitzen herein, um ihn nicht zu wecken. Feltzer sah, daß sie noch immer ihren Schlafrock anhatte, noch nicht unter der Dusche gewesen war. Sie bückte sich neben dem Bett, hob ihre Klamotten auf. Dann richtete sie sich wieder auf und schaute auf sein Gesicht. In diesem Moment verspürte Feltzer ein unzähmbares schelmisches Kribbeln in seiner Brust. Er schnellte mit seinem Oberkörper hoch, riß die Augen auf und sagte: »Buuhhh.«

8.

Viktoria griff ihrer Schwiegermutter unter beide Achseln und half ihr aus der Sitzdusche hoch. Die gekachelten Wände waren von Dunst überzogen. Aus dem Duschkopf fielen vereinzelt Tropfen. Klara umfaßte die Haltestange an der Wand und ließ sich die Beine abtrocknen. Ihr Körper bestand nur noch aus Knochen und zerknitterter Haut, die von gelben Flecken übersät war.
»So, jetzt sind wir wieder sauber«, sagte Viktoria laut und rang sich ein Lächeln ab.
»Was?« schrie Feltzer aus dem Wohnzimmer.
»Ich habe mit Klara geredet«, antwortete seine Mutter durch die geschlossene Badezimmertür.
»Nein«, schrie Feltzer zurück, »ich telefoniere gerade.«
»Ach so«, sagte seine Mutter, während sie noch einmal mit dem Handtuch über Klaras Gesäß wischte, ehe sie es auf

dem Boden ausbreitete und ihrer Schwiegermutter mit einer Kopfbewegung andeutete, sie solle drauftreten. Eigentlich hätte Reinhold heute hier sein und seine Mutter pflegen sollen, aber wie immer hatte er die gleiche Ausrede parat gehabt. Er wolle seine Mutter nicht nackt sehen, hatte er gesagt, gerne würde er an anderen Tagen alles Mögliche für sie tun, aber seine Mutter waschen wolle er nicht. Das wolle Klara bestimmt auch nicht. Und wie jedesmal, wenn es um Klaras Pflege ging, waren Viktoria und ihr Mann sich in die Haare geraten, hatten sich Vorwürfe gemacht. Es gebe doch einen Hilfsdienst im Altenheim, hatte Reinhold gerufen. Wenn man trotzdem alles selber machen müsse, könne man sie ja gleich zu sich nehmen, das Wohnzimmer abschaffen und es zu einem Seniorenzimmer umfunktionieren. Viktoria hatte ihm daraufhin auf den Kopf zugesagt, daß seine eigene Mutter ihm egal sei, was wiederum Beleidigungen von Reinhold nach sich gezogen hatte, bis Viktoria geschrien hatte: »Ach, halt den Mund!«, woraufhin Reinhold sich in seinen Sessel gesetzt und Viktoria ihren Sohn angerufen hatte, damit er sie zum Altenheim bringe.

»Ich hole dir neue Sachen«, sagte Viktoria etwas zu laut, »kannst du solange alleine hier stehen?«

Unter der Deckenlampe wirbelte die feuchte Luft in alle Richtungen.

»Ich komme mit«, sagte Klara und machte einen Schritt auf die Tür zu.

»Der Junge sitzt im Wohnzimmer«, sagte Viktoria.

Klara sog die heiße Badeluft in ihre Lungen, dann antwortete sie: »Das ist nicht mehr wichtig.«

Als die Badezimmertür aufging, drehte Feltzer den Kopf und sah seine Großmutter nackt im Türrahmen erscheinen, gestützt von Viktoria. Er wußte im ersten Augenblick nicht, wie er reagieren sollte, schaute in Klaras müdes Gesicht, blickte auf die Zeitung, die auf der Lehne des Sessels vor ihm lag, las die fetten, schwarzen Lettern, die die Auflösung des Parlaments verkündeten, drehte sich seiner Großmutter wieder zu, schaute fragend auf seine Mutter, ehe ihm einfiel, daß er helfen könnte. Aber noch bevor er von der Couch aufgestanden war, sagte Klara: »Es ist doch nicht mehr wichtig. Oder, mein Junge?«

Feltzer wußte nicht, was er erwidern sollte, und lächelte.

Klara bewegte sich langsam zum Fernseher, auf dem sie sich abstützte, dann ging sie zu ihrem Sessel und setzte sich hinein. Feltzer lächelte noch immer. Es war, als seien seine Gesichtszüge eingefroren, als würde er selbst zusammensacken, wenn seine Mundwinkel wieder nach unten rutschten. Er schaute auf Klaras faltigen Hals, auf ihre leere Brust und wußte, daß sie wußte, daß sie bald sterben würde. Es war nicht ihr ausgemergelter Körper, der ihm die Gewißheit gab, vielmehr war es ihre Gleichgültigkeit der eigenen Nacktheit gegenüber, die Feltzer ihren bevorstehenden Tod ahnen ließ.

Viktoria hielt ihr eine Rüschenbluse vor das Gesicht, zog ihr die Ärmel an, dann bat sie Klara, noch einmal aufzustehen, um ihr Wäsche und eine weite Pluderhose anzuziehen.

Feltzer spürte den Gedanken an Klaras Tod wie einen feinen Schnitt in seinem Hirn. Über seinem linken Auge breitete sich ein kaum erwähnenswerter Schmerz aus, warm und feucht.

»Meinen Mantel«, sagte Klara, betupfte mit den Fingerspitzen ihr weißes Haar, wartete.

»Hat dein Vater etwa vorhin angerufen?« fragte Viktoria, während sie den Frotteebademantel aus dem Bad holte. In ihrer Stimme schwang eine merkwürdige Überlegenheit mit.

Feltzer schüttelte den Kopf. Das Lächeln wich aus seinem Gesicht. »Nein«, sagte er, »es war ein Kollege von mir. Bellini, er war ganz aufgewühlt, weil ein anderer Kollege von uns Krebs hat. Hat er gerade erfahren. Bauchspeicheldrüse. Ich kann es eigentlich nicht glauben. Kröning wirkt immer wie jemand, der ewig leben wird.«

Klara gab ein kurzes Lachen von sich.

»Das geht manchmal ganz schnell«, antwortete Viktoria, half Klara in ihren Mantel und dann zurück in den Sessel. Die Zeitung rutschte von der Lehne, fiel auf den Boden, lag dort wie ein zusammengesacktes Zelt.

Feltzer stand auf und griff nach dem Blatt. »Wenn du Kröning kennen würdest, könntest du es auch nicht glauben«, sagte er, »Bauchspeicheldrüsenkrebs, da ist nicht viel zu machen.«

»Willst du fernsehen?« fragte Viktoria ihre Schwiegermutter und zeigte ihr die Fernbedienung. Klara schüttelte den Kopf. Vorm Fenster hing ein wildgrauer Nachmittagshimmel. Im Hintergrund aufgehellt, bewegten sich anthrazitfarbene Wolkenflächen darüber, veränderten sich, schrumpften, dehnten sich aus.

Feltzer sah die schmutzigen Luftmassen ineinanderrutschen, zog seinen Blick ins Zimmer zurück, schaute auf die erste Seite der Zeitung und sagte: »Es gab schon wieder Anschläge in London.«

Auf dem Foto unter der Schlagzeile gingen Männer mit Gasmasken und blauen Schutzanzügen an einer Reihe Koffer vorbei.

Viktoria wischte mit einem Papiertaschentuch über eine Stelle auf dem Tisch, während sie antwortete: »Bald kann man nirgends mehr in Urlaub fahren.« Dann warf sie das zerknüllte Taschentuch in den Papierkorb neben dem Fernsehge-

rät, trat erneut vor den Sessel, ließ ihre Augen unschlüssig auf Klara ruhen und verschränkte die Arme vor der Brust.
»Paß mir auf den Kleinen auf«, sagte Klara plötzlich, drehte Feltzer ihr Gesicht zu. Ihre Stimme war leise; sie schien den Satz bereits tief unten im Hals artikuliert zu haben, so daß nur noch eine verkratzte Tonabfolge ihren Mund verließ.
»Aber sicher, Oma«, sagte Feltzer und lachte, »laß ihn erstmal rauskommen.«
Viktoria eilte ins Badezimmer, öffnete das kleine Fenster, um durchzulüften. Dann hob sie das Handtuch vom Boden auf, hängte es über die Stange, an der der Duschvorhang befestigt war, und begann mit einem Lappen die Wanne trockenzuwischen.
»Laß doch«, sagte Klara, aber Viktoria schien sie nicht zu hören. Ihre Hand führte den Stoffetzen vor und zurück, polierte mechanisch die Wandfliesen, so als merke sie nicht einmal, daß sie gerade arbeite. Die Art, wie Klara eben gesagt hatte: »Paß mir auf den Kleinen auf«, hatte ihr das Bild ihrer Freundin Eva so deutlich ins Gedächtnis gerufen, daß sie gerne einige Scherze gemacht hätte, um die Tote zu vertreiben, aber ihr fielen keine witzigen Bemerkungen ein. Statt dessen trocknete sie die Fliesen, wischte einmal übers Waschbecken, nahm dann die Klobürste in die Hand. »Ich mag dich, aber ich mag den Tod nicht«, flüsterte Viktoria, »er macht mir angst.«
»Hast du was gesagt«, fragte Feltzer aus dem Wohnzimmer, blätterte die Zeitung auf.
Viktoria antwortete nicht.
Sie und Eva waren sich am Neumarkt über den Weg gelaufen. Es war ein Septembernachmittag im Jahre 1969 gewesen, und Viktoria hatte den Kinderwagen schnell über den Bürgersteig geschoben, wollte nach Hause, als Eva hinter ihr

gerufen hatte: »Daß du mir bloß auf den Kleinen aufpaßt!« Viktoria war stehengeblieben, und sie hatten viel gelacht, obwohl es bei dem, was Eva erzählte, nicht viel zu lachen gegeben hatte. Sie hatte sich im letzten Jahr ziemlich verändert, fand Viktoria, ihre Kleidung hatte sich der Studentenmode angepaßt, sie sah jünger aus als 34 und redete auch so. Mit Ralf, einem Medizinstudenten, den sie kennengelernt hatte, ging sie demonstrieren, hatte vor drei Monaten mit ihm zusammen das Jimmy-Hendrix-Konzert besucht, freute sich auf Steppenwolf, die im Oktober in der Messehalle 8 gastieren würden, und sprach von Oswald nur noch als von »ihrem Bonzen.«
»Mein Bonze hat eine Firma für Sanitäranlagen und eine für Container und versauert dabei«, sagte sie etwa und verzog dabei ihren Mund.
Feltzer hatte in dem Moment, wohl weil die beruhigende Fahrt im Kinderwagen nicht weitergegangen war, zu weinen angefangen, und Viktoria hatte ihm den Schnuller in den Mund gedrückt.
An dem Tag war ihr noch nichts aufgefallen, aber wenn sie zurückrechnete, mußte Eva damals von ihrem Studenten bereits schwanger gewesen sein, denn ihre Tochter kam im Frühling des nächsten Jahres zur Welt. Da hatte Eva ihren Bonzen bereits längst abgeschossen, wie sie sagte.
»Geht's dir gut?« hatte Eva gefragt und sofort drangehängt, »es muß dir gut gehen. Ändert sich ja alles rasant hier in diesem Bonzenstaat. Wie soll es einem da nicht gutgehen. Selbst wenn noch nicht alles im Lot ist, beileibe nicht, diese Aufbruchstimmung kann man ja regelrecht fühlen. Überall kitzelt es einen.« Ihren letzten Satz hatte sie mit einer obszönen Grimasse beendet, bei der sie ein Auge geschlossen und ihren Mund weit aufgerissen hatte.

Viktoria war errötet, so deutlich hatte sie verstanden, was Eva sagen wollte, dann hatte sie, um das Thema zu wechseln, gefragt, wo Eva gerade herkomme, und Eva hatte berichtet, daß sie vor der Mülheimer Stadthalle gewesen war, wo mehrere tausend Menschen gegen eine NPD-Veranstaltung protestiert hätten. »Diese Scheiß-Nazis!« hatte sie dann so laut gerufen, daß einige Passanten sich umdrehten und Feltzer erneut angefangen hatte zu weinen. Und während Viktoria ihren Sohn beruhigte, hatte Eva gerufen, daß jetzt ja endlich auch die bürgerlich-rechtliche Diskriminierung nichtehelicher Kinder in der Bundesrepublik beseitigt worden sei, eine gute Sache, viel zu spät, aber immerhin.
Viktoria betätigte die Klospülung, hielt die Bürste unter das Wasser, dann schlug sie sie sacht gegen den Klorand, ehe sie sie zurück in die dafür vorgesehene Aufhängung drückte. Sie lächelte stumm vor sich hin.
Auch Eva hatte geheiratet, ihren Studenten. Einige Jahre später. Sie hatte irgendwann zurück zu ihrer alten Sprache gefunden, nannte niemanden mehr »einen Bonzen«, hatte ihre Tochter großgezogen, während ihr Medizinstudent seinen Facharzt gemacht hatte, war Viktorias Freundin geblieben und hatte immer wieder gerne von jenen Jahren des Aufbruchs erzählt, zwar lachend, zuweilen kopfschüttelnd, aber doch so, daß klar war, daß diese Jahre zu den wesentlichen ihrer Existenz zählten. Wenn Viktoria versuchte, ihr eigenes Leben auf die wichtigste Zeitspanne abzuklopfen, fielen ihr eher die Fünfziger ein, die Zeit, in der sie Reinhold kennengelernt hatte, die Zeit zu viert, die so brutal geendet hatte. Danach waren die Jahre nicht schlecht gewesen, vor allem Feltzer hatte ihr Glück beschert, eine unsinnige Freude, die sie heute kaum noch verstand, aber es waren Jahre gewesen, die langsam dahingegangen waren, sich entwickelt, keine

Brüche produziert hatten, private Jahre, die wenig Außenwelt aufgenommen hatten. Sie erinnerte sich sehr wohl an Fakten, an Ereignisse, die die Nachrichten, die Zeitungen, das Radio gefüllt hatten, an den Bau der Berliner Mauer, an John F. Kennedy neben Adenauer im offenen Wagen vorm Dom, an »Moby Dick«, den weißen Wal im Rhein, daran, wie der Oberbürgermeister Burauen im Januar 1968 mit einer Privatmaschine über Ruanda abgestürzt war und überlebt hatte, an die Greueltaten der RAF, aber all das war wie die Probleme und Freuden der Nachbarn, nahe, präsent und zugleich fern und außerhalb der eigenen vier Wände.
Vielleicht waren ihre Jahre zu ruhig gewesen, überlegte sie sich heute, vielleicht hätte sie mit Eva durch die Straßen ziehen sollen, damals, aber dann wäre Feltzer heute wohl nicht auf der Welt, dann würde sie vielleicht mit einem anderen Mann zusammenleben, in einer anderen Stadt, dann hätte sie einen anderen Sohn oder eine Tochter. Eva war herumgelaufen, hatte »Zukunft« geschrien und auf sich aufmerksam gemacht mit all den anderen zusammen und war irgendwann ruhig geworden. Viktoria hingegen war immer still gewesen, wurde erst mit der Zeit hektischer. Aber da waren die jungen Jahre bereits vorbei gewesen und von der Zukunft war einzig der Alltag der Gegenwart geblieben. Als sie das gemerkt hatte, waren ihre Nerven plötzlich dünn geworden, sehr dünn. Wenn sie Eva in jenen Jahren traf, wie sie zufrieden neben ihrer gerade schulreif gewordenen Tochter Hildegard im Eiscafé saß und Freude ausstrahlte, hatte sie immer das Gefühl gehabt, etwas falsch zu machen. Sie wies ihren Sohn dann öfter zurecht als nötig, schimpfte, wenn ihm etwas Eis vom Löffel fiel und wurde rot, wenn Eva mit ruhiger Stimme sagte: »Du mußt mal ausspannen, Viktoria.«
Also ging sie nicht mehr so oft mit Feltzer Eis essen, traf Eva

und deren Tochter seltener, bis der Kontakt für vier Jahre ganz abbrach. Als sie sich nach dieser Zeit zufälligerweise in der Hohe Straße wieder trafen, war Viktoria zwar nicht ruhiger geworden, aber Eva so feinfühlig, daß sie die Hektik ihrer Freundin übersah. Von da an trafen sie sich wieder regelmäßig, jetzt ohne Kinder, die nun etwas anderes zu tun hatten, als mit ihren Müttern im Eiscafé zu sitzen, unterhielten sich über Belangloses, drifteten ab in die frühen Jahre, erwähnten Oswald, erwähnten Reinhold und Ralf, sprachen über ihre Kinder und gingen anschließend wieder nach Hause. Für Viktoria waren diese Treffen der Höhepunkt jeder Woche. Es war, als käme eine andere Welt auf sie zu, nicht durch das, was gesprochen wurde, sondern einfach durch Evas Präsenz, durch die Art, wie sie sich hinsetzte, wie sie lachte. Deshalb starb im Herbst 1995 nicht nur ihre beste Freundin, als Eva auf dem Weg ins Bergische in ein Wildschwein, das die Landstraße überquerte, raste, sondern auch ein Teil ihrer selbst. Auf dem Begräbnis war auch Oswald aufgetaucht, hatte sich etwas abseits der Trauergemeinde hingestellt und zu Boden geschaut. Die aufziehende Kälte hatte seine Ohren stark gerötet, und seine Nase lief. Als Viktoria, nachdem sie Erde auf den Sarg hatte fallen lassen, zu ihm getreten war, hatte er den Kopf gehoben und gesagt: »Nun ist es endgültig vorbei.« Dann hatte er geschwiegen und wieder auf den Boden gestarrt. Viktoria hatte ihm kurz eine Hand auf die Schulter gelegt, dann war sie zurück zu Reinhold nach Hause gegangen.

Viktoria schloß die Badezimmertür hinter sich, sagte: »Das wäre geschafft.« Feltzer legte die Zeitung neben sich auf die Couch, stand auf, wackelte leicht mit dem Kopf und sagte: »Ich müßte auch langsam wieder. In drei Stunden bekommt

Claudia den Wagen, und ein bißchen was müßte ich schon noch einfahren.«
»Ich bin soweit«, sagte Viktoria, »ich kann für die zwei Stationen auch die Bahn nehmen.«
»Nein, ich bring dich schnell nach Hause«, wehrte Feltzer ab, legte seiner Großmutter die Hand auf die Schulter und sagte: »Tschüs.« Und nach einer kurzen Pause fügte er hinzu: »Mach es gut.«
Klara lehnte den Kopf gegen die Sesselpolsterung, blickte nach oben und lächelte. Dann verließen Feltzer und Viktoria das Altenheim.

In diesem Moment setzte sich Louise ein paar Kilometer weiter auf einen der alten Klappstühle vor eine Kneipe Ecke Zülpicher und Roonstraße. Sie hatte sich mit ihrem Vater verabredet und war eine Viertelstunde zu früh dort. Die Kellnerin brachte ihr das bestellte Sprudelwasser und schaute in den dunklen Himmel. Auf der Terrasse hatte außer Louise niemand Platz genommen. Seit ihrer Schwangerschaft fühlte sie eine enorme Hitze in sich. Die momentan vorherrschende Temperatur und den aufkommenden Wind empfand sie als sehr angenehm. Auf der Stufe vor dem Imbiß auf der anderen Seite der Kreuzung kauerte ein Hund und wühlte mit seiner Schnauze in einer Plastiktüte. Louise legte eine Hand auf die kleine Wölbung ihres Bauches, überlegte, ob sie sich gleich etwas zu essen holen sollte, als Claudia um die Ecke bog, erstaunt die Augenbrauen hochschnellen ließ und auf sie zu kam.
»Treibt die Mutti sich jetzt nachmittags in Kneipen rum«, sagte sie, zog einen Stuhl vom Tisch und setzte sich.
»Ich treffe gleich meinen Vater«, sagte Louise, »und du?«
Claudias Haare ritzten wirr in den dunklen Nachmittag, als

wollten sie kleine Schlitze für das verdeckte Licht anbringen, während sie sagte: »Ich muß doch heute abend fahren, da vertrete ich mir vorher immer etwas die Beine.«
»Feltzer ist bei seiner Oma«, erwiderte Louise.
Die Kellnerin kam an ihren Tisch und fragte, was Claudia trinken wolle.
»Nichts«, antwortete Claudia, sie sei auf dem Sprung.
Während die Kellnerin wieder in der Kneipe verschwand, sagte Claudia: »Daß die Oma immer noch lebt. Die ist doch schon fast hundert, oder? Muß doch schon Anemonen in den Achselhöhlen haben.«
»Dann hat der Kleine eine richtige Urgroßoma«, antwortete Louise.
Auf der Zülpicher fuhr ein kleiner, blauer Lieferwagen vorbei. Louise erkannte Uwe am Steuer und hob den rechten Arm, mit dem Finger auf das Auto zeigend.
Claudia drehte sich um, sah gerade noch, wie der Wagen Richtung Zülpicher Platz verschwand und sagte: »Er bringt meiner Mutter das Bild. Sie bezahlt ihn dafür.«
Louise lachte. »Wieso bist du eigentlich mit ihm zusammen? Jedesmal wenn du deinen Freund erwähnst, klingt Verachtung mit«, fragte sie.
»Besser als seinen Ehemann für einen Mörder zu halten. Oder hat sich das gegeben?«
Louise schwieg.
Der Hund auf der anderen Seite der Kreuzung zog seine Schnauze aus der Tüte, streckte den Hals und schaute über die Fahrbahn. »Hat sich nicht gegeben«, antwortete Claudia sich selbst.
Louise kratze sich mit beiden Händen am Bauch, sagte: »Ich weiß es nicht. Es gibt Tage wie heute, da fühle ich mich einfach glücklich, und dann gibt es Tage, da wache ich morgens

auf und denke sofort, er hat es getan. Er könnte es zumindest getan haben. Ich weiß nicht. Kann es sein, daß ich Ben so falsch eingeschätzt habe?«

»Oh, wir sind beim Vornamen«, sagte Claudia und grinste.

Louise trank einen Schluck, stellte das Glas zurück auf den Bierdeckel: »Manchmal denke ich, ich kenne Feltzer überhaupt nicht, weiß nicht, was er tut. Ich mein', er ist nächtelang weg, was weiß ich, was er da treibt? Früher habe ich mir wenig Gedanken darüber gemacht. Er hatte Spaß daran, alles in die Hand zu nehmen, die Tage zu organisieren, hat mir gesagt, wann wir uns treffen und was wir unternehmen. Er hat zwar gemeckert, ich sei zu langsam, aber ich hatte das Gefühl, es gefällt ihm. Das hat mich noch langsamer gemacht. Warum hätte ich mich auch bemühen sollen, er hat ja für alles gesorgt. Aber seit ich schwanger bin, habe ich den Drang, selbst etwas zu tun. Ich kann mich ihm nicht mehr so ausliefern. Manchmal habe ich Lust, ihn zu verfolgen, ihm nachts nachzuschleichen, um mir Gewißheit zu verschaffen«, fuhr Louise fort, »das ist eigentlich das Unangenehmste, daß man nichts genau weiß, immer alle Möglichkeiten durchgeht und am Ende doch keine Lösung hat. Man kann sich entscheiden, aber dann weiß man noch immer nicht, ob es die richtige Entscheidung war, auf die man jetzt baut.«

Claudia wuschelte sich einmal kurz durch die Haare. »Du machst dir vielleicht Gedanken«, sagte sie, »laß doch einfach alles auf dich zukommen. Genieß es doch einfach, hier zu sitzen. Was kommt, wird schon kommen. Und was das sein wird, da hat man doch keine Ahnung. Dieser Drang, sich zu entscheiden, ist nicht gesund, weil er einen zwingt, sich selbst immer einen Schritt voraus zu sein. Das Hier und Heute geht dabei komplett verloren. Du bist jetzt schwanger, denk an dich, nicht daran, wie das Kind es in zehn Jahren haben wird. Und wenn du Angst vor Feltzer hast, dann sag es ihm. Frag ihn, was er gemacht hat, und denk nicht daran, was sein wird, wenn. . .«

»Denkst du nicht darüber nach, was aus dir und Uwe werden wird?« fragte Louise.

Das Grau über der Stadt hellte sich stellenweise auf. Weiße, spiralartige Wolken tauchten auf, als hätte jemand etwas Milchpulver in den Himmel gerührt.

»Eigentlich nicht«, antwortete Claudia, »das macht Uwe schon für uns beide. Wie berühmt er werden wird, wieviel Geld er mal haben wird, erzählt er mir schon, seit wir zusammen im Sandkasten gespielt haben. Aber einfach nur den Tag genießen ohne Größenwahn, das war bislang selten drin mit ihm.«

»Du hast mit ihm im Sandkasten gespielt?« fragte Louise. Ihre Augenbrauchen rutschten auf die senkrechte Falte zu, die sich über der Nasenwurzel bildete.

»Na, nicht unbedingt im Sandkasten«, sagte Claudia, »ich bin ja drei Jahre älter als er, aber wir waren fast Nachbarn. Seine Eltern wohnten einige Häuser weiter, bis sie weggezogen sind. Ich kenne ihn von klein an.«

»Aber . . .«, setzte Louise an.

»Du meinst Sevilla?« lachte Claudia, »das ist es doch, was ich meine. Uwe erzählt diesen Quatsch, weil er denkt, das macht ihn interessant, und dann verkauft er in den kommenden Jahren mehr Bilder. Nicht nur, daß er hier und jetzt nichts genießt, nein, er stiehlt sich auch noch die eigene Vergangenheit.«

»Ich bin baff«, sagte Louise, griff nach ihrem Glas, schwenkte es einmal in der Hand, als wolle sie den Inhalt vermischen, und setzte es zurück auf den Tisch.

»Er ist doch kein Einzelfall. Ich kenne kaum jemanden, der

seine Vergangenheit so sieht, wie sie sich abgespielt hat, wahrhaben will, was ihn wie beeinflußt hat. Vielleicht machen die meisten das nicht so extrem, aber frag mal Feltzer, was er glaubt von seinem Vater zu haben. Oder mich, wieviel in mir von meiner Mutter steckt? Ich will es dir sagen: Nichts!« sagte Claudia und lachte schallend.

Die Kellnerin kam erneut an ihren Tisch, fragte, ob Claudia nicht doch etwas zu trinken haben wollte.

»Nein« wiederholte Claudia, »ich bin schon weg.«

Die Kellnerin ging zurück in die Kneipe.

»Ich bin trotzdem baff«, sagte Louise. In ihrem Bauch schien sich etwas zu bewegen. Sie schaute hinab auf die kleine Wölbung, wartete. Alles blieb ruhig.

»Natürlich habe ich mir Gedanken darüber gemacht, warum alle immer nur in der Zukunft leben«, sagte Claudia und streckte ihren Hals, »habe ja nicht so viel zu tun. Weil sie nicht damit klarkommen, daß das Leben nicht abwechslungsreich ist, sondern der gleiche Trott jeden Tag. Um das genießen zu können, braucht es Kraft. Es mag einige wenige geben, die jeden Morgen etwas Neues erleben, zum Mittagessen Käfer verspeisen und abends Briefe an sich selbst schreiben. Aber die meisten stehen auf, schmieren sich ihre Stulle, essen ihr Müsli und gehen zur Arbeit oder bringen die Kinder in den Kindergarten. Und frag mal einen von ihnen, warum er das tut? Er wird dir sagen, daß die Kinder es mal besser haben sollen, oder dich einfach nur anstarren, als hättest du 'ne Macke. Wenn man drüber nachdenkt, kommt nämlich nicht viel dabei heraus. Das ganze Planen ist eine einzige Flucht. Zum Beispiel die kaputte Stelle bei uns im Hof, die ist da, seit unser Nachbar aus dem Fenster sprang. Da hat sich ein Stein gelöst, und nun verhakt sich die große Mülltonne immer in diesem Loch. Den Hausmeister kannst du jeden Montag schimpfen hören, aber meinst du, er fragt sich, warum Deventer gesprungen ist? Nein, er denkt nur daran, daß ihm das Rädchen der Mülltonne in den nächsten Wochen noch mehr als einmal genau da reinfahren wird und daß er wieder den Boden wird reparieren müssen.«

Louise fuhr sich mit der Hand über den Mund, als wolle sie einen Rest Flüssigkeit wegwischen. »Ich brauche Klarheit, das ist alles. Und ich würde es nicht mögen, wenn Feltzer so lügen würde. Was magst du denn an Uwe?«

»Ich fand irgendwann den Duft von Farbe an ihm verwirrend, ich mein', für einen Mann seiner Herkunft. Seine Eltern hatten nicht weniger Geld als wir. Sie wollten, daß er Jura studiert, aber er hat gemalt. Das hat mir imponiert, und wir hatten Sex. So einfach ist das«, sagte Claudia.

»Muß ja abgegangen sein«, lachte Louise und hatte Feltzer vor Augen, wie er betrunken ins Schlafzimmer gestürmt war.

»Das erste Mal?« Claudia schüttelte sich, »im Gegenteil, von Wildheit keine Spur, eher ein unbeholfenes Hin-und-Her, ein Taktieren und Abwägen, während wir uns hilflos beobachteten und auf ein Zeichen von Genuß warteten. Konnte nur besser werden.«

»Und Kinder?« fragte Louise.

»Ich?« rief Claudia, »schon wieder so ein Plan. Obwohl, an den Kleinen kann man zumindest lernen, was Gegenwart heißt. Kinder sind wie Vögel, sie schreien zwischen jedem Löffel, den man ihnen in den Mund schiebt, obwohl sie sehen, daß die nächste Portion bereits im Anmarsch ist. Das sollten wir auch tun.«

»Da kommt mein Vater«, sagte Louise. Claudia drehte sich um und sah einen Mann mit Glatze und ordentlichem

Bauchansatz auf sie zukommen. Er hatte die Hände in den Manteltaschen und rief, noch bevor er an ihrem Tisch angekommen war, ganz als ob er sich noch mit jemandem unterhalten würde: »Ja, ist es denn warm genug für Juli? Wo gibt es denn so was, da sitzt doch keiner draußen und friert?«

Louise stand auf und umarmte ihren Vater, während Claudia sitzenblieb und bemerkte, wie ihre Freundin ihren Bauch bei der Umarmung einzog, so als wollte sie ihn schützen. Dann setzte sich Louise wieder. Ihr Vater nahm einen Stuhl vom Nebentisch, zog ihn zu sich heran, obwohl auf der anderen Querseite des Tisches noch einer frei war, ließ sich mit einem: »Was für eine Stadt!« nieder und schaute Claudia an. Sein gesundes Auge wirkte dabei so starr wie das Glasauge auf der rechten Seite.

Louise stellte die beiden vor, und Claudia sagte: »Ich hau jetzt aber mal ab, bevor die noch mal rauskommt und mir ein Bier andrehen will.«

»Bleiben Sie doch«, sagte Adolf und öffnete seine Handflächen zu einer einladenden Geste.

»Also«, sagte Claudia, schob ihren Stuhl wieder unter den Tisch und ging über den Fußgängerstreifen die Zülpicher Straße hinab.

»Willst du wirklich draußen sitzen?« fragte Adolf seine Tochter.

Louise nickte.

»Ich erinnere mich an solch einen Tag vor zwei Jahren«, sagte Adolf und ließ sein linkes Auge nach oben rollen, »da war es auch so grau, da hast du mir gesagt, daß du heiraten wirst. Was habe ich heute zu erwarten?«

Die Kellnerin kam an ihren Tisch, zog kurz die Brauen hoch, weil Adolfs Stuhl etwas im Weg stand, fragte: »Sind Sie auch

auf dem Sprung?« Ihr rechter Mundwinkel schnitt dabei ein verunglücktes Lächeln in die Wange.
»Ja, das haben Sie richtig erkannt«, antwortete Adolf.
Die Kellnerin blieb noch einen Moment lang unschlüssig stehen, dann drehte sie einen Halbkreis auf den Zehenspitzen ihres rechten Fußes. Aber noch bevor sie einen Schritt tun konnte, sagte Adolf: »Ich würde dann mal ein Kölsch nehmen.«
Die Kellnerin schaute über ihre linke Schulter, und Louise las in ihrem Gesicht, daß sie die Situation nicht lustig fand.
Adolf aber lachte freundlich. Sein linkes Auge schaute ins Gesicht der Kellnerin, während das Glasauge ihre Brust zu fixieren schien.
Die Kellnerin sammelte alle Kälte in ihrem Gesicht, ehe sie sagte: »Haben wir leider nicht!« Dann stieß sie mit der rechten einen Stuhl unter einen Nebentisch und ging in die Kneipe zurück.
»Das gibt's doch nicht!«, rief Adolf, »Eine Kneipe in Köln und kein Kölsch!«
»Papa«, sagte Louise.
»Ja, was denn« entfuhr es Adolf, dann knöpfte er seinen Mantel auf, zog seine Brille aus der Hemdtasche, setzte sie auf und starrte zur Kneipentür.
»Willst du dich nicht mal aussprechen?« fragte Louise.
Auf der anderen Seite der Kreuzung schaute der Hund mit hoch aufgerichtetem Schwanz der fliehenden Plastiktüte hinterher.
»Du weißt doch, daß ich nie begeistert war«, sagte Adolf und schaute noch immer auf die Kneipentür.
»Bitte?« sagte Louise. In ihrem Bauch war plötzlich ein Gefühl, als habe sie zuviel gegessen.
»Ich habe doch immer gesagt, überleg, ob er der richtige ist.

Schon vor der Heirat habe ich das gesagt«, antwortete Adolf. »Und mit einem Kind, da wird es noch schwieriger, sich umzuentscheiden. Ich kannte mal eine, die ...«
»Was redest du«, fuhr Louise dazwischen, »ich meine dich, ob du dich nicht einmal aussprechen möchtest.« In ihrem Gesicht staute sich die Hitze eines ganzen Tages.
Adolf zog seinen Blick von der Tür, richtete sein Auge auf seine Tochter: »Gut, ich sage ja nichts mehr. Es ist deine Entscheidung. Aber wenn es denn so sein soll, such dir eine gute Hebamme.« Er hob sein Gesäß etwas an, griff in seine Hosentasche und entnahm seiner Brieftasche eine Visitenkarte, die er Louise reichte. Über seiner Brille glänzte die Stirnhaut, sein kahler Kopf hingegen wirkte matt und glanzlos.
Louise blickte auf die Karte, auf der ›Corinna Schwert, Hebamme‹ stand, schaute ihren Vater an, der sein Auge zweimal unruhig zwischen ihr und der Kneipentür hin- und herbewegte, dachte, woher kennst du dich mit Hebammen aus, während sie sagte: »Ich meine die Firma, Papa.«
»Da bin ich raus«, antwortete Adolf. Er verschränkte die Arme vor der Brust.
»Ich weiß«, sagte Louise, sah auf sein linkes Auge und griff nach ihrem Glas.
Über ihnen schlug das Rattern eines Rotors in das Wolkenfeld, bis sich eine helle Schneise Richtung Uniwiesen gebildet hatte. Dann erst tauchte der Rettungshubschrauber auf, folgte seinem eigenen Geräusch, glitt parallel zur Häuserfront die Straße hinab und verschwand. Einige Sekunden lang war das Schneiden der Rotorblätter noch zu hören, dann stand erneut der gleichmäßige Klang der Stadt auf der Kreuzung
»Man muß wissen, wann man aufhört«, sagte Adolf.
Louise stellte das Glas zurück auf den Tisch und legte die Visitenkarte daneben.

»Ich dachte nur, es täte dir gut, wenn du mit jemandem reden würdest«, sagte Louise.
Adolfs Brauen schoben die Stirnhaut nach oben, die Falten darin vertieften sich. »Ich dachte, ich rede schon genug«, sagte er erstaunt.
Louise lachte.
Gegenüber schnupperte der Hund an der Ampel, bewegte sich etwas weiter und hob ein Bein.
»Ich war nie ein sehr glücklicher Mensch«, fuhr Adolf fort und richtete seinen Blick nach einer Weile wieder auf seine Tochter, »zumindest glaube ich das heute. Aber schlimm ist das auch nicht. Wer kann schon von sich behaupten, daß er immer glücklich ist. Das war halt so, das lief halt so weiter. Das ist und war nie ein Grund zum Jammern. Ich habe mich arrangiert. Und es gab ja auch gute Momente. So ist das ja nicht. Aber ich weiß nicht, warum ich meine schwangere Tochter mit so etwas belasten sollte.«
»Du belastest mich nicht«, sagte Louise, »Mama . . .«
»Ja«, unterbrach sie Adolf, »deine Mutter ist da anders. Die hat nie viel geredet, aber ihr Schweigen hat mir manchmal richtig Angst gemacht. Weil ich nie wußte, was in ihr vorging. Ich wußte nicht, was sie wußte, ich wußte auch nicht, was sie wollte. Sie hat immer alles abgenickt, aber ich hatte oft das Gefühl, sie war noch unglücklicher als ich.«
»Das schlechte Gewissen«, sagte Louise, drehte die Visitenkarte auf dem Tisch, indem sie seitlich eine Ecke antippte.
»Nein«, Adolf schüttelte den Kopf, »ich hätte mehr Grund gehabt, eifersüchtig zu sein.«
Die Kellnerin tauchte in der Tür auf, beugte sich nach vorn, indem sie das linke Bein nach hinten hob, sich an der Wand abstützte, und blickte kurz um die Ecke über die Terrasse. Dann schloß sie die Tür wieder.

Louise strich mit dem Zeigefinger über die Schrift auf der Visitenkarte, spürte leichte Erhebungen an der Kuppe.
»Du?« fragte sie.
Adolf nahm seine Brille von der Nase, klappte die Bügel ein und umfaßte sie mit der rechten Hand.
»Ich finde es beunruhigender, wenn jemand sich an einer Person festbeißt, als wenn jemand nach kurzer Zeit schon wieder abspringt. Aber du mußt auch nicht alles wissen«, sagte er.
»An einer Person?« wiederholte Louise.
»Wir haben uns arrangiert«, sagte Adolf. Die Hand mit der Brille lag auf dem Tisch. »Aber deine Mutter hat zuwenig gesprochen. Das lag immer in der Luft. Wärst du nicht gewesen, ich glaube, wir wären irgendwann aufeinander losgegangen. Sie hat hinter allem etwas gewittert. Es gab keine Zufälle mehr, alles hatte mit allem zu tun. Ein großes organisiertes Etwas. Was auch immer. Ich hätte gerne lockerer gelebt. Schon nach fünf Jahren ging die Firma mir auf den Senkel, aber mein Geld steckte drin, und Rehl wollte mich nicht rauslassen. Also habe ich weitergemacht. Wenn ich mit deiner Mutter darüber sprach, hat sie nichts gesagt, höchstens, daß ich bestimmt das Richtige machen werde, aber wenn du wüßtest, was sie alles nicht gesagt hat.«
»Was denn?« fragte Louise.
»Weiß ich doch nicht«, antwortete Adolf, »aber es war klar, daß unsere Ehe in die Brüche gegangen wäre, wenn ich aufgehört hätte. Du warst da, deine Mutter wollte Sicherheit. Ich habe einfach weitergemacht. Wenn es nach ihr ginge, wäre ich heute noch bei der Firma. Ich bin jetzt 65, da reicht es wirklich, und abgesichert sind wir, das kannst du mir glauben.«
Den letzten Satz hatte er unterstrichen, indem er die Hand in Kopfhöhe gehoben und die Brille geschüttelt hatte.

»Ich weiß nicht, warum sie so ist«, fuhr er nach einer Weile, in der sein Auge den Boden abgesucht hatte, fort, »ich weiß nicht einmal, was sie damals auf dem Bahnhof gemacht hat, als ich sie kennenlernte. Wir alle haben Dinge erlebt, die nicht schön waren. Und es ist immer etwas einfach zu sagen, ihre Eltern wollten nur heimlich Kartoffeln beim Bauern besorgen und sind nie wieder gekommen, deshalb braucht sie jetzt diese Sicherheit, daß nichts schiefgehen kann. Das ist Psychologie für Arme. Aber unser Leben hätte gemütlicher sein können.«

Der Hund auf der anderen Seite der Kreuzung war nicht mehr zu sehen, nur die Plastiktüte hatte sich weiter hinten an einem Müllkorb verhakt und versuchte sich von Zeit zu Zeit flatternd zu lösen.

Louise streichelte ihren Bauch und dachte, aber wir werden es uns gemütlich machen. Zu ihrem Vater sagte sie: »Wenn Mama über dich und die Firma redet, klingt das anders.«

Adolf stieß einen kurzen Lacher aus, bevor er sagte: »Ich weiß auch nicht, ob ich glücklicher geworden wäre, wenn ich etwas anderes gemacht hätte. Ich weiß nicht einmal mehr, ob das die richtige Frage ist? Bist du glücklich?«

»Ja«, sagte Louise.

Ihr Vater schaute sie zwei Sekunden lang an, dann erwiderte er: »Schön.«

Die Kneipentür ging auf, und die Kellnerin kam mit einem Kölsch in der Hand heraus, trat neben Adolf, legte einen Bierdeckel auf den Tisch und stellte das Bier drauf.

»Ich kassiere direkt ab«, sagte sie, »zusammen 2 Euro 60.«

Erstaunt schob Adolf seinen Kopf in den Nacken, richtete seinen Blick auf das Gesicht der Kellnerin. Dann legte er seine Brille auf den Tisch, griff nach seiner Brieftasche, reichte der Frau zwei Münzen und sagte: »Ist gut so.«

»Danke«, sagte die Kellnerin, versuchte ein Lächeln und schlenderte zurück in die Kneipe.
Der Bierdeckel unterm Glas war naß vom herabgelaufenen Schaum. Adolf legte zwei Finger auf die Pappe und hob mit der anderen Hand das Glas hoch, wog es in der Hand, als wolle er die letzten Tropfen abperlen lassen, und trank.
»Ich gehe heute noch ins Kino«, sagte er, während er das halbleere Glas zurück auf den Bierdeckel stellte.
»Man kann sich nie sicher sein«, sagte Louise, und da ihr Vater sie fragend anschaute, fügte sie hinzu: »Ich dachte immer, ich kenne euch.«
»Das tust du auch«, antwortete Adolf, »aber es ist eben nicht immer alles klar. Muß es auch nicht. Nur wenn es anfängt, wirklich dunkel zu werden, dann sollte man seinen Hintern schon mal hochkriegen. Du siehst eigentlich zufrieden aus mit deinem kleinen Bauch, also frage ich nicht weiter nach. Nur deine Mutter will wissen, ob ihr den Kleinen taufen laßt?«
»Haben wir nicht vor«, sagte Louise.
Adolf steckte seine Brille in die Hemdtasche zurück, schloß die Knöpfe an seinem Mantel, während er antwortete: »Das ist so ein dunkler Punkt, zumindest für deine Mutter.«
Louise zuckte mit den Achseln. Sie sah ihre Mutter, wie sie im Wohnzimmer in ihrem kleinen Haus in Ostheim saß und sich Gedanken machte. Das Licht, in dem sie saß, wirkte anders als sonst.
»Dem Kleinen geht es gut«, erwiderte sie, »auf dem letzten Ultraschallfoto habe ich gesehen, daß er eine niedliche Knopfnase hat, ein Heiligenschein war nicht zu erkennen.«
»Habt ihr schon einen Namen?« fragte Adolf
»Ich bin für Lennart«, nickte Louise.
»Und Feltzer?« fragte Adolf.

»Der hat auch einen Vorschlag«, lachte Louise.
»Du machst das schon«, sagte Adolf.
»Das glaube ich auch«, antwortete Louise. »Jetzt wo mir nicht mehr schlecht ist, habe ich das Gefühl, mir hilft jemand durch den Tag. Ich bin immer zu zweit, habe doppelt so viel Kraft, doppelt soviel Zutrauen. Das ist sehr angenehm.«
Adolf nickte, setzte das Kölsch an seine Lippen und trank es leer.
»Vieles, mit dem ich mich früher abgequält hätte, tut sich einfach von selbst«, fuhr Louise fort. Sie spürte plötzlich einen Stolz in sich, der ihr bis dahin fremd gewesen war.
Ein Handy klingelte. Adolf griff in seine Manteltasche, schaute aufs Display, führte das Telefon an sein Ohr und sagte: »Bist du schon fertig?« Dann schwieg er, während sein Blick von der Kneipentür auf die Terrasse und hinüber auf die andere Straßenseite hüpfte. Schließlich antwortete er: »Ecke Zülpicher und Roonstraße. Ich sitze draußen.« Dann legte er auf.
Zu Louise sagte er: »Ich werde gleich abgeholt.«
Der Wind wischte einmal kräftig über die Kreuzung, schlug Louise ihre Haare ins Gesicht. Am Himmel verengte sich nach und nach die aufgehellte Schneise, bis die dunklen Ränder sich trafen und eine Leinwand aus Grautönen zurückblieb.
»Du wirst dich nie ändern«, sagte Louise.
»Ist etwas spät dafür, oder?« erwiderte Adolf.
»Ich mochte früher deine Affären nicht. Ich habe dich mal mit einer anderen Frau in einem Café gesehen, da war ich sechzehn oder so. Und ich wußte sofort, daß ihr nicht nur alte Freunde seid. Ihr habt euch so über den Tisch aufeinander zu gelehnt. Das war klar, was da war, und ich habe eine derartige Wut verspürt, damals«, Louise lachte, »ich habe ab

da öfter deine Taschen durchsucht. Keine Ahnung, was ich finden wollte, und noch weniger eine Vorstellung davon, was ich getan hätte, wenn ich etwas gefunden hätte. Vielleicht hatte ich einfach nur Angst, ihr trennt euch.«
Louise blickte auf ihr Glas, sah aber nur die Frau und ihren Vater im Café sitzen.
»Ein Jahr später war es mir bereits egal, was du oder Mama treibt«, schloß sie.
»Mach es anders, wenn du kannst«, sagte ihr Vater, »ich hätte deine Mutter jedenfalls nie verlassen. Mein ganzes Leben hat sich an ihr orientiert und ...« Er brach ab.
»Und an mir, willst du sagen?« fragte Louise. »Ist das keine Selbstverständlichkeit? Wie sollte ein Kind sonst groß werden?«
»Für euch ist es das«, sagte Adolf, »meine Generation ist anders groß geworden.«
Die Kellnerin kam mit einer gelben Regenjacke bekleidet aus der Kneipe, schloß ihr Fahrrad auf, das an der Wand lehnte, und fuhr davon.
»Eins hätte ich noch genommen«, sagte Adolf, wies, indem er den Kopf kurz in den Nacken warf, so daß das Kinn nach vorn zeigte, auf das leere Kölschglas.
Dann schwiegen beide.
Es war kurz nach achtzehn Uhr, die Bürgersteige und Straßen lagen abgedunkelt im Raum, als habe jemand alle Vorhänge in der Stadt zugezogen. Die Fußgänger blieben unruhig an der Ampel stehen. Ein Mann in einem Sweatshirt mit Kapuze drehte seinen Oberkörper rhythmisch hin und her, eine ältere Dame streckte die offene Handfläche aus, um den ersten Regentropfen aufzufangen. Aber er fiel nicht. Als es grün wurde, die Wagen zum Stehen kamen, liefen die Leute leicht nach vorn gebeugt über den Zebrastreifen. In der

Kneipe hatte der Wirt das Licht eingeschaltet. Adolf konnte einige Flaschen auf dem Regal erkennen. Menschen sah er nicht.

Er blickte auf Louise und sagte: »Wer weiß, wie alt wir werden. Vielleicht lebe ich noch zehn Jahre, vielleicht nur fünf. Ich muß versuchen, wenigstens diese Zeit noch so locker zu überstehen, wie ich das ganze Leben gerne genommen hätte.«

»Aber du tust doch genau das, was du immer getan hast, nur daß du nicht mehr zur Firma gehst. So groß kann Mamas Druck wohl nicht gewesen sein«, erwiderte Louise

»Kein Verhör, bitte«, sagte Adolf.

Der Wirt tauchte am Fenster auf, schaute nach oben auf das nahende Gewitter, dann auf seine beiden Gäste auf der Terrasse und zog sich wieder zurück.

»Da winkt jemand«, sagte Louise.

Adolf drehte den Kopf, schaute über die Straße. Dann stand er auf, stellte den Stuhl an den Nebentisch zurück. Louise erhob sich ebenfalls, ließ sich umarmen. »Grüß mir Mama«, sagte sie.

»Wenn du was brauchst ...«, antwortete Adolf und setzte den Satz nicht fort. Dann lächelte er, und Louise dachte, so hast du immer gelächelt, wenn du Vater spielen wolltest. Dann schaute er nach beiden Seiten, ob die Straße frei war, und ging zehn Meter neben der Ampel über die Fahrbahn auf den hellblauen, am Kotflügel leicht verbeulten Kleinwagen zu. Louise sah darin eine Frau sitzen, die gerade mal dreißig sein konnte und ihr braunes, gelocktes Haar offen trug. Eine helle Strähne verlief über ihre Stirn bis hinters linke Ohr. Anstelle ihrer Brauen waren kräftig gezogene Rundbögen zu erkennen. Sie kurbelte das Seitenfenster hoch, während Adolf in den Wagen sprang, als habe er eine

Verjüngungskur hinter sich. Sie sprachen kurz miteinander. Der Motor lief. Schließlich drehte sich die Frau noch einmal um, lächelte Louise zu und fuhr über die Kreuzung davon. Louise las das Kölner Nummernschild, folgte ihm eine Zeitlang mit den Augen, ehe sie ihren Blick wieder einfing, auf ihr Glas schaute und den Rest Wasser darin kurz vibrieren sah. Dann fielen weitere Tropfen auf die Stühle, auf ihren Kopf. Die Straße veränderte fleckenweise ihre Farbe. Der Hund auf der anderen Seite der Kreuzung tauchte wieder auf, lief schnüffelnd die Fassade entlang. Louise schob ihren Stuhl unter den Tisch, nahm die Visitenkarte, las noch einmal den Namen und zerriß sie in viele kleine Teile, die sie in den Bordstein warf. Dann ging sie nach Hause.

9.

Claudia drehte den Schlüssel und öffnete die Tür. Der Holzfußboden im Flur glänzte, als sei er gerade mit Öl eingerieben worden. Auf der massiven Treppe, die rechts in den ersten Stock führte, standen Damenschuhe entlang des Geländers, auf jeder Stufe ein Paar. Claudia schloß die Tür hinter sich, wischte ihre Sohlen über den Fußabtreter, machte einen Schritt nach vorn und kontrollierte, ob sie keine Abdrücke hinterließ. Ihre Jacke hängte sie an den Kleiderständer. Von draußen war raschelnd der Regen zu hören. Sie öffnete die verglaste, mit Jugendstilmustern versehene Flügeltür, trat ins Wohnzimmer, während sie ein Papiertaschentuch an ihre verschnupfte Nase hielt. Es war Sommer, Mitte August, aber sie hatte sich eine Erkältung zugezogen wie seit Jahren nicht mehr. Ihr Kopf war heiß, sie schwitzte, trotzdem trug sie einen schwarzen Wollpulli.

Der Teppich schluckte die Geräusche ihrer Schritte. Sie ging zum Fenster, bewegte die Gardine leicht zur Seite und schaute auf die Straße, obwohl sie sich sicher war, daß ihre Mutter in den nächsten Stunden nicht wieder auftauchen würde. Claudia hatte das Taxi um die Ecke geparkt und das Haus eine halbe Stunde lang beobachtet, bis ihre Mutter es verlassen hatte. Simone blieb im Gegensatz zu früher abends nur selten zu Hause, das wußte Claudia. Sie hatte immer einen Stammtisch oder eine Veranstaltung, die sie besuchte, oder sie traf sich mit ihrem aktuellen Freund.
Claudia ließ die Gardine los, knipste die Stehlampe in der Ecke an, ehe sie zur Kommode ging, auf der zwischen hohen Kerzen die Urne mit dem Namen ihres Vaters stand, und öffnete die zweite Schublade von unten. Während sie die beiden alten Firmenbücher, die neben einigen Fotoalben und Zigarrenkisten lagen, herausnahm, begann ihre Nase erneut zu laufen. Sie legte den Kopf in den Nacken, nahm ihr Taschentuch aus der Hosentasche und schneuzte sich. Erst jetzt fiel ihr Uwes Bild auf, das großformatig über der Kommode thronte. Es wirkte nicht schlecht hier im Wohnzimmer. Es schien eine Art Verwegenheit, eine Schärfe in dieses reiche Ambiente zu bringen, es sah aus wie ein gewollter Stilbruch, vor dem sich das teure Mobiliar verneigte. Vielleicht schaffst du es doch noch, dachte Claudia. Sie klemmte die beiden Bücher unter ihren linken Arm, nahm sich einige 50-Euro Scheine aus der Schublade und legte die Bücher zurück auf das restliche Geld. Dann schob sie mit dem Knie die Schublade zu, während sie die Scheine in ihrer Hand zusammenfaltete und in ihrer Tasche verschwinden ließ. In ihren Ohren herrschte ein Druck, als stopfe jemand unentwegt Watte hinein. Sie räusperte sich, versuchte den Schleim hinunterzuschlucken und mußte husten. Eigentlich fühlte sie sich zu krank, um heute nacht zu

fahren, aber Feltzer war schon genervt von ihren Absagen. Zwar hatte Claudia zuweilen das Gefühl, er tue nur so, als ärgere er sich, und wolle in Wirklichkeit am liebsten immer selber fahren, aber wenn sie es darauf ankommen ließ, war die Stimmung für einige Tage schlecht.

Sie ging um den langgezogenen, wie eine Schlange geformten Tisch herum, setzte sich in einen der Sessel und hörte ihren Atem etwas zu laut aus den Lungen treten. Auf der ungelesenen Zeitung vor ihr stand: »Ich freue mich, euch zu treffen.« Darunter winkte der Papst, umringt von Jugendlichen aus aller Welt. Einige richteten Kameras und Fotoapparate auf ihn, als sei er ein Popstar. Claudia rutschte tiefer in den Sessel, schaute hoch zu Uwes Bild, das vom Licht der Stehlampe im unteren Teil gut ausgeleuchtet, im oberen hingegen dem Halbdunkel übergeben wurde. Irgendwie wirkten die Striche auf der Leinwand wie das Kölner Straßennetz. Claudia hatte das Gefühl, einen Teil von Ehrenfeld wiederzuerkennen. Hatte Uwe das absichtlich so gemalt? Vom Regen draußen war nichts mehr zu hören. Vorm Fenster schien der Himmel einen letzten kurzen Aufhellungsversuch zu unternehmen, dann wurde es endgültig dunkel in den Straßen. Claudia streckte den linken Arm, ließ den Ärmel vom Pulli etwas zurückrutschen, ehe sie den Unterarm vor ihre Brust führte. Es war kurz nach 21 Uhr. Sie mußte los, obwohl das Fahren nicht lohnte, seit der Weltjugendtag in Köln zelebriert wurde. Die Stadt war dicht, und die jungen Christen hatten alle kein Geld fürs Taxi. Sie pilgerten zu Fuß zu den Messen und Plätzen, an denen der Papst auftauchen sollte, sie stiegen sogar in den Rhein, sie saßen überall herum mit ihren blauen Halstüchern, überall, aber nicht in einem Taxi.

Im Haus herrschte eine angenehme Stille. Claudia horchte Richtung Flur, stellte sich dabei ihr Kinderzimmer im ersten

Stock vor und bemerkte im selben Augenblick, daß sie in genau der gleichen Haltung im Sessel saß wie ihre Mutter immer, die Beine übereinandergeschlagen, den Hintern etwas zu weit nach vorn über die Sitzfläche gedrückt, so daß ihr Oberkörper sich fast liegend der Kontur des Sessels anpaßte und ihr Kinn nach unten auf die Brust gedrückt wurde. Sie zog sich etwas höher, legte den Kopf in den Nacken. Der Stuck an der Decke drehte sich. Erinnerungen liefen durcheinander. Sie lag in ihrem Bett und horchte nach unten, wo ihre Mutter heulte, aber dort, wo ihre Mutter gesessen hatte, saß sie nun selbst mit geröteten Augen und geschwollener Nasenschleimhaut. Und oben? Wer war oben? Die nächste Generation? Nein, Claudia hatte nichts weiterzugeben. Zumindest hätte sie nicht gewußt, was. Simone hatte auch nichts gehabt, aber das hatte sie nicht daran gehindert, sich trotzdem in alles einzumischen.
Claudia legte eine Hand auf die Stirn und schloß die Augen. Sie fühlte sich erschöpft.
Ihr Vater wirbelte sie herum und schaute ihr dabei ernst in die Augen, so als müsse er sich konzentrieren. In ihr flatterte eine Leichtigkeit, die sie zum Lachen reizte, alles verschwamm, das ganze Wohnzimmer war ein Karussell, aber Claudia lachte nicht, sie lächelte nicht einmal, sie erwiderte nur den Blick ihres Vaters, bis er sie absetzte, ihr über die struppigen Haare strich und »Ach, Brezel« sagte. Sie legte ihren Kopf an sein Knie und umfaßte sein Bein. So standen beide eine Zeitlang, dann kam Simone ins Zimmer, und Claudia ließ ihren Vater los. Er hatte sie geliebt, ohne viel Aufhebens darum zu machen, er hätte alles für sie getan, da war sich Claudia mit jedem Jahr, das sie älter wurde, sicherer geworden. Gerade deshalb hatte sie ihm, als Simone es ihr schließlich erzählt hatte, seinen Selbstmord nicht so leicht verzeihen können. Er hatte

seine Liebe einfach mitgenommen, so als habe sie nur ihm gehört und nicht auch Brezel. Als sie es erfahren hatte, war sie 14 gewesen. Sie erinnerte sich sogar noch an den Tag, weil ihre Mutter ferngesehen hatte, als sie ins Zimmer getreten war und gefragt hatte, wie ihr Vater gestorben sei, und ihre Mutter geistesabwesend geantwortet hatte: »Er hat sich umgebracht«, während sie weiter auf den Bildschirm gestarrt hatte.

»Was?« hatte Claudia gefragt, und Simone war, ohne auf die Frage ihrer Tochter zu antworten, noch tiefer in den Sessel gerutscht und hatte gesagt: »Das muß ein irres Gefühl sein, nach so vielen Jahren einfach über die Grenze zu gehen.«

Claudia hatte auf den Bildschirm geblickt und Menschen gesehen, die einem Autokorso zugewunken hatten. Alle waren in heller Aufregung gewesen, und auch in ihr war alles durcheinandergeraten. Die Bilder im Fernseher hatten in aller Schärfe fröhliche Menschen, die Sekt tranken, gezeigt. Claudias Bilder im Kopf hingegen waren plötzlich von einer erschreckenden Unschärfe gewesen, so als benötigte sie eine Brille, um etwas in sich selbst wahrzunehmen.

»Wie?« hatte sie gefragt und ihre Hände in die Jeanstaschen gesteckt.

Im Fernsehen hatten sie gesungen.

Simone war etwas in sich zusammengesackt, hatte nach der Fernbedienung in ihrem Schoß gegriffen und den Ton abgestellt, während ihr Blick am Apparat klebengeblieben war, und sie geantwortet hatte: »Er hat sich erhängt. Dein Vater hat sich erhängt.« Dann hatte sie den Kopf gewendet und ihre Tochter von unten angesehen, bevor sie wieder auf die Mattscheibe geschaut und nach kurzer Zeit hinzugefügt hatte: »Richtig scheiße war das.«

Das Schweigen, das sich anschließend im Raum ausgedehnt

hatte, hatte Claudias Neugierde auf ein Nichts zusammenschrumpfen lassen. Sie hatte auf das lange Haar ihrer Mutter geblickt, auf ihren Mittelscheitel, und war wortlos die Treppe hoch in ihr Zimmer gegangen. Eine klare Vorstellung vom Ableben ihres Vaters hatte sie sich nicht machen können, während sie auf ihrem Bett gelegen hatte. Sie war den ganzen Tag dort oben geblieben, hatte ihren Vater ernst am Tisch sitzen gesehen oder Zeitung lesend im Wohnzimmer. Jemand hatte: »Brezel« gerufen, immer wieder »Brezel«, dumpf hatte es geklungen, als sei die Stimme von draußen aus dem Garten gekommen.

Erst fünf Tage später war Claudia erneut bei ihrer Neugierde angekommen – wenn es denn beim ersten Mal Neugierde gewesen war, denn sie hatte einfach so nach dem Tod ihres Vaters gefragt, ohne sich im Vorfeld über die mögliche Antwort Gedanken gemacht zu haben, eher war es ihr spontan in den Sinn gekommen – erst fünf Tage später also war sie erneut an ihre Mutter herangetreten und hatte gefragt: »Warum hat er es getan?«

»Er wurde erpreßt«, hatte Simone geantwortet.

Auf dem Herd hatten Rouladen geköchelt, und der Geruch von angebratenem Fleisch und Tomatenmark war Claudia in die Nase gestiegen.

»Zumindest hat man mir das später gesagt«, hatte Simone hinzugefügt.

»Wer?« hatte Claudia gefragt, und Simone hatte etwas genervt zurückgefragt: »Wer was?« Und da ihre Tochter nichts gesagt hatte, war sie wieder ruhiger geworden und hatte geantwortet: »Wer ihn erpreßt haben soll, weiß ich nicht. Dein Vater hat wohl viel Geld an der Steuer vorbeigeschmuggelt. Zumindest wurde das behauptet, und gesagt hat es mir ein Geschäftsfreund von deinem Vater.«

Simone hatte Bohnen in einen Topf geschüttet, und Claudia hatte begriffen, daß ihre Mutter sich mit allem abgefunden hatte, daß es ihr nun gut ging, daß sie mit dem Geld ihres verstorbenen Mannes zufrieden war und keine Lust hatte, alte Geschichten aufzuwärmen. Ihre Mutter hatte sich mit einem Mal verändert, oder vielmehr hatte Claudia nun diese Veränderung augenblicklich wahrgenommen. Vor ihr hatte plötzlich eine andere gestanden und die Herdplatte unter dem Kartoffelwasser angemacht, eine, die schon lange nicht mehr geweint hatte, eine, die ihre gesammelten Gefühle durchdachten Strategien opferte. Tatsächlich hatte Claudia von da an immer öfter die Organisation ihrer Mutter gespürt, den schmalen Weg unter ihren Füßen, der keine Abzweigungen kannte, der geradeaus führte und ohne Hindernisse jeweils dort gelegen hatte, wo sie hingetreten war. Sie hatte vorher bereits zugesehen, wie die Juliane-Werding-Platten im Müll gelandet und durch Klassik-CDs ersetzt worden waren, wie ihre Mutter die Kleider ausgewechselt und sich zur Dame entwickelt hatte – Erwachsene benahmen sich nun einmal merkwürdig, hatte sie damals gedacht –, aber seit dem Gespräch im Rouladenduft war ihr bewußt geworden, daß diese Veränderungen auch für sie Konsequenzen haben würden. Von diesem Moment an hatte Claudia sich mehr und mehr beobachtet, wenn nicht gar überwacht gefühlt. Sie hatte niemanden treffen können, ohne daß Simone sie gefragt hatte, wo sie denn hingehe. Das hatte ihre Mutter auch vorher oft gefragt, aber nun war darin die Drohung enthalten, ein Treffen auch mal zu verbieten. Claudia hatte nicht mehr verstanden, was ihre Mutter von ihr wollte, wie die Welt aussah, in die sie sich geflüchtet hatte, und wenn sie etwas davon verstanden hatte, dann war ein Gefühl der Ablehnung in ihr hochgekommen. Alles an Simone war

ihr nach und nach fremd geworden, hatte begonnen, sie zu stören, ihre Kleidung, die Art und Weise, wie sie sprach, ein Glas in die Hand nahm, und umgekehrt hatte Simone immer öfter etwas am Benehmen ihrer Tochter auszusetzen. Als Claudia ihren ersten Freund nach Hause gebracht hatte und beide in ihrem Zimmer verschwunden waren, leise, ohne ins Wohnzimmer zu schauen, ohne zu grüßen, auf Socken die Treppe hoch, da hatte Simone fünf Minuten später die Zimmertür aufgerissen und geschrien: »Was soll das?« Und nach einer kurzen Pause hatte sie hinzugefügt: »Willst du noch größere Dummheiten machen als ich?«
Claudia hatte nicht sofort verstanden, was ihre Mutter gemeint hatte, aber ihr Freund war aufgesprungen und an Simone vorbeigeschlichen, die Stufen hinab und aus dem Haus. Und während unten die Tür ins Schloß gefallen war und oben sich beide noch immer angestarrt hatten, Simone die metallene Klinke in der Hand, ihre Tochter mit rotem Kopf auf dem Bett sitzend, hatte Claudia leise gesagt: »Ich hasse dich!« worauf Simone nur lachend geantwortet hatte: »Das gibt sich.« Dann war sie ins Wohnzimmer zurückgegangen.
Claudia hatte sich aufs Bett gelegt und gedacht, daß sie sich das nicht gefallen lassen würde. Sie würde ihren Freund weiterhin mit nach Hause bringen und unten ihrer Mutter klipp und klar sagen, daß sie ungestört sein wollten. Sie würde Simone mit Offenheit überrumpeln. Aber der Freund hatte es vorgezogen, Simone nicht mehr zu begegnen, hatte nicht mehr zu Claudia nach Hause gewollt, was zu einem Streit und bereits nach zwei Wochen zum Abbruch der Beziehung geführt hatte. Claudia hatte ihre Mutter dafür nur um so mehr gehaßt, obwohl sie froh darüber gewesen war, nicht mehr mit einem Feigling zusammenzusein. Der nächste

Freund hatte etwas mehr Mut gehabt, aber Simone war auch nicht mehr so aufgetreten wie beim ersten Mal. Sie hatte nun ihre Strategie geändert und ihre Tochter, wenn sie allein waren, mit Sätzen wie: »Was willst du denn von dem Grünschnabel?« oder »Such dir doch wenigstens einen, der gut aussieht« traktiert.
Claudia hatte versucht, ihre Mutter zu überhören, war manchmal doch ausgerastet, hatte mehr als einmal die Tür geknallt und sich bei ihrem Freund ausgeheult. Folglich war sie von ihrem Plan der offenen Überrumpelung abgewichen und hatte sich nun dem exakten Gegenteil verschrieben. Sie war verstummt, hatte geschwiegen, keine Fragen mehr beantwortet, die nicht das Essen oder die Schule betrafen, hatte ihren Freund nicht mehr mitgebracht und begonnen, ausschließlich in ihrem Zimmer zu leben, wenn sie zu Hause war, und alle anderen Räume möglichst zu meiden. Beim gemeinsamen Abendessen, auf dem Simone bestanden hatte, war die Luft in diesen Monaten so spürbar gewesen, als habe sie sich mit Feuchtigkeit vollgesogen, so als herrsche ein merkwürdig tropisches Klima in dieser Villa in Marienburg. Dann hatte ihr Freund eines Tages mit ihr Schluß gemacht, und Claudia war aus allen Wolken in eine schmutzig graue Stadt gefallen, in ein unaufgeräumtes Zimmer voller zerrissener Fotos und zerstörter Geschenke. Sie hatte nun zwei Menschen, denen sie aus dem Weg gehen wollte, obwohl ihre Mutter ihr wirklich nett entgegengekommen war, so als habe sie geahnt, was los sei. Sie hatte ihr eine CD ihrer Lieblingsband geschenkt, keinen Druck gemacht, wenn sie nichts essen wollte, und sie auch sonst in Ruhe gelassen. Erst ein halbes Jahr später, als Claudia sich von der Trennung erholt und Axel kennengelernt und er ihr gesagt hatte, daß er nicht daran glaube, was sein Vorgänger von ihr erzähle, daß sie es

mit jedem treibe, erst da war Simone wieder autoritärer geworden, und Claudia hatte sich Fragen gestellt, die sie einige Tage später auch ihrem Ex gestellt hatte.

»Ja«, hatte dieser geantwortet, »deine Mutter hat es mir gesagt. Sie hat mich in der Fußgängerzone angesprochen. Und es mir gesagt.«

»Und du hast ihr das geglaubt?« hatte Claudia zurückgefragt.

»Es ist deine Mutter«, hatte der Junge geantwortet, woraufhin Claudia gesagt hatte: »Du bist ein Arschloch.« Dann war sie über den Schulhof zu Axel gegangen und hatte zu ihm gesagt: »Hilfst du mir, meine Mutter zu töten?«

Axel hatte sie in den Arm genommen und geantwortet: »Na ja, ohne deine scheiß Mutter wärst du vielleicht noch immer mit diesem Idioten zusammen und nicht mit mir.«

Abends hatte Claudia beim Abendessen zu Simone gesagt: »Du erzählst meinen Freunden, ich würde sie betrügen.« Sie hatte anschließend zwei, drei Sekunden gewartet, ihrer Mutter in die Augen gesehen, bevor sie hinzugefügt hatte: »Du bist nicht mehr meine Mutter.« Dann hatte sie weitergegessen und sich seltsam zufrieden gefühlt. Und auch ihre Mutter hatte in ihr Brot gebissen und nichts gesagt.

Claudia hustete erneut. Ihr Körper hing matt im Sessel und glühte. Um die Stehlampe kreiste eine Fliege, umrundete den hellen Schirm wie ein Perpetuum mobile. Aber kein Geräusch war zu hören, kein Summen, nichts. Auf Uwes Bild wirkten die Ascheflecken wie geparkte Wagen. Claudias Blick glitt die Venloer Straße entlang bis zum Bildrand, rutschte außen an der Kerze vorbei auf die Ablage der Kommode, hangelte sich an den Schubladengriffen nach unten und blieb am Boden liegen. Ihr Kinn drückte feucht gegen ihren Wollpullover. Sie mußte los. Am liebsten hätte sie die Augen geschlossen und geschlafen. Wenn ihre Mutter sie hier finden würde, könnte sie sagen, daß ihr schlecht und sie gerade in der Gegend gewesen sei. Aber dann wüßte Simone, daß sie einen Schlüssel hatte, einen Schlüssel, den sie sich bereits als Jugendliche hatte nachmachen lassen, und dann würde es vorbei sein mit der monatlichen »Unterstützung.« Ihre Mutter besaß so viel Geld, daß sie gar nicht wußte, was damit anfangen. Sonst hätte sie Uwe dieses Bild auch nicht abgekauft, zumindest nicht zu diesem Preis. Aber ihrer Tochter unter die Arme zu greifen, darauf kam sie nicht.

Von draußen schob sich Scheinwerferlicht durch die Gardinen, führte ein helles Muster über den oberen Teil der Wand hinter Claudia und über die Decke, bevor es wieder verschwand. Claudias Kehle kratzte, sie hätte gerne etwas getrunken, aber allein der Gedanke, nun aufzustehen und in die Küche zu gehen, erschöpfte sie komplett. Sie würde Feltzer doch anrufen und ihm sagen, daß sie krank sei. Sein Fernsehquiz mußte mittlerweile vorbei sein.

Die Fliege kreiste noch immer um den Lampenschirm.

Claudia löste ihren Rücken aus dem Sessel, setzte sich aufrecht hin, wartete einen Moment, bevor sie sich schließlich hochdrückte. Sie hatte das Gefühl, sich nicht auf ihre Beine verlassen zu können, so als wollten sie jeden Augenblick seitlich wegknicken. Sie schleppte sich durchs Wohnzimmer zur Lampe und löschte sie. Durchs Fenster fiel spärlich ein Außenlicht. Claudia wartete einen Augenblick, befühlte das eingesteckte Geld in ihrer Tasche und ging durchs Zimmer auf die Flügeltür zu. Auf dem Schlangentisch lagen schwache Reflexe wie ein matter Heiligenschein um die Tageszeitung. Claudia nahm ihre Jacke vom Kleiderständer, schlüpfte hinein. Als sie die Haustür öffnete, strömte ihr etwas Wind ins Gesicht. Sie atmete tief und hörbar ein. Es hatte aufgehört zu regnen. Auf den Sträuchern lag Feuchtigkeit wie eine durchsichtige Haut. Sie zog die Tür hinter sich zu und merkte, daß sie die ganze Zeit den Schlüssel außen im Schloß hatte stekken lassen. Auf der Straße war niemand zu sehen. Claudia ging um die Ecke, lehnte sich an das Taxi. Dann stieß sie die Luft kräftig aus ihren Lungen, griff nach ihrem Handy und wählte Feltzers Nummer.

Zwölf Stunden früher, am Morgen dieses Tages, hatte Louise gut gelaunt in der Küche gesessen, über ihr Marmeladenbrot hinweg auf ihren Mann gesehen und gedacht, daß nun ein neues Leben beginne und daß sie einen Schritt zu weit gegangen war mit ihren Verdächtigungen, Feltzer konnte niemandem etwas zu Leide tun. Ausrasten konnte er, das ja, aber weiter würde er niemals gehen, da hatte Claudia recht.

Das Licht, das draußen über die Blätter rutschte, durchs Fensterglas auf den Tisch fiel, hellte den schwarzen Kaffee in den Tassen zwar nicht wirklich auf, überzog ihn aber mit einer fast samtartigen Oberfläche, die Louise das Wasser im Mund zusammenlaufen ließ. Sie legte eine Hand auf ihren Bauch und freute sich auf den ersten bitteren Schluck.

Feltzer sah seine Frau lächeln und fragte sich, worüber sie wohl ins Schmunzeln geraten war, an was sie dachte, sagte aber nichts. Seit Louise schwanger war, ging es ihr von Tag zu Tag besser. Sie konnte über die unsinnigsten Dinge lachen und sich genauso schnell über die kleinsten Sachen aufregen, fast so, als habe sie sich sein Innenleben zu eigen gemacht, nur daß sie dabei ausgeglichen wirkte, so als könne nichts sie wirklich erschrecken. Feltzer hatte mehr als einmal in den letzten Tagen daran gedacht, die Gelegenheit auszunutzen und ihr einfach zu beichten, daß er das Ersparte verspielt hatte, verloren wegen Pferden, die nicht schnell genug gewesen waren. Aber dann verließ ihn jedes Mal der Mut. Er hatte Angst, alles zu zerstören, ihr die Freude zu nehmen, indem er sie mit Geldsorgen belastete.

»Ich fahre gleich los«, sagte Feltzer, »hole das Bett bei meinen Eltern und gehe dann einkaufen.«

Louise nickte, hob die Tasse an ihren Mund und trank.

»Was ist mit dem Kurs heute nachmittag?« fragte Feltzer.

»Definitiv nicht«, antwortete Louise und schüttelte den Kopf. In ihrer Tasse schwappte der Kaffee hin und her.

Feltzer lachte: »Entspannungsübung«, sagte er mit verstellter Stimme, dehnte dabei das ›a‹ und das ›ü‹, daß das ganze Wort fast nicht mehr zu verstehen war.

Louise lachte. Sie hatten sich beide in einem Geburtsvorbereitungskurs angemeldet und waren letzte Woche zusammen mit zehn anderen Paaren in einem mit Matten ausgelegten Raum gelandet. Feltzer hatte sich dort sofort unwohl gefühlt, mit den anderen im Schneidersitz auf dem Boden zu hocken und dann mit einem pickeligen, kleinen Ball den Rücken seiner Frau zu massieren. Er hatte nichts Bestimmtes erwartet, aber die Entspannungsübungen hatten ihn nervös, wenn nicht gar aggressiv gemacht. Und auch Louise hatte ihn immer wieder angesehen und die Augen verdreht. Nach dem Ball war eine Übung dran gewesen, die die Hebamme »Ausstreichen« genannt hatte und die darin bestand, sich mit den Händen gegenseitig von oben nach unten die Beine entlangzufahren, so als müßte man irgendeine schmierige Flüssigkeit von den Klamotten schaben. Anschließend hatten die Männer ein Frauenbecken aus Plastik in die Hand gedrückt bekommen und sollten es sich fünf Minuten ansehen.

Zum Schluß gab es dann Entspannung pur. Alle lagen nebeneinander auf dem Rücken, und aus dem Gettoblaster hörte man leise den Wind, und Wellen rauschten an irgendeinem Strand. Die Paare sollten sich vorstellen, allein in einer einsamen Bucht zu liegen.
»Es ist ein Genuß«, flüsterte die Hebamme.
Feltzer wurde dabei so aufgedreht, daß sein rechtes Bein unaufhörlich zuckte. Er hätte sich auch im Urlaub niemals an den Strand gelegt, und jetzt sollte er sich in einem stickigen Raum die Mühe machen, Bilder heraufzubeschwören, die ihn zu Tode langweilten. Als die Kursleiterin die Geräuschkulisse abstellte, schnellte Feltzers Oberkörper hoch, als habe ihn ein Skorpion gestochen.
Die Hebamme sah ihn freundlich an und meinte: »Sie haben Schwierigkeiten, sich zu entspannen, Herr Beer.«
Und ehe Feltzer antworten konnte, rief Louise dazwischen: »Meinen Sie wirklich. Trotz dieser schönen Windgeräusche.«
Die Hebamme legte daraufhin den Kopf etwas seitwärts und blickte beide verständnislos an. Dann fiel der Groschen, und die Stimmung rutschte in den Keller.
Draußen auf dem Flur zogen alle ihre Schuhe wieder an. Einige redeten miteinander, Feltzer und Louise schwiegen. Die Tür des Nachbarraumes ging auf, und auch dort kamen Paare heraus. Feltzer half Louise, ihre Schuhe zuzubinden, obwohl sie es noch gut konnte und absolut keine Hilfe gebraucht hätte. Als sie gehen wollten, sagte eine Frau mit braungelocktem Haar, durch das eine helle Strähne bis hinters linke Ohr führte, »Hallo« zu ihnen. Feltzer bemerkte, daß sie ihre Augenbrauen wegrasiert und durch aufgemalte Bögen ersetzt hatte, und nickte.
Louise murmelte eher, als daß sie wirklich zurückgrüßte.

»Kanntest du die?« fragte Feltzer später im Auto, und Louise antwortete: »Ist auch 'ne Hebamme.«

Feltzer verschloß den Deckel vom Frischkäse, nahm seine Tasse und stellte sie auf die Spüle, während Louise nach der Zeitung griff. Neben der Tür zum Wohnzimmer hing ein Kalender, in den Louise alles eintrug, was mit dem kleinen Lennart zu tun hatte, wann er sich zum ersten Mal bewegt hatte, wann Ultraschalltermine waren und wann er sich wohl drehen würde in ihrem Bauch. Feltzer stellte sich vor, alles auf dem Kopf zu sehen für einige Wochen und drehte den Kalender am Nagel herum nach oben. Er konnte die Zahlen und Tage natürlich noch lesen, aber lustig wäre es schon, nun alles verkehrt herum zu sehen wie ein Ungeborenes.
»Was machst du da?« fragte Louise.
Feltzer ließ den Kalender los, der zweimal hin- und herschaukelte und dann wieder gerade an der Wand hing.
»Nichts«, sagte er und grinste, »ich hol mal das Bett.« Dann verließ er die Wohnung.
Louise lächelte. Feltzer war richtig aufmerksam ihr gegenüber geworden, seit sie schwanger war, fast übertrieben aufmerksam. Das war neu, das hatte sie ihm gar nicht zugetraut. Offensichtlich freute er sich genauso auf den kleinen Lennart wie sie. Er würde ein guter Vater werden. Sie hatte sich eine Zeitlang so sehr in die Sache mit Bergrath verrannt, daß sie ihm alles zugetraut hätte. Heute erschien es ihr grotesk, daß sie ständig die Todesanzeigen durchgeblättert hatte. Einmal hatte sie sogar gedacht, Bergrath aus einem Imbiß kommen zu sehen. Sie hatte in der Straßenbahn gesessen und aus dem Fenster geschaut, und plötzlich war ein Mann mit Vollbart und Wildledersakko aus einem Dönerladen spaziert. Aber die Bahn war schnell gefahren, und sie

hatte den Mann nur noch die Straße hinuntergehen sehen, seinen Rücken. Und dann war sie sich nicht mehr sicher gewesen, ob dieser Mann nicht zu jung gewesen war. Sie hatte sich völlig hineingesteigert.
Louise spürte ein leichtes Ziehen in der Bauchdecke, streichelte mit der Hand über ihre Nabelgegend. »Jetzt ist alles gut«, flüsterte sie, dann las sie weiter in der Zeitung.

Viktoria war noch dabei, die klappbaren Seitenteile des kleinen Bettes mit einem feuchten Lappen abzuwischen. Das halbrunde Bettende lehnte an der Wand im Wohnungsflur, daneben stand das hohe, gerade Vorderteil, das mit einem rosa Blümchenmuster verziert war. Es war ein altes Kinderbett, das man leicht zusammensetzen konnte, man mußte die Teile nur ineinanderhaken. Feltzer hatte darin geschlafen, bis er fünf geworden war, und er hätte damals noch ein gutes Stück wachsen können, ehe es zu klein geworden wäre. Aber seine Eltern hatten irgendwann ein modernes Kinderbett gekauft, das alte in Plastiksäcken verstaut und im Keller deponiert. Auch Feltzers Vater hatte darin als Kind gelegen. Das Bett war ein Familienerbstück. Nur die Matratze hatte Louise vor zwei Tagen gekauft, und der Lattenrost war neu. Letzteren hatte Reinhold aus dicken Holzlatten selbst zusammengenagelt, und er war etwas zu massiv geraten, aber man sah ihn unter der Matratze ja nicht.
»Der Junge ist da«, rief Viktoria ihrem Mann durch die geschlossene Wohnzimmertür zu. Das Holz der Seitenteile glänzte im künstlichen Deckenlicht. Feltzer schaute sich die Betteile an. Sie sahen gut aus, so als sei das Bett neu. Die Wohnzimmertür quietschte, und Reinhold sagte: »Mach doch mal die Wohnungstür zu, ich habe in meinem Leben schon genug Erkältungen gesammelt.«

Feltzer schloß die Tür und antwortete: »Ich bin gleich wieder weg.«

Reinhold nahm die Wollmütze vom Kopf, strich sich zu beiden Seiten über seinen Mönchshaarschnitt und zog sich die Mütze wieder über den Kopf.

»Ich muß noch einkaufen« fügte Feltzer hinzu. Dann nahm er ein Seitenteil des Bettes unter den Arm, öffnete die Wohnungstür wieder und ging zum Wagen.

»Sind es auch alle Teile?« hörte er seinen Vater Viktoria fragen.

»Natürlich«, antwortete seine Mutter.

»Nicht daß er noch mal herkommen muß«, sagte Reinhold.

»Nein«, sagte Viktoria, »es sind ja nur fünf mit dem Lattenrost.«

»Ist ja schon so lange her«, sagte Reinhold und wollte die Wohnungstür zuschieben, hielt sich aber zurück.

Draußen klappte Feltzer die Rücksitze um und schob das Betteil in den Wagen. Dann holte er die andere Seite.

»Ich hatte doch alles zusammengestellt«, sagte Viktoria, als Feltzer in den Flur trat.

»In all den Jahren kann man schon mal was verstellen«, insistierte Reinhold, und Feltzer hatte das Gefühl, die Stimme seines Vaters klinge noch heller als gewöhnlich. Viktoria zuckte mit den Schultern.

»Vielleicht solltest du es gleich hier einmal zusammenbauen«, schlug Reinhold vor.

»Nee«, sagte Feltzer, »keine Zeit.«

»Und wenn was fehlt?« fragte Reinhold.

»Es fehlt nichts«, sagte Viktoria.

Feltzer trug das Holz vor die Tür. Mein Vater wird immer kindischer, dachte er. Das hat zwar schon vor ein, zwei Jahren begonnen, aber seit letzten Monat Klara eingeäschert worden war, schien Reinhold immer verschrobener zu werden. Das eine hatte wohl mit dem anderen nichts zu tun, war eher ein Zufall, aber das Verhalten seines Vaters fiel Feltzer nun noch mehr auf als sonst. Reinhold konnte sich mit einer Ausdauer Unsinnigkeiten widmen, auf Aussagen beharren, die jeglicher rationalen Grundlage entbehrten, daß Feltzer immer öfter dachte, er habe es mit einem Kind zu tun. Als sie die Urne für Klara ausgesucht hatten, war sogar dem Bestatter fast der Kragen geplatzt, weil Reinhold sich nicht hatte entscheiden können und an jedem Gefäß herumgemeckert hatte, das Material sehe porös aus. Drei Stunden hatten sie dort gesessen und sich Urnen angesehen, und Feltzer hatte an die letzte Begegnung mit seiner Großmutter gedacht, als er sie nackt gesehen hatte und sowohl ihm als auch ihr klar gewesen war, daß es das letzte Mal sein würde.

»Sag nicht, ich hätte nichts gesagt«, sagte Reinhold, als Feltzer wieder in den Wohnungsflur trat. Und da sein Sohn nicht antwortete, fügte er hinzu: »Also, ich würde es hier mal aufbauen.«

»Es sind nur fünf Teile, Reinhold«, sagte Viktoria.

»Na, dann hat man es doch schnell mal aufgebaut«, antwortete Reinhold.

»Ich habe keine Zeit«, sagte Feltzer, nahm das Vorderteil unter den linken Arm und griff mit der anderen Hand nach dem halbrunden Endstück.

»Zeit muß man sich nehmen«, sagte Reinhold.

»Fünf Teile«, sagte Viktoria und atmete hörbar aus.

»Was hat das mit fünf Teilen zu tun?« fragte Reinhold, »wenn er zurückkommen muß, ist das doch auch nicht gut.«

»Aber er muß nicht zurückkommen«, sagte Viktoria und bewegte ihr blau-graues Haar durch den Flur, als sitze ihr Kopf auf einem Teller, der schnelle Halbdrehungen in beide Richtungen vollführte.

»Warum bist du immer so stur?« sagte Reinhold.

»Jetzt bin ich es wieder«, lachte Viktoria.

»Es wäre doch nicht schwer, dieses Bett mal aufzubauen«, antwortete Reinhold.

»Es sind alle Teile«, sagte Viktoria.

»Da kann man schon mal was verstellen in all den Jahren«, beharrte Reinhold.

Feltzer nahm den Lattenrost hoch, sagte »Tschüs« und trug das letzte Teil zu seinem Wagen. Hinter ihm drückte jemand die Wohnungstür ins Schloß.

Im Schlafzimmer stand Louise vor der offenen Tür am Kopfende des Kinderbettchens und sagte: »Das ist toll.«

Draußen hatte sich der Himmel etwas verdunkelt, und es schien noch Regen zu geben an diesem Tag. Feltzer setzte seine fünf Giraffen ins Bett, schaute sich die Plüschherde einen Augenblick lang an, ehe er sagte: »Die sind jetzt für dich.« Louise kicherte.

Von draußen wimmerte der Verkehr gegen die Glasscheiben.

Feltzer fuhr mit der Hand über die Rundungen des Bettes, klappte das Seitenteil hoch, das aus mehreren Holzlatten bestand und verhindern sollte, daß Lennart aus dem Bett fiele. Dann schob er auf beiden Seiten die kleinen Riegel vor und befestigte die Bettseite.

»Wenn du willst, gehe ich gleich los und kaufe eine neue«, sagte er zu Louise und zeigte auf die Weltkarte neben der Tür. Dort wo Neuseeland für gewöhnlich zu finden war, klaffte ein großer Riß. Feltzer hatte beim Zusammensetzen

des Bettes mit einem Seitenteil die Karte erwischt, war mit der Eckkante an ihr hochgeschrappt und hatte sie zerrissen.
Louise schüttelte den Kopf. »Nicht nötig«, sagte sie, zog das zusammengedrückte Papierstück hinter der Karte hervor, indem sie den Zeigefinger in den Riß steckte und pulte. Dann versuchte sie die Papierzunge glattzustreichen. Neuseeland sah zerknittert aus, der Südinsel fehlte die Nordspitze.
Feltzer legte sich aufs Bett, verschränkte die Arme hinterm Kopf und schaute auf das Kinderbettchen.
»Schon lustig«, sagte er, und Louise fragte: »Was?«, während sie sich neben ihren Mann legte. Aber Feltzer gab keine Antwort. In seinem Kopf hatte er plötzlich diesen kleinen Splitter gespürt, der seine Laune gedämpft hatte. Durch die offene Tür sah er das Sofa am Ende des Wohnzimmers stehen. Niemand saß darauf. Dahinter hing ein grauer Tag, dunkelte die Farben der Blätter ab.
Unsinn, dachte Feltzer. Neben ihm betastete Louise ihren Bauch. »Er bewegt sich«, sagte sie, »fühl mal.«
Feltzer legte seine Hand auf ihren Bauch, spürte aber keine Bewegung.
»Jetzt ist er wieder still«, sagte Louise. Feltzer zog seine Hand zurück. Dann lagen sie eine Weile stumm nebeneinander, und jeder hing seinen Gedanken nach. Feltzer dachte daran, daß die Anhörung beim Ordnungsamt glimpflich verlaufen war und er nur eine Verwarnung für sein Benehmen an der Pferderennbahn bekommen hatte. Er hatte ausgesagt, daß die Leute ihn provoziert hatten und er sich nicht mehr zu helfen gewußt hatte, er hätte sich bedroht gefühlt.
»Drei von vier waren Frauen«, hatte der Mann hinter seinem Ordnungsschreibtisch geantwortet und ihn angeschaut, als wollte er sagen, nun überlegen Sie noch einmal. Aber Feltzer

war bei seiner Aussage geblieben, der Mann an der Rennbahn war muskelbepackt gewesen, und die Frauen hatten ihn beschimpft. Louise wußte nichts von dieser Verwarnung. Sie schaute an die Decke des Schlafzimmers und stellte sich einen Tag vor, an dem es schneien und Lennart mit Schneebällen nach ihr werfen würde. Im Rathenaupark würden sie Spuren lesen und die weißen Fladen von den Bäumen schütteln. Sie wünschte sich, daß ihr Sohn niemals erwachsen werden würde.

Das hatte sie sich schon einmal gewünscht, nicht auf ihren Sohn bezogen, von dem sie vor zwei Jahren noch nichts geahnt hatte, vielmehr hatte sie zu Feltzer in einem Anfall freudiger Überrumpelung und ohne selbst zu wissen, was der Spruch sollte, gesagt: »Laß uns ...«, dann hatte sie eine kleine Pause gemacht, denn Feltzer hatte sie herumgewirbelt: »Laß uns nie erwachsen werden.«
Die Hochzeitsgäste hatten um das Paar gestanden, hatten einen großen Kreis gebildet und zugesehen, wie die beiden tanzten. Louise hatte unentwegt Glücksgefühle in sich aufsteigen gefühlt, Blasen, die sich in der Brust gebildet hatten und die Kehle hochgerutscht waren, um im Mund zu platzen und als kleines Glucksgeräusch die Tanzfläche zu betreten. Sie und Feltzer hatten sich im Vorfeld einige Gedanken darüber gemacht, wie ihre Eltern sich verstehen würden, denn in den zehn Jahren, die sie vor der Hochzeit zusammengewesen waren, hatten weder Adolf und Friederike noch Reinhold und Viktoria je den Wunsch geäußert, die Eltern des anderen einmal kennenzulernen. Aber als sie dann voreinander gestanden hatten, war alles wie selbstverständlich abgelaufen. Man hatte sich die Hand gegeben, einige Höflichkeiten gewechselt, daß man ja so lange auf diesen Augenblick hatte warten müs-

sen, man hatte gelacht und Witze gerissen, und nur Friederike hatte irritiert und unsicher gewirkt, als Reinhold ihr die Hand gegeben und seinen Namen genannt hatte.

»Reinhold«, hatte sie den Namen wiederholt, das ›Rein-‹ dabei fast tonlos ausgesprochen und das ›-hold‹ etwas kräftiger drangehängt. Ihr Mund war anschließend etwas offen geblieben, und über ihre Augen war ein Flattern gehetzt. Dann hatte man auch schon das Standesamt betreten, und die Zeremonie hatte begonnen. Auf der anschließenden Feier hatten alle eine Menge getrunken. Es war laut gewesen, und alle hatten sich unterhalten, waren von Tisch zu Tisch gelaufen, so als bemühten sie sich, das strenge Ritual der Trauung in einem heiteren Chaos aufzuheben. Aber Louise war in diesem ganzen Trubel doch aufgefallen, daß ihre Mutter die Nähe von Feltzers Vater gesucht hatte. Friederike hatte Reinhold einige Male zu lange angesehen, so als könne sie ihren Blick nicht von ihm lösen, und Feltzers Vater hatte sie daraufhin zum Tanzen aufgefordert, was sie mit einer Ernsthaftigkeit angenommen hatte, die nicht zum Rest des Treibens hatte passen wollen. Schließlich hatte sie neben ihm gesessen, nicht viel geredet, sich aber dicht an seiner Seite gehalten. Louise hatte anfangs eigentlich eher damit gerechnet, daß ihr Vater durch sein unaufhörliches Gerede den Leuten auf den Wecker gehen könnte, darauf, daß ihre Mutter sich wie eine Jung-Verliebte benehmen würde, wäre sie niemals gekommen.

»Meine Mutter«, hatte Louise irgendwann zu Feltzer gesagt, »verträgt keinen Alkohol.« Und da Feltzer den Zusammenhang nicht verstanden hatte, war Louises Blick zu Friederike gewandert, während sie hinzugefügt hatte: »Ich hoffe, da brechen jetzt keine Triebe aus, von denen ich nicht wußte, daß sie sie hat.«

Aber der Abend war zu Louises Zufriedenheit verlaufen. Niemand hatte sich wirklich danebenbenommen. Alle hatten sich nach und nach auf den Nachhauseweg gemacht, und auch Friederike war mit Adolf ins Taxi gestiegen, hatte sich zuvor freundlich lächelnd von Reinhold verabschiedet und zu ihrer Tochter gesagt: »Diese Feier heute bedeutet mir mehr als meine eigene Hochzeit.«
Louise hatte gelacht, weil sie nicht verstand, was ihre Mutter meinte. Dann hatte sie Friederike umarmt, und noch am anderen Morgen, als sie neben Feltzer wach geworden war, hatte sie das Gefühl gehabt, ihr Wunsch, niemals erwachsen zu werden, sei in Erfüllung gegangen.

»Jetzt könnte er eigentlich kommen«, sagte Feltzer, als er abends neben Louise auf dem Sofa saß und der Abspann der Quizsendung lief. »Jetzt, wo das Bettchen schon steht«, fügte er hinzu.
Louise lachte und schmiegte sich an ihn. »Sechsundzwanzigste Woche ist noch etwas früh«, antwortete sie.
»Nicht für meinen Sohn«, sagte Feltzer, »der kann jetzt schon alles.«
Louise stand auf, ging um den Tisch herum zum Apparat in der Ecke und holte die Fernsehzeitung. Feltzer zappte bereits durch die Programme. Fast überall waren der Papst und die Menschenmassen zu sehen, die Köln überfluteten. Feltzer schaltete weiter, während er sagte: »So 'ne Geburt stell ich mir ein bißchen wie Verstopfung vor. Man preßt, aber es dauert, bis etwas kommt.«
Louise verdrehte die Augen, antwortete aber nichts, während sie nach einem geeigneten Spielfilm in der Zeitung suchte.
»Wenn du willst, esse ich ab morgen so viel Schokolade, daß

ich so ein bißchen mitfühlen kann, was du erlebst«, fuhr Feltzer fort.
Louise ließ die Zeitung sinken, schob ihre Oberlippe unter die Nase.
»War nur 'n Vorschlag«, sagte Feltzer.
Auf dem Bildschirm war Benedikt XVI. zu sehen, wie er aus der Synagoge auf der anderen Seite des Rathenauparks trat, fast genau gegenüber ihrer Wohnung.
»Hast du was gefunden?« fragte Feltzer. Aber noch bevor Louise antworten konnte, klingelte das Telefon.

10.

Frau Fenner stand im Hof neben den Mülltonnen und öffnete vorsichtig einen der sechs schwarzen Plastiksäcke, die jemand dort abgestellt hatte. Sie war so in ihr Tun vertieft, den Oberkörper leicht nach vorn gebeugt, daß sie nicht hörte, wie Claudia neben die Delle trat, die ihr Nachbar vor einigen Monaten im Boden hinterlassen hatte, und hinter ihr stehen blieb.
Der Himmel lag wie ein grauer, verbeulter Deckel auf den umliegenden Dächern. Claudia war zwei Stunden spazieren gewesen, hatte sich unterwegs ein Wasser gekauft und wollte die leere Dose wegschmeißen, bevor sie nach oben in die Wohnung gehen würde. Es war Freitag. Sie würde sich etwas hinlegen, um heute abend ihre Taxischicht ausgeruht anzutreten. Uwe war in der Galerie bei Krahlberg. Es hatte vorhin Unstimmigkeiten mit dem Sammler gegeben. Uwe hatte am Telefon gebrüllt: »Mich betrügst du nicht, du Wanze!« Dann hatte er den Hörer auf den Tisch gelegt, war in seinen Mantel gesprungen, während die Muskeln in seinem Gesicht unauf-

hörlich gearbeitete hatten, und aus dem Haus gestürmt. Claudia würde die Wohnung erstmal für sich haben. Sie hob die leere Dose vor ihre Brust und drückte sie kurz zusammen. Das klackende Blechgeräusch ließ Frau Fenner hochschrecken und den Kopf drehen. Die Mülltüte sackte etwas in sich zusammen. Frau Fenner starrte Claudia eine Sekunde lang an, bevor sie ihre rechte Hand an ihr Herz legte und kräftig durchatmete.

»Entschuldigung«, sagte Claudia, »ich wollte sie nicht erschrecken.«

Frau Fenner ordnete mit beiden Händen ihr Haarnetz, wischte anschließend die Finger an ihrer grünen Schürze ab, ehe sie auf die sechs schwarzen Müllsäcke zeigte.

»Weiß ich nicht«, sagte Claudia, »habe nicht gesehen, wer die dahin gestellt hat.«

Frau Fenner hielt ihren Blick fest auf Claudia gerichtet, während ihr ausgestreckter Arm sich leicht zurückzog, einen Winkel andeutete, um im nächsten Augenblick wieder nach vorn zu schnellen und auf die Säcke zu zeigen.

Claudia schob Schultern und Brauen gleichzeitig nach oben und ließ beides wieder absacken. Sie machte einen Schritt auf die erste Mülltonne zu, öffnete den Deckel und warf die leere Wasserdose hinein, bevor sie die Plastiköffnung des schwarzen Sackes daneben auseinanderzog.

Was sie sah, nahm ihr den Atem. Sie hob langsam den Kopf, schaute Frau Fenner an und versenkte ihren Blick erneut zwischen die vollen Joghurtbecher, Nudelpackungen, Käseschachteln. Einen Moment lang hatte sie das Gefühl, ihre Magenhaut federe wie ein Trampolin, spanne sich unter einem Gewicht und schnelle zurück, um sich sogleich wieder auszudehnen. Sie drückte die Öffnung des Sackes zusammen, hielt ihrer Nachbarin die offene Hand hin. Frau Fenner reichte ihr das Stück Schnur, das sie abgemacht hatte, und Claudia band den Sack wieder zu, während Frau Fenner begann, ihre Hände sprechen zu lassen, Zeichen in den abgedunkelten Tag schrieb und dabei den Mund tonlos öffnete. Claudia band aufgeregt einen Knoten, merkte, wie ihre Finger kalt wurden. Dann verließ sie wortlos und ohne ihre Nachbarin noch einmal anzusehen den Hof, ging am Aufzug vorbei, setzte unsicher den Fuß auf die erste Stufe, lief erst langsam, nahm dann jeweils zwei Stufen auf einmal, bis sie die letzte Etagentreppe hochrannte. Beim Eintreten in die Küche sah sie sofort, daß die Tür der Abstellkammer offenstand. Sie schaute laut atmend hinein. Auf den weißen Regalen lagerte elende Leere. Claudias Sammlung war verschwunden. Sogar die Glasglocken, unter denen der Käse gestanden hatte, waren nicht mehr da. Sie stützte sich am Türrahmen ab, ließ ihren Blick über die Holzbretter rutschen, hätte auswendig sagen können, wo welches Produkt gelegen hatte, schaute hinter die Tür, ob ihre Liste noch dort hing, Aber Uwe hatte sogar den Nagel aus der Wand gezogen, an der Claudia sie aufgehängt hatte. Das Einzige, was übriggeblieben war, war der Geruch von Käse, der sich unter den kalten Zigarettenrauch gemischt hatte. Claudia legte die rechte Hand auf den Mund. Ihr Herz schlug hart unterm Pullover.

»Das kann nicht sein. Er ist doch vor mir weggegangen«, sagte sie leise, spürte ihren Atem an den Fingern. Sie drehte sich um, sah die aufgeschlagene Zeitung von heute auf dem Tisch liegen, die vorher noch nicht dagewesen war und in der über den Leserbriefen stand: Endspurt zur Wahl.

»Uwe«, schrie Claudia, riß die Türen zu seinen beiden Zimmern nacheinander auf, aber ihr Freund war nicht da. Sie ging zurück in die Küche, setzte sich auf einen Stuhl.

Sonnenstrahlen glitten aufs Fensterbrett. Es wurde mit ei-

nem Mal heller. Mit dem Ellenbogen schob sie die Zeitung beiseite. Ihr war schwindelig. Aus der Abstellkammer kamen Geräusche. Claudia horchte genauer hin und merkte, daß es der Verkehr von unten war.
Ihre ganze Sammlung. Wie konnte er so etwas machen? Sollte sie die Müllsäcke wieder hochtragen? Alles einräumen und so tun, als sei nichts passiert? Vor ihren Augen verschwamm der Türrahmen. Im dunklen Flur lagen Pullover wie Maulwurfshaufen auf der Kommode. Dann verhärtete sich etwas in Claudias Kopf, und sie sprang auf, knallte die Wohnungstür, schlug auf den Fahrstuhlknopf. Von unten hörte sie das leise Schlurfen von Frau Fenners Schuhsohlen.

Die Tür zur Galerie stand weit offen. Claudia parkte das Taxi direkt vor Uwes blauen Lieferwagen. Das Thermometer auf dem Display zeigte 18 Grad, trotzdem waren ihre Füße und Hände klamm vor Kälte. Ihr Herz hingegen überarbeitete sich. Sie stieg aus, verschloß die Wagentüren per Druck auf ihren Schlüssel, ehe sie die Stufen zu den Ausstellungsräumen hochging. Seit fünf Monaten hingen Uwes Arbeiten schon hier, eine ungewöhnlich lange Zeit für eine Galerie, aber Claudia fiel nun auf, daß es andere Bilder waren als am Anfang. Sie war seit dem 4. April nicht mehr hiergewesen, hatte mit Krahlberg verabredet, ihm beim Abbau wieder zu helfen, aber er hatte sich nicht gemeldet. Die großformatigen Leinwände von damals waren zum Teil wesentlich kleineren Exponaten gewichen, aber auch neben diesen klebte bereits ein roter Punkt. Hatte Uwe während all der Monate für Nachschub gesorgt? Dann hatte er womöglich wirklich viel verkauft. Claudia beugte sich zu einem Bild vor, das die Größe eines Schreibmaschinenblattes hatte, und erkannte sofort den Stadtplan von Sülz wieder, das Weyertal, die Uniwiesen.

»Gefällt's Ihnen«, sagte jemand von hinten.
Claudia drehte den Kopf, sah Krahlberg im Durchgang zum nächsten Raum stehen, und richtete sich wieder auf.
»Ganz O. K.«, sagte Claudia, »wo ist er?«
Krahlberg trug ein weißes Hemd mit hellblauen Streifen, unter dem sich die Unterwäsche abzeichnete. In seinem Gesicht wellte ein lächelnder Mund, während er Claudia etwas zu lange ansah, bevor er auf sie zukam. Er warf einen Blick hinter sich, dann sagte er hastig: »Ich wollte Sie all die Monate schon anrufen. Ich würde gerne ... Also wissen Sie, ich habe oft an Sie gedacht und ... So habe ich selten an jemanden ..., wenn Sie verstehen, was ich meine.« Er stand vor Claudia, etwas zu nahe Gesicht an Gesicht, seine Augen hilflos aufgerissen, um die Lippen herum noch immer dieses scheinbar angeborene Lächeln, das nie verschwand, dieses Lächeln, das Claudia bereits beim Aufbau der Ausstellung wütend gemacht hatte, und atmete nicht mehr.
Claudia trat langsam einen Schritt zurück, stieß an das Bild. Ihr Nacken versteifte sich. Sie schaute Krahlberg an, wußte nichts zu erwidern. Ich kenne nicht einmal seinen Vornamen, dachte sie, hörte wie Krahlberg sagte: »Lassen Sie uns irgendwo was trinken gehen. Ich möchte Kaffee mit Ihnen trinken, ich möchte mit Ihnen frühstücken, ich kann Ihnen alles über die Kölner Szene erzählen. Das ist unglaublich interessant.« Er redete, als habe jemand eine Münze bei ihm eingeschmissen, öffnete gehetzt den Mund, schaute ab und an hinter sich, redete weiter. »Ich träume von Ihnen«, sagte er, »mein Schlaf ist umspannt mit ihrem Gesicht. Ich habe das Gefühl, Sie bereits seit Jahren zu kennen. Sie begleiten mich, wo ich auch bin, ich tue nichts, ohne es vorher mit Ihnen abzusprechen. Ich möchte Sie nicht überfallen, aber das alles geht schon so lange in mir vor, und nun stehen Sie vor

mir. Ich wollte Sie anrufen, aber dann dachte ich an Herrn Scharck, aber ich muß es Ihnen einfach sagen, ich muß, auch wenn das hier in einer Katastrophe endet, Claudia, gehen Sie aus mit mir, heute abend. Ich kenne da ein . . .«
»Stopp!« sagte Claudia, schüttelte den Kopf, als ginge ein Zittern durch sie. Ihre rechte Hand fuhr dabei hoch, wehrte alle weiteren Sätze mit ihrer Fläche ab.
Krahlberg verstummte.
Claudia schloß die Augen, versuchte sich zu konzentrieren. Ihre Gedanken zeigten wild in alle Richtungen. Selbst in der Dunkelheit schien alles wirr zu glänzen. Dann spürte sie Krahlbergs Hemd an ihrer Handfläche und seine Lippen auf ihren. Sie öffnete den Mund und ließ seine Zunge sich vortasten. Er roch angenehm. Sie lehnte sich gegen das kleine Bild in ihrem Rücken, fühlte Krahlbergs Hände über ihre Hüften auf ihren Hintern gleiten. Durch die offene Galerietür strömte ein Luftstoß um ihre Gesichter. Eine angenehme Leere breitete sich in Claudias Kopf aus. Ihr Herz schlug nach wie vor zu schnell, aber es war in Ordnung jetzt. Sie ließ ihre Hand über Krahlbergs Hemd gleiten, faßte ihm zwischen die Beine. Er drängte sich gegen sie, schluckte. Das Bild in Claudias Rücken preßte sich hart gegen ihre Schulterblätter. Dann sah sie sich plötzlich auf einem Haufen von Uwes Arbeiten liegen, nackt, die Arme über den Kopf gestreckt, und jemand drang in sie ein. Im gleichen Moment, sie wußte selbst nicht warum, schob sie Krahlberg, ihre Hand noch immer zwischen seinen Beinen, von sich weg und öffnete die Augen. Er ließ sie los. In seinem Gesicht hatte sich das Blut gestaut. Sein Lächeln war errötet.
Claudia wollte ihre Kleider ordnen, sah aber, daß es nichts zu ordnen gab und sagte: »Wo ist er?«
Krahlberg antwortete nicht, schaute in ihre blauen Augen,

als blickte er über einen See, ohne auf der anderen Seite das Ufer ausmachen zu können. Seine randlose Brille saß leicht schräg auf seiner Nase.

»Ich überlege es mir«, sagte Claudia, dann fügte sie grinsend hinzu: »Mit Ihrem Angebot. Aber jetzt sagen Sie mir, wo Uwe ist.«

Krahlberg drehte langsam seinen Oberkörper nach hinten, zeigte auf den anderen Raum.

»Danke«, sagte Claudia, ging an Krahlberg vorbei und merkte, daß ihre Wut verflogen war.

»Tun Sie das«, hörte sie den Galeristen sagen, dann sah sie am hinteren Ende des anderen Raumes ihren Freund stehen, eine große, rechteckige Leinwand, die ihm vom Boden aus bis fast unters Kinn reichte, vor sich, während ihre Mutter dabei war, eine Schutzfolie um das Bild zu wickeln. Einen Moment lang dachte Claudia, sich geirrt zu haben, aber mit dem nächsten Schritt auf die beiden zu unterbrach Simone ihre Arbeit und schaute in ihre Richtung.

Die kleinen Lichter über den Malereien an den Wänden ließen das Gemäuer unterhalb der Bilder im Schatten verschwinden. Das Deckenlicht war nicht eingeschaltet, und Uwe und Simone wirkten in diesem fensterlosen Raum wie dunkle Gestalten bei einem Kunstraub.

»Wieder ein Bild gekauft«, sagte Claudia, »du entwickelst dich langsam zur Kunstmäzenin«, während sie auf die beiden zuging.

»Was machst du denn hier«, erwiderte Uwe.

Claudia hörte, daß es keine Frage war, daß es nur so dahingesprochen war, daß es ihn eigentlich nicht erstaunte, sie hier zu sehen. Wieso auch, nach dem, was er gemacht hatte. Sie hätte sofort antworten, ihn beschimpfen können, obwohl sich mehr und mehr eine gelassene Ruhe in ihr ausbrei-

tete, sie hätte die Wut spielen können, aber das hätte sie hysterisch aussehen lassen, und genau das schien Uwe zu wollen. Zudem wußte ihre Mutter nicht einmal, was sie gesammelt hatte, und das hier war wirklich nicht der Augenblick, es ihr auf die Nase zu binden. Also antwortete sie: »Ich wollte mal sehen, was du so treibst, ob du Hilfe bei Krahlberg brauchst, so sauer, wie du vorhin am Telefon warst.«
Uwe blies den Rauch seiner Zigarette gegen die Decke, indem er den Kopf etwas anhob. Die Antwort irritierte ihn, das konnte Claudia sehen. Seine Augenlider sprangen kurz auf, senkten sich anschließend wieder, bis nur die gewohnten Schlitze übrigblieben. Er kippte die Leinwand, stellte sie auf eine Ecke, damit Simone die mit Luft gefüllte Plastikfolie um die andere Ecke des Bildes ziehen konnte.
»Alles geklärt«, sagte er schließlich.
Nichts ist geklärt, dachte Claudia, bemerkte, wie der Zopf ihrer Mutter über die gekrümmte Schulter rutschte und gegen ihre Hand fiel. Simone saß in der Hocke, neigte den Kopf etwas, damit sie den Klebestreifen anbringen konnte, ohne ihre Haare mit zu befestigen. Sie schaute Claudia von unten an, hielt ihr die Kleberolle hin. »Wenn du schon mal hier bist«, sagte sie.
Claudia nahm das Band, führte es an ihren Mund, biß auf den Rand und riß ein Stück ab, während ihre Mutter die Plastikfolie über die Hinterseite der Leinwand zog.
»Wo willst du das denn hinhängen?« fragte Claudia. Ihre Hände wurden wärmer, und in ihren Füßen kribbelte es angenehm.
»Ich habe Platz genug«, antwortete Simone, »das Haus ist groß. Vielleicht solltest du mal vorbeikommen, falls du dich nicht mehr erinnerst.«
Claudia fühlte, wie ihr Hitze in die Wangen schoß, dann in

die Schläfen, wo sie ein leichtes Pochen auslöste. Den letzten Satz hatte ihre Mutter so gesprochen, als wisse sie um die monatlichen Besuche ihrer Tochter.
Claudia reichte ihr den abgerissenen Klebestreifen, antwortete nicht. Irgendwann würde es sowieso herauskommen. Und wenn schon. Sie sah, wie Uwe seinen Zigarettenstummel auf den Boden warf, ihn austrat. Vor den Bildern an den Wänden hingen feine Rauchschwaden, stiegen zur Lichtquelle empor. Die Farbe schien zu kokeln. Stellenweise wirkten die Ascheflecken auf den Arbeiten wie frisch aufgetragen, als glühe es dahinter.
Claudia ließ ihren Blick zurück zu Uwe gleiten, der auf Simone hinabsah. Dann fragte sie: »Welcher Stadtteil?«
»Was?« fragte Uwe zurück.
Claudia klopfte mit den Fingern auf den Holzrahmen der Leinwand. »Das da«, sagte sie.
Uwe zündete sich eine neue Zigarette an. Wie Dampf unter einem klappernden Kochdeckel schoß es aus seinem Mund, als er sagte: »Weiß nicht, was du meinst.«
Simone schaute sich das verpackte Bild von beiden Seiten an, nickte, bevor sie es an einem Ende hochhob. Uwe nahm das andere Ende, und sie gingen los. Claudia folgte ihnen.
Als sie in den ersten Raum traten, spürte Claudia den Impuls, mit ihrem Fuß in die Leinwand zu treten und das Bild zu zerstören. Dann sah sie Krahlberg. Er stand noch immer an der Stelle, an die sie ihn zurückgeschoben hatte. Sein Oberkörper war ihnen zugewandt, als er sagte: »Hat alles geklappt?«
Niemand antwortete ihm.
Claudia fühlte den Stoff seiner Hose am Handballen und steckte beide Hände in ihre Jeans.
»Vorsicht«, sagte Uwe, hob das Bild etwas an, während er

rückwärts die Stufen hinab nach draußen ging und seine Zigarette zwischen den Lippen bewegte. Simone bog ihre Knie durch und trabte merkwürdig gebückt hinterher. Im Glas der offenen Tür hing eine Wolke, die sich am hellgrauen Himmel spiegelte. Das Geräusch eines Zuges war zu hören. Claudia lehnte sich in den Eingang. Neben dem Taxi stand ein asiatisches Paar und schien zu warten. Beide hatten die Arme vor der Brust verschränkt und redeten nicht miteinander, schauten in verschiedene Richtungen. Uwe und Simone trugen das Bild an ihnen vorbei zum Lieferwagen.

»Heute abend?« fragte Krahlberg. Er hatte sich dicht hinter Claudia gestellt und berührte die rechte Hälfte ihres Hinterns. Claudia antwortete nicht, konzentrierte sich auf seine Hand, während Uwe in den Lieferwagen kletterte und von innen das Bild hineinzog, dann befestigte er Gurte am Auto, legte sie um die Leinwand, bevor er zu Simone sagte: »Du mußt hinten mitfahren und das Bild festhalten.«

Sie duzen sich, dachte Claudia, das wievielte Bild ist es, das sie kauft?

Krahlbergs Hand rutschte kurz zwischen ihre Beine, wanderte wieder hoch.

»Heute abend?« wiederholte er seine Frage.

Die beiden Asiaten drehten die Köpfe in verschiedene Richtungen und schauten gemeinsam zur Galerie, so als hätten sie Krahlbergs Frage gehört.

Claudia lächelte ihnen zu, dann antwortete sie leise: »Ich fahre Taxi heute abend.«

Zu diesem Zeitpunkt saßen Feltzer und Louise in der Uniklinik, im Vorraum der Pränataldiagnostik, und warteten darauf, aufgerufen zu werden. An einem kleinen Tisch versuchte eine junge Frau, deren Bauch noch kaum zu sehen war, ein Formular auszufüllen, schaute immer wieder zu ihnen hoch, als wolle sie die beiden um Hilfe bitten, stellte dann aber doch keine Frage. Für Feltzer war es der erste Ultraschalltermin. Bislang hatte er seinen Sohn nur auf Schwarzweiß-Fotos, die Louise mitgebracht hatte, gezeigt bekommen. Diesmal würde er Lennart sich bewegen sehen, Zeuge werden, wie der Kleine um sich schlug. Er legte seine Hand auf Louises Oberschenkel und lächelte. Ein Arzt in einem flatternden Kittel öffnete die Tür und verschwand durch den Flur Richtung Aufzug.

»Die Wolke da sieht aus, als passe sie in ein Kinderzimmer«, flüsterte Louise, zeigte mit der rechten Hand aus dem Fenster, während ihre linke die gespannte Bauchdecke kratzte. Feltzer schaute hoch und sah eine kleine, wie gemalt aussehende, weiße Wolke inmitten eines hellgrauen Himmels, so als habe jemand ein großes Kinderbuch aufgeklappt.

»So sieht die Zukunft aus«, antwortete er, spürte wie dieser Satz ihn peinlich berührte, wie er rot wurde, dachte, so ein Kitsch, was erzählst du da? Und freute sich. Als er den Kopf drehte, sah er die junge Frau am Tisch, die sich auf das Formular stützte und ebenfalls aus dem Fenster auf die Wolke schaute. Louise legte kurz den Kopf auf seine Schulter, fand diese Position aber zu unbequem und richtete sich wieder auf.

»Mir wollen ständig alle den Bauch tätscheln«, sagte sie.

»Was?« fragte Feltzer zurück.

»Sobald jemand den Bauch sieht, will er ihn berühren«, sagte Louise.

Feltzer grinste. »Das wünschst du dir«, antwortete er, »weil du so stolz bist.«

Louise schüttelte den Kopf. »Nein«, sagte sie, »selbst wildfremde Menschen. In der Bahn oder beim Einkaufen. Vor allem Frauen tun so, als gehöre der Bauch ihnen. Einerseits finde ich das ganz lustig, andererseits nervt es mich. Gestern, als ich beim Metzger war, kam so eine Oma auf mich zu, sagte kein Wort, strahlte mich an und tätschelte mir den Bauch, bevor sie nickend zweihundert Gramm Mett kaufte.«

Feltzer lachte. Louise schaute ihn mit ihren tiefliegenden Augen an, dann lachte sie auch.

»Entschuldigung«, sagte die junge Frau am Tisch und zeigte auf das Formular, »können Sie mir sagen, was IVF bedeutet?«

Feltzer öffnete den Mund, aber noch bevor er verneinen konnte, sagte Louise: »Künstliche Befruchtung. Die Abkürzung für ›In Vitro Fertilisation‹, Zeugung im Reagenzglas.«

»Danke«, sagte die Frau.

Feltzer war beeindruckt. Seit Louise ein Kind erwartete, las sie neben ihren Reiseführern eine Menge an Schwangerschaftsliteratur und wußte Sachen, die Feltzer zwar schon mal gehört hatte, aber von denen bei ihm nichts hängenblieb. Louise hingegen entwickelte ein unfaßbares Gedächtnis. Sie hatte mittlerweile ein Wissen, was Schwangerschaft und Kinder anbelangte, daß Feltzer überzeugt davon war, Lennart könnte keine bessere Mutter bekommen. Sie würde immer genau wissen, was zu tun war. Das hatte etwas Beruhigendes.

Die Tür ging auf, und eine Ärztin sagte: »Frau Beer?«

»Ja«, antwortete Louise, stand auf und ging auf die Ärztin zu. Feltzer folgte ihr.

Hinter der Tür war ein Labyrinth aus weiteren Räumen. In einigen sah Feltzer schwarze Liegen und Geräte stehen. Es roch nicht nach Krankenhaus, eher süßlich.

»Bitte, hier rein«, sagte die Ärztin. Ihr Kittel war offen. Sie

trug eine blaue Bluse und eine Libellenbrosche über der linken Brust.
Feltzer schluckte. Er schaute, während er an ihr vorbei in den Raum trat, in ihr Gesicht, konnte sich aber weder an ihre Augen noch an andere Züge erinnern. Woran er sich hingegen sehr wohl erinnerte, war die Brosche. Die Frau, die damals die Hintertür des Wagens geöffnet hatte, hatte auch eine Libellenbrosche getragen. Sie hatte ihn beschimpft. Oder war das eine der anderen beiden Frauen gewesen. Feltzer stellte sich in eine Ecke des abgedunkelten Raumes.
Die Ärztin schloß die Tür und bat Louise, sich hinzulegen, während sie das Ultraschallgerät zurechtrückte, sich auf einen kleinen Hocker setzte und eine Plastikflasche in die Hand nahm.
Gibt es viele solcher Libellenbroschen? dachte Feltzer. Aber diese war so auffällig, daß sogar er sich an sie erinnerte. Sein Wagen schoß rückwärts auf die Gruppe zu.
»Ja, genau so«, sagte die Ärztin, »Sie kennen das ja bestimmt schon.«
Louise öffnete den Knopf ihrer Hose, klappte die beiden Enden seitlich weg und schob ihre Unterhose etwas herunter. Ihren Pullover und ihr T-Shirt hatte sie bis zur Brust hochgekrempelt.
»Alles gut bei Ihnen?« fragte die Ärztin, schaute von Louise zu Feltzer und zurück, »keine Beschwerden?«
Sie erkennt mich, dachte Feltzer.
»Alles gut«, antwortete Louise.
»Dann wollen wir mal«, lächelte die Ärztin, »es wird jetzt etwas kalt.«
Sie drückte auf die Plastikflasche, die sie umgedreht über Louises Bauch hielt, und durchsichtiges Gel stotterte mit einem lufthaltigen Geräusch heraus. Dann wühlte die Ärztin

den Kopf des Ultraschallgerätes, der am Ende eines Schlauches saß, in den Gelhaufen, und ein schraffiertes Bild tauchte auf dem Monitor auf. Feltzer erkannte gar nichts. Er starrte auf den Bildschirm, dann auf die Ärztin und wieder zurück auf das Geflimmer.

»So«, sagte die Ärztin, »wollen mal sehen, wie er gewachsen ist.«

Sie drückte einige Knöpfe und zog eine gestrichelte Linie von rechts nach links. Feltzer glaubte den Schädel seines Sohnes zu sehen, war sich aber nicht sicher. Die Ärztin legte das digitale Maßband anschließend von oben nach unten an, betätigte einen weiteren Knopf und sagte: »Alles normal. Wird ein Wonneproppen.«

Louise lachte. Aus ihrem Mund kam ein kurzes Glucksen. Die Ärztin bewegte ihr Handgelenk erneut, und plötzlich sah Feltzer Lennarts Profil, meinte seinen Sohn kauen zu sehen, und eine Wärme breitete sich in seinem Hals aus, daß sein Mund austrocknete. Aus dem Drucker neben dem Gerät kam ein Schwarzweiß-Foto heraus, wie Feltzer es schon kannte. Die Ärztin schallte nun die Beine des Kleinen und maß den Oberschenkel aus, bevor sie auch diese Ansicht druckte. Die Bilder hingen hintereinander auf einem Stück Endlospapier. Auf dem Monitor erkannte Feltzer die Finger seines Sohnes. Die Ärztin bewegte den Ultraschallkopf hin und her. Das Bild verwischte. Merkwürdige Punkte und Striche blieben übrig. Feltzer dachte an die Asche in Scharcks Malereien, die so aussehen würde, wenn man sie vergrößern oder sie sich unter dem Mikroskop anschauen würde.

»Kann ich ihn auch mal ganz sehen?« fragte er.

Die Ärztin wollte antworten, aber Louise rief: »Feltzer, der ist doch schon zu groß. Den kann man nicht mehr ganz sehen.«

»Ach so«, sagte Feltzer, »ja, klar.«
»Ich muß das jetzt einfach mal fragen«, sagte die Ärztin, hielt in ihrer Bewegung inne und schaute Feltzer an. Im Raum war es kühl geworden. Ein leises Geräusch vom Schallgerät zitterte über die Wände.
Jetzt kommt's, dachte Feltzer.
»Ich glaube, daß wir uns kennen«, sagte die Ärztin und lachte. »Ich kann nicht behaupten, daß ich sie wiedererkenne, dafür ist es zu lange her, aber ...«
Auch kein gutes Gedächtnis, dachte Feltzer, soll ich mich entschuldigen. Vielleicht sollte ich ...
»... Ihr Name ist nicht gerade häufig. Ich habe in der Akte gesehen, daß Sie mit Vornamen Feltzer heißen.«
»Das ist richtig«, sagte Feltzer.
»Erinnern Sie sich an ein Mädchen, das Hildegard hieß und das Sie öfter in der Eisdiele geärgert haben?« fragte die Ärztin lachend.
Louise schaute erstaunt zwischen beiden hin und her.
»Was?« erwiderte Feltzer.
»Da waren wir noch etwas jünger, und unsere Mütter nahmen uns mit in die Eisdiele. Erst bin ich freiwillig mitgegangen, weil es ja Eis gab, aber später mußte meine Mutter mich zwingen. Da haben wir uns auch nur noch ein- oder zweimal gesehen. Aber geärgert hat dieser Junge mit dem, wie ich damals fand, merkwürdigen Namen, mich auch noch beim letzten Mal, weil er versuchte, auch aus meiner Schale das Eis zu löffeln«, sagte die Ärztin.
»Ach«, sagte Feltzer, »das ist ja ...«
»Ihre Mutter müßte demnach Viktoria heißen«, fuhr die Ärztin fort, »meine Mutter hat mir oft von ihr erzählt.«
»Ja«, sagte Feltzer, in seinem Kopf war eine Eisdiele, seine Mutter unterhielt sich mit einer anderen Frau, er hatte Erd-

beergeschmack im Mund, seine Zunge war kalt, und er schielte auf den Becher seiner Nachbarin. Das ist ja ein Ding, wollte er ausrufen. Dann überlegte er und sagte: »Ich erinnere mich. Ich hoffe, Sie sind nicht nachtragend.«

Die Ärztin lachte, dann bewegte sie den Schallkopf wieder über Louises Bauch, während sie sagte: »Sie waren gute Freundinnen bis zum Schluß, unsere Mütter.« Auf dem Bildschirm tauchten Organe auf, die Feltzer nicht zuordnen konnte.

»Zurück zu unserer Hauptperson«, sagte die Ärztin, aber Feltzer hatte nicht das Gefühl, daß Hildegard wirklich auf den Monitor schaute, sie schien ihren Blick vielmehr nach innen gerichtet zu haben, auf Dinge und Menschen zu blicken, die es so nicht mehr gab. In ihrem Gesicht war eine Leere, die mit ihrer momentanen Untersuchung kaum zu vereinbaren war. Und tatsächlich nahm sie im nächsten Augenblick den Schallkopf von Louises Bauch, preßte noch einmal Gel aus der Plastikflasche und sagte: »Schon merkwürdig, wie die Vergangenheit zu Ende ist, aber immer wieder vor uns steht. Ich frage mich, hat das was zu sagen, hat es etwas zu bedeuten, daß Dinge oder Menschen von früher wieder auftauchen. Eine alte Leidenschaft von mir. Noch aus meinem Philosophiestudium, bevor ich zur Medizin gewechselt bin. Und was machen Sie jetzt, klauen Sie noch immer Eiskugeln?«

Feltzer bemerkte, daß Louise unruhig wurde, und antwortete: »Ich werde Vater.«

»Ja«, sagte die Ärztin, fuhr erneut mit dem Schallkopf durch das Gel, tippte auf die Tastatur des Gerätes und verstummte.

Feltzer sah farbige Kleckse auf dem Monitor auftauchen, begleitet von einem zischenden Geräusch, als schieße jede Sekunde ein Schwall Wasser durch einen Kanal. Ein Muskel bewegte sich darunter, zog sich zusammen, lockerte sich. Ich sehe das Herz, dachte Feltzer, wie schnell es schlägt. Dann schaute er auf Louise, deren Blick gebannt am Bildschirm hing. Er hatte Hildegard nicht abwürgen wollen. Nach dem Schallen würde er sie noch einmal auf die gemeinsame Vergangenheit ansprechen, aber jetzt war Louise dran, das mußte eine Ärztin verstehen. Feltzer schaute auf Hildegards Profil, sah zu seiner Zufriedenheit, daß sie bereits wieder ganz bei der Arbeit war und die alten Geschichten weggepackt hatte. Sie rückte näher an den Monitor heran, warf einen flüchtigen Blick auf den Bauch ihrer Patientin. Die roten und blauen Kleckse fluteten über den Bildschirm, veränderten ihre Form. Einige Minuten lang geschah nichts weiter. Feltzer gähnte. Auch Louise schien schläfrig zu werden. Schließlich nahm die Ärztin den Ultraschallkopf von ihrem Bauch, hängte ihn in eine dafür vorgesehene Vorrichtung und sagte: »Bleiben Sie noch einen Moment liegen. Ich hole mal einen Kollegen.« Dann verließ sie den Raum.

»Alles in Ordnung?« fragte Feltzer. Das Licht vom Monitor bleichte Louises Gesicht.

»Ich hoffe«, sagte sie.

Dann schwiegen beide.

Feltzer bemerkte ein Waschbecken hinter der Tür und zwei Mülleimer. Daneben war ein Schrank mit allerlei Packungen, auch Geltuben standen dort.

Die Ärztin kam mit dem Kollegen zurück. Er gab Louise und Feltzer die Hand, dann schaute er auf den Bildschirm, während Hildegard schallte. Erneut waren die Farbflächen zu erkennen, das schwingende Geräusch zu hören.

Was sehen die, fragte sich Feltzer und merkte, daß er nervös wurde. Er stellte sich auf die Zehenspitzen, dann auf die Fersen, trat schließlich von einem Bein auf das andere.

»Was sehen Sie?« fragte Louise.
»Ja«, sagte der Kollege ernst, »das ist eine.«
Dann schaute er Louise an, runzelte die Stirn.
»Es gibt hier ...«, sagte die Ärztin und zeigte auf einen der Farbkleckse.
»Ja?« fragte Louise.
Die Ärztin hängte den Schallkopf zurück an seinen Platz, bevor sie sagte: »Es gibt eine Anomalie im Herzbereich.«
Louise antwortete nicht, starrte auf die Frau im weißen Kittel, als habe sie nicht verstanden.
»Eine sogenannte TGA, eine Transposition der großen Gefäße«, fügte die Ärztin hinzu.
Die ruhig gesprochenen Worte verschwanden so schnell aus dem Raum, wie sie gesprochen worden waren.
»Was heißt das?« fragte Louise. Ihre Stimme klang heiser.
Die Ärztin reichte ihr einige Papiertücher, mit denen sie sich das Gel vom Bauch wischen konnte.
»Die Hauptschlagader und die Lungenschlagader sind bei Ihrem Kind vertauscht«, antwortete der Kollege, »sie sitzen an den falschen Herzkammern.«
Louise schaute auf ihren Bauch, rieb das zusammengeknüllte Papier über die Haut.
»Das Problem dabei ist, daß es zu zwei voneinander getrennten Kreisläufen kommt«, fuhr die Ärztin fort, »das sauerstoffarme Blut aus dem Körper gelangt in die rechte Herzkammer und wird von dort wieder in den Körper gepumpt, ohne zuvor mit Sauerstoff aufgesättigt worden zu sein. Auf der anderen Seite pumpt die linke Herzkammer das sauerstoffreiche Blut wieder in die Lunge.«
Louise gab Feltzer die vollgeschmierten Tücher, knöpfte ihre Hose zu und setzte sich, ihren Pulli nach unten ziehend, auf die Liege.

»Wird mein Kind sterben?« fragte sie leise.
Erst in diesem Moment wurde Feltzer klar, wie bedrohlich die Situation war. Er stopfte die Tücher in einen der Mülleimer und fühlte sich so schwer, daß er sich kaum noch bewegen konnte. Was hatte Louise da gefragt?
»Nach der Geburt kann man den Säugling operieren«, sagte der Kollege schnell.
»Man muß ihn operieren«, korrigierte die Ärztin, »Sehen Sie, Frau Beer, solange Ihr Kind noch nicht auf der Welt ist und es seine Lungen nicht gebrauchen muß, sorgt die Natur für die Verbindung zwischen den Kreisläufen. Aber nach der Geburt würde ihr Kind ohne Therapie ersticken.«
»Direkt?« fragte Feltzer.
»Nein«, sagte die Ärztin, schaute kurz zu Feltzer und drehte sich dann wieder Louise zu. »Das ist jetzt nicht leicht. Und es tut mir sehr leid, Ihnen das mitteilen zu müssen. Aber wenn Sie es nicht vorher erfahren würden, wäre die Situation bei der Geburt viel kritischer. Sie sollten einen Termin mit Professor Reft vereinbaren. Er ist der Herzspezialist der Klinik und hatte schon viele solche Fälle.«
Was geht hier vor, dachte Feltzer. Im Raum veränderte sich die Atmosphäre. Das Atmen fiel schwerer, so als sei die Luft feucht und heiß geworden. Alles schien sich zu drehen. Ihm war nicht schwindelig, aber die Gegenstände sahen plötzlich anders aus.
Louise bohrte zu beiden Seiten ihres Beckens die Fäuste in die Liege. »Aber wie kann so was kommen?« fragte sie.
»Ich muß zurück«, sagte der Kollege, »es tut mir leid.« Sein Gesicht drückte Mitleid aus. Dann verließ er den Raum.
»Schwer zu sagen«, antwortete die Ärztin, diese Anschlußgeschichten spielen sich binnen weniger Tage ab, ganz zu Anfang der Schwangerschaft. In fünf Fällen von 10000

kommt es dabei zu einer Fehlbildung. Da können Sie gar nichts machen.«

Louise stand auf, hob eine Hand an ihre Stirn, blieb einen Moment lang stehen und setzte sich wieder, so als habe sie vergessen, was sie gerade tun wollte. Feltzer schaute auf den Monitor, der dunkel war und in dem sich das Gesicht der Ärztin spiegelte.

»Ihr Kind scheint ansonsten ganz wohlauf zu sein«, sagte die Ärztin, und nach einer Pause: »Es war schwer, den Herzfehler zu entdecken. Normalerweise arbeitet der Muskel langsamer bei einer TGA, und man ahnt, daß da etwas sein könnte. Aber bei ihrem überhaupt nicht. Der ist ganz stark. Das ist ein gutes Zeichen. Und es ist auch keine weitere Anomalie vorhanden, soweit ich das mit diesem Gerät feststellen kann. Die Herzklappen schließen, und auch was die anderen Organe anbelangt, sieht alles gut aus.«

Louise schaute zu Boden. Feltzer legte ihr die Hand auf die Schulter. Er hatte Angst, sie breche zusammen. Auch seine Beine zitterten leicht.

»Es ist oft so, daß Herzfehler mit anderen Fehlbildungen einhergehen. Das muß natürlich nicht sein. Und wie gesagt, bei Ihrem Kleinen scheint alles in Ordnung zu sein. Aber Sie müßten sich trotzdem überlegen, ob Sie zu einem späteren Zeitpunkt, also vielleicht in den kommenden Tagen, einer Nabelschnurpunktion zustimmen. Nur um sicher zu gehen«, fuhr die Ärztin fort. Ihre Finger griffen dabei in ihrem Schoß ineinander, so als müsse auch sie sich irgendwo festhalten.

»Welche Überlebenschance hat mein Kind nach der Operation?« fragte Louise.

Feltzer hielt den Atem an.

»90 – 95 %«, antwortete die Ärztin. »Professor Reft hat schon viele Säuglinge operiert. Ich will Ihnen nichts vormachen. Das Herz ist in diesem Alter so groß wie eine Walnuß, und man muß beide Schlagadern durchtrennen und richtig wieder annähen. Das ist Mikroskoparbeit. Aber die Chancen sind enorm gut, wenn es nicht zu Komplikationen kommt.«

Louise legte den Kopf in den Nacken, starrte an die Decke, die kaum zu sehen war im abgedunkelten Raum. »Warum eine Nabelschnurpunktion?« fragte sie.

Was ist eine Nabelschnurpunktion? dachte Feltzer.

»Bei wirklich schwerer Chromosomen-Anomalie hat der Säugling keine Überlebenschance, dann wäre auch eine OP sinnlos. Das sollte man vorher klären. Ich weiß, das klingt alles kalt und hart ...«, erklärte die Ärztin.

»Ist O. K.«, wehrte Louise ab, »es macht die Sache nicht besser, wenn Sie um den heißen Brei herumreden.«

Dann schwiegen alle.

Louise streichelte ihren Bauch, als wollte sie dem Kind sagen, daß alles gut wird. Feltzer massierte geistesabwesend die Schulter seiner Frau, steckte anschließend die Hände in die Taschen.

»Ja«, sagte die Ärztin.

Von draußen waren Stimmen zu hören. Jemand lief an den Räumen vorbei. Dann war es wieder still.

Feltzer wußte weder, was er sagen, noch, was er tun sollte. Er wollte raus aus diesem abgedunkelten Raum, obwohl ihm klar war, daß das die Situation nicht verbessern würde. In seinem Kopf rasten die Gedanken so schnell durcheinander, daß das Denken ihm wie eine sinnlose Tätigkeit vorkam.

»Gut«, sagte Louise, rutschte von der Liege, schaute auf die Ärztin, die ebenfalls aufstand, »wo kann ich mit Professor Reft einen Termin vereinbaren?«

Im Krankenhausflur blieb Feltzer stehen, zog Louise an sich und umarmte sie lange. Dann fuhren sie mit dem Aufzug nach unten, gingen an der Anmeldung vorbei nach draußen über den kleinen Parkplatz. Als sie hinter den Bäumen hervor auf den Bürgersteig traten, fuhr ein Wagen mit einer riesigen Fahne auf dem Dach vorbei. Feltzer hatte das Gefühl, den Stoff laut flattern zu hören. Einen Moment hatte er das Bild des Kinderbettes im Zimmer vor Augen, daneben Louises lachendes Gesicht. Dann zog die Fahne wie ein Trenner vor seinen Augen vorbei, wischte alle Gedankenbilder weg. Hinter ihr zeigten sich verregnete Fassaden auf der anderen Straßenseite. Eine Frau trug Einkäufe in ein Haus.
Feltzer schaute ihr zu, bis sie die Tür hinter sich geschlossen hatte, dann sagte er: »Das stehen wir gemeinsam durch.«
Louise antwortete nicht.

11.

Als es an der Tür klingelte, hatten Louise und Feltzer ihre Jacken bereits angezogen und warteten im Wohnungsflur. Viktoria, die gerade aus der Küche gekommen war, wischte über die Schultern ihres Sohnes und entfernte einige Flusen, die außer ihr niemand wahrgenommen hatte, während Reinhold im Wohnzimmer vorm Fernseher saß und auf den Beginn des Länderspiels Türkei gegen Deutschland wartete.
Drei Wochen waren seit der Diagnose vergangen, und weder Feltzer noch Louise hatten in dieser Zeit den Wunsch verspürt, irgend jemanden zu sehen. Louise hatte meistens auf dem Sofa gelegen oder war ins Internet-Café gegangen, war durch alle medizinischen Inforäume gesurft, hatte gelesen, was sie über die Transposition der großen Gefäße finden

konnte und hatte Chatrooms besucht, in denen Menschen in ähnlicher Lage sich austauschten. Feltzer hatte versucht, sich abzulenken, was ihm nicht gelungen war. Er hatte entgegen seinen Gewohnheiten angefangen zu lesen, einen Reiseführer, war so öfter an sein leeres Konto erinnert worden, und ihm war an manchen Tagen derart übel gewesen, daß er Claudia gebeten hatte, seine Schichten zu übernehmen. Und obwohl beide Freunden wie Verwandten erklärt hatten, sie bräuchten Ruhe, zumindest eine Zeitlang, hatte immer wieder jemand angerufen und sich erkundigt, wie es ihnen gehe. Vor allem Viktoria hatte sich mehrmals in der Woche gemeldet und nicht locker gelassen, bis sie das Handtuch geworfen und sich auf den Weg in die Grafenwerthstraße gemacht hatten.

»Sozialer Terror«, hatte Louise erschöpft gemurmelt, als sie in die Straßenbahn gestiegen waren, und Feltzer hatte genickt. Natürlich meinte seine Mutter es gut, trotzdem wurde er das Gefühl nicht los, er müsse nun zusätzlich noch seine Eltern trösten.

Die zwei Stunden, die sie im Wohnzimmer gesessen hatten, waren dann doch nicht so schlimm gewesen, wie beide befürchtet hatten, weil Reinhold sich so sehr über die politische Entwicklung im Land ereifert hatte, daß nur wenig über das Baby geredet worden war. Reinholds Geschimpfe über die Koalitionsverhandlungen hatte sie sogar amüsiert, und das kranke Herz unterm Tisch hatte eine Zeitlang unbeobachtet weiterschlagen können.

»Es war ganz schön«, würde Louise später sagen.

Sie und Feltzer hatten bereits zu Hause abgesprochen, nach dem Familienbesuch zusammen in ein Restaurant zu gehen, zum einen, um eine Ausrede zu haben und nicht zu lange bei den Eltern bleiben zu müssen, zum andern, weil es beiden an der Zeit schien, wieder gemeinsam etwas zu unternehmen, statt sich im eigenen Gram zu ergehen. Natürlich hatte Viktoria angeboten, sie könnten bei ihnen zu Abend essen, aber Louise hatte mit trauriger Stimme geantwortet: »Ich muß mal mit Feltzer allein sein.«

Daraufhin hatte Viktoria geschwiegen und mehrmals mit beiden Händen die Tischdecke geglättet, war einige Sekunden später aufgestanden und in der Küche verschwunden. Im Zimmer hatte sich die Hitze plötzlich bemerkbar gemacht. Zuerst hatte Louise ein leichtes Gluckern im Heizkorper gehört, dann spürte sie, daß ihr Nacken feucht war.

»Die machen die kleinen Leute kaputt«, hatte Reinhold noch einmal gesagt, doch ein Gespräch war nicht mehr in Fahrt gekommen. Feltzer hatte auf den Schrank mit der Münzsammlung gesehen und auf seine Mutter gewartet, aber sie war nicht mehr im Wohnzimmer aufgetaucht. Schließlich hatte Reinhold den Fernseher eingeschaltet, und das war der Moment zum Aufbruch gewesen.

»Wir müssen«, hatte Louise geflüstert, und Feltzer hatte Bellini auf seinem Handy angerufen, um zu fragen, ob er sie abholen könne, aber sein Kollege hatte gerade einen Fahrgast zum Flughafen eingesammelt und sagte, er solle Kröning anrufen. Feltzer hatte es noch bei Claudia versucht, obwohl es ihm lieber war, wenn sie bezahlte Fahrten hatte, aber Claudia hatte nicht abgehoben, und so war er doch bei Kröning gelandet.

Auf das Türklingeln hin rief Feltzer laut: »Wiedersehen!«, so daß sein Vater es hören konnte, dann öffnete er die Wohnungstür und trat in den Hausflur. Viktoria nahm Louise in den Arm und flüsterte: »Wenn du etwas brauchst, melde dich doch.« Louise nickte.

Dann gingen sie und Feltzer die fünf Stufen hinab. Durch das vergitterte Milchglas in der Haustür war eine Silhouette zu erkennen.
Er ist noch dünner geworden, dachte Feltzer.
Aber als er die Tür aufzog, stand nicht Kröning dort, sondern ein alter, schlaksiger Mann mit zerknittertem Gesicht. Er hatte die Hände in den Taschen seines grauen Trenchcoats und zog die beiden Mantelseiten über seinem Unterleib zusammen, als friere er. Feltzer beugte sich nach vorn, blickte an dem Mann vorbei die Straße zum Gürtel hinab, aber es war kein Taxi in Sicht.
»Entschuldigung«, sagte Louise und zwängte sich nach draußen.
»Ist Reinhold zu sprechen?« fragte der Mann.
»Der sitzt vorm Länderspiel«, antwortete Feltzer, zeigte mit dem Daumen über seine Schulter.
»Gut«, sagte der Mann, atmete pfeifend ein und trat in den Hausflur, während Feltzer einen Schritt auf die Straße tat.
Die Tür fiel ins Schloß.
Draußen war es noch recht warm und hell, trotzdem kühler als drinnen in der elterlichen Wohnung. Am Nachmittag hatte die Sonne von einem wolkenlosen Himmel geschienen und die Luft auf 22 Grad erwärmt. Es war Anfang Oktober, vom Herbst aber kaum etwas zu ahnen.
Aus dem Imbiß schräg gegenüber kam ein Mann mit einer Schaumstoffbox, die er in seinen Wagen trug. Die Uhr über dem Eingang zeigte kurz nach 20 Uhr.
Louise bog ihre Schultern nach hinten, ließ den Kopf von rechts nach links wippen und wieder zurück. Durch ein offenes Fenster drückte sich unbeholfen eine Klavierübung, klimperte über die Dächer der schräg geparkten Wagen, löste sich auf. Ein weiterer Mann kam aus dem Imbiß gelau-

fen, zwei Weinflaschen in der Hand, rannte zum Wagen, den der erste Mann gerade startete, und reichte ihm die Flaschen durchs offene Seitenfenster. Über den Himmel sah Feltzer einige Vögel gleiten, Tauben hockten in den Dachrinnen, starr, als seien sie aus Ton. Nur ab und an trippelte eine seitwärts, als wolle sie sich kurz die Beine vertreten. Dann hupte jemand, und Kröning kam die Straße hochgefahren. Feltzer winkte, zwängte sich zwischen zwei eng aneinander geparkten Wagen hindurch, während Louise einige Meter weiter auf dem Bürgersteig bis zur angrenzenden Garage ging und wartete. Kröning hielt genau vor ihr. Feltzer warf einen Blick hinter sich, ob kein weiterer Wagen käme, schlenderte die paar Meter über die Fahrbahn zum Taxi. Er und Louise stiegen hinten ein, grüßten, und Kröning fuhr Richtung Neuenhöfer Allee. An der Kreuzung fragte er: »Wo soll's hingehen?«

»Zum Inder in der Händelstraße«, sagte Feltzer. Louise drückte ihren Nacken gegen die Stütze. In ihrem Bauch knautschte jemand an allem herum, was er finden konnte.

»Da gibt es zwei«, antwortete Kröning, neigte den Kopf seiner linken Schulter zu, »wußtest du das nicht?«

»Doch«, entgegnete Feltzer, »aber sie liegen sozusagen gegenüber, da ist es egal, wo du uns rausläßt.«

Kröning fuhr sich mit der Hand über die Glatze. Am Rückspiegel baumelte mit einem roten Faden befestigt ein Bild von Benedikt XVI., das ihn kniend und ins Gebet versunken zeigte.

Feltzers Blick rutschte von der sich drehenden Miniaturfotografie zurück auf Krönings kahlen Schädel. Obwohl er seinen Kollegen seit dem Beginn der Chemotherapie schon öfter gesehen hatte, konnte er sich nur schwer an das neue Aussehen Krönings gewöhnen. Er war wirklich dünner geworden. Seine Maßanzüge wirkten, als habe er sie sich von jemand anderem geborgt, aber Kröning hoffte, daß er seine Krankheit gut überstehen und wieder Appetit bekommen würde, deshalb legte er sich nichts Neues zu, was Feltzer erstaunte, denn eitel war sein Kollege gewiß. Aber am stärksten hatte ihn der Haarverlust verändert. Wo sich früher die auberginenfarbene Frisur gepflegt in die Stirn geschwungen hatte, begann nun ein etwas zu lang gezogener Schädel, der Krönings Gesicht durch seine Eiförmigkeit leicht entstellte. Unter den dichten Haaren war Feltzer die Kopfform seines Kollegen nie aufgefallen, aber jetzt dachte er bei seinem Anblick jedesmal an einen Film über Außerirdische, den er einmal gesehen hatte.

Sie bogen ab auf die Berrenrather Straße, und Feltzer fragte: »Wie läuft's denn so?«

Auf dem Bürgersteig standen zwei Frauen mit Kinderwagen und unterhielten sich.

»Wegen der Messe war heute ganz O.K.«, erwiderte Kröning, und da Feltzer nicht antwortete, fügte er hinzu: »Heute war Eröffnung der ANUGA.«

Feltzer hatte das Gefühl, sein Kollege hätte auch noch gerne seine übliche Frage, ob er das denn nicht wisse, dran gehängt, sich dann aber zurückgehalten. Tatsächlich hatte Feltzer die Ernährungsmesse vergessen. Er schaute auf Louise, die die Augen geschlossen hatte und ihr Gesicht verzog, als habe sie Schmerzen. Sollen wir wirklich essen gehen? dachte er. Dann schaute er in den Rückspiegel, fand Krönings Blick und sagte: »Ich meine dich. Wie geht es dir?«

Sie überquerten den Gürtel, spürten die Schienen der Straßenbahn, die die Sitze federn ließen. Ein einsames Blatt schlug gegen die Scheibe, tänzelte kurz übers Glas, flog seitlich am Wagen vorbei.

»Ich nehme ab«, sagte Kröning ernst, »und ihr?«

Feltzer dachte, was für ein Gespräch, Kröning, bitte. Aber er kannte diese Art seines Kollegen, alles häppchenweise auszukosten und schwer mit Bedeutung aufzuladen. Das hatte bereits einige Gespräche unmöglich gemacht. Als er Kröning das erstemal, nachdem Bellini ihn am Telefon über die Krankheit ihres Kollegen unterrichtet hatte, wieder begegnet war, hatte Kröning sein Kinn vorgeschoben und laut gesagt: »Ich habe Krebs!« Dann hatte er die Wirbelsäule gestreckt und war scheinbar gewachsen. Feltzer hatte ihn verständnislos angeblickt, und Kröning hatte wiederholt: »Ja, ich habe Krebs!« Er hatte es auf eine Art und Weise gesagt, wie andere verkündeten, daß sie einen Roman geschrieben hatten oder in Timbuktu gewesen waren, nicht direkt mit Stolz, aber doch mit der Gewißheit, in einer bevorzugten Lage zu stecken. Feltzer hatte überhaupt nicht gewußt, was antworten. Schön, hätte er eigentlich sagen müssen, freut mich, das wäre dem Ton Krönings angemessen gewesen, aber das hatte er natürlich nicht machen können, also hatte er geschwiegen. Und auch jetzt sagte er nichts.
Auf beiden Seiten der Straße brannten Lichter in den Schaufenstern, die Geschäfte hatten geschlossen. Ecke Sülzburgstraße drängte eine Clique junger Männer in die Kneipe. Einige hatten sich die deutsche Fahne auf die Wangen gemalt.
Kröning hüstelte, dann sagte er: »Die Prüfungen, die uns gestellt werden, sind nicht immer leicht.«
Feltzer sah, wie neben ihm Louise die Augen aufriß und voller Wut auf Kröning starrte. Ihre Lippen öffneten sich leicht, aber sie sagte nichts. Dafür antwortete Feltzer, vielmehr rutschte ihm ein Wort heraus, obwohl er nicht hatte antworten wollen. »Scherzkeks«, sagte er nicht eben freundlich. Louise wandte den Kopf und schaute aus dem Fenster.
»Ja«, erwiderte Kröning, »ich bin noch immer ein aufge-

räumter Mensch. Wo ich bin, ist nicht unbedingt Karneval, aber es darf gelacht werden.«
In diesem Moment dachte Feltzer, er weiß, daß er stirbt. Er suchte Krönings Blick im Rückspiegel, aber sein Kollege schaute vor sich auf die Fahrbahn. Auf seiner Kopfhaut waren kleine rote Punkte zu sehen. Niemand sprach mehr. Die Straße schien jetzt komplett leer. Keine Fußgänger, nicht einmal ein Wagen kam ihnen entgegen. Sie hielten an der roten Ampel Ecke Weyertal.

Währenddessen stand der schlaksige Mann im Treppenhaus der Grafenwerthstraße 5, legte das Kinn auf seine Brust, hörte seinen Herzschlag etwas zu laut, hob nach einer Weile den Kopf wieder und schaute zum vierten Mal auf das Klingelschild. Seine Hände steckten nach wie vor in den Taschen des Trenchcoats. Es war nur eine Bewegung, die er ausführen mußte, ein kurzer Druck mit dem Daumen, aber sie fiel ihm schwer. Eine Frage des Älterwerdens, dachte er. Im Treppenhaus ging das Licht aus. Die Falten im Gesicht des Mannes wirkten in diesem Halbdunkel wie tiefe Schnitte. Es mußte sein. Er wollte es. Das war ihm früher nie bewußt gewesen. Manchmal hatte es gezwickt, hie und da war die Erinnerung zwischen seine Gedanken gefahren, aber genauso schnell hatte er alles wieder vergessen oder verdrängt, wie einige sagen würden. In den letzten Jahren hatte er dann immer öfter zurückgedacht. Bilder, ganze Szenen waren aufgetaucht, hatten sich festgesetzt, und er war durch Straßen gelaufen, die es so gar nicht mehr gab, hatte sich an Brauhaustische gesetzt, die längst jemand entsorgt hatte. Es war, als käme mit jedem neuen Morgen ein Gestern, so als gebe es nichts Neues mehr, nur Altes, das bewältigt werden wollte, Abgeschlossenes, bereits Erlebtes.

Der Mann schaute die Stufen hinab zur Milchglastür. Sein Hals fühlte sich verengt an. Er hatte das Gefühl, jemand drücke leicht auf seinen Kehlkopf und verursache einen Hustenreiz. Er legte den Kopf in den Nacken, stieß seinen Atem gegen die Decke. Schließlich runzelte er die Stirn, drehte sich den fünf Stufen zu und tat einen Schritt Richtung Ausgangstür. Es war still im Treppenhaus, als sei das Gemäuer von der Außenwelt abgeschlossen. Der Mann hörte nur das Geräusch seiner Schuhe. Er blieb erneut stehen, murmelte: »Das ist doch albern.« Dann machte er kehrt, sog so viel Luft in seine Lungen, wie er konnte, nahm die rechte Hand aus der Tasche und klingelte.

Es war ein krächzendes Geräusch, das hinter der Tür die Bewohner die Köpfe kurz drehen ließ, ein schrilles, unschönes Rasseln. Der Mann im Treppenhaus erschrak. Im nächsten Moment wußte er, daß er sich richtig entschieden hatte, er spürte es wie einen Ruck durch seinen Körper ziehen. Er lächelte, noch bevor Viktoria öffnete.

Louise starrte noch immer aus dem Fenster, als Kröning sein Taxi über die Innere Kanalstraße beschleunigte. Feltzer hätte gerne irgend etwas zu seinem Kollegen gesagt, aber es fiel ihm nichts Passendes ein. Er versuchte sich auf Krönings Krankheit zu konzentrieren, versuchte eine Frage zu formulieren, aber alles, was seine Gedanken streiften, verwies auf den Herzfehler seines Sohnes. Er schaute auf Louises Bauch, ließ seinen Blick hochrutschen, sah ihr Ohr, hinter das sie ihre Haare geklemmt hatte, merkte, wie ihre Stirn sich langsam der Seitenscheibe näherte und sich abstützte. Draußen schob sich eine Unterführung über sie hinweg. Die Nabelschnurpunktion hatte keine Anomalie bei Lennart ergeben. Louise hatte auf der Pritsche gelegen, und der Arzt hatte mit einer Nadel durch die Bauchdecke hindurch in die Nabelschnur gestochen und ihr Blut entnommen. Louise war ganz ruhig gewesen, hatte nichts gespürt, und beide hatten sich den Vorgang auf dem Ultraschallbildschirm angeschaut. Auf Feltzer wirkten diese Untersuchungen, als seien sie nicht wirklich. Er und Louise steckten mittendrin, und eigentlich war alles klar, aber irgend etwas in seinem Gehirn weigerte sich, die Situationen, die unmittelbar mit Lennarts Fehlbildung zu tun hatten, als real einzustufen. Feltzer erlebte diese Augenblicke, als sitze er vor dem Fernseher, so als habe es eine andere Familie getroffen und er nehme teil an ihrem Schicksal. Er hatte Mitleid, er fühlte sich schwer und unfähig zu handeln, gleichzeitig schuf etwas in seinem Kopf eine merkwürdige Distanz zu dem Geschehen. Das verwirrte ihn. Er aß viel weniger als früher, an einigen Tagen schien er es ganz vergessen zu haben. Sein Sodbrennen tauchte kaum noch auf, was er als bittere Ironie empfand, so als müsse man leiden, damit es einem besser gehe. Sein Magen hatte sich zusammengezogen. Feltzer spürte ihn ununterbrochen, ein kleiner Klumpen in der Bauchgegend, aber er tat nicht weh.

Ein Wagen kam ihnen entgegen, der erste seit einigen Minuten, und der Fahrer schaltete, kurz bevor er an ihnen vorbeifuhr, sein Licht ein.

Kröning wechselte auf die Überholspur. Feltzer fragte sich, warum. Es war niemand vor ihnen. Dann schwenkte Kröning zurück auf die rechte Spur, ehe er sagte: »Ich denke oft an euch. Ich nehme an, ihr habt nicht viel Lust, jedem das gleiche zu erzählen, deshalb frage ich auch nicht. Aber ich habe oft an euch gedacht in letzter Zeit.«

Feltzer sah, wie Louise ihren Kopf drehte und auf Krönings Profil blickte. Über ihre Augen rutschten schwache Lichtreflexe. Sich selbst hörte Feltzer »Danke« sagen, merkte wie seine Hände sich um die Stellen oberhalb seiner Knie legten und drückten.

»Solche Krankheiten machen einsam«, fuhr Kröning fort, warf einen kurzen Blick in den Rückspiegel und schaute wieder nach vorn, »und man weiß nicht, ob man das gut oder schlecht finden soll. Zumindest geht es mir so.« Er bog nach rechts auf die Bachemer Straße, schaltete hoch, während er sagte: »Und selbst wenn man redet.«

Feltzer verstand nicht, was er meinte. Er lockerte den Griff um seine Beine.

Links und rechts lagen Wiesen, verschwanden in einiger Entfernung in der aufkommenden Dämmerung. Eine Frau mit Schweißband um den Kopf joggte zum Aachener Weiher.

»Will ja auch keiner so genau wissen«, sagte Kröning leise. Und Feltzer dachte, er redet mit sich selbst, während sein Kollege grummelte: »Das Zahnfleischbluten und was es da noch so an Symptomen gibt, wenn die ganze Chemie . . .«

Den Ende des Satzes verstand Feltzer nicht mehr. Er hörte, wie Louise ihren Kopf gegen die Stütze fallen ließ. Sie blickte an die Wagendecke. Ihr Gesicht wirkte schlaff. Sie ließ ihre Kinnlade leicht hängen, als müsse sie durch den Mund einatmen, weil die Nase verschnupft sei. Feltzer lehnte sich leicht zu ihr hinüber und fragte: »Sollen wir doch nach Hause?«

Louise schüttelte den Kopf. Ihre Haare deuteten dabei eine Wölbungen über der linken Schulter an. Feltzer hatte sofort das Gefühl eines Déjà-vu. Sie saßen in Professor Refts Arbeitszimmer, hörten zu, was er über die Operation sagte, und plötzlich bemerkte Feltzer, daß Louise den Kopf schüttelte, vielmehr sah er aus dem Augenwinkel ihre Haare sich über der Schulter abwechselnd wölben und glätten. Erst dachte er, sie ist nicht einverstanden mit irgend etwas, sie will etwas einwerfen, aber das war es nicht. Sie drehte einfach nur den Kopf hin und her, während der Herzchirurg mit ruhiger, fast einschläfernder Stimme die bevorstehenden Vorgänge im Operationssaal erklärte. Feltzer wußte nicht, wie lange sie den Kopf so bewegt hatte, es war ihm endlos vorgekommen. Er hatte ihr seine Hand auf die Schulter legen, sie auf ihr Verhalten aufmerksam machen wollen, sich aber dann doch nicht dazu entschließen können. Louise hatte jeweils kurz innegehalten, wenn sie eine Frage gestellt hatte, und war sofort wieder mit diesem Kopfschütteln erlegen, sowie der Arzt geantwortet hatte. Feltzer hatte gedacht, das ist nicht normal, sie verkraftet das alles nicht mehr. Und der Arzt hatte gesagt: »Deshalb werden wir einen Kaiserschnitt machen müssen.«

Weshalb? hatte Feltzer gedacht, dem Arzt auf seine naß wirkenden Haare geschaut, aber nichts als Louises Kopfdrehen wahrgenommen. Der Stuhl, auf dem er gesessen hatte, war weich gewesen, trotzdem hatte nach kurzer Zeit bereits sein Hintern geschmerzt, so als scheuere etwas über seine Haut. Als Professor Reft aufgestanden war und ihnen die Hand gegeben hatte, war Louises Kopf zur Ruhe gekommen. Sie hatten das Krankenhaus verlassen, und Feltzer hatte gefragt: »Hast du alles verstanden, was er gesagt hat?«

»Ja«, hatte Louise geantwortet, »der 21. 11. ist bestimmt ein guter Tag.«

Feltzer hatte sie fragend angeschaut, und Louise hatte gesagt: »Der Geburtstermin.«

Feltzer hatte geantwortet: »Ach so, ja klar«, hatte sich aber nicht daran erinnern können, daß der Arzt etwas dazu gesagt hatte. Auch gestern hatte Louise noch Einzelheiten des Gespräches erwähnt, die an Feltzer ungehört vorbeigezogen waren, die Louise aber alle behalten hatte.

Er fragte: »Alles in Ordnung?«

Louise sah ihn an, lächelte und zuckte dabei mit den Schultern.
Kröning überquerte die Roonstraße, fuhr die Lindenstraße stadteinwärts bis zur Händelstraße. Feltzer klopfte auf die Rückenlehne von Krönings Sitz, sagte: »Kannst uns hier rauslassen. Die paar Meter machen wir zu Fuß.« Dann griff er nach seiner Brieftasche, klappte sie auf.
Sein Kollege lenkte den Wagen an den Straßenrand, fuhr mit dem rechten Vorderrad den Bordstein hoch.
Als Feltzer ihm das Geld reichen wollte, sagte Kröning: »Hab euch gerne gefahren, steck mal wieder ein.«
»Danke«, sagte Feltzer, schaute, ob kein anderer Wagen angeschossen käme, setzte einen Fuß auf die Fahrbahn und fügte hinzu: »Wir sehen uns«, bevor er die Tür zuschlug.
Louise stand bereits auf dem Bürgersteig.

»Besuch«, murmelte Viktoria. Sie lehnte ihren Rücken gegen den Rahmen, um dem schlaksigen Mann hinter sich Platz zu machen. Reinhold, der auf einem dem Fernsehgerät zugedrehten Stuhl an der Tischseite saß, zog seinen Blick vom Bildschirm, richtete ihn auf den Mann, der einen forschen Schritt in die Stube machte, dann stehenblieb und »Hallo« sagte. Erst erkannte Reinhold das zerknitterte Gesicht nicht, aber die wenigen grauen Haare, die sich dünn auf der Kopfmitte hielten, während rechts und links bereits alles kahl war, versetzten ihm einen kurzen Stich in die Herzgegend. Seine Züge verhärteten sich.
»Darf ich reinkommen?« fragte Oswald, obwohl er bereits drinnen war. Reinhold antwortete nicht. In seinem Kopf sprang alles durcheinander, blitzartig leuchteten vergangene Szenen auf, so plastisch, als liefen sie im Fernseher. Er griff nach der Fernbedienung und schaltete den Ton aus. Die

deutschen Nationalspieler rannten über den Platz auf das gegnerische Tor zu.
»Ich lass' euch mal«, sagte Viktoria und schloß die Tür.
Oswald ging am Fernseher vorbei, zog einen Stuhl unterm Tisch hervor, warf seinen Trenchcoat in den Sessel und setzte sich Reinhold gegenüber. Dann wandte er seinen Kopf dem Spiel zu. Die Türkei schien gut in Form zu sein.
Eine Zeitlang sagten die beiden alten Männer nichts, ließen den Ball laufen. Oswald dachte, schön warm hast du es hier. Sein Blick sprang kurz zum Aschenbecher hoch, der auf dem Fernseher stand und die Form einer Fliege hatte, glitt über die Wände, an denen Fotos hingen, die Viktoria mit dem kleinen Feltzer zeigten, und war wieder beim Lattenknaller, mit dem die Türkei die deutsche Mannschaft zu wecken versuchte. Dann wandte er sich Reinhold zu, spürte, wie es in seinem ehemaligen Freund arbeitete, obwohl nicht direkt etwas zu sehen war, außer daß Reinholds Gesicht stur dem Spiel zugedreht blieb. Oswald fixierte die Nase von Reinhold und dachte, ich bin nicht umsonst gekommen, ich werde solange warten, bis ...
»Was willst du hier?« stieß Reinhold plötzlich aus, warf seinen Blick in Oswalds Gesicht, als wollte er ihn verletzen. Aber irgend etwas veränderte sich im gleichen Augenblick in ihm. Sein Mund wurde schlaffer, die Stirn entspannte sich, und er fügte etwas freundlicher hinzu: »Hast du zu Hause keinen Fernseher?«
Oswald lachte kurz, dann wurde er ernst und sagte: »Ich wollte mich entschuldigen.«
Reinhold wich leicht mit dem Oberkörper zurück, als habe ihn etwas getroffen.
Vom Gürtel drang ein Hupen ins Zimmer, offensichtlich fuhr ein ganzer Autokorso dort entlang.

Zweimal atmete Reinhold ein und aus, dann antwortete er ruhig: »Hätte aber noch etwas Zeit gehabt.«
Auf der deutschen Trainerbank fuhr die Kamera an langen Gesichtern vorbei. Die Zuschauerränge im Stadion waren so gut wie leer. Vom Flur drang ein Kratzen und Reiben durch die geschlossene Wohnzimmertür; Viktoria schien sich dort an etwas zu schaffen zu machen.
»Du bist ein verdammt sturer Hund, Reinhold«, sagte Oswald, stützte sich mit beiden Unterarmen auf den Tisch, »aber du hast eine schöne Kopfbedeckung. Hat Viktoria dir die gestrickt?«
Reinhold griff sich an die Wollmütze, lachte leise. Er fühlte sich, als fiele eine Last von ihm ab, ein Gewicht, von dem er bis dahin nichts gewußt hatte. Er hatte Oswald verflucht, er hatte ihn gehaßt, zu Recht, wie er geglaubt hatte. Es war ein verständliches Gefühl gewesen, aber nun merkte er, wie etwas sich löste. Er schien geradezu auf diesen Augenblick gewartet zu haben, all die Jahre. Und auch Oswald wirkte plötzlich etwas jünger, seine Falten weniger tief. Er nahm den oberen Teil seines behaarten Ohres zwischen Zeigefinger und Daumen und rieb daran.
»Siehst auch nicht schlecht aus«, sagte Reinhold. Dann drehten beide den Kopf zum Fernseher und schauten zu, wie ein türkischer Spieler den Ball im gegnerischen Netz versenkte.
»Was ist aus denen bloß geworden«, sagte Oswald. Reinhold nickte. Vom Flur kamen noch immer Wischgeräusche. Putzte Viktoria den Boden um diese Zeit? Reinhold schaute auf die Türklinke, rutschte etwas höher auf seinem Stuhl. Fernsehen ohne Ton war angenehmer, als er es für möglich gehalten hatte. Die deutsche Nationalelf verlief sich hilflos zwischen den Außenlinien. Das mußte man nicht auch noch kommen-

tieren. Oswald hob kurz den linken Arm, zeigte auf den Bildschirm, dann legte er die Hand wieder auf den Tisch.
»Wir sollten einen Korn trinken«, sagte Reinhold. Oswald spitzte die Lippen und schloß kurz die Augen, aber ehe Reinhold aufstehen konnte, flog die Tür auf. Viktoria stemmte die Fäuste in ihre Seiten, ließ ihren Blick zwischen den beiden Männern hin- und herspringen. Sie sah aufgebracht aus. Reinhold schaute an ihren Beinen vorbei auf den Flurboden, aber da waren keine Putzspuren, weder waren die Fliesen naß, noch stand ein Eimer herum.
»Wollt ihr denn gar nichts sagen?« platzte es aus Viktoria heraus. »Das ist doch die Gelegenheit. Mein Gott, 47 Jahre. Und ihr sitzt da und sagt kein Wort. Ist das normal? Also wenn du nichts sagst, dann tue ich es. Oswald, es ist gut, daß du da bist. Ich freue mich sehr. Reinhold freut sich auch. Wir haben alle Fehler gemacht, aber irgendwann muß mal gut sein. Wer weiß, wie lange wir noch leben. Ich habe mich immer gefragt, wie kann man so stur sein, so verbissen, so unnachgiebig. So etwas können nur Männer. Oswald, ich bin froh, daß du gekommen bist. Es war gewiß nicht leicht, aber du hast es gemacht.«
Oswald und Reinhold sahen Viktoria im Türrahmen stehen. Ihre zierliche, kleine Gestalt schien mit jedem Satz zu wachsen. Von vorne fiel das Wohnzimmerlicht über ihr grau-blau gefärbtes Haar, von hinten das aus dem Flur. Beides zusammen ließ ihren Kopf eigenartig schimmern. Reinhold wollte ihr antworten, aber bei diesem Wortschwall blieb ihm der Mund offenstehen. Oswald versuchte gar nicht erst, etwas zu sagen, hatte Bilder der früheren Viktoria im Kopf, verglich sie mit der Person, die er vor sich sah, und fand eine Menge Ähnlichkeiten.
»Dazu gehört Mut, und es gehört Kraft dazu«, fuhr Viktoria

fort. Ihre Stimme hatte eine Festigkeit, eine Bestimmtheit, die keinen Zweifel daran ließ, um was es hier ging. Reinhold begriff mit einem Mal, wie wichtig es gewesen wäre – nicht nur für ihn, sondern offensichtlich auch für Viktoria –, schon früher die Vergangenheit zu überdenken, nicht zu vergessen, nein, aber in vernünftige Bahnen zu lenken. Vielleicht hatte Viktoria unter allem noch mehr gelitten als er selbst.

»Und jetzt könnt ihr nicht einfach dasitzen und so tun, als sei der andere nicht da. Jeder für sich. So etwas Unvernünftiges. Wie kleine Kinder benehmt ihr euch.« Viktoria ließ ihre Arme sinken. In ihrem Gesicht war eine Mischung aus Zorn und Hilflosigkeit sichtbar geworden, hatte ihre Wangenmuskeln leicht nach oben verschoben und ihre Augen verengt. Sie schwieg, blickte von einem zum anderen und wartete auf eine Reaktion. Sowohl Reinhold als auch Oswald brauchten einige Augenblicke, um sich darüber klarzuwerden, daß Viktorias Schelte geendet hatte und nun sie an der Reihe waren, der Rede etwas hinzuzufügen. Reinhold kaute zweimal auf seinen Zähnen herum, schluckte etwas Speichel, dann antwortete er ernst: »Es ist alles gesagt.«

»Was?!« schrie Viktoria. Ihr Körper zitterte, schien in eine Spannung zu geraten, die nicht lange auf die Explosion warten lassen würde.

»Ja«, pflichtete Oswald bei, »Reinhold hat recht.« Er hob beide Hände mit den Handflächen nach oben und machte ein Gesicht, als wollte er sagen: und dem kann nichts mehr hinzugefügt werden.

Vom Flur drang kältere Luft ins Wohnzimmer. Reinhold spürte den Zug an seinem Hals, aber es schien ihm unangebracht, in dieser Situation darauf hinzuweisen, daß seine Frau die Tür schließen sollte. Also sagte er: »Wir würden gerne einen Korn trinken.«

»Was?« wiederholte Viktoria ihren Ausruf, diesmal leiser und abgeschwächter.
Oswald nickte, sah wie Viktorias Körper sich entspannte. Sie griff nach der Türklinke, sagte: »Na, also«, dann verschwand sie in der Küche.
Auf dem Rasen bestürmte die türkische Mannschaft das gegnerische Tor. Die deutsche Abwehr sah desolat aus, kein Spieler schien zu wissen, wo er hinmußte.
»Is' ja bald Halbzeit«, sagte Oswald, als müßte er jemanden trösten. Dann schwiegen beide, und nur Oswalds pfeifender Atem war leise zu hören.
Viktoria brachte eine volle Flasche Korn und zwei Gläser auf einem Tablett.
»Betrinkt euch«, sagte sie lächelnd, und bevor sie die Tür hinter sich schloß, fügte sie hinzu: »Jungs.« Dann war es wieder still im Wohnzimmer. Ein Spieler lag am Boden und hielt sich die Hacke. Reinhold öffnete den Schraubverschluß, goß ein. Die beiden Männer hoben ihre Gläser, schauten sich wortlos an und kippten den Schnaps in ihre Münder. Es war einer der leckersten Tropfen, den er je getrunken hatte, fand Reinhold.

Im Restaurant brachte der indische Kellner zwei Menukarten an ihren Tisch. Feltzer schaute hinein, las die Namen der Gerichte, hatte aber keinen Hunger. Er warf einen Blick auf Louise, wollte fragen, hast du wirklich Lust zu essen, ließ es dann aber bleiben.
An den Nebentischen saßen Menschen, bewegten ihr Besteck und unterhielten sich. Louise hob den Kopf, sah an Feltzer vorbei auf ein Bild, das hinter ihm an der Wand hing und einen geschmückten Elefanten zeigte. Anschließend wanderte ihr Blick etwas ziellos über die Speisekarte. Es war

schwer, sich auf die einfachsten Dinge zu konzentrieren. Immerzu dachte sie an Lennart. Egal ob sie ging, saß oder lag, es war, als habe sich die Schwerkraft verdoppelt, als ziehe sie Louise unter eine dichte Nebelschicht. Die Dinge blieben im Unklaren, nichts schien ein Ende zu finden. Sie konnte noch so oft mit Feltzer darüber reden, sie mochten sich gegenseitig versichern, daß sie das durchstehen würden ...

»Hast du was gefunden?« fragte Feltzer.

Louise verneinte. In ihren Haaren, links neben dem Mittelscheitel, hatte sich eine Staubfluse verfangen. Feltzer griff danach, rieb seine Finger in Tischhöhe gegeneinander, ließ die Fluse zu Boden gleiten. Louise lächelte. Der Kellner kam an den Tisch, schaute unwirsch auf sie herab und sagte »Trinken?« Seine Brauen waren so schwarz wie Feltzers, trafen sich aber über der Nasenwurzel und bildeten dort eine lichte Brücke.

»Ein Wasser«, sagte Louise, und Feltzer bestellte ein Kölsch.

Der Kellner zog sich zurück.

Es gab Tage, an denen Louise sich nicht einmal die Operation vorstellen konnte, an denen sie nicht mehr an die Möglichkeit eines Eingriffs glaubte. Das erzählen sie dir nur, um dich zu beruhigen, sagte sie sich und spürte, wie jemand sie strangulierte. Dann gab es wieder Tage, an denen sie überzeugt war, daß Lennart nach der Operation schnell zu Kräften kommen würde und sie eine Familie sein würden, aber auch an diesen Tagen blieb ein Gewicht in ihr, eine Mutlosigkeit, und mehr als einmal hatte sie plötzlich laut gefragt: »Was wächst da eigentlich in mir?«

Feltzer schloß die Menukarte, legte sie an den Tischrand neben seinen Teller. Er hätte gerne etwas zu Louise gesagt, aber alle Sätze, die nicht Lennart betrafen, klangen hohl und durchschaubar. Er wußte immer sofort, daß er das und das nur gesagt hatte, um das Eigentliche nicht zu erwähnen. Und er merkte auch, daß das Louise ebenfalls klar war. Das machte das Reden schwer.

In der Ecke am Fenster lachte eine Frau laut und herzhaft. Sie hatte ihre blonden Haare zu einem Knoten zusammengerollt und am Hinterkopf mit einer großen, silbernen, blumenverzierten Spange befestigt. Der Mann vor ihr lachte ebenfalls, hob sein Glas und trank. Sie sahen glücklich aus, fand Feltzer, sorglos.

Der Kellner kam zurück an ihren Tisch, legte drei Bierdeckel hin und stellte die beiden Gläser und die Wasserflasche ab. Dann wartete er. Feltzer schlug die Menukarte wieder auf, zeigte auf eine Zahl vor einem der Gerichte und schaute abermals zu der blonden Frau in der Ecke, während Louise bestellte. Die Frau schaute zurück, aber nicht auf Feltzer, sondern erst auf Louise, dann sprang ihr Blick für eine Sekunde zu ihm und wieder zurück auf Louise. Aus der Küche kam ein Duft, den Feltzer bislang gemocht hatte, der ihm nun aber als unangenehmer Reiz in die Nase fuhr. Er strich mit seiner Hand am Kölschglas hinab, wischte die Feuchtigkeit weg, ehe er es an die Lippen hob. Louise hatte so viele Babysachen gekauft, ehe sie vom Herzfehler erfahren hatten, und die lagen nun alle im Bettchen, weil sie noch keine Kommode dafür gekauft hatten. Auch seine Schwiegermutter war mit Strampelanzügen gekommen. Feltzer wünschte sich, diese ganzen Klamotten in die Geschäfte zurücktragen zu können. Das Bett hätte er gerne wieder abgebaut, bis alles vorbei und der Kleine gesund zu Hause sein würde. Jedesmal, wenn er das Schlafzimmer betrat, deprimierte ihn der Anblick, und er versuchte sich seinen Sohn vorzustellen, wie er herumlief. Es gelang ihm nie. Was er im Keller verstaut hatte, waren seine Plüschgiraffen. Es war ihm am Tag der Diagnose, als sie wieder zu Hause waren, mit einem Mal unsinnig erschienen, geradezu von schlechtem Geschmack, diese Stofftiere auf Lennart warten zu lassen. Also hatte er sie wieder in den Korb getan und unten auf ein Regal gestellt. Es war ihm nicht sehr wohl dabei gewesen, aber er hatte keine andere Möglichkeit gesehen.

Die Tür ging auf, und ein Jugendlicher im Trikot der deutschen Nationalelf brüllte herein: »Deutschland! Deutschland!« Dann stieß er krachend die Tür wieder zu und rannte davon. Die kurzfristig eingetretene Stille verschwand sofort unter einem Klangteppich aus Stimmen, Tellergeräuschen und Geraschel. Jemand zwängte sich an Louises Rückenlehne vorbei aufs Klo.

Louise spürte, wie ihr Bauch sich verhärtete, sich etwas herauswölbte, so als drücke Lennart seinen Hintern gegen die Decke. Sie biß die Backenzähne aufeinander, hielt den Atem an.

»Hast du Schmerzen?« fragte Feltzer.

»Unangenehm«, antwortete Louise, hielt sich die Seite, während sie die Wirbelsäule streckte. Diese Schübe kamen immer häufiger. Es begann mit einem leichten Ziehen, dann formte sich ein Hügel aus ihrem Bauch heraus, eine Art Wulst.

»Dem Kleinen wird es langsam zu eng«, sagte Louise.

Nachts wachte sie von seinen Tritten auf, konnte nicht mehr einschlafen. Zumindest das war normal, wie sie gelesen hatte. Was sie noch gelesen, sich im Internet zusammengesucht hatte, war, daß die Überlebenschancen bei einer Switch-Operation der großen Gefäße nur bei 70 – 80 % lagen und nicht, wie die Ärztin erzählt hatte, bei 90 – 95 %. Oder hatte die Ärztin recht, und im Internet stand Blödsinn.

Das konnte genausogut sein. Louise nahm die Zitrone aus ihrem Wasser und legte sie auf den Bierdeckel, bevor sie trank.

Draußen war es mittlerweile dunkel geworden. Die Straßenbeleuchtung verteilte ihr Licht grobkörnig vor den Fenstern.

Feltzer nahm die Serviette und breitete sie über seine Oberschenkel, während er sagte: »War nicht ganz so schlimm bei meinen Eltern, wie ich befürchtet hatte.«

Der Kellner lief mit zwei Warmhalteplatten zu einem Tisch, stellte sie ab und zündete die Kerzen darunter an.

»Nein«, antwortete Louise, nahm die Hand von ihrem Bauch und drehte ihren Teller ein Stück, »es war ganz schön.« Sie hatte durch Reinhold tatsächlich für kurze Zeit abgeschaltet. Ihr Schwiegervater hatte das nicht beabsichtigt, aber es hatte ihr gut getan.

Feltzer wollte etwas erwidern, da trat die blonde Frau vom Ecktisch neben Louise, lächelte freundlich und sagte: »Ich weiß, das ist kindisch, aber ich freue mich so für Sie. Ich habe Ihren Bauch gesehen, und ich liebe Kinder. Meine Schwester hat auch zwei . . .«

Feltzer sah das lose Ende ihrer zusammengerollten Haare aufgeregt hin- und herwedeln, während sie sprach.

». . . und die sind so niedlich. Ich würde auch gerne, aber zuerst muß ich mein Studium beenden. Ich wollte Sie fragen, also dürfte ich einmal Ihren Bauch berühren?«

Feltzer blickte zur Begleitung der blonden Frau hinüber, zum Mann, der am Ecktisch sitzen geblieben war und ihm lächelnd zunickte. Dann schaute er auf Louise, sah die Müdigkeit in ihrem Gesicht, dachte, laßt sie doch in Ruhe.

Die blonde Frau wartete, die rechte Hand bereits in Startposition, den kugeligen Bauch zu streicheln.

Der Kellner brachte nun auch an Feltzers und Louises Tisch die Warmhalteplatten, schob Gläser und Teller auseinander.
Louise antwortete nicht, sah dem Kellner zu, wie er alles plazierte. Die blonde Frau begann sich unwohl zu fühlen. Ihr Lächeln bekam eine Steifheit, die ihr Gesicht unnatürlich verzerrte. Sie tat Feltzer leid. »Lassen Sie mal«, sagte er so freundlich er konnte. Und Louise fügte hinzu: »Ja, lassen Sie mal.«
Die blonde Frau murmelte: »Entschuldigung«, drehte sich um und ging zurück an ihren Tisch.
Als der Kellner einige Minuten später das Essen brachte, rief der Mann vom Ecktisch: »Hallo.« Der Kellner hob den Kopf, und der Mann sagte: »Wir würden gerne zahlen.«

12.

Adolf stieg, nachdem er seiner Frau hineingeholfen und die Tür wieder geschlossen hatte, vorne ins Taxi ein.
»Das ist ja nett, daß Sie sich bereit erklärt haben, uns zu unseren Kindern zu fahren«, sagte er zu Claudia und schnallte sich an. »Ich halte ja nicht viel von der Gurtpflicht. Was macht man denn, wenn der Wagen brennt, und der Gurt hat sich verhakt.«
»Adolf«, sagte Friederike, so leise, daß es kaum zu verstehen war.
»Es ist doch so«, antwortete Adolf, »aber das ist wirklich nett von Ihnen, daß Sie uns fahren.«
»Sonst hätten Sie halt ein anderes Taxi genommen« erwiderte Claudia lächelnd.
»Na, ja«, sagte Adolf, machte eine kurze Pause, in der er sich

mit dem kleinen Finger der rechten Hand über die Stirn strich, »aber das Wetter ist unglaublich, oder? Ich mein', wir haben Ende Oktober, und schauen Sie sich diesen Nachmittagshimmel an.« Er streckte seinen Hals, sah nach oben. Ein paar harmlose Wolken drifteten vereinzelt über die hellblaue Fläche, die sich wie eine Plastikplane über ganz Ostheim spannte. Claudia bog von der Frankfurter ab und fuhr Richtung Kalk. Im Rückspiegel sah sie, wie Friederike an einem Knopf ihrer Jacke drehte und aus dem Seitenfenster blickte. Ein Wagen überholte sie, raste an ihnen vorbei.

»Mindestens 150«, sagte Adolf, »hat ja niemand mehr Zeit heutzutage. Zu tun haben die meisten auch nichts, aber keine Zeit. Das ist, weil hier alles so verbaut ist, weil kein Raum mehr in den Städten ist. Da war letztens ein interessanter Bericht im Fernsehen. Im Endeffekt kam raus, daß mit dem Raum sich auch die Zeit dehnt. Wenn man in einer Stadt mehr als fünf Minuten zum Bäcker gehen muß, empfindet man das als weit. In Sibirien aber fahren die Menschen 300 Kilometer zum nächsten Markt, um ihren Fischfang gegen Wodka einzutauschen, und finden das nicht weit. Und sie haben das Gefühl, viel Zeit zu haben, weil die Distanzen so ausgeprägt sind. Hat mir sofort eingeleuchtet.«

»Das interessiert die Frau doch nicht«, sagte Friederike. Während ihre Stimme erst am Ende des Satzes eine normale Lautstärke erreichte, saß ihr Körper steif und gedrungen auf der Rückbank, ohne die Rückenlehne zu berühren.

»Das glaube ich schon«, sagte Adolf, »das ist total interessant. Deshalb ist das Auto auch die überzeugendste Lüge der Freiheit.« Er klopfte mit vier Fingern auf die Plastikverschalung des Armaturenbrettes, ehe er hinzufügte: »Aber wer möchte sein Leben lang ehrlich sein. So als könnten wir immer und überall hin. Alles ist verbaut. So oder so. Freiheit

gibt es gar nicht. Sogar im Tod hat man noch Verpflichtungen.«
Claudia hörte Friederike mit der Zunge schnalzen. Dann folgte ein ausgedehntes Ausatmen.
Auf dem Beifahrersitz zog Adolf den Sicherheitsgurt von seinem Bauch, drückte seine Schulten in das Sitzpolster. »Man muß ja über diese Dinge nachdenken, sonst ist es irgendwann zu spät. Je früher man sich Gedanken darüber macht, desto leichter kommt einem das Leben vor. Und Sie sind ja noch jung. Louise ist ebenfall noch jung, auch wenn es im Moment schwer für sie ist. Leider ist das so, die Natur nimmt keine Rücksichten. Das mag gefühllos klingen, aber machen wir uns nichts vor, einmal oben, dann wieder unten. Die Seele ist keine Konstante, habe ich mal gehört. Hat mir gefallen. Ich habe oft an diesen Satz gedacht und mich gefragt, ob derjenige, der ihn damals ausgesprochen hat, auch gewußt hat, was er da sagte. Es bedeutet ja, daß eine Unberechenbarkeit in uns ist, etwas, das sich nicht kontrollieren läßt. Ja, ist es mir plötzlich aufgegangen, das ist die Freiheit, die wir permanent reglementieren. Unausgeglichenheit nennen wir das sonst. Ein Dilemma, da war es schon ratsam, Sanitäranlagen zu verkaufen. Ich habe ja lange damit gehandelt, wissen Sie. Das mag Ihnen nichtig vorkommen, aber es kann auch ein Lebenswerk sein. Für mich war es das nicht, aber ich würde nicht sagen, daß es nichts war.« Adolf griff in seine Manteltasche, befühlte seine Brille, zog seine Hand wieder zurück, während er sagte: »Sie haben doch bestimmt studiert. Sie werden Ihre Gründe haben, bei meinem Schwiegersohn Taxi zu fahren, aber Sie werden mir recht geben, daß nur derjenige wirklich nachdenken kann, der auch Zeit erübrigt. Vielleicht ist das Taxifahren so ein Job. Aber leider fährt unsere Regierung kein Taxi. Die erste Bundeskanzlerin.

Klingt gar nicht schlecht. Aber die hat auch ihren Chauffeur, vielleicht denkt der nach, aber ob Frau oder Mann da oben, da wird sich nichts ändern.« Er verstummte einen Augenblick, schien seinen eigenen Worten nachzuhorchen. Dann sog er in kurzen Zügen die Luft ein, drehte leicht den Kopf, so als schnuppere er im Wagen herum. Sein gesundes Auge suchte dabei die Windschutzscheibe ab.

Auf dem Bürgersteig gingen vier Frauen in grauen Regenmänteln und Kopftuch nebeneinander. Etwas weiter stellte ein Händler eine Obstkiste vor die Tür seines Geschäftes.

Claudia fuhr auf die Deutz-Kalker Straße. Arme Louise, dachte sie, ob das die richtige Unterstützung ist.

»Ist wirklich ein dummer Zufall, das mit Louise und dem Baby. Sie kennen sie doch gut, wie geht es meiner Tochter? Was würden Sie sagen?« fragte Adolf, sprach aber, ohne auf eine Antwort zu warten, weiter, »ich habe sie gesehen, noch letzte Woche, nicht wahr, Friederike, da haben wir sie gesehen, sie läßt sich nicht viel anmerken, wirkt gefaßt, aber ich weiß, daß es innen anders aussieht. Wir waren in der Altstadt in einem Café, nichts Besonderes, aber so eins, wo man halt hingehen kann. Louise hat nicht viel gesagt, spricht sie mit Ihnen? Ich kann verstehen, daß einem nicht nach Sprechen zumute ist in so einer Situation, aber wenn man nichts sagt, können die andern auch nicht helfen ...«

»Vielleicht will sie gerade das, keine Hilfe«, sagte Claudia dazwischen, aber Adolf reagierte nicht, setzte seinen Monolog fort: »... und dann ist man allein. Auch keine gute Art, sich zu verkriechen. Ich weiß nicht, alles ist so schwer geworden, die Menschen werden immer komplizierter. Früher habe ich mir nie so viele Sorgen gemacht. Als ich meine Frau kennengelernt habe, da war jeder Tag ein Grund aufzustehen, einfach so, eben weil es ein neuer Tag war. Heute muß ich richtig planen, Dinge in Bewegung setzen, damit ich weiß, da kommt auch etwas, wenn ich aufstehe. Sonst sitzt man den ganzen Tag in seinem Sessel und wartet. Ja, worauf wohl. Auch wenn man es sich nicht eingesteht, aber so schnell geht es dann doch nicht, und dann wird es ganz bitter. Aber heute ist eigentlich so ein wunderbarer Tag«, er deutet mit einer Handbewegung nach draußen, »dem Tag ist alles einerlei, möchte man meinen. Alles geht weiter, die Leute fahren Fahrrad, essen Currywurst. Weißt du was, Friederike«, er drehte sich um, so gut es ging, schaute an der Kopfstütze vorbei auf seine Frau, »das sollten wir auch mal wieder machen.«

Friederike saß noch immer mit gestreckter Wirbelsäule da, ohne die Rückenlehne zu berühren. Ihre Augen starrten verständnislos nach vorn. »Was sollten wir machen?« hauchte sie.

»Eine Currywurst essen«, sagte Adolf und war von seiner Idee begeistert. »Weißt du, wie lange wir schon keine gegessen haben? Eine Ewigkeit, dabei sind es diese kleinen Dinge, die das Leben so lebenswert machen, diese Unscheinbarkeiten.«

»Du weißt nicht, was du redest«, sagte Friederike. Ihr hochgestecktes Haar berührte das Dach des Wagens.

»Natürlich weiß ich das«, sagte Adolf, »ich war nie klarer im Kopf. Aber ich beschäftige mich mit diesen Dingen nicht erst seit gestern.«

»Mit der Currywurst?« fragte Claudia, fuhr auf die Deutzer Brücke.

»Seien Sie nicht albern«, erwiderte Adolf, schaute auf den Dom und die Rheinkulisse, die links vor ihnen auftauchte. »Alles verändert sich so schnell«, fuhr er nach einem Moment der Stille fort, und Claudia dachte, jetzt hat er den Fluß gesehen, »alles ist weg, bevor man es festhalten und ins Regal stellen kann. Aber die kleinen Dinge kann man wiederholen, das meine ich mit der Currywurst. Sie haben keine Ahnung, wie schnell so ein Leben bröckelt, und dann ist plötzlich nichts mehr da. Warum glauben Sie, sammeln Menschen soviel? Ich will es Ihnen sagen, dafür muß man nämlich nicht studiert haben. Eine intakte Sammlung läßt einen das Kaputte am eigenen Leben gar nicht erst bemerken.«

Claudia wurde rot im Gesicht. Eine Hitzewelle schoß in ihren Kopf. Aber Adolf schaute sie nicht an, zeigte auf den Dom und sagte: »Deshalb ist der so wichtig. Köln ist intakt, solange der Dom steht und noch so ein paar Gebäude, sagen wir, das Rathaus, Groß St. Martin, Hahnentorburg und diese Dinge. Da kann sonst alles verrotten, die Höhner singen trotzdem: ›Hey Kölle Du bes e Jeföhl‹, oder ist das von den Bläck Fööss? Ich mache keinem einen Vorwurf, aber wenn mehr Leute über diese Dinge nachdenken würden, wäre schon viel gewonnen, statt dessen wird Karneval gefeiert und gesoffen. Ich habe nichts gegen Karneval, und ich habe auch nichts gegen Kölsch, aber das alles wird gefeiert, nicht weil man nachgedacht hat, sondern weil man nicht nachdenken will, das regt mich auf. Denken Sie nach?«

»Also!« rief Friederike und ihre Stimme war laut und deutlich zu hören, »Wie weit willst du denn noch gehen?«

»Kommt darauf an, was du meinst«, antwortete Adolf, wandte sich erneut nach hinten. Auch seine Stimme war laut geworden.

Claudia wartete einen Augenblick, dann sagte sie ruhig: »Ich verstehe, daß Ihnen das mit dem kleinen Lennart sehr nahe geht. Jeder versucht halt auf seine Art damit klarzukommen.«

Adolf schaute sie an, drehte sich wieder nach vorn und

schwieg. Eine auffallende Stille fuhr nun mit. Claudia war sich nicht sicher, ob Adolf verstummt war, weil sie den Nagel auf den Kopf getroffen hatte oder weil er sich komplett unverstanden fühlte. Sie blickte in den Rückspiegel, traf auf Friederikes Augenpaar, das sie anstarrte. Aber Friederike nahm sie nicht wahr, schien in Gedanken versunken. Ihr Kopf hing steif und bewegungslos vor der Rückscheibe, als sei er ans Autodach gepappt. Ihr Gesicht hatte etwas von einer Toten. Claudia lenkte den Wagen am Heumarkt vorbei die Straße hoch, bog ab auf die Nord-Süd-Fahrt und schaute erneut in den Rückspiegel, während sie beschleunigte. Dort glänzten noch immer Friederikes braune, seitlich etwas nach oben verzogenen Augen und schienen ihre Umwelt nicht zu registrieren. Adolf blickte unterdessen auf die Fahrbahn. Seine Hände lagen angestrengt in seinem Schoß, die Fingerkuppen drückten gegeneinander, so daß das Fleisch unter den Nägeln blaß wirkte. Tut mir leid, wollte Claudia sagen, aber etwas in ihr weigerte sich, den Satz auszusprechen.
Eine Taube flog unsinnig tief zwischen den Autos durch, als müsse sie eine Mutprobe bestehen. Jemand hupte.
Erst als sie sich dem Barbarossaplatz näherten und Claudia wieder den Rückspiegel in Augenschein nahm, bemerkte Friederike, daß Claudia sie anschaute. Sie wandte den Kopf ihrem Mann zu, blickte nach einigen Sekunden erneut in den Spiegel. Claudia sah, wie Friederikes Augen dabei zu flakkern begannen. Anschließend senkte Friederike die Stirn, drückte ihre Arme in die Polsterung und rückte in zwei Schüben hinter den Fahrersitz aus Claudias Blickfeld.

Am Rathenauplatz verabschiedeten sich Louises Eltern freundlich, und Adolf gab ein ordentliches Trinkgeld. Dann

klingelten die beiden, während Claudia den ersten Gang einlegte und davonfuhr.
Oben stand Louise in der Tür, lächelte den Heraufkommenden entgegen.
»Wie geht es dir?« fragte Adolf, nahm seine Tochter in den Arm. Dann schritten sie durch den Flur ins Wohnzimmer.
»Ich komme gleich« rief Feltzer durch die Badezimmertür.
»Er ist heute nacht gefahren«, sagte Louise.
Am Fenster klebten einige Sonnenstreifen wie eine kindliche Verzierung.
Adolf setzte sich aufs Sofa, wartete auf die Tasse Kaffee, die Friederike in der Küche brühte, beobachtete seine Tochter, die einige Zeitungen vom Tisch räumte, eine Hand immer am gewölbten Bauch. »Meinetwegen mußt du nichts aufräumen«, sagte er. Louise schüttelte den Kopf: »Das ist nur der Nestbautrieb.« Sie stellte einen Teller mit Keksen vor ihren Vater, ging zu ihrer Mutter in die Küche.
Es roch angenehm frisch in der Wohnung, so als habe Louise lange gelüftet.
Aus dem Badezimmer rief Feltzer erneut: »Bin gleich da« und dachte, bin ich müde. Er war heute morgen nach Hause gekommen, hatte sich erschöpft wie selten gefühlt, so als sei er die ganzen Strecken nicht gefahren, sondern gelaufen. Seine Beine hatten geschmerzt, und er war sofort eingeschlafen, hatte nicht einmal mitbekommen, wie Louise das Zimmer um ihn herum in Ordnung gebracht hatte. Aber Louise war aufgefallen, daß sein Gesicht im Schlaf gezuckt, sein Körper sich gekrümmt hatte. Als er schließlich am Nachmittag, vor gerade mal einer halben Stunde, aufgewacht war, hatte er noch die Fetzen eines Traumes im Kopf gehabt. Auf einer Wiese war Licht ausgelaufen, hatte unter einer Laterne eine Lache gebildet, und darin hatte ein geschlachtetes Pferd

gelegen. Überall war Blut gewesen, hatte geschimmert und gefunkelt. Feltzer war erst fasziniert gewesen, hatte es dann unnatürlich laut in die Erde sickern gehört. Die langen Graswurzeln hatten das Blut aufgeschlürft und sich unter der Erde gebläht. Dann war da ein Feldweg gewesen. Dort hatte sein Taxi gestanden. Er war eingestiegen und vom Klang der zuschlagenden Tür aufgeschreckt. Selbst die zwei Tassen Kaffee, die er sofort nach dem Aufstehen getrunken hatte, hatten seinen Kopf nicht klarer werden lassen.

Nach der Dusche ging es ihm etwas besser. Er tätschelte noch einmal sein frisch rasiertes Kinn, öffnete das kleine Fenster zum Lüften und ging ins Wohnzimmer. Adolf stand auf, reichte ihm die Hand.

»Haben die Leute noch Geld fürs Taxi?« fragte er.

»Geht so«, antwortete Feltzer, sah Friederike und Louise in der Küche und murmelte: »Ich nehme auch noch einen Kaffee«, bevor er seine Schwiegermutter zur Begrüßung auf die Wange küßte. Dann setzten sich alle vier zusammen und rührten in den Tassen. Schließlich sagte Adolf: »Eine nette Fahrerin hast du da. Etwas wortkarg, aber eine ehrliche Haut. So würde ich sie einschätzen.«

»Wie kommst du darauf?« fragte Feltzer zurück, nahm sich einen Keks vom Teller, ließ ihn in seinem Mund verschwinden. Adolf erwiderte nichts. Feltzer sah einen Augenblick lang sein Taxi auf dem Feldweg stehen, sagte: »Sie ist ganz in Ordnung. Könnte etwas mehr fahren«, und dachte, so ein Scheißtraum.

»Ja, die Angestellten«, sagte Adolf, »aber man kann sie ja nicht alle in einen Topf werfen.«

Obwohl er sprach, erschien ihr Vater Louise recht einsilbig zu sein. Sein Drang, einen Satz nach dem anderen zu formulieren, war auf irgendeine Art gebremst.

Louise bemerkte ein kleines Blatt, das sich von der Schuhsohle ihres Vaters löste und auf dem flauschigen Teppich liegen blieb. Sie hob es auf, brachte es in den Mülleimer.
Im Wohnzimmer schwiegen alle und schienen sich nicht mehr zu bewegen. Ihr Vater hatte etwas Erstarrtes, wie er zurückgelehnt auf dem Sofa saß. Hat er Schmerzen, fragte sich Louise? Ihre Mutter hingegen saß steif und aufrecht da und hielt ihre Kaffeetasse fest, als habe sie Angst, sie fallen zu lassen. Nur Feltzer nahm sich einen Keks nach dem anderen und kaute.
Als Louise sich wieder zu ihnen setzte, richtete ihre Mutter sich ruckartig auf, obwohl ihr Körper nicht noch mehr zu straffen war – es sah aus, als mache sie einen kleinen Hüpfer –, und sagte: »Mich macht das völlig fertig. Ich habe, seit ich es weiß, so oft geheult, aber mit deinem Vater kann man darüber nicht sprechen. Oh, er redet viel, aber darüber kann er nur schweigen.«
»Stimmt doch nicht« fuhr Adolf dazwischen.
»Darf ich auch mal zu Ende reden«, erwiderte Friederike.
Feltzer lehnte sich zurück, er war erstaunt über die Aggression, die plötzlich durch den Raum wellte. In seinem Kopf pochte es leicht.
»Ich weiß gar nicht, wie du das schaffst, Louise. Hast du dir Gedanken gemacht, was danach wird?« fragte Friederike, und Louise dachte, wonach? Was meinst du? Sie blickte aus dem Fenster auf die rot-gelblichen Baumkronen und sagte: »Jetzt wäre er keine Frühgeburt mehr. Wenn Lennart jetzt käme, wäre er bereits keine Frühgeburt mehr.«
Friederike und Adolf sahen sie an, und Louise verstand im gleichen Moment, daß die beiden ihrem Enkelkind keine Chance gaben, daß eine solche Krankheit ihr Fassungsvermögen überstieg, daß ein solcher »Vorfall« so schnell wie

möglich bereinigt werden mußte, damit alles wieder normal würde. Aber es machte sie nicht traurig, ihre Eltern derart mit ihrem eigenen Leben beschäftigt zu sehen, im Gegenteil, es bestärkte sie in ihrer Hoffnung, alles zu einem guten Ende zu führen.

»Er ist eine Etage tiefer gestiegen«, sagte sie, »ins Becken gerutscht. Alles läuft ab, wie es soll.«

Sie sah, wie ihre Mutter sich die Hand auf die Brust direkt unterhalb des Halsansatzes legte, während ihr Vater den letzten Schluck Kaffee austrank.

»Ich muß jetzt jede Stunde aufs Klo«, lachte Louise, »ich habe sogar Feltzers Sodbrennen bekommen.« Sie drehte sich zu ihrem Mann und fügte hinzu: »Das ist wirklich eine Scheißsache!« Feltzer grinste.

Dann war erneut alles gesagt.

Das Licht legte ein angeschrägtes Deckchen über die Rükkenlehne des Sofas.

»Ich mach uns mal etwas Musik«, sagte Louise, ging zum Regal mit den Reiseführern, schaltete einen kleinen CD-Player ein. Sie hatte kurz nach der Diagnose das Bedürfnis nach klassischer Musik verspürt, obwohl sie vorher nie welche gehört hatte. Also war sie zum Hansaring in den größten CD-Laden der Stadt gefahren und hatte sich einige Scheiben gekauft, wahllos zugegriffen, einfach nach den großen Namen gesucht, die sie kannte.

Aus den Boxen floß Mozart, leise, unaufdringlich. Louise hatte das Gefühl, jemand fülle ihre Wohnung mit Wattebäuschen, stopfe die menschlichen Zwischenräume aus, so daß sich niemand verletzen konnte.

»Lennart mag das«, sagte sie, »jedesmal wenn ich das auflege, bewegt er sich ganz leicht hin und her, so als wiege er sich im Rhythmus der Musik.«

Ihre Eltern antworteten nicht. Adolf ließ seinen Kopf seitwärts gleiten, rollte seinen Oberkörper von der Rückenlehne des Sofas und stellte seine Tasse auf den niedrigen Tisch. Ihre Mutter schaute sie mit offenen Lippen an, schien durch den Mund zu atmen. Die Glieder ihrer Finger lagen noch immer wie eine Perlenkette um ihren Halsansatz. Je sprachloser ihre Eltern wurden, desto schneller wuchs in Louise die Zuversicht. Sie wurde sich immer sicherer, alles im Griff zu haben. Die anderen hatten keine Ahnung, hatten sich nicht informiert, wußten nichts, weder von der Fehlbildung noch von der Operation. Man mußte nur fest an das Gute glauben. Sie glaubte, nein, sie wußte.

»Er tanzt«, sagte sie, blickte ernst zu ihrer Mutter, »habe ich auch so getanzt?«

Friederike schluckte. Dann antwortete sie leise: »Ich weiß es nicht mehr.« In ihren Augenwinkeln sammelte sich etwas Wasser. Louise schaute zu ihrem Vater, und Friederike bewegte ihr Kinn nach unten, straffte ihr Gesicht, um das Wasser unbemerkt über den ganzen Augenrand zu verteilen.

»Wo hast du die Kekse her?« fragte Feltzer mit vollem Mund, »die machen süchtig.«

Louise antwortete nicht, sie wußte, daß ihr Mann nur etwas sagen wollte, um die Situation aufzulockern. Tatsächlich griffen sowohl Adolf als auch Friederike im nächsten Augenblick zu und führten das Gebäck zum Mund. Louise nickte.

Am oberen Fensterrand tauchte winzig klein und einen weißen Kondensstreifen hinter sich herziehend ein Flugzeug auf, entfernte sich lautlos, glitt über die Stadt hinweg, überquerte parallel zur Severinsbrücke den Rhein und löste auf der anderen Seite bei einem alten Mann mit Krücke, der vor dem Deutzer Bahnhof stand und hochblickte, die Frage nach dem

Namen dieser Fluggebilde aus. Er konzentrierte sich, aber das Wort für dieses Ding am Himmel wollte ihm einfach nicht einfallen.

Claudia ließ das Seitenfenster per Knopfdruck hochfahren, schaute auf einen alten Mann, während sie an der Ampel hielt. Der Mann stützte sich auf seine Krücke und hatte den Kopf im Nacken liegen. Etwas da oben beschäftigte ihn. Als sie dem Blick des Mannes folgen und den Himmel absuchen wollte, sprang die Ampel auf Grün. Sie gab Gas, fuhr am Messegelände vorbei in den Auenweg und parkte schließlich unterhalb der Zoobrücke zwischen einer Menge anderer Wagen. Sie stieg aus, öffnete den Kofferraum, nahm ihre Umhängetasche und eine Alupfanne heraus.
Vom Rheinufer drang Geschrei herüber. Zwei junge Männer in Fußballkleidung schlenderten an ihr vorbei zu ihrem Auto. Sie schloß den Kofferraum und stieg wieder ins Taxi. Einen Augenblick lang sah sie aus dem Beifahrerfenster auf den Brückenpfeiler, auf den jemand mit wenigen Strichen eine schick gekleidete Frau gesprayt hatte. Darunter stand: Mode ist die Entscheidung, der die Schärfe bereits genommen wurde. Sie ließ die Alupfanne auf den Wagenboden vorm Beifahrersitz fallen, zog ihre Umhängetasche auseinander und holte ein gutes Dutzend Skizzen und Zeichnungen heraus. Sie faltete sie auseinander, sah sie durch. Striche, Linien, ein Kölner Viertel und sein Straßennetz war nicht zu erkennen. Dann schob sie ihre Hand in die Hosentasche, zog ein Feuerzeug heraus und zündete die erste Zeichnung an. Während die Flammen rasch wuchsen, hielt sie das Blatt Papier mit zwei Fingern über die Alupfanne, ließ es nach einigen Sekunden hineinfallen, wo es rasch verbrannte. Das gleiche tat sie mit den anderen Skizzen. Im Wagen schwebte fein

und sichtbar der Rauch, drang in alle Ritzen und Ecken. Claudia blickte auf das kleiner werdende Feuer, dachte an Krahlberg. Er hatte sie zwei Tage nach ihrer letzten Begegnung angerufen, und sie hatte sich auf ein Rendezvous eingelassen. Nach dem Essen waren sie in seine Wohnung gefahren und hatten zwischen Skulpturen und voll behängten Wänden miteinander auf der Ledercouch geschlafen. Krahlberg hatte sich unsicher wie ein kleiner Junge benommen. Selbst als er in sie eingedrungen war, hatte er das so vorsichtig gemacht, daß Claudia die Augen geschlossen und ruckartig ihr Becken nach vorn geworfen hatte. »Oh«, hatte Krahlberg gesagt, aber trotzdem nicht verstanden, daß er nun endlich mal machen sollte. Claudia hatte ihren nackten Hintern wie festgeklebt am Lederbezug gespürt. Jedesmal, wenn sie sich Krahlberg entgegenbewegte, hatte es ein leises Geräusch gegeben, als entferne jemand einen Pappstreifen von einem Karton. Nach zwei Minuten hatte Claudia die Augen wieder geöffnet und sich vorgestellt, sie klebe an der Decke und schaue einem fremden Paar beim Liebesakt zu. Sie hatte Krahlbergs Hintern eingeklemmt zwischen Frauenbeinen gesehen, und das Bild hatte ihr gefallen. Außerdem war ihr noch positiv aufgefallen, daß Krahlberg nicht wie ein Aschenbecher aus dem Mund roch. Ansonsten erschien ihr diese Aktion eher langatmig. Konnte beim nächsten Mal durchaus gesteigert werden. Nachdem er gekommen war, hatte Krahlberg sich etwas geniert aus ihr zurückgezogen und sich in seinen Bademantel gehüllt. Er setzte sich neben sie, und Claudia hatte sofort den Drang gehabt, ihn zu provozieren, ihre Beine zu öffnen und vor seinen Augen an sich herumzuspielen. Aber Krahlberg hatte gesagt: »Das war schön.« Er hatte es so entwaffnend nett gesagt, daß sie sich nackt an ihn geschmiegt und geschwiegen hatte. An den

Wänden hingen ausschließlich Drucke und Gemälde zeitgenössischer Künstler. Von Uwe fand sie keins. Sie hörte Krahlberg schwer atmen, dann sagte er: »Dein Freund ist kein sehr netter Mensch.«

»Ich weiß«, antwortete Claudia, »hältst du ihn für einen Künstler?«

Krahlberg zog den Gurt seines Bademantels zusammen, antwortete: »Meine Kunden halten ihn dafür.« Und da Claudia nichts erwiderte, fügte er hinzu: »Künstler müssen die Eigenleistung der Entgleisung mitbringen. Wer nicht fällt, landet auch nicht sicher im Netz seiner Kunst. Vielleicht ist er einer. Wer will das verneinen, schließlich malt er. Jeder Betrachter stellt der Malerei eine neue Aufgabe. Und ob die Malerei diese Aufgabe bewältigt, liegt wieder beim Betrachter. Dasselbe gilt für den, der Bilder produziert. Der Malerei ist das alles egal. Uwe hält sich für einen Künstler, seine Käufer halten ihn dafür, also wer bin ich, dieses Übergewicht zu leugnen.«

Claudia stand auf, zog ihren Slip an, während sie sagte: »Fang nicht an zu dozieren.«

Über den hellen Holzdielen zappelte ihr zu kurz geratener Schatten schwarz und hastig.

»Soll ich dir mal etwas Ehrliches sagen?« fragte Krahlberg. Sein Gesicht hatte eine Festigkeit bekommen, die Claudia so an ihm noch nicht wahrgenommen hatte. Selbst sein scheinbar angeborenes Lächeln hatte sich auf ein absolutes Minimum reduziert. Er legte einen Arm großspurig über die Rükkenlehne, wartete Claudias Antwort nicht ab, sagte: »Ich freue mich, Herrn Scharck nicht nur die Bilder, sondern auch seine Freundin abgenommen zu haben.«

Claudia hielt in ihren Bewegungen einen Moment lang inne, dann zog sie sich den Pulli an, knöpfte die Hose zu. Bevor sie

Krahlbergs Wohnung verließ, drehte sie noch einmal den Kopf und seufzte: »Gott, bist du ein mickriges Arschloch.«

In der Alupfanne lag ein Haufen verbrannter Seiten, schwarze, dünne Fetzen, manche so klein und leicht, daß sie in der Luft zu schweben schienen. Der Rauch hatte sich größtenteils verkrochen, nur der Geruch war geblieben. Wie viele Zeichnungen habe ich in diesem Jahr schon verbrannt, dachte Claudia und fühlte eine angenehme Zufriedenheit unter ihren Rippen. Es war vielleicht keine intelligente Art, Uwe alles heimzuzahlen, aber es war eine. Sie öffnete erneut die Wagentür, nahm Feltzers Messer aus dem Seitenfach, ging zum Kofferraum. Die kleinformatige Leinwand, auf der etwas zu viel Farbe zu sein schien, jedenfalls hatten sich an einigen Stellen dicke Wülste gebildet, Knoten, die wie Pickel aussahen, zog sie über den Boden des Kofferraums zu sich, hielt sie an einer Seite fest und schnitt mit dem Messer den Stoff vom Holzrahmen. Mit dem Fetzen in der Hand setzte sie sich zurück ins Auto, legte das Messer auf den Beifahrersitz, drückte den Stoff in die Asche und hielt die Flamme des Feuerzeuges daran. Die Leinwand brannte nicht sehr gut, aber die Rauchentwicklung war beträchtlich, genauso wie der Gestank. Claudia öffnete einen Spalt breit die Tür, aber jemand von außen zog sie in diesem Moment ruckartig ganz auf. Eine leere CD-Hülle, von der bereits eine Ecke abgebrochen war, fiel aus dem Seitenfach auf den Parkplatz, rutschte hinter das Vorderrad.

Erschrocken schaute Claudia auf.

»Was machst du da?« fragte Bellini, »Willst du Feltzer ruinieren?« Er fuchtelte mit der Hand vor seinem Gesicht hin und her, spaltete die Rauchschwaden und verscheuchte sie.

Claudia antwortete nicht. Sie wußte nicht, was sie hätte sagen können. Bellini sah die Alupfanne, aus der es qualmte, und seinem Gesichtsausdruck war deutlich zu entnehmen, was er von Claudias Gezündel hielt, er brauchte keine Erklärung mehr, er hatte bereits ein Urteil. Neben den Betonpfeiler der Brücke trat ein junges Pärchen, blieb stehen und küßte sich. Bellini lief um Claudias Taxi herum, zog die Beifahrertür auf und mit einem kurzen Ruck die Alupfanne aus dem Wagen. Aschefetzen verteilten sich über den Parkplatz. Bellinis Blick fiel auf das Messer auf dem Sitz. Er stemmte eine Hand aufs Dach, bückte sich, streckte seinen Kopf in den Wagen. Claudia sah die kleinen, blauen Venen unter seiner hellen Haut. Auf seiner Nase bildeten sie ein wirres Labyrinth.

Bellini zeigte mit der rechten Hand auf das Messer, fragte: »Probleme gehabt?«

Claudia verzog keine Miene, antwortete, weil ihr nichts Besseres einfiel: »Nein, Sex.«

Bellini wich etwas zurück. Sein Kinn sackte auf seine Brust, und Claudia bemerkte, daß sich mitten in den blonden Haaren eine kahle Stelle zu bilden begann.

»Du holst dir eine Rauchvergiftung«, sagte er, »wenn du etwas zu vernichten hast, mach es draußen, nicht im Wagen. Hier macht sowieso jeder sein Lagerfeuer.« Den letzten Satz sprach er kühl und beiläufig aus, so als wisse er, was vorgehe, und respektiere die Geheimnisse seiner Mitmenschen.

Die beiden am Brückenpfeiler schauten zu ihnen herüber, setzten dann Hand in Hand ihren Weg fort.

»Und du schaust dir hier die Pärchen an?« fragte Claudia. So leicht wollte sie sich nicht geschlagen geben.

Bellini schüttelte entrüstet den Kopf. Seine gefönten Wellen flogen dabei unkoordiniert auf seinem Kopf hin und her.

»Ich mache hier meine Pause«, erwiderte er, »jeden Tag.«

»Das eine widerspricht dem andern nicht«, antworte Claudia.
»Ich schaue dem Rhein zu«, sagte Bellini.
»Dem Rhein«, wiederholte Claudia.
»Ja, dem Rhein« bestätigte Bellini.
In der Alupfanne brannte nichts mehr. Bellini schubste das Teil mit dem Fuß noch etwas weiter vom Wagen weg. Ein Schwarm grüner Papageien flog über den Parkplatz. Bellini schaute ihnen hinterher, bis sie verschwanden.
»Die haben tatsächlich überlebt«, sagte er.
Claudia hatte die Vögel auch gesehen. Sie stieg aus dem Wagen, holte den Holzrahmen aus dem Kofferraum, an dem der Rest der Leinwand noch hing, schaute sich nach einer Mülltonne um.
»Die sind mal aus dem Zoo ausgebrochen«, sagte Bellini, »niemand hat geglaubt, daß sie den Winter überstehen, aber die vermehren sich.« Er lachte.
Claudia ging zum Brückenpfeiler, versuchte das Holzteil in einen Abfallkorb zu drücken, nahm es dann auseinander, indem sie mit einem Fuß auf eine Seite trat und die andere Hälfte hochriß.
Anschließend schlenderte sie zurück zum Taxi.
»Feltzer fährt wenig in den letzten Wochen«, sagte Bellini, »du mußt ordentlich lüften, sonst steigt niemand mehr bei dir ein.« Er legte den Zeigefinger auf seine Nasenspitze.
»Danke für den Tip«, antwortete Claudia, wühlte eine zerknüllte Fisherman's Friend Packung aus der Hosentasche und warf sich eines der Bonbons in den Mund.
»Dein Freund ist Maler, hä?« sagte Bellini.
Claudia legte demonstrativ den Kopf auf ihre linke Schulter, verzog übertrieben lächelnd ihren Mund, als wollte sie sagen, sonst noch was?

»Ich weiß, daß er malt«, nickte Bellini, »Feltzer sagt, er ist ein arroganter Schwachkopf. Scheint, du bist ähnlicher Ansicht.«
»Kümmer dich um deinen Kram«, antwortete Claudia ohne besonderen Nachdruck. Anschließend startete sie den Motor. Bellini trat einen Schritt zur Seite, während sie zurücksetzte. Unter den Rädern knirschte es laut. Als sie vom Parkplatz fuhr, hing Bellinis Blick an der Rückscheibe ihres Taxis. »Eine kranke Welt«, murmelte er vor sich hin. Vom Rhein her wehte eine ölige Brise herüber. Dann sah Bellini die CD-Hülle, die vorhin aus Claudias Wagen gefallen war. Sie lag auf dem Boden in unzählige Teile zersplittert, hatte aber noch immer ihre eckige Form bewahrt, so als hätte jemand ein durchsichtiges Mosaik in den Parkplatz eingelassen. Bellini schaute sich kurz um, machte zwei Schritte auf die Hülle zu und kickte sie mit Schwung auseinander. Kleine glitzernde Scherben schossen auf Kniehöhe durch die Luft.

13.

Am 21. November 2005, einem Montag, regnete es. Die Tauben hatten sich ins Geäst der Bäume vor der Uniklinik zurückgezogen, plusterten sich auf und warteten unter dem spärlichen Blattwerk auf das Ende der Schauer. Im Flur, der auf den Operationssaal führte, saß Feltzer auf einem Holzstuhl und schaute auf die durchsichtigen Plastiktüten um seine Schuhe, die er hatte anziehen müssen. Gegen seine Stirn drückte das Gummiband der Kappe, die seine Haare bedeckte und die sich in nichts von den Plastikteilen an seinen Füßen unterschied. Er sah bescheuert aus, fand er.
Ein breitschultriger Mann in einem blauen Kittel ging vor-

bei, grüßte und blickte Feltzer stirnrunzelnd an. Von der Decke strömte das Licht grell und gleichmäßig in alle Ekken.
Was machen die so lange, dachte Feltzer, obwohl er wußte, daß Louise im Operationsraum saß und man ihr gerade eine Nadel in den Rückenmarksbereich einführte, um ihren Unterleib zu betäuben. Feltzer glaubte den Stich im eigenen Kreuz zu spüren und streckte sich. Der Kittel, in den man ihn gesteckt hatte, war eine Nummer zu klein, aber für die kurze Zeit, die er ihn tragen sollte, ging das wohl. Trotzdem, Bellini würde sich totlachen, wenn er ihn sehen könnte. Feltzer horchte abwechselnd nach links und nach rechts den Flur hinunter, konnte aber nichts hören. Alles schien schallisoliert zu sein. Dann ging die Tür auf, und eine Schwester sagte: »Herr Beer, wir wären soweit.«
Feltzer stand auf, schob seinen Mundschutz hoch und schlurfte auf den Überziehern in den Saal. Louise drehte ihm den Kopf zu, lächelte. Sie lag wartend auf dem Operationstisch. Etwa vom Nabel an spannte sich ein grünes Tuch einen Meter schräg nach oben, so daß kein Blick auf ihren Bauch möglich war. Feltzer wunderte sich, wie viele Menschen herumliefen und offensichtlich alle etwas mit der Operation zu tun hatten. Er setzte sich ans Kopfende des Tisches auf einen kleinen Hocker, sagte leise: »Alles O. K.?«
Louise nickte. »Hast du dein Handy ausgeschaltet?« fragte sie.
»Ja«, antwortete Feltzer, streichelte ihr übers Haar, dachte, das wird schon, das wird schon.
Neben ihm stand der Anästhesist. Seine Augen hingen ihm wie zwei schwarzgewordene Nüsse am hellen Gesichtsstrauch, leuchteten aber. Feltzer hatte den Verdacht, er beobachte sie. Oder er interessierte sich nur für Louises Zustand,

das war wahrscheinlicher, aber Feltzer fühlte seinen Blick an seinen Fingern.
»Spüren Sie das?« fragte der Arzt.
Feltzer sah den Kopf des Arztes über dem gespannten Tuch. Auch er trug wie alle im Raum einen Mundschutz und eine Kopfbedeckung. Die sah allerdings weniger improvisiert aus als die, die man Feltzer verpaßt hatte.
»Nein«, antwortete Louise.
»Gut«, sagte der Arzt, »dann fangen wir an.«
Louise griff nach Feltzers rechter Hand und hielt sie fest. Ihre Augen wanderten nervös über das gespannte Tuch, dann zu Feltzer und wieder zurück.
»Das geht ganz schnell«, sagte der Anästhesist, »entspannen Sie sich.«
»Ich bin wahnsinnig aufgeregt«, flüsterte Louise, als wolle sie die Ärzte nicht stören, »was, wenn ich meine Beine trotzdem bewege, einfach zucke, passiert dem Kind auch nichts?«
Der Anästhesist lachte: »Das möchte ich mal sehen, wie Sie jetzt da unten noch zucken.«
Feltzer merkte erst jetzt, wie kalt Louises Hand war. Trotzdem fühlte sie sich verschwitzt an. Im Saal lief nun niemand mehr hin und her, alle standen um Louises Bauch herum.
»Bald bist du Mama«, sagte er, war im gleichen Augenblick darüber erstaunt, daß ihm dieser Ausspruch nicht peinlich war vor dem Anästhesisten. Er sah über das Spanntuch hinweg auf den Arzt, aber der hörte nichts, während er konzentriert nach unten schaute und operierte.
Louise blickte währenddessen an die Decke, eine Kinoleinwand. Im Anschnitt nahm sie Feltzers Kopf und den des Anästhesisten wahr. Heute morgen hatte sie noch gedacht, ich bin nicht bereit, ich will Lennart noch nicht hergeben, aber

sie hatte ihre Gedanken niemandem mitgeteilt. Sie hatte gewartet, erfüllt von einer Unruhe, die ihre Bewegungen hatte fahrig werden lassen. Die paar Stunden bis zum Operationstermin waren so schnell vergangen, waren irgendwo versikkert, als habe die Zeit ein Leck.

Der Anästhesist kontrollierte die Anzeige eines Gerätes, das hinter Louises Kopf stand. Mach ja alles richtig, dachte Feltzer, fragte: »Klappt alles?«

»Könnte nicht besser sein«, antwortete der Anästhesist.

Feltzer hörte kleine Geräusche, als reiße etwas.

»Ich spüre einen ziemlichen Druck«, sagte Louise, schob ihren Hinterkopf über den Operationstisch in den Nacken und versuchte dem Anästhesisten ins Gesicht zu sehen.

»Das ist normal«, beruhigte dieser Louise.

Über dem Spanntuch vertieften sich die Falten auf der Stirn des Arztes, seine Brauen wurden leicht nach unten gezogen. Obwohl der Mund des Arztes nicht zu sehen war, hatte Feltzer das Gefühl, er beiße die Zähne zusammen. Offensichtlich war das, was er gerade tat, anstrengend, erforderte Kraft. Er zerrte und drückte, schob etwas hin und her, das nicht wollte wie er.

Gut, daß Louise das nicht sieht, dachte Feltzer.

Dann schlürfte jemand merkwürdig. Das Personal begann sich rundherum zu rühren. Die Hebamme lief von rechts nach links.

»Was ist?« fragte Louise.

»Ihr Baby ist da«, sagte der Anästhesist, und dann hörte sie den kleinen Lennart auch schon schreien. Er brüllte, als gefalle ihm überhaupt nichts an dieser neuen Situation.

Feltzer sah eine derartige Anspannung die Muskeln in Louises Gesicht bewegen, daß er dachte, sie schreit auch gleich.

Hinter ihm rief die Hebamme: »So, da ist der kleine Rak-

ker«, und hob ihn über Louises Brust. Lennart war dunkel angelaufen, kniff die Lider zusammen und riß den Mund auf. Aus Louises Auge lief eine Träne Richtung Ohr.
»Leider nur kurz«, sagte die Hebamme entschuldigend. Und Louise antwortete sofort: »Ja, sicher.«
Die Hebamme drückte das in grünen Stoff gewickelte Bündel an ihre Brust und verschwand damit im Nebenraum, wo bereits die Kinderärzte warteten und es in Empfang nahmen.
Feltzer fand, daß sein Sohn extrem hübsch aussah.
»Na, ging das schnell?« fragte der Anästhesist lächelnd, »gerade einmal fünf Minuten.«
Louise antwortete nicht, sie freute sich so sehr, daß sie nicht einmal über die Tatsache traurig war, daß ihr Sohn nicht wie eigentlich üblich auf ihrer Brust liegen konnte, sondern man ihm in der nächsten Stunde einen Herzkatheter legen würde.
»Sie können jetzt draußen warten«, sagte der Arzt über das Spanntuch hinweg zu Feltzer, »wird noch etwas dauern, bis wir alles wieder geschlossen haben.«
Feltzer küßte Louise auf den Mund, sagte: »Bis später« und verließ den Operationssaal.
In einem kleinen Raum zog er seinen Kittel, Haube, Mundschutz und die Schuhüberzieher aus, stopfte sie in unterschiedliche Wäschetonnen. Als er auf den Flur trat, kam die Hebamme auf ihn zu. »Sie können in zwei Stunden rübergehen auf die Intensivstation im Kindertrakt und Ihren Sohn besuchen. Ich habe Ihre Frau schon informiert. Also Sie gehen hier raus, dann durch den Park hinter das Bettenhaus und . . .«
Feltzer bedankte sich, schlenderte in die Cafeteria und wartete, während er ein Sprudelwasser trank. Wenn er in sich

hineinhorchte, hörte er das gleiche Geräusch wie das, was aus dem Plastikbecher vor ihm kam, ein leises, aufgeregtes Krakeelen. Er war glücklich.

Auf der Intensivstation lag Lennart in einem gläsernen Bettchen unter einer Wärmelampe. Rechts und links von ihm schliefen noch andere Säuglinge, denen man ihre Pflegebedürftigkeit nicht direkt angesehen hätte, wären da nicht die Kabel und Geräte im Raum gewesen. Trotzdem schluckte Feltzer mehrmals, als er neben Lennart trat und auf das weiße Plastikstück starrte, das seinem Sohn im linken Nasenloch steckte und über einen blauen Ziehharmonikaschlauch mit einer Apparatur verbunden war, deren Funktion Feltzer nicht durchblickte. Er lehnte seinen Oberkörper nach vorn, um seinen Sohn genauer zu betrachten. Lennart atmete ruhig. Sein Mündchen stand auf. Er sah wirklich sehr hübsch aus. Und eine Menge Haare hatte er auch schon. Auf einer Din-A5-Karte, die am Kopfende hing, stand in schöner Handschrift: Lennart Beer, 53 Zentimeter, 3800 Gramm. Ganz schöner Brocken, dachte Feltzer, worauf sich Lennarts Brustkorb mit einem leisen Ton hob und senkte, so als seufze sein Sohn. Feltzer war gerührt. Dann begann eines der Geräte im Raum laut zu piepsen, und Feltzer schaute sich gehetzt nach der Krankenschwester um. Niemand war da, aber nach etwa 30 Sekunden – Feltzer hatte bereits Schweißringe unter den Armen – kam die zuständige Krankenschwester, stellte das Geräusch ab und verließ das Zimmer wieder so ruhig, wie sie eingetreten war. Keiner der Säuglinge wachte auf. Feltzer lüftete seinen Hemdkragen, indem er ihn einige Male hintereinander hochzog, und versuchte herauszufinden, welches Kabel was bei seinem Sohn bewirkte, welche Messungen die runden Teile auf seiner Brust durchführten,

was für eine Leitung das große, weiße Pflaster auf Lennarts Kopf festhielt und ob der Katheterschlauch unter dem Verband an der linken Hand in den Körper trat und bis zum Herzen führte oder der Stoffballen um den rechten Unterschenkel den Eintritt verbarg. Dann fiel ihm auf, daß sein Sohn bis auf eine Windel nackt dalag. Jemand hatte die Decke weggezogen und am Bettende zusammengestaucht. Wird ihm nicht kalt? dachte Feltzer. Aber die Schwestern wußten ja wohl, was sie hier machten. Oder hatte einfach eine vergessen, Lennart zuzudecken? Oben hing eine Wärmelampe, da war es wohl richtig, die Decke wegzunehmen. Oder doch nicht? Erneut piepte eines der Geräte. Diesmal ganz in der Nähe. Es konnte eines, nein, es war eines an Lennarts Bett. Feltzer drehte sich um, wartete. Niemand kam. Er sah auf seinen Sohn, der ruhig vor sich hin atmete. Nichts schien sich für ihn verändert zu haben. Feltzer spürte, wie seine Schweißdrüsen zu arbeiten begannen. Das Geräusch war schrill und unangenehm. Er drehte sich erneut der Tür zu, tat zwei Schritte, wartete, ging zurück, öffnete dann doch die Tür, aber auch draußen war niemand. Das piepende Geräusch kroch ihm unter die Haut, eine dünne Schicht aus unzähligen, spitzen Eissplittern. Trotzdem wurde ihm immer heißer. Er hatte Angst. Wieso kam niemand? Sollte er schreien, um Hilfe rufen? Das konnte doch nicht sein. Er lief zurück zu Lennarts Bett, schaute sich den Apparat an. Was bedeuteten diese Anzeigen?
»Ich muß was tun«, sagte er leise, »ich muß was tun.«
In diesem Moment öffnete sich hinter ihm die Tür, und die Krankenschwester kam auf ihn zu, sagte ruhig: »Darf ich mal« und drückte einen Knopf. Das Piepsen hörte auf. Feltzer starrte sie an. Er hatte Herzrasen.
»Sie wollen sicher ein paar Fotos«, sagte die Schwester.

»Was?« fragte Feltzer zurück.
Durch die Fensterwand war nur grauer Himmel zu sehen. Die Tauben schienen noch immer in den Baumkronen zu hocken und Schutz vorm Regen zu suchen.
»Fotos«, wiederholte die Krankenschwester, »ich mache Ihnen ein paar Polaroids, dann können Sie die Ihrer Frau zeigen.
»Oh, ja«, antwortete Feltzer, sah zu, wie die Frau die Kamera vors Auge hob und ein Bild machte, das sich anschließend vorne aus dem Fotoapparat schob. Sie legte es auf ein Meßgerät, ging ein Stück näher an Lennart heran und machte das nächste Bild. Schließlich noch ein drittes. Während sie das erste Polaroid schüttelte und die Folie davon abzog, griff Feltzer in seine Tasche und wollte sein Handy einschalten, um ebenfalls Fotos zu machen, aber die Krankenschwester sagte ihm, Mobiltelefone seien in diesem Bereich nicht erlaubt.

Später am Tag, draußen war es bereits dunkel, versuchte Louise aufzustehen. Feltzer stützte ihren Arm, sagte: »Ich weiß nicht, ob das jetzt schon gut ist.«
Louise antwortete nicht, verzog das Gesicht vor Schmerzen, schob einen Fuß vor den anderen, ohne die Beine anzuheben, und bewegte sich gekrümmt bis zum Klo. Feltzer wollte ihr sagen, daß die Naht aufplatzen konnte so kurz nach der Operation, aber erstens wußte Louise das selbst, und zweitens formte neben allem Schmerz eine derartige Verbissenheit ihr erschöpftes Gesicht, daß Feltzer beschloß, den Mund zu halten.
Er war nachmittags fast drei Stunden bei Lennart geblieben, hatte sich über jede Regung seines Sohnes gefreut, war zwischendurch von einer Trauer überwältigt worden, die ihn hatte verzweifeln und alles schwarz sehen lassen. Er war in

diesen wenigen Stunden um Jahre gealtert, hatte sich dafür stumm bei Lennart entschuldigt, hatte, ohne laut zu werden, eine Weile Selbstgespräche geführt, war kindisch geworden, hatte gehofft, Lennart könne seine Gedanken lesen, war müde geworden, hatte sich anschließend erholt, die Freude über sein Kind wieder gefunden, war zurück zu Louise gekommen, hatte ihr berichtet und die Polaroids gezeigt. Und während Louise sich die Bilder angeschaut und immer wieder gesagt hatte: »Wie süß. Gott, ist der süß«, hatte er erneut das Piepsen der Geräte gehört, obwohl hier in Louises Zimmer nichts Geräusche machte, allenfalls die Wagen von draußen zu hören waren. Er hatte ebenfalls auf die Fotos geschaut und einen Moment lang das Gefühl gehabt, sie seien bereits im Begriff zu verblassen. Aber Louise hatte erneut gefragt: »Ist er nicht süß?« Er hatte die Augen geschlossen und genickt. Dann war ihm aufgefallen, daß er den ganzen Tag noch nichts gegessen hatte, und er war zum Automaten gegangen, hatte sich zwei Müsliriegel gezogen und sie so schnell verschlungen, fast unzerkaut, daß er nun wieder unter Sodbrennen litt, das erste Mal seit langem.
»Ich muß noch alle anrufen«, sagte er, als Louise sich zurück ins Bett geschleppt hatte.
»Hast du noch nicht?« fragte Louise, schaute sich erneut ihren Sohn an. Auf ihrem Gesicht lag eine Zuversicht, die Feltzer neue Energie gab.
»Ich mach das jetzt mal«, sagte er.
Louises Blick blieb bei Lennart. Feltzer küßte sie auf den Kopf, während sie sagte: »Da ist er vier Stunden alt, oder?«
»Ja«, sagte Feltzer, dann verließ er das Krankenzimmer.

Am nächsten Morgen lag etwas Nebel um die Bäume. Feltzer schob Louise im Rollstuhl durch die kleine Grünanlage zum

Kindertrakt, in dem Lennart schlief. Das Gras schimmerte feucht, die Gehwege waren trocken. Er bugsierte sie in den Aufzug, und Louise lachte, hörte aber sofort wieder auf, weil der Schnitt in ihrem Bauch schmerzte.

Vor der Intensivstation mußte Louise aussteigen. Drinnen war zu wenig Platz für einen Rollstuhl. Die Krankenschwester stellte ihr einen Plastikstuhl neben Lennart, und Louise glitt langsam hinab auf die Sitzfläche. Lennarts Bettchen war leicht gekippt, so daß sein Kopf etwas höher lag als sein Körper.

»Hallo, mein Kleiner«, sagte Louise und streichelte mit dem Zeigefinger Lennarts Köpfchen. Die Polaroids waren eine Sache, aber hier neben dem Glaskasten mit all den Schläuchen zu sitzen eine andere. Nachdem Louise einige Zeit leise mit ihrem Sohn geredet hatte und nicht einmal das plötzliche Piepen eines der Geräte zu hören schien, blickte sie sich im Zimmer um. Dann fragte sie die Krankenschwester, die das Geräusch abstellte, wozu die Apparaturen dienten. Sie wirkte niedergeschlagen, während sie den Erklärungen zuhörte. Draußen hingen kleine Wolken an unsichtbaren Fäden. Feltzer schaute aus einem der Fenster in den kalten Himmel, schnappte einzelne Sätze auf.

»Der Sauerstoffgehalt des Blutes und die Herzaktion werden damit überwacht«, sagte die Krankenschwester, bog einen Schlauch von Lennarts Hand weg. Dann nahm sie kurz seinen Fuß in die Hand, wartete. Aber Louise fragte nichts mehr, sagte auch nicht »Danke«, schaute auf ihren Sohn und dachte, du gehörst mir gar nicht, du gehörst den Ärzten und Krankenschwestern. Lennarts Brustkorb hob und senkte sich im regelmäßigen Rhythmus der Beatmungsmaschine. Die Krankenschwester ging.

»Er sieht so schlaff aus«, sagte Louise.

Feltzer zog seinen Blick aus der Endlosigkeit zurück, schaute auf seinen Sohn.
»Sein Gesicht ist schön dick«, sagte er.
»Das macht das Medikament, das den Ductus aufhält, hat die Schwester grad erklärt«, erwiderte Louise und etwas leiser, »damit er nicht erstickt. Es sind Wassereinlagerungen.«
Feltzer schob seinen Blick erneut zum Fenster. Die Wölkchen hingen noch immer da.

Zwei Tage später hatte sich einiges getan. Vorne auf der mitgebrachten Tageszeitung küßte der französische Präsident der Bundeskanzlerin die Hand. Louise bewegte sich ohne Rollstuhl vorsichtig vorwärts, konnte aber nach wie vor nicht ohne Schmerzen lachen. Lennart mußte nicht mehr beatmet werden. Das Narkosemittel war abgesetzt worden, und das zuständige Fachpersonal hatte den Kleinen auf die kinderkardiologische Station gebracht. An seiner linken Wange klebte ein Pflaster in Blumenform und befestigte einen dünnen Schlauch, der in seinem Nasenloch verschwand. Das grobe Plastikstück fehlte, genauso wie das Kabel, das zum Kopf geführt hatte. Lennart lag bei Louise auf dem Bauch und schlief. Zwischendurch war er einmal so wach gewesen, daß er schwach geschrien hatte, aber nur kurz, dann war er wieder eingeschlummert. Die Augen hatte er wegen der Wassereinlagerungen bislang noch nicht öffnen können, aber auch das Mittel, das den Durchgang im Herzen offen hielt, war reduziert worden, und Louise hoffte inständig, Lennart möge sie bald einmal anschauen. Sie fühlte sich sehr glücklich, schnupperte am Kopf ihres Sohnes und freute sich darauf, Lennart die abgepumpte Milch, die in einem Fläschchen bereitstand, zu trinken zu geben, sobald er noch einmal aufwachen würde. Auf der Intensivstation hatte sie

ihren Sohn nicht einmal ohne Hilfe der Krankenschwester auf den Arm nehmen können. Es waren einfach zu viele Kabel und Infusionsschläuche an ihm gewesen, aber hier ging das gut, und sie fühlte, daß Lennart ihr gehörte.
»Er hat deine schwarzen Haare«, sagte sie leise. Feltzer legte eine Hand auf den Rücken seines Sohnes.
Im Zimmer stand nur noch ein weiteres kleines Bett, in dem ein anderer Säugling mit Herzfehler lag. Die Eltern waren vorhin auch da gewesen, und Louise hatte sich mit ihnen unterhalten und über die jeweiligen Fehlbildungen geredet. Feltzer hatte sich nicht am Gespräch beteiligt, er hatte keine Lust, fremden Menschen seine Sorgen mitzuteilen, und er wollte in dieser Situation auch nichts vom Leid der anderen hören. Er fühlte sich belastet genug.
Lennart stieß einen kurzen, hellen Ton aus.
»Alles gut«, hauchte Louise, schlang ihre Arme um das Baby, bevor sie zu Feltzer sagte: »Vielleicht hat er Schmerzen.«
Feltzer wußte es nicht.
An den Wänden hingen Kinderzeichnungen säuberlich gerahmt. Louise dachte daran, was für Dinge Lennart mal malen würde, mit vier oder fünf. Wenn alles weiter so optimal verlief, würde ihr Sohn übermorgen operiert werden. Und dann konnten sie Weihnachten schon zu dritt feiern. Louise glaubte fest an eine Zukunft, die sie einen Kinderwagen durch die Tage schieben lassen würde. Es war keine blinde Hoffnung. Die Ärzte hatten es bestätigt. Professor Reft fand alles zum Besten.

Am Abend, als Feltzer nach Hause gefahren war und Louise wieder in ihrem Krankenbett lag, telefonierte sie mit ihrem Vater, aber das Gespräch kam nicht in Schwung. Adolf meinte es nett, als er sagte: »Nein, Babys verspüren noch

keine Schmerzen.« Natürlich wußte Louise, daß das kompletter Unsinn war. Sie sprachen noch über ihre Mutter, aber Louise wartete eigentlich nur darauf, auflegen zu können. Anschließend atmete sie kurz durch und rief Claudia an, wollte wenigstens ihrer Freundin ihr Glück mitteilen, aber auch hier traf sie kein offenes Ohr. Louise redete und redete, bis ihr auffiel, daß Claudia überhaupt nichts sagte. Also fragte sie: »Was ist denn?«
Eine Weile war nur ein Knistern in der Leitung zu hören, dann fand Claudias Stimme den Weg ins Krankenzimmer. »Er ist ausgezogen«, sagte sie, »Uwe ist ausgezogen.«
»Oh«, entfuhr es Louise, aber ihr Glück, Lennart zu haben, war so übermächtig, daß sie kein Mitleid mit Claudia empfinden konnte. Erst als ihre Freundin sagte: »Er ist zu meiner Mutter gezogen, das Arschloch«, baute sich in Louises Kopf kurzfristig ein Druck auf, der für einen Gedanken an Lennart keinen Platz mehr ließ.
»Zu deiner Mutter?« fragte sie, legte die Hand auf die Binde auf ihrem Bauch.
Claudia schwieg.
»Das gibt es doch nicht«, sagte Louise, hörte Claudia einmal auflachen, bevor sie antwortete: »Und ich möchte nicht wissen, wie lange das schon so geht. Manchmal ist man einfach zu naiv.«
Louise wußte nichts zu antworten, schaute auf das Bild mit dem See, das vor ihr an der Wand hing. Jemand hatte ein blaugerändertes Boot unter eine Gruppe Bäume gezogen. Die Schatten der Blätter tauchten einen Teil des Rumpfes in Dunkelheit. Dahinter schossen Schilfgräser in die Höhe. Ein Tier war darauf nicht zu sehen.
»Ich bin baff«, sagte Louise schließlich zögernd, »ich weiß gar nicht, was ich sagen soll.«

»Ich war auch baff«, sagte Claudia, »er war die letzten vier Tage und Nächte nicht zu Hause gewesen, jedenfalls hatte ich ihn nicht gesehen, und ich dachte, er schläft in seinem Atelier. Ich bin viel gefahren, weil Feltzer ja jetzt nicht kann, war müde und kam so nicht einmal auf die Idee, in seinen Zimmern nachzusehen, sonst hätte ich gemerkt, daß seine Sachen alle weg sind. Als ich gestern doch mal nachschaute, sah ich, daß nur noch das Bett und ein Schrank da stehen. Sonst ist alles weg.«

Auf dem Flur waren knackende Schritte zu hören, als breche jemand Zweige.

»Und wieso weißt du, daß er bei deiner ...«, fragte Louise.

»Er hat angerufen. Als hätte er den Moment abgepaßt, in dem ich seine Zimmertür wieder schließe und verwirrt rumstehe. Ich saß noch nicht einmal wieder auf dem Stuhl in der Küche, von dem ich aufgesprungen war, um in seinen Zimmern nachzusehen«, sagte Claudia, und ihre Stimme schrillte an jedem Satzende gefährlich hoch, »da klingelte das Telefon. Erst wollte ich nicht rangehen, weil ich die Nummer meiner Mutter auf dem Display sah, dachte, nicht auch das noch. Aber dann hob ich doch ab, und er ist dran. Haste wohl schon gemerkt, sagt das Aas, und ich, was denn gemerkt? Bin ausgezogen, antwortet er, ging nicht mehr mit uns. Ich wieder ganz cool: Wo bist du denn jetzt, hast du schon eine neue Wohnung? Sagt er, ja, und ich denke, tu mir das nicht an. Rufst du von da aus an? frage ich, und er sagt ja, sagt einfach ja, dann erzählt er, wäre nur ein kleines Zimmer, aber für den Anfang und so. Und ich kapiere, daß der Schwachkopf gar nicht daran gedacht hat, daß ich die Nummer sehen kann, wenn er von dort aus anruft, und sage so ruhig wie möglich, dann reich mich mal rüber zu meiner Mutter, worauf das Schweigen ausbricht in der Leitung, war plötzlich still und alles tot, nicht mal sein Zigarettenatem war zu hören, seine Zunge komplett gelähmt, bis ich sage, jetzt mach! und meine Mutter an die Strippe kommt. Du spannst mir meinen Freund aus, sage ich, und sie, freundlich wie immer, sagt, das ist er doch schon lange nicht mehr, und ich denke, du Fotze, das habe ich tatsächlich gedacht, du Fotze, denke ich, und sie sagt, krieg dich ein, wenn eine Beziehung in die Brüche geht, ist selten der schuld, der von außen kommt, und ich denke nur noch, du Fotze, immer wieder du Fotze und kann ihre Stimme nicht mehr ertragen und lege auf.«

Louise starrte noch immer auf den See an der Wand. Der Maler hatte den Wind vergessen, dachte sie, die Oberfläche war ganz still, keine einzige Welle, keine Stelle, die sich kräuselte, nicht von dieser Welt.

»Ich habe gestern abend nur Musik gehört, konnte nicht fahren, sagst du Feltzer das, ja?« fragte Claudia.

Louise bejahte, dachte ein Kratzen in der Stimme ihrer Freundin zu hören. »Hast du getrunken?«

»Um Schlimmeres zu vermeiden«, sagte Claudia und eine Sekunde später, »ich hätte sonst beide aufgeschlitzt gestern abend und ganz Marienburg in Flammen aufgehen lassen.«

»Tut mir leid«, sagte Louise, »aber der Typ ist es nicht wert.« Im gleichen Augenblick dachte sie, was für ein flacher Spruch.

»Heute fahre ich wieder«, sagte Claudia, »wann kommst du raus?«

»In drei Tagen«, antwortete Louise. Dann verabschiedeten sie sich, und Louise schüttelte einmal den Kopf und das Gespräch mit Claudia ab, schloß die Augen, stellte sich Lennart vor, wie er versuchte, aus dem Gitterbettchen zu Hause zu klettern, und schlief bald ein.

Feltzer war ebenfalls früh eingenickt, hatte sich aufs Sofa vor den Fernseher gesetzt, ein Bier getrunken und war eingedöst. Und wie jede Nacht seit der Geburt träumte er, eine bestimmte Zahlenkombination behalten zu müssen. Er sagte sie sich laut vor, rannte über mehrere Etagen durch die Krankenhausflure hoch zu Lennarts Zimmer. Er mußte die Zahlen in der richtigen Reihenfolge dort irgendwo eintippen. Nur so würde sein Sohn je wieder aufwachen. Aber unterwegs vergaß er immer wieder die Kombination, also lief er zurück in den Aufenthaltsraum im ersten Stock, wo jemand hinter der Tür direkt über die Fußleiste die Kombination hingeschrieben hatte. Er prägte sie sich erneut ein. Dann rannte er wieder los. Verzweifelt wachte er auf.

Am Abend vor der Operation war Lennart wacher als die Tage zuvor. Louise gab ihm Milch und strömte eine Zufriedenheit aus, die ansteckend war. Feltzer hatte einen Fotoapparat mitgebracht und machte einige Bilder.

»Er hat so einen Kußmund«, sagte Louise, während ihr Sohn an der Flasche nuckelte. Deutlich waren Lennarts Anstrengungen, die Augen zu öffnen, zu erkennen. Seine Stirnhaut bewegte sich in einem fort. Er versuchte die geschwollenen Lider hochzuklappen, schaffte es aber nicht.

Vorm Fenster fielen Schneeflocken durch das gelbliche Licht einer Straßenlaterne, schmolzen auf dem Asphalt, sowie sie dort auftrafen. Im Zimmer war es mollig warm, trotzdem hatte Louise eine Decke um ihren Sohn gewickelt, während sie ihn im Arm hielt. Zwischen den schmatzenden Geräuschen, die Lennart beim Trinken von sich gab, hörte sie ihn leise röcheln.

»Alles ist gut«, sagte sie.

Als die Flasche leer war, legte sie den Kleinen zurück in sein

Bettchen. Sie war sehr froh, aber gleichzeitig so müde, daß sie sich kaum auf den Beinen halten konnte.
Feltzer stellte sich neben seine Frau, schaute auf seinen Sohn, dessen Gesicht sich unaufhörlich bewegte. Morgen mußt du stark sein, dachte er.
Stille drehte sich in kleinen Wirbeln im Raum, so als sei das Zimmer vollständig mit flauschigen Teppichen isoliert. Nur manchmal wehte Lennarts Röcheln mit einem Atemzug hoch. Feltzer beugte sich zu seinem Sohn, streichelte seine Hand, während er leise sagte: »Du gehörst jetzt zu uns. Wir wollen dich auf jeden Fall behalten.«
Lennart wandte seinen Kopf der bekannten Stimme zu, öffnete seine Hand, griff Feltzers Zeigefinger und hielt ihn fest.
»Wir sind bei dir«, sagte Feltzer, »nur noch morgen, dann ist alles gut, nur noch morgen.«
Er hörte, wie Louise neben ihm schluckte. Und dann ging langsam das linke Auge des Kleinen auf. Zuerst nur einen Spalt breit, schließlich etwas mehr, bis es aussah, als habe Lennart nicht ein Auge geöffnet, sondern das andere verspielt zugekniffen. Feltzer hielt den Atem an, bevor er leise sagte: »So sieht dein Papa aus.«
Louise wagte nicht, sich zu bewegen. Sie schaute auf das Profil ihres Sohnes, dann sah sie alles verzogen, verschwommen durch einen Film aus Tränenflüssigkeit.
»Ich bin dein Papa«, flüsterte Feltzer, während sein Sohn bemüht war, auch das andere Auge zu öffnen. Er schaffte es nach einer Weile, sah sich seinen Vater durch einen Schlitz an, bewegte seinen Kopf über das Laken. Sein Griff um Feltzers Finger wurde kräftiger.
»Wir verlassen dich nicht«, sagte Feltzer, »du bist unser Sohn.«

Louise saß noch immer bewegungslos auf dem Stuhl, fühlte, wie sich etwas in ihrer Herzgegend dehnte, nach allen Seiten um sich griff. Das ist der schönste Augenblick in meinem Leben, dachte sie. Feltzer redete immer weiter mit seinem Sohn, hauchte die Worte, die ihm gerade einfielen, vor sich hin. Er hatte das Gefühl, unentwegt sprechen zu müssen, als hinge der Zustand seines Sohnes davon ab, als würde es ihn für die Operation stärken, weil er nun gesehen hatte, daß da jemand war, der auf ihn wartete. Er hätte Louise gerne zu sich gezogen, gesagt, und das ist deine Mutter, aber er hatte Angst, daß das Lennart irritieren, der Blickkontakt abreißen würde, wenn er sich bewegte. Also redete er, formte Sätze, bis Lennart die Augen wieder schloß und einschlief. Sein Sohn hatte nicht einmal eine Minute lang die Augen auf gehabt, aber Feltzer fand, es war ein derart überwältigendes Zeichen, daß er am liebsten vor Glück geschrien hätte. Er drehte sich Louise zu, wollte sie in den Arm nehmen, aber in dem Moment, in dem er versuchte, seinen Finger behutsam wegzuziehen, griff Lennart wieder fester zu.
»Er hält mich fest«, sagt Feltzer.
»Ja«, antwortete Louise.
So verharrten sie drei weitere Stunden an Lennarts Bett, bis Louise vor Erschöpfung nicht einmal mehr sitzen konnte.

Dann kam das Warten. Die Operation hatte morgens um acht Uhr begonnen und sollte acht Stunden dauern. Zumindest hatte Professor Reft ihnen mitgeteilt, sie könnten gegen 16 Uhr anrufen und nachfragen, wie alles verlaufen sei.
Louise saß in ihrem Bett, zappelte, als habe man ihre Arme an Fäden gebunden, die jemand Fremdes hin- und herbewegte. Immer wieder stand sie auf, machte ein paar Schritte, setzte sich an den Tisch, blätterte in der Zeitung, legte sich wieder

hin. Sie fühlte sich gesund, bereit, ihren Sohn in Empfang zu nehmen. Aber jemand hielt die Zeit an, oder ihre Armbanduhr spielte verrückt. Feltzer fuhr währenddessen einige Stunden Taxi, aber es war nicht viel los an diesem Morgen. Der Himmel wirkte seltsam hügelig. Schmale dunkle Wolken zogen sich wie Nähte zwischen aufgeworfene Wülste. Der Wind bewegte wirr die Äste der Bäume, schob Mantelkragen hoch, preßte die Grashalme flach. Wer nicht mußte, ging nicht raus. Feltzer stellte sich an keinen Halteplatz, die Bewegungen, die er machen mußte beim Fahren, hatten etwas Beruhigendes. Also fuhr er. Bellini oder Kröning wollte er nicht sehen, und Louise und er hätten sich bloß gegenseitig verrückt gemacht, wäre er in aller Frühe ins Krankenhaus gegangen. So ließ er ununterbrochen Schilder vorbeiziehen, Ampeln, Bäume und Fassaden und immer wieder die Uniklinik. Schließlich parkte er kurz vor vier auf dem Krankenhausparkplatz und ging zu Louise. Er setzte sich zu ihr aufs Bett, und beide behielten die Zeiger von Louises Armbanduhr, die auf dem Beistelltisch lag, im Auge.
Punkt vier griff Feltzer nach seinem Handy und wählte die Nummer von Professor Refts Büro.
»Geh raus«, sagte Louise, während das erste Klingelzeichen zu hören war.
»Was?« fragte Feltzer.
Louise deutete auf die Tür. Also ging Feltzer auf den Flur, sagte seinen Namen, ließ sich von der Sekretärin weiterverbinden und bekam weiche Knie, als Professor Reft mit seiner beruhigenden Stimme sagte: »Die Operation ist absolut zufriedenstellend verlaufen. Lennart geht es sehr gut. Warten Sie noch zwei Stunden, dann können Sie zu ihm.«
Feltzer wollte sich bedanken, aber seine Stimme versagte. Er legte auf, fühlte die Herzschläge im Hals, als trommele etwas

von innen gegen seinen Kehlkopf. Er öffnete die Tür zu Louises Zimmer, sah ihr bleiches Gesicht und hob wortlos den Daumen nach oben.

Louise sackte etwas in sich zusammen und schrie: »Ja!«

Dann umarmten sie sich, und Louise sagte: »Ah, paß auf.« Ihre Naht war noch äußerst empfindlich.

Später, als sie die kardiologische Intensivstation im Bettenhaus betraten, war Louise über die kalkweiße Farbe ihres Sohnes bestürzt, aber der zuständige Arzt beruhigte sie, das sei nur eine Folge der Kühlung. Die Temperatur des Kleinen hatte während der Operation gesenkt werden müssen, um den Eingriff am offenen Herzen zu ermöglichen. Das sei normal. Alles sei hervorragend.

Dem Kinderbett gegenüber lag ebenfalls in angeschrägter Position ein älterer, schlafender Mann, der einen Bypass gelegt bekommen hatte. Auch ihm traten die Kabel und Schläuche aus dem Körper, führten zu den umstehenden Geräten. Er sah wie Lennarts Spiegelbild aus, nur 80 Jahre älter.

»Damit Lennart nicht so allein ist«, witzelte der junge Arzt. Auf seinem Namensschildchen las Feltzer: Dr. G. Lamott. Eine Krankenschwester lief geschäftig herum, berührte hier einen Knopf, wischte dort über eine Anzeige, aber Feltzer hatte das Gefühl, sie tue nur so, als müsse sie auf einiges achten, weil das die Angehörigen beruhigte. Er nahm Louise in den Arm und spürte, wie sich ein Knoten in seiner Brust löste. Das Atmen fiel ihm leichter, und auch Louise schien ihren Lungen kräftig Luft zuzuführen, so als habe sich ihr Volumen vergrößert. Beide waren so erleichtert, daß sie beschlossen, an diesem Abend in eine naheliegende Eckkneipe zu gehen und auf sich und ihren Sohn ein Glas Wein zu trinken.

»Das erste seit neun Monaten«, sagte Louise freudestrahlend.

Am folgenden Morgen wurde Louise aus dem Krankenhaus entlassen. Feltzer verstaute ihre Sachen im Kofferraum, während Louise bereits auf dem Weg zu Lennart war.
»Ich kann nicht warten«, hatte sie zu Feltzer gesagt, gelacht und sich dabei an die Operationsnaht gefaßt.
»Ich packe das doch nur in den Wagen« hatte Feltzer erwidert, aber Louise hatte nur die Hand gehoben, ihm zugewunken und war losgegangen.
Feltzer hatte mit den Schultern gezuckt, die Tasche genommen und zum Taxi gebracht. Wenig später stand er vor seiner Frau, die auf dem Flur neben der Tür zu Lennarts Zimmer saß.
»Was ist los?« fragte er.
»Ich weiß nicht«, sagte Louise, »etwas stimmt nicht. Sie haben gesagt, ich soll hier draußen warten.«
Feltzer spürte sofort, wie sich erneut ein Band um seine Lungen legte, sich verengte. Dann kam Doktor Lamott heraus und sagte mit sehr ernstem Gesicht: »Ihr Sohn hatte gestern abend zwei Herzstillstände, einen gegen 20 und einen gegen 22 Uhr.«
Da saßen wir in der Kneipe, durchfuhr es Feltzer.
»Nach dem ersten Versagen konnten wir sein Herz wieder zum Schlagen bringen, aber beim zweiten Stillstand versagten alle Reanimationsbemühungen« fuhr Doktor Lamott fort, »wir mußten schnell handeln und ihn wieder an die Herz-Lungen-Maschine anschließen. Wenn Sie jetzt zu Ihrem Kind gehen, sollten Sie wissen, daß der Thorax nicht wieder geschlossen wurde, deshalb die Wölbung. Wir tun alles für Ihren Lennart, aber die Situation hat sich dramatisch ver-

schlechtert. Wir können nur hoffen, daß sein Herz sich schnell erholt.« Anschließend machte er eine Geste mit der rechten Hand, die besagen sollte, Sie können nun hineingehen.
Als sie aufstand, hatte Louise das Gefühl, ihre Beine müßten brechen, so schwer saß ihr Oberkörper auf dem Becken.
Feltzer fand, sein Sohn sah besser aus als am Tag zuvor. Er war nicht mehr so blaß, wirkte fast rosig. Es standen weitere Maschinen und Apparate um das Bett, die erst etwas zur Seite geschoben werden mußten, ehe Louise und er an Lennart herankamen. Der ältere Mann mit dem Bypass lag nicht mehr im Zimmer.
»Was passiert mit meinem Kind«, fragte Louise.
Doktor Lamott antwortete: »Wir hoffen, die Herz-Lungen-Maschine so schnell wie möglich wieder entfernen zu können. Im Moment hält sie Ihren Sohn am Leben, aber wenn das Blut so oft gefiltert wird, werden zu viele rote Blutkörperchen darin zerstört. Das ist nicht gut. Ich würde Ihnen gerne etwas anderes sagen, aber . . .«
Er machte ein Gesicht, als habe er persönlich versagt, und Feltzer dachte, sollen wir dich jetzt bedauern, oder was?
Die zuständige Krankenschwester wirkte noch geschäftiger als gestern, sie bewegte sich von einem Gerät zum anderen, dann zum nächsten, setzte ununterbrochen ihren Weg fort, als sei er vorgeschrieben, als dürfe sie nicht von einer bestimmten unsichtbaren Linie am Boden abweichen. Feltzer schaute auf seinen Sohn und kam sich überflüssig vor. Er konnte überhaupt nichts tun.
Louise hielt sich an der Bettstange am Kopfende fest und weinte stumm vor sich hin. Ihr Gesicht war naß. Seitlich von ihrem Kinn hing ein Tropfen. Feltzer nahm sie in den Arm, drückte sie an sich. Louise zog den Rotz in ihrer Nase hoch, sagte: »Wir hätten die ganze Nacht vor der Operation bei

ihm bleiben sollen. Vielleicht ist er aufgewacht und niemand war da. Vielleicht hätte er mich auch angeschaut.«
Feltzer dachte daran, wie erschöpft Louise gewesen war, und auch er hätte Mühe gehabt, in jener Nacht länger wach zu bleiben.
»Wir haben alles richtig gemacht«, sagte er leise, wischte Louises Tränen weg. Dann standen beide noch drei Stunden oder vier an Lennarts Bett, schauten auf ihren Sohn, konnten sich nicht lösen und fühlten sich doch so fehl am Platz in diesem Krankenzimmer, daß sie dauernd daran dachten aufzubrechen. Aber sie gingen nicht. Nur gegen Mittag teilten sie sich in der Cafeteria ein trockenes Brötchen, tranken jeder ein halbes Wasser und kehrten zu Lennart zurück.

Draußen spielte an diesem Nachmittag das Wetter verrückt. Mal trieb der Wind dicke Regentropfen gegen die Scheiben, dann wurde es plötzlich so hell, daß man dachte, der Frühling breche aus. Zwei Minuten später segelten dichte Schneeflocken übers Fensterbrett.
Drinnen veränderte sich nichts.
Abends setzte die Krankenschwester Lennart eine Stoffbrille auf, um die Augen vor dem Licht, das nie ausgeschaltet wurde, zu schützen.
»Sie sollten sich auch etwas ausruhen«, sagte sie. Sie wich von ihrer festen Runde ab, verließ die unsichtbare Linie, übergab einige Zettel an eine Kollegin und verließ das Zimmer.
Feltzer und Louise blieben noch eine Weile, dann gingen sie auch.

Anderntags hatte sich alles verschlimmert. Lennarts Nieren hatten mittlerweile versagt, und ein weiteres Gerät befand sich an seinem Bett. Louise stand gebückt an der Seite ihres Sohnes, wurde von dem Gedanken gequält, der Kleine leide, habe Schmerzen, aber Doktor Lamott erklärte, Lennart bekäme so viel Betäubungsmittel, daß er nichts spüren könne.

Es änderte sich nichts mehr an diesem Tag.

Feltzer hatte das Gefühl, die Zeit bleibe stehen, passiere nur außerhalb dieses Zimmers, laufe auf dem Flur vorbei. Drinnen aber war alles erstarrt. Nur ab und an drehte die Krankenschwester noch eine Runde. Für eine halbe Stunde hatte sie Lennarts schwarze Stoffbrille abgenommen, damit die Eltern sein ganzes Gesicht sehen konnten, dann hatte sie dem Säugling die Binde wieder angezogen.

Gegen Abend fragte sie: »Haben Sie darüber nachgedacht, ihn taufen zu lassen?«

In diesem Moment wurde Louise das erste Mal klar, daß ihr Kind sterben könnte. Wie ein kurzes Leuchten hatte der Gedanke sich den Weg durch ihr Gehirn gebahnt. Ab da kam er alle halbe Stunde wieder, nicht mehr hell, sondern dunkel, dann immer düsterer, bis schließlich nur noch ein schwarzes Loch vor ihrem inneren Auge übriggeblieben war.

Vierzehn Stunden später nahm die Krankenschwester Louise in den Arm und sagte: »Er ist eben ein Engel und nicht für diese Welt bestimmt. Sie sollten noch einmal mit Professor Reft reden.« Sie mußte jetzt jede Stunde Blut und Wasser aus Lennarts Lunge absaugen. Zudem wurde sein Gehirn nicht mehr genügend mit Sauerstoff versorgt. Louise und Feltzer sahen, wie er ab und zu zuckte, in kleine Krämpfe verfiel. Beide weinten ununterbrochen, während sie auf das graue, eingefallene Gesicht blickten. Sie hatten begriffen, daß ihr Sohn keine Überlebenschance mehr hatte. Auf Lennarts Bett lag achtlos die Stoffbrille. Die Krankenschwester machte sich nicht mehr die Mühe, den Säugling vorm Licht zu schützen.

In Professor Refts Büro hingen rote Vorhänge mit Goldbordüre. Louise hatte sie beim letzten Mal, als sie hier gewesen waren, nicht bemerkt. Ein kaum hörbares Summen zitterte unter der Decke.
»Ja«, sagte Professor Reft, »so ist es.«
Eine Weile nur das Zittern, bevor der Herzchirurg weitersprach. »Sie müssen entscheiden, wann wir die Geräte abschalten«, wiederholte er. Seine Unterarme lagen flach auf dem Schreibtisch, und Louise sagte: »Mein Gott.«
»Tut mir leid«, sagte Professor Reft.
»Gab es nicht schon einmal einen Fall, der genauso war wie unserer und wo dann doch alles gut ausging?« fragte Feltzer.
Professor Reft drehte ihm langsam sein Gesicht zu. In seinen Augen lag Verständnis für die Frage. »Nein«, antwortete er, »Lennarts Herz macht seit gestern, was es will. Es gibt keine Anzeichen dafür, daß es sich jemals erholt. Der Körper schaltet nach und nach die Organe ab, Niere, Lunge, der Kreislauf bricht zusammen, es kann sein, daß das Gehirn schon stark gelitten hat. Sie können natürlich warten und auf ein Wunder hoffen, nur ...« er machte eine kurze Pause, in der er den Ton seiner Stimme noch leiser werden ließ, »... ich habe so ein Wunder noch nie erlebt.«
Auf seinem Schreibtisch stand ein Fotorahmen. Louise sah ihn nur von hinten und dachte, hat der Mann vor mir Kinder?
»Drehen Sie ab«, sagte sie, machte nach jedem Wort eine Pause, als bekäme sie nicht genug Luft, einen ganzen Satz

flüssig auszusprechen, »drehen Sie die Maschine ab, ich will nicht, daß mein Kind sinnlos länger leidet.« Sie griff nach Feltzers Hand, und er war überrascht darüber, wie entschlossen sie wirkte, während sie sich mit den Sätzen abquälte. »Aber wir wollen dabeisein«, fügte sie noch hinzu.

In Feltzers Mund floß soviel Speichel zusammen, daß er am liebsten ausgespuckt hätte.

»Sicher«, sagte Professor Reft, »und ich muß Sie noch fragen, ob Sie einer Obduktion zustimmen.«

Feltzer wußte nicht, was er antworten sollte. Er ließ den Speichel in seine Kehle fließen, starrte den Herzchirurgen an.

»Ja«, antwortete Louise, »wenn ich damit anderen Kindern helfen kann.«

Professor Reft nickte. Er stand auf, sagte: »Es sind leider nicht alle so einsichtig wie Sie. Aber wenn wir herausfinden, woran es lag, daß Lennart es nicht geschafft hat, kann das für zukünftige Eingriffe sehr nützlich sein.« Er öffnete die Tür. Die roten Vorhänge bewegten leicht ihre Bordüre.

Dann gingen sie zu dritt zurück zur kardiologischen Intensivstation. Doktor Lamott führte Feltzer und Louise in einen Nebenraum, wo sie kurz warten sollten. Man würde alles vorbereiten, hatte Professor Reft erklärt.

Feltzer und Louise saßen an einer Art Konferenztisch, stützten sich ab, sprachen nicht. Sie waren am Ende, am Ende ihrer Kräfte. Hätte Doktor Lamott sie gefragt, was sie sich in diesem Moment wünschten, hätten beide geantwortet: »Sterben.« Aber Doktor Lamott fragte nicht, was sie sich wünschten, er war von der Aufgabe, die Minuten mit den Eltern zusammen in diesem Warteraum zu verbringen, völlig überfordert und redete ununterbrochen auf sie ein.

Halt den Mund, wollte Feltzer rufen, aber er schaffte es nicht, die Lippen zu öffnen.
Louise, die zwei Stühle weiter saß, hatte ihren Blick starr an die Wand geheftet. Doktor Lamotts Gesicht hingegen bewegte sich in einem fort völlig unkontrolliert, während er sprach. Es waren keine großen Verzerrungen, eher kleine Zuckungen, die kurz mal hier, mal dort aufblitzten und Feltzer an die Krämpfe seines Sohnes erinnerten. Er merkte, wie er immer wütender auf den jungen Arzt wurde, aber die Kraft zu reagieren, fehlte ihm.
»Warum muß gerade Ihnen das passieren?« fragte der Arzt, »aber Sie werden sehen, daß Sie damit weiterleben können, es ist immer ein Morgen da, auch wenn man sich das im Moment noch nicht vorstellen kann. Mit der Zeit werden Sie darüber hinwegkommen. Ich habe leider schon einige Familien sehen müssen, denen Ähnliches widerfuhr, aber ich weiß, daß auch sie es geschafft haben.«
Sei doch einfach still, dachte Feltzer.
»Sie müssen an sich glauben, Sie müssen stark sein. Sie werden bestimmt noch eine Familie gründen«, fuhr Doktor Lamott fort, »Lennart wird dann einfach dazugehören. Lassen Sie nicht den Kopf hängen. Das wäre falsch. Ich würde Ihnen gerne helfen, ich weiß, wie Sie fühlen. Aber ich weiß auch, daß der Morgen kommen wird, an dem Sie aufstehen werden und nicht mehr als erstes an diesen Tag denken müssen ...«
Feltzer riß sich zusammen, hörte, wie der junge Arzt weiterredete, hörte aber nicht mehr, was er redete, formulierte selbst einen Satz und sprach ihn schließlich aus, leise, unverständlich, »Morgen war schon«, sagte er, flüsterte es, nicht vernehmbar für die anderen im Raum. Aber Doktor Lamott hatte Feltzers Lippenbewegung wahrgenommen, unterbrach

dankbar seinen Redefluß, fragte: »Was? Was haben Sie gesagt?«
In diesem Moment ging die Tür auf, und die Krankenschwester sagte: »Kommen Sie, bitte.«

Auf der kleinen Ablage an Lennarts Kopfende flackerte eine blaue Kerze. Die Krankenschwester hatte das Neonlicht gedimmt, einige der Geräte entfernt und den Kleinen in einen weißen Strampler gesteckt. Sie legte Louise ihren Sohn behutsam in den Arm. Feltzer stand dicht hinter seiner Frau, schaute über ihre Schulter in Lennarts Gesicht. Professor Reft und Doktor Lamott verließen leise das Zimmer.
»Mein Lieber«, sagte Louise, dann wurde die Herz-Lungen-Maschine abgestellt. Feltzer und Louise weinten ohne Hemmungen. Lennart öffnete einmal groß beide Augen, als wolle er sich seine Eltern anschauen. Dann schloß er sie langsam, und sein Köpfchen sank etwas nach hinten ab, als schliefe er ein.
Louise und Feltzer standen noch einen Augenblick mit ihrem Sohn im Arm, dann übergaben sie ihn der Schwester, die ihn von den Schläuchen befreien und herrichten würde, so daß die Eltern sich noch einmal in aller Ruhe verabschieden konnten.
Er hat mich angesehen, dachte Louise.

14.

»Als er tatsächlich den Mund aufmachte, habe ich gebremst«, sagte Feltzer, »wir waren mitten auf der Autobahn, aber ich habe gebremst und nach dem Messer gegriffen, ja, das stimmt. Ich habe ihn bedroht.«

Louise saß auf dem Sofa, die Wolldecke über ihren Beinen, und schaute an ihrem Mann vorbei ins Zimmer. Am Morgen hatte auf der Fußmatte vor der Tür ein Brief von Ben Bergrath an Louise gelegen. Er schrieb, er habe die Todesanzeige von Lennart Beer in der Zeitung gelesen, und es täte ihm leid, was passiert sei und daß er sich nie gemeldet habe. Aber die Fahrt nach Hause sei unangenehm gewesen und er habe ihrem Mann nicht mehr begegnen wollen. Er drücke sein Beileid aus, vielleicht könne man sich ja doch noch einmal treffen, wenn Louise es wünsche.

»Ich erinnere mich auch noch an einen Bus, dessen Scheinwerfer an uns vorbeiwischten«, fuhr Feltzer fort, »ich hatte einen miesen Tag, ich hatte ihn gewarnt, es war irgendwie alles schiefgelaufen, es ist gar nichts passiert. Ich habe ihn einfach nur ausgesetzt, bin weitergefahren. Das ist schon so lange her.« Feltzer überlegte, ob nun der Zeitpunkt gekommen sei, reinen Tisch zu machen und seiner Frau von den verlorenen Pferdewetten, dem leeren Konto zu erzählen, aber alles war so mühsam, so zäh. Und so schwieg er.

Louise legte die Decke beiseite, stand auf, sagte: »Wir müssen gleich los.«

Seit Lennarts Tod waren sechs Tage vergangen, Tage, in denen Louise sich immer gefragt hatte, wann wache ich auf? Niemand sprach mit ihr über ihr Kind. Es war einfach nicht da, es war, als sei sie nie schwanger gewesen, als habe sie nie einen Sohn zur Welt gebracht. Die Zeit hing grau vorm Fenster, regnete auf den Platz vorm Haus, spannte sich zwischendurch als dünner Lichtstrahl zwischen die kahlen Bäume und verschwand wieder. Alles stand, nichts bewegte sich.

Als sie aus dem Krankenhaus nach Hause gekommen waren,

hatte sie kein Licht in der Wohnung gemacht, nur eine Kerze angezündet, sich aufs Sofa gelegt und war eingesunken, in ein Loch gefallen. Erst zwei Tage später war sie wieder aufgestanden, nur kurz, um zu trinken. Im Wohnzimmer hatte das Telefon geklingelt, lange, dann hatte es aufgehört.
Feltzers Blick hingegen war als erstes an der kleinen Holzkiste mit den Schuhen, die die ganze Zeit im Regal gestanden hatte, hängen geblieben. Wie hatte er einen Sarg mit Schuhen da hinstellen können? Er hatte die Kiste sofort zwischen den Reiseführern herausgezogen und sie entsorgt, einfach in die Mülltonne geschmissen, genauso wie die Kleider, die Louise gekauft hatte. Anschließend war er erneut ins Schlafzimmer gegangen, hatte das Kinderbett abgebaut und zu seinen Eltern gebracht. Als er zurückgekommen war, hatte er nicht gewußt, was er noch tun sollte. Das war das Schlimmste gewesen, daß es nichts mehr gab, was ihm nützlich erschien.
Louise hatte in die Flamme der Kerze gestarrt und gesagt: »Ich stelle mir vor, ich sehe ihn dort, wo er jetzt ist.«
Feltzer hatte seine Tränen nicht zurückhalten können, war wortlos ins Schlafzimmer gegangen, hatte sich aufs Bett gelegt und an die Decke gestarrt.
Nun erinnerte nichts mehr in der Wohnung an ihre gescheiterte Hoffnung. Die Bilder, die Feltzer von Lennart gemacht hatte, waren noch in der Kamera. Er würde sie in den nächsten Tagen entwickeln lassen. Bilder würden sie hinstellen, Bilder von Lennart, das einzige, was geblieben war, Fotos, die ihnen die Gewißheit gaben, alles erlebt und nicht nur geträumt zu haben.

Als es klingelte, zogen sie ihre Mäntel an und verließen die Wohnung.

Unten wartete Claudia, öffnete die hintere Taxitür, und sie stiegen ein.
Auf dem Rathenauplatz spielten trotz sieben Grad Kälte einige Männer Boule, standen um die silbernen Kugeln herum, maßen die Abstände zum kleinen, roten Ball, entfernten sich, verschwanden hinter den Baumstämmen.
Claudia fuhr durch die Meister-Gerhard-Straße an ihrer eigenen Wohnung vorbei, machte einen Schlenker auf der Dasselstraße und folgte eine Zeitlang der Straßenbahn die Zülpicher stadtauswärts. Aus den Boxen in den Türen sang Johnny Cash leise von einem Zug, der ihn irgendwohin brachte.
Keiner sprach.
Die Bürgersteige schillerten feucht, als habe jemand eine dünne Schicht Klebstoff darauf verteilt. Passanten hoben schwerfällig die Beine. Claudia drehte die Heizung höher. Deutlich hörbar strömte die warme Luft ins Innere des Wagens.
»Fährst du weiter auf der Zülpicher«, sagte Louise, »ich möchte jetzt nicht an der Uniklinik vorbei.«
Am Rückspiegel hing ein Duftbäumchen, dessen Vanillearoma sich süßlich überall verteilte. Nach verbranntem Papier roch es kaum noch im Taxi. Feltzer konnte diese Duftartikel nicht ausstehen, aber er mußte zugeben, daß Vanille kundenfreundlicher war als der Geruch nach Angekokeltem.
Er schaute auf die vorbeiziehenden Fassaden, richtete seinen Blick auf Louise, sah einen rötlichen Schimmer über ihren Hinterkopf laufen. In den letzten Tagen hatte sie fast nur auf dem Sofa gelegen. Wie früher. Sie hatte nicht gelesen, nicht fern gesehen, kaum gesprochen. Eine Kerze brannte vor ihr.
Er hatte die Dinge in die Hand genommen. Er war zum Bestattungsinstitut gegangen, hatte einen Kindersarg ausgesucht,

hatte den Verwandten Bescheid gegeben, wann das Begräbnis stattfinden würde. Einer mußte diese Dinge tun.
Adolf hatte am Telefon zu ihm gesagt: »Das Leben geht weiter.«
»Ja«, hatte Feltzer geantwortet und gedacht, aber wie?
Er hörte die Musik im Hintergrund, störende Klänge, eher ein Rauschen auf der Suche nach einer Melodie, und sagte zu Claudia: »Kannst du mal ausmachen, bitte.«
Claudia lehnte sich etwas zur Seite, schaute auf den CD-Player, drückte auf einen Knopf. Als sie wieder hochsah, hatte der Wagen vor ihr gebremst, und sie sprang ebenfalls auf die Bremse. Louise und Feltzer flogen nach vorn, hingen einen Moment lang in den Sicherheitsgurten. Im Kofferraum rumpelte etwas Schweres, machte ein Geräusch, als polterten Steine durcheinander.
»Mann!« sagte Claudia, umfaßte mit beiden Händen das Lenkrad. Dann fuhren sie weiter, und Feltzer deutete mit dem Daumen über seine Schulter, fragte: »Was fährst du denn durch die Gegend?«
Claudia blickte in den Rückspiegel. Feltzers Stirn lag in Falten. Er schaute sie an. Louise war im Spiegel nicht zu sehen.
Sie bogen auf den Gürtel ab, vorbei an einem Stand mit Tannenbäumen, die jemand verkaufte. An der nächsten Ampel bremste Claudia behutsam, aber aus dem Kofferraum drang trotzdem ein rollendes Geräusch. Sie verdrehte die Augen, schlug zweimal mit den Fingern der rechten Hand aufs Lenkrad, bevor sie sagte: »Mußte was mitnehmen heute morgen.«
Feltzer hatte inzwischen wieder nach draußen geschaut, seinen Blick den Bordstein entlanggezogen und seine Frage vergessen. Er wollte keine Antwort.

»Was?« sagte er.
Louise drehte den Kopf, schaute ihn kurz an. Ihre Augen waren kaum sichtbar, so tief schienen sie zu liegen.
Claudia schwieg.
Sie überquerten die Berrenrather, wichen einem abgestellten Fahrzeug mit Blinkanlage aus, passierten die Grafenwerthstraße. Feltzer schaute auf die Fenster seiner Eltern.
Ecke Luxemburger stellte eine Frau in einer grünen Schürze Blumenkästen vor den Laden. Zwei Jugendliche liefen bei Rot über die Fahrbahn auf den Bahnsteig in der Mitte, blokkierten die Schiebetür des hinteren Straßenbahnwagens, damit ihre trödelnden Freunde einsteigen konnten.
Ich fahre meinen Vater spazieren, dachte Claudia, soll ich dir erzählen, daß ich seit heute morgen meinen Vater spazieren fahre?
Sie ließ Wasser auf die Windschutzscheibe spritzen, betätigte den Wischer. Auf der Treppe vor der St.-Bruno-Kirche standen einige ältere Frauen und unterhielten sich.
Die ganzen letzten Tage hatte sich Claudia immer wieder gesagt, gut, daß er weg ist. Gut, daß Uwe weg ist. Aber wenn man etwas dauernd sagt, dann ist dieses Etwas auch dauernd da. Heute morgen gegen sieben hatte sie es schließlich nicht mehr ausgehalten. Sie war aufgewacht und hatte sofort gewußt, heute fährst du dahin. Sie wußte nicht, was sie dort wollte. Uwe sehen bestimmt nicht, und ihre Mutter auch nicht. Sie hatte sich ins Taxi gesetzt und war nach Marienburg gefahren. Sie klingelte nicht, benutzte den Schlüssel und platzte einfach rein.
Uwe und ihre Mutter saßen beim Frühstück. Uwe fiel sein Croissant fast in den Kaffee, als er den Kopf drehte, und sie in der Tür stand. Ihre Mutter reagierte gar nicht, sah sie an und begann ihr Haar zu einem Zopf zu flechten.

»Schmeckt's?« fragte Claudia.
Simone legte in aller Ruhe Haarsträhnen übereinander, antwortete: »Großer Auftritt, Mädchen«, woraufhin Uwe ihr den Rücken wieder zuwandte und weiteraß.
Claudia merkte, daß sie nicht wußte, was sie sagen sollte. Sie wollte nicht ausrasten, unsouverän aussehen, aber auch nicht einfach alles hinnehmen, also sagte sie zu ihrer Mutter: »Du solltest dich schämen.«
Simone ließ ihren Atem hervorschnellen. Ihre Lippen vibrierten kurz, und ein verächtlicher Ton war zu hören. Sie schüttelte den Kopf, sah auf ihre Haare hinab, befestigte am Ende des langen Zopfes ein weißes Gummi und sagte, bevor sie ihre Tochter erneut ansah: »Hast du schon gefrühstückt?«
»Eher verhungere ich«, erwiderte Claudia.
Simone zuckte mit den Achseln. Die Kaffeemaschine gab ein sprudelndes Geräusch von sich. Das Küchenfenster dahinter war auf der rechten Hälfte mit Dunst beschlagen.
»Was willst du eigentlich«, sagte Uwe mit vollem Mund, »wir sind nicht die ersten, die auseinandergehen. Bei uns ging doch gar nichts mehr. Wir waren immer so verschieden, keine gemeinsamen Ziele, keine gemeinsamen Interessen...«
»Fällt dir aber früh ein«, unterbrach ihn Claudia. Das Sprechen würgte sie im Hals.
»Nicht einmal ausreden lassen kannst du einen«, sagte Uwe.
Claudia fühlte, wie sie unter Druck geriet. Es war nur eine Frage der Zeit, bis sie doch ausrasten würde. Sie sah auf seinen ausrasierten Nacken und hatte einen Moment lang ein Bild vor Augen: Ein dicker Ast traf genau in dieses Genick.
»Du bist so ein dummes, kleines Arschloch«, sagte sie, ohne laut zu werden, »du kannst doch nicht einmal einen geraden Satz formulieren.« Dann imitierte sie seine Stimme: »Wir

harmonisieren nicht ... Ich glaube, ich habe die Parking-Krankheit ... quod erat denunziantum ...«

»Es reicht«, rief Simone dazwischen, »daß du nicht glücklich darüber bist, daß wir uns gefunden haben, kann ich verstehen, aber du bist hier in meinem Haus, und du benimmst dich.«

»Ausgerechnet du redest von Benehmen? Das ist wirklich großartig!« sagte Claudia und ließ ein unnatürliches Lachen hören. »Meine Mutter zerstört meine Beziehung, wie sie es früher schon getan hat, und erklärt mir, was gutes Benehmen ist. Wäre gespannt, was die Nachbarn hier in Marienburg dazu sagen.«

Als hätte er die ganze Zeit auf einer Feder gesessen, sprang Uwe nun auf, drehte sich um und schrie: »Du hast mich doch auch betrogen! Sollen wir mal davon reden!«

Claudia steckte die Hände in ihre Jeans, verbog ihren Mund zu einem Lächeln: »Irgendwann wollte ich schließlich auch mal kommen«, sagte sie.

Unter Uwes linkem Auge setzte ein kaum wahrnehmbares Zittern ein.

»Aber spricht sich ja schnell herum«, fügte Claudia noch hinzu, dachte, du bist ein Idiot, Krahlberg, mußtest du ausgerechnet jetzt damit prahlen.

»Gar nichts spricht sich herum«, sagte Uwe, »meinst du mein Galerist und Sammler hätte dich wirklich angerührt, ohne mein Wissen? Bist du naiv. Ich wollte dir alles erleichtern und habe ihn gebeten, mit dir ins Bett zu gehen. Hat er schneller geschafft, als ich gedacht hätte. Ich weiß alles, Mädchen. So als wäre ich eine Videokamera in seiner Wohnung gewesen.«

Claudias Hals war mit einem Mal komplett ausgetrocknet. Sie konnte nicht mehr atmen, machte einen Schritt nach vorn und stieß Uwe mit all ihrer Kraft über den Frühstückstisch. Geschirr fiel zu Boden, Simone sprang auf.

»Du bist verrückt«, schrie Uwe, rollte sich seitlich von der Tischplatte und stand wieder.

»Dein Vater hatte recht«, sagte Simone, »du kannst alles nur kaputtmachen, herumschreien und kaputtmachen.«

»Laß Vater in Ruhe!« schrie Claudia zurück, »laß meinen Vater in Ruhe! Ohne dich würde er noch leben, da bin ich sicher.«

Sie rannte ins Wohnzimmer, nahm die Urne von der Kommode, war überrascht, wie schwer das Teil war, wollte wieder hinaus. Simone versperrte ihr den Weg. Claudia hob die Urne über ihre rechte Schulter, sie war außer Atem, sagte: »Ich erschlage dich damit.«

Am Kleiderständer hinter der Jugendstiltür erkannte sie Uwes Mantel. Simone wich zur Seite. Claudia drehte sich mit ihr wie in einem Tanz, bei dem man sich nicht berühren darf.

»Du bist es nicht wert, daß Vater hier bei dir bleibt«, sagte sie. Durch den verglasten Halbbogen im oberen Teil der Haustür waren einige Scherben vom senfgelben Himmel zu sehen.

»Da ist doch nichts drin«, sagte Simone leise, »da steht doch nur Werners Name drauf.«

»Er ist mein Vater«, schrie Claudia, »mein Vater!« Dann riß sie die Haustür auf und lief mit der Urne vor der Brust zum Taxi. Niemand folgte ihr. Sie setzte die Totenvase auf den Beifahrersitz, fuhr bis nach Raderthal in die alte englische Siedlung, dort wo die Häuser seit einiger Zeit leer standen, parkte. An ihrem Hals zappelte die Schlagader.

Lange saß sie dort übers Steuer gebeugt, atmete gegen das Armaturenbrett, sprach mit ihrem Vater, erzählte ihm alles, mehr vielleicht, als sie wollte, aber es sprudelte nur so aus ihr heraus, bis es Zeit wurde, Feltzer und Louise abzuholen. Also stieg sie aus, stellte die Urne in eine Ecke des Kofferraumes, setzte sich wieder auf den Fahrersitz, sagte: »Scheiße, ich werde verrückt!« und fuhr los.

Zwei Dackel schnupperten an einem Verkehrsschild, hoben gleichzeitig das Bein, pinkelten sich vor die Pfoten. Ihre Besitzerin trug Hausschuhe und ein blaues Tuch um den Kopf, schaute ihren Tieren zu, rauchte, während Claudia das Taxi in eine der Parknischen neben dem Südfriedhof setzte.
»Ich komme gleich«, sagte sie, schlug die hintere Wagentür zu, blickte Louise und Feltzer hinterher. Dann öffnete sie den Kofferraum, stellte die Urne aufrecht hin und verschloß den Wagen per Druck auf den Schlüssel.
Kröning kam angefahren, parkte neben ihr. Er nickte, und sie gingen zum Eingang des Friedhofs.
Auf der Tageszeitung, die in einer roten Verkaufsbox aus Metall lag, war ein Foto zu sehen, auf dem ein Fußballspieler seinen blutenden Kollegen vom Platz trug. Darüber stand: Kölner Randalierer stellt sich nach Vorfall in Hamburg.
»Was für ein Sport«, sagte Kröning. Er sah blaß aus im schwarzen Anzug, sein kahler Kopf hatte die gleiche Farbe wie die Kapelle, vor der bereits alle warteten. Er gab Feltzer und Louise die Hand, anschließend gingen er und Claudia zu Bellini, der etwas abseits von einem Bein auf das andere trat. Sie nickten sich zu, schwiegen.
Vor den Friedhofsmauern ratterte eine Straßenbahn um den Höninger Platz. Ein Gärtner kippte eine leere Schubkarre gegen den Blechcontainer am Eingang.
Dann wurde der kleine, weiße Sarg auf einen mit Blumen geschmückten Handkarren gehievt, und ein Mann zog ihn

langsam vorwärts. Louise und Feltzer folgten ihm. Hinter ihnen gingen ihre Eltern, schließlich die drei Taxikollegen. Es war eine kleine, schwarze Gruppe voll hängender Köpfe. Bellini hatte die Hände in den Manteltaschen, verzog das Gesicht, kämpfte mit seinen Gedanken. Kröning hätte gerne etwas zu ihm gesagt, unterließ es aber, legte einen Moment lang seinen Kopf in den Nacken, schaute auf die einzige Wolke oben am Himmel, bewegte die Lippen, als rede er stumm mit jemandem, blickte dann wieder zu Boden.

Rechterhand reihten sich die Gräber, links streckte sich ein Wiesenstück hin zu einem Denkmal. Überall wuchsen Bäume und Sträucher, verteilten sich um die Grabsteine herum, säumten die Wege. Viele grünten auch jetzt im Winter. Sie schienen dem Tod etwas Versöhnliches zu geben. Vögel zwitscherten darin, Eichhörnchen kletterten an den Stämmen hoch.

Louise und Feltzer hatten keinen Priester gewollt, auch niemand anders sollte etwas sagen. Am liebsten wären sie mit Lennart allein gewesen, aber das hatte man von den Eltern nicht verlangen können. Vielleicht wäre es für sie auch nicht gut gewesen, wenn sie es verlangt hätten. Was konnte schon gut sein? Louise ließ ihren Blick auf dem Sargdeckel mitfahren, schwankte neben Feltzer her, fühlte sich in einer Blase gefangen, deren Haut um sie herumwaberte. Die Außenwelt verschwamm, lag verzerrt, und selbst der Karren vor ihr löste sich zeitweilig auf, zerfiel in Farben, viel Weiß, viel Grau war dabei.

Der Mann, der den Sarg zog, hatte einen eingeübten Schritt, er warf seine Beine langsam, im immer gleichen Rhythmus nach vorn, so als höre er einer Musik zu, einem Trauermarsch. Es war ein ritualisiertes Gehen, das dem Zug eine Feierlichkeit verlieh, fand Feltzer. Er selbst schlurfte fast, machte kleine, hektische Schritte, verlangsamte sein Tempo, wurde wieder schneller. Hinter ihm sprach Adolf leise auf Friederike ein. Zwei ältere Damen kamen ihnen mit Plastikeimern und Tüten entgegen, bekreuzigten sich. Wenig später tauchte eine Frau mit Kinderwagen auf, starrte entsetzt auf die kleine Totenlade, errötete, lief weiter.

»Es ist ein langer Weg«, sagte Viktoria, und Reinhold fragte sich, ob sie Feltzers und Louises Zukunft meinte oder die Strecke bis zum Grab.

Ein Luftstoß griff ihnen an die Mäntel, ließ deren Enden kurz flattern. Dann schien wieder alles zu ruhen. Nur der Trauerzug bewegte sich vorwärts, schob sich an den Steinen für die Gefallenen des Ersten Weltkrieges vorbei, bog nach rechts ab und kurze Zeit darauf nach links.

Kindergräber tauchten auf. Die Zurückgebliebenen, die Eltern, die Verwandten hatten Spielsachen zwischen die Blumen gepflanzt. Windräder steckten in der Erde, ein kleiner Teddybär lehnte an einem Holzkreuz, löste sich langsam auf. Unter dem Karren knirschte der Kies. Sie gingen bis zum Ende der Grabreihe, wo zwei Totengräber warteten. Die beiden Männer hatten jeweils ein Seil in den Händen, hielten es hinter ihren Rücken.

Um die ausgehobene Grube lag Kunstrasen, grüne Matten, damit die Trauergäste sich die Schuhe nicht dreckig machten. Feltzer trat vor das Loch, schaute hinab, während die Totengräber die Seile neben das Grab legten und Lennarts Sarg darauf stellten. Dann hoben sie behutsam, einer hinten, einer vorn, die Seile an, führten den Sarg über die Aushebung und ließen ihn hinab. Anschließend zogen sie die Seile an einer Seite wieder hoch und stellten sich abseits der Angehörigen vor eine beschnittene Hecke. Das weiße Holz glänzte zwischen den Erdwänden.

Der Himmel spiegelt sich darin, dachte Feltzer. Er blickte hoch, sah eine einsame Wolke, die wie festgeklebt am hellgrauen Hintergrund hing, legte seinen Arm um Louise und schaute erneut ins Grab.
So standen sie.
Einige Fussel an ihren Mänteln zitterten, aber keines der Windräder auf den Nachbargräbern drehte sich. Oben stritten zwei Sperlinge im Geäst einer Tanne. Feltzer fand, daß es feucht roch. Er hatte plötzlich kein Zeitgefühl mehr. Wie lange starrte er schon vor sich hin? Standen hinter ihm noch die Verwandten und Freunde? Sein Oberarm schmerzte leicht. Louise schien keine Kraft mehr in ihren Beinen zu haben. Er hielt sie. Was würde in den nächsten Wochen geschehen? Man müßte glauben können wie Kröning, vielleicht wäre es dann einfacher. Eine Seele, die aufstieg. Aber Feltzer sah nichts aufsteigen. Er erkannte die Erde, das weiße Holz, die Bäume, es war hell genug, einen Lichtstrahl sah er nicht.

Schließlich fragte Louise leise: »Sollen wir?«
»Ja«, sagte Feltzer. Er nahm die kleine Schaufel mit etwas Erde drauf, reichte sie Louise, und sie ließ die Klümpchen ins Grab fallen. Dann tat Feltzer das Gleiche, und beide traten einen Schritt zurück, gaben die Blechschaufel weiter an Reinhold. Stumm warf jeder seine Handvoll Erde hinab, schüttelte ihnen die Hand. Nur Friederike hatte Blumen dabei. Der Strauß wirkte merkwürdig frisch und lebensfroh auf dem Sarg. Aus Louises geröteten Augen lief ununterbrochen Flüssigkeit, tropfte von ihrem Kinn auf die Schuhe. Sie und Feltzer blieben als letzte allein am Grab zurück, während die anderen sich langsam auf den Rückweg machten. Hinter ihnen warteten die Totengräber.

»Wir kommen morgen wieder, mein Kleiner«, sagte Louise schließlich. Dann folgten sie den Trauergästen.

Im Hotelrestaurant am Rudolfplatz saßen sie mit den Eltern. Weder Claudia noch Bellini oder Kröning hatten mitkommen wollen. Der Kellner schenkte Rotwein ein, wirkte zurückhaltend, als sei er im Bilde, um was für eine Gesellschaft es sich handelte. Dann erst wurde Louise klar, daß sie alle schwarz gekleidet waren und der Kellner natürlich wußte, daß sie von einer Beerdigung kamen. Reinhold und Adolf begannen nach kurzer Zeit über Politik zu reden, über die neue Regierung, was zu erwarten sei, und Louise war erstaunt, daß sie dabei eine Art Erleichterung empfand. Sie selbst hätte sich nicht beteiligen können an diesem Gespräch, sie hatte kein anderes Wort als den Namen ihres Sohnes im Kopf, hätte ihn in einem fort aussprechen können, Lennart, Lennart, wie eine Formel, aber es tat gut zu hören, daß andere Menschen noch über andere Dinge reden konnten, Menschen, die ihr nahestanden und die doch nicht verzweifelten.

Sie driftete weg, schaltete ab, zog sich zwischendurch immer wieder zurück, war nicht anwesend. Dann tauchte wieder ein Fetzen Wirklichkeit auf, einige Stimmen, ein Thema. Der Tag zerbrach in viele leise Einzelstücke, dazwischen Schwarzblenden.

Nach dem Essen mußte Louise auf die Toilette, und Viktoria sagte: »Ich begleite dich.«

Sie glaubt, ich schaffe es nicht, dachte Louise, vielleicht hat sie recht.

Als sie sich die Hände wuschen, sagte Viktoria: »Du mußt so schnell wie möglich wieder schwanger werden.«

Louise schaute auf, sah in den Spiegel vor ihr, begegnete dem

Blick ihrer Schwiegermutter, der so entschlossen und hart wirkte, als meine Viktoria nicht Louise, sondern sich selbst.
»Frag deine Ärztin, wie lange du wegen des Kaiserschnitts warten mußt«, fügte sie hinzu, ließ das weiße Tuch aus dem Halter rollen, trocknete ihre Finger.
»Ja«, antwortete Louise.
Viktoria trat hinter sie, legte ihr die Hände auf die Schultern, sprach nahe an ihrem Ohr: »Du wirst wieder Mutter!«
Louise lächelte, zumindest ihre Lippen deuteten ein Lächeln an, die Augen erreichte es nicht.

Eine Stunde später machten Feltzer und Louise sich auf den Nachhauseweg, gingen Hand in Hand den Ring entlang. Ihre Eltern blieben zusammen im Restaurant sitzen, tranken noch ein Glas.
Im Schaufenster einer Apotheke hing ein blauer Gazevorhang wie ein Moskitonetz über einem Bett aus Medikamenten. Mit Nadeln daran befestigt, baumelte der Name AIDA. Daneben ein kleiner Fernseher, auf dem ein Plastikhummer saß.
»Muß man das verstehen?« fragte Feltzer, zeigte auf die Auslage.
»Vielleicht«, antwortete Louise, »Medikamente machen gesund, und wenn du gesund bist, kannst du die Oper besuchen oder in Urlaub fahren.«
Es begann zu nieseln. Die Autofahrer schalteten die Scheinwerfer ein. Am Itzak-Rabin-Platz zog der Kioskbesitzer Plastikfolien über die Zeitungsständer. Feltzer ging etwas schneller, wischte sich den feuchten Film vom Gesicht. Die Helligkeit zog sich nach und nach aus den Straßen zurück, löste sich auf, verwandelte den Himmel in eine dunkle Suppe, obwohl es erst zwei Stunden nach Mittag war.

»Da kommt noch was«, sagte Feltzer.

Von der anderen Seite der Roonstraße aus wirkten die Bäume und Hecken des Rathenauplatzes wie eine bröckelnde Wand. Ein Hundebesitzer pfiff seinen Rottweiler zu sich, legte ihn an die Leine. Niemand spielte mehr Boule.

Vor ihrer Haustür nahm Feltzer den Schlüssel aus der Tasche, steckte ihn ins Schloß. Irgendwo schrie jemand kurz auf, dann war nur der stärker werdende Regen zu hören.

Als Feltzer die Tür aufdrückte, sagte Louise: »Wir sollten wegfahren. Es wäre das beste. Ich möchte eine Zeitlang nicht mehr in unser Schlafzimmer. Wir wollten doch nach Neuseeland.«

Feltzer hielt die Tür einen Augenblick auf, ließ sie dann wieder zufallen. Der Schlüsselanhänger baumelte zweimal gegen das Holz und beruhigte sich. Feltzer drehte sich um, legte beide Arme um Louise. Sein Kinn berührte ihre Stirn.

Im Nebenhaus schloß jemand das Fenster.

Danksagung

Ilona Renner und Claude Freichel möchte ich danken für die vielen begleitenden Gänge von Kapitel zu Kapitel, Stefan Denzer für die virtuellen Taxifahrten und Bernd Imgrund, dem besseren Kölner. Danke.